우아하게 나이들 줄 알았더니

우아하게 나이들 줄 알았더니

예전 같지 않다고 느끼는
작가의 유쾌한 고백

제나 매카시 지음
김하현 옮김

현암사

소피와 사샤에게

비록 너희 때문에 흰머리가 났고, 정작 너희는
1900년대에 사는 건 어떤 느낌이었냐고 물어보면서
내 엉덩이가 이렇게 납작한 이유를 알아냈다고 하지만
("왜냐하면 엄마는 하루 종일 앉아 있으니까!")
그래도 너희 덕분에 웃고 그 덕분에 젊음을 유지할 수 있어.
내 주름진 몸의 세포 하나하나만큼 너희를 사랑한단다.

감사의 말

....

원래는 감사의 말을 안 쓰려고 했다.

무엇보다, 최근 감사의 말에서 지나치게 재간을 부린 작가들에 대해 이러쿵저러쿵하는 얘기를 여러분이 들었는지 모르겠지만("매일 달라이 라마와 스카이프를 하며 이 책을 구상할 때 앉곤 했던 정교하고 부드럽고 엄청나게 비싼 양가죽 의자를 고를 수 있게 도와준 블라디미르 푸틴에게 감사를 전한다…….."), 나는 절대 그런 사람이 되고 싶지 않다.

또한 개인적으로나 직업적으로나 너무나도 멋진 사람들에게 도움을 받은 것이 사실이지만 여러분이 앞으로 읽게 될 글은 거의 다 나 혼자 쓴 것이다.

(셀프 쓰담쓰담. "중간에 그만두지 않은 나 자신, 정말 고맙다. 네가 아니었다면 이 책은 정말 형편없었을 거야.")

그렇긴 하지만 내가 누군가에게 감사를 표한다면 처음부터 나와 내 거친 입을 믿어주고 늘 우리 집 식탁에 음식을 차릴 수 있도록 도와준 끝내주는 에이전트 로리 앱커마이어부터 시작해야 할 것이다. 우리 집 애들은 배고플 때 **심하게** 징징대기 때문에 내 고마움은 정말 이루 말할 수가 없다.

이렇게 사랑스러운 사람이 있을 수 있나 싶은 버클리 편집자 데니즈 실베스트로에게도 정중히 감사의 마음을 전한다. 자기가 일을 살살 하는 건 내가 '프로'이기 때문이라고 하지만, 사실 내가 무서워서일 거라고 몰래 생각하고 있다. 그대를 위해 글을 쓰는 건 싱코 데 마요 축제에서 망고 마가리타 첫 잔을 들이켜는 것과 같다. 순수한 기쁨 그 자체라는 뜻이다.

누군가가 보고 "헐! **이 사람**이 이 책을 좋아한다면 나도 열세 권 살 거야!!!"라고 반응하길 기대하며 부끄러운 줄도 모르고 책에 추천사를 잔뜩 갖다 붙였다. 추천사를 써준 훌륭한 작가분들, 언젠가 내가 완전 유명해져서 여러분이 '이 사람에게 은혜를 갚을 시간과 품위가 있었다니' 하고 놀랄 날이 오길 바란다.(물론 여러분을 위해서다.) 이 은혜는 진짜로 꼭 갚을 것이다. 맹세한다.

마지막으로 악수는 한 번도 나누지 못했지만 이 책을 디자인해주고 교정을 봐주고 내가 고소당하거나 머저리처럼 보이지 않도록 법적 문제가 없을지 살펴봐준 모든 분들, 샌타바버라에 오거든 부디 나를 찾아달라. 내가 망고 마가리타 쏜다!!

그래그래, 알겠다. 우리 가족과 친구들(본인은 자기 얘기인 줄 알 거다. "혹시 나인가?" 한다면 당신은 아니다), 여러분이 살짝 맛이 간 사람들이어서 정말 고맙다. 당신들이 제정신이었더라면 내가 이렇게 웃긴 작가일 수 없을 거라는 얘기를 들었다. 그러니 제발 변치 말아달라. 아직 써야 할 책이 많이 남았으니까.

차례

· · · · · · · · · · · · · · · · · · ·

헛소리가 포함되어 있음

이 책은 내 첫 책이 아니다. 그냥 내가 초짜가 아니라고 해두자. 열정적인 독자 피드백 덕분에 나는 몇몇 사람들이 비속어와 외모에 대한 집착, 우는소리, 재력 드러내기, 거친 욕, 진실 말하기, 그리고 이성애 규범적 관점(나도 무슨 뜻인지 몰라 사전을 찾아봤다)과 유사한 모든 것에 매우 불쾌해한다는 사실을 알게 되었다. 경제적으로 부족함 없이 자랐다고 말하거나 LGBTQ의 관점을 포함하지 않거나 남편을 씹으면 사람들은 꼭지가 돈다.(맙소사, 남편 욕을 한 건 **결혼 생활에 관한 책**에서였다.) 그리고 **어떤 사람**은 책에서 이런 내용을 보고 머리끝까지 화가 난 나머지 컴퓨터 앞으로 돌진해 아마존에 멍청한 ✕이라는 평을 남기거나 저자에게 신랄한 이메일을 보내 당신 입이 끔찍하게 더럽다는 사실을 알려준다.(변명을 하자면 그 이메일은 내가 **제**

목에 욕설을 넣은 책을 읽고 보낸 것이었다. 그렇다면 보통은 이 화난 숙녀분이 책을 펼치기 전에 자신이 뭘 보게 될지를 어느 정도 알았을 거라 생각할 것이다. 하지만 아니었다.) 그래서 이번에는 미리 알려드리려고 한다. 당신이 들고 있는 이 책에는 앞에서 말한 모든 것은 물론이요, 내 성기에 관한 이야기를 포함해 불쾌함을 유발할 수 있는 요소가 훨씬 훨씬 많이 들어 있다. 만약 당신이 나 같은 사람이라면 이러한 사실이 이 책을 구매하거나 읽겠다는 당신의 결정을 더욱 굳혔을 것이다.(성기 얘기 때문이라는 게 아니고…… 다들 무슨 말인지 알리라 믿는다.) 하지만 당신이 나와 내 더러운 입을 숙녀답지 못하다고 비난하며 손가락질한 사람과 비슷하다면(그나저나 내가 보기엔 이런 비방도 그리 숙녀다운 행동은 아니다) 이 책 대신 고양이 사진이 있는 귀여운 달력이나 스도쿠 책을 사는 편이 나을 것이다.

사람은 자기 음부만큼만 늙는다*

친구들과 밥을 먹다가 요즘 자주 그렇듯 대화의 주제가 성형수술로 넘어갔다. **여러분이 지금 떠올리는 그런 수술이 아니다.** 처진 눈썹을 올리는 수술이나 엉덩이에 보형물을 넣는 수술, 가슴을 빵빵하고 탱탱하게 만드는 수술이나 티가 별로 안 나는 가벼운 지방 제거 수술 얘기가 아니었다. 우리의 주제는 (마음을 다잡으시길) 성기 회춘 성형이었다. "저기요 선생님, 아기 꺼내면서 거기 절개하시는 김에 공짜로 두어 바늘 더 꿰매주시면 안 될까요? 윙크 윙크" 같은 느낌의 수술이 아니다. 실제로 이 수술은 특정 신체 부위의 기능 개선을 위해 의학의 도움이 꼭 필요한 재건 수술로 간주된다. 보아하니 여자들이 자신의 그 소중한 부분

---

* '사람은 자신이 느끼는 만큼만 늙는다'라는 말을 바꾼 것.—옮긴이

을 더…… 예쁘게, 그리고 더 젊어 보이게. 그러니까 뭐랄까, 더 싱싱해 보이게 만들려고 수천 달러인지 얼만지를 내는 **실제** 시술이 존재하는 모양이다.

"잠깐만, 뭐라고……? 아니 왜……?" 나는 대화에 별 도움이 안 되고 있었다. 무엇보다 최근에(더 정확하게 말하자면 한 번도) 내 소중이를 자세히 들여다본 적이 없어서 거기가 늙고 추해 보이는지 아닌지조차 모른다고 말하기가 좀 그랬다. 하지만 중요한 건 그게 아니었다. **만약 정말 늙고 추해 보인다 해도 그게 중요한가?** 어떤 여자들에게는 확실히 중요한 것 같다.

한 의사의 웹사이트에 있는 정보에 따르면(그래 맞다, 구글에서 검색해봤다) 문제의 이 성형수술은(참고로 이 수술의 이름은 소음순 성형이다) '소음순의 크기나 모양을 바꾸며, 주로 소음순의 크기를 줄이거나 비대칭인 두 소음순을 다시 대칭으로 만든다.' 확실히 해두자면 나는 내 소음순이 너무 큰지 아니면 한쪽이 늘어졌는지 전혀 몰랐고 알고 싶은 마음도 없었다. 웹사이트를 읽는 내내 이런 생각만 들었다. **이봐, 지금도 미의 기준은 충분히 높지 않아? 이제는 빌어먹을 아랫도리까지 영원히 스물두 살처럼 보여야 하는 거냐고? 도대체 끝이 어디야?**

나는 젊은 음부를 가진 늙은 여자들이 어떤 사람일지 필요 이상으로 골똘히 생각해보았다. 포르노 배우일까? 아니면 성 노동자나, 욕정을 주체 못 하는 색정광? 잔인한 애인이 음부에 고약한 별명을 붙여서 절망에 빠진 수많은 여성들이 거기 아래가…… 더 아름다워지길 바라게 된 걸까? 완벽하게 다듬을 신체

우아하게 나이들 줄 알았더니

부위가 바닥난 순간 거울로 자기 음부를 얼핏 보고 **이런, 여기를 까먹을 뻔했잖아?!**라고 생각한 성형수술 중독자는 아닐까? 왜냐하면 나는 신체의 모든 부위가 1센티도 빠짐없이 더럽게 만족스러워야 그 특정 부위에 손을 대야겠다는 생각이 들 것 같기 때문이다. '자, 보자. 목도 안 늘어지고, 허벅지도 셀룰라이트 없이 매끈하고, 가슴도 목까지 **빵빵**하게 차올라 있고…… 소음순만 약간 손보면 신상처럼 완벽해질 거야!'

이 생식기 산업의 충격에서 미처 헤어나지 못한 와중에 언니 로리와 나눈 대화는 내 인생을 바꿀 만큼 충격적이었다. 내 주치의가 해준 어떤 얘기를 들려주고 있었는데 의료계 종사자인 언니가 깜짝 놀라 내게 물었다.

"그 사람 몇 살이야?"

"어려. 우리 나이 정도야."

평소에는 사랑스러운 언니가 감히 내 말에 박장대소를 터뜨리며 말했다.

"제나야, 우린 안 어려."

내 음부가 약간 늙었을 수도 있다는 사실을 아는 것과 **내가 늙었다는 말을** (친언니에게) 듣는 것은 완전히 다른 문제였다.

"아냐, 우린 안 **늙었어**." 내가 0부터 10까지의 척도에서 13 정도의 방어 태세로 말했다. 물론 **늙다**라는 말은 상대적이지만, '늙다라는 말을 정의해야 할 때의 자기 나이에서 최소 스무 살을 더한 나이'로 그 뜻을 정의해도 무방하다고 본다.

"아냐, 우린 중년이야." 내 언니라는 인간이 무신경하게 일러주었다. 나는 마흔다섯이고 언니는 마흔일곱이다. 우리의 황금기는 이미 지나버린 걸까? 만약 그게 사실이라면, 도대체 황금기는 언제였단 말인가?

"우리 엄마가 중년이지." 내가 주장했다.

"아냐. 엄마는 더 늙었지. **우리가** 중년이야." 언니가 받아쳤다.

"그래, 근데 아랫도리는 내가 언니보다 어려." 내가 내뱉었다.

날이 원래 더웠던 걸까, 아니면 나만 더웠던 걸까?

나는 중년midlife이라는 말이 싫었다. 우선 조산사midwife와 발음이 비슷하기 때문에 내게 트라우마를 남긴 출산 과정이 다시 떠올랐다. 게다가 이 단어는 죽음에 이르는 길을 내가 반이나 왔다는 느낌을 풍겼는데, 그건 결코 사실일 리 없었다. 얼굴엔 주름이 도로처럼 깔리고 내 질은 어쩌면 바싹 메말랐을지 몰라도(절대 확인해본 건 아님)* 나는 술집 의자 위에서 밤새 춤추던 스물다섯 살 때와 달라진 점을 아주 조금도 느끼지 못한다. 음, 어쩌면 활력이 약간 사라졌을지도. 살짝 조급해진 것 같고. 좀 더 예리해진 것 같기도 하다. 자신감은 확실히 늘었다. 몸은 훨씬 더 물렁해졌지만 "1도 신경 안 쓴다." 하지만 이것들을 제외하면 나는 그대로다.

또 다른 문제는 **중년**이 명사가 아니라는 사실을 모두가 안다는 것이다. 중년은 형용사다. **위기**라는 단어를 수식하기 위해

---

* 그래, 맞다. 확인해봤다. 꽤나 보기 흉하더라. 하지만 내 것이 다른 사람 것보다 더 흉한지 아닌지 어떻게 안단 말인가?

우아하게 나이들 줄 알았더니

만들어진 형용사. 우리는 친구 지나가 정원사와 바람을 피우고 있다는 얘기나 이브가 눈을 살짝 손봤다는 얘기를 들으며 '중년 의 위기'라는 말을 소곤거린다. 한편으로는 질투가 나고(젠장, 나도 공짜 나무 울타리와 생기 넘치는 눈을 갖고 싶단 말이다!), 한편으로는 다 큰 사람이 늙기 싫다고 떼쓰는 걸로 보일 수도 있는 행동을 하는 사람이 내가 아니라는 사실에 안도한다.

나는 그 어떤 종류의 위기도 겪고 있지 않다고 확신했지만 혹시 모르니까 구글 검색을 좀 해봤다. 그리고 영국 신문《데 일리 텔레그래프》웹사이트에서 '당신이 중년의 위기를 겪고 있다는 증거'라는 유용한 글을 찾았다. 미리 말해두자면 '음순 이 축 늘어졌는지 확인해본다'는 목록에 **없었다**. 내용은 다음 과 같다.(참고로 문장이 바뀐 부분이 있을 수 있는데, 영국인은 realize 같은 단어를 realise처럼 고급스럽게 쓰는 걸 좋아하고 내 컴퓨터의 스펠링 검사 기능은 그걸 싫어하기 때문이다.)

1. 더 단순한 삶을 살고 싶어 한다.(**충격에 휩싸여 아직 읽지 않은《리얼 심플Real Simple》잡지 더미를 바라본다.**)
2. 페이스북에서 옛사랑을 찾아본다. **개소리.**
3. 강박적으로 어린 시절을 회상한다. **반딧불 쫓아다닌 거 랑 헬멧 안 쓰고 자전거 탄 것도 떠올리면 안 되나? 진짜 멋졌는데.**
4. 친구와의 외모 비교에 집착한다. **어느 정도가 '집착'인지 를 정확히 말해줘야지,《데일리 텔레그래프》야.**

5. 숙취가 전보다 더 심하고 더 오래간다. **계속 많이 마시면 괜찮다!**

6. 어린 시절에 갔던 휴양지를 다시 방문한다. **어떻게 가는 지 이미 알고 있는 걸 어쩌란 말이냐!**

7. 구글에 신체 증상을 검색한다. **젊은 사람들은 안 그런다 고???**

8. 새로 뽑은 신상 자전거를 타고 동네를 돌아다닌다. **휴! 아슬아슬하게 피했네.**

9. 새 취미를 시작한다. **온라인에서 성형수술 비포 애프터 사진 찾아보는 것도 취미로 칠 수 있나?**

10. 집중력이 쉽게 흐트러진다. **잠깐, 내가 무슨 얘기 하고 있 었더라?**

최소 영국 기준으로는 내게 전형적인 중년의 위기 증상이 많이 나타난다는 결론을 내린 후 평소에는 웬만하면 안 하려 애쓰는 일, 즉 숫자 계산에 착수했다. 만약 아흔 살까지 산다면 지금 나는 내 인생의 정확히 중간 지점에 있다. 아흔다섯까지 산다 해도 얼추 중간 범위에 들어간다. 상대적 기준에서 아주 조금이라도 어린 축에 끼려면 110살까지는 살아야 한다.

거짓말은 하지 않겠다. 내가 110살까지 살 가능성은 희박하다. 나는 크래프트사의 맥앤치즈, 원더 브래드 식빵에 크림치즈와 잼을 바른 샌드위치를 꾸준히 먹으며 자랐다. 이처럼 몸에 좋은 고오급 음식을 입에 쑤셔 넣고 있지 않을 때에는 필터 없는 쿨 담배를 하루 네 갑씩 간접흡연하느라 무척 바빴다. 나는 내 인생의 첫 18년 동안 비행기에서나 차 안에서나 식탁 앞에서나 빠짐없이 간접흡연을 실천했고, 가끔은 식사 **중에도** 했다. 또한 대학 입학 전에, 학기 도중에, 졸업 후에 엉덩이가 닳도록 파티를 즐겼다.* 미 연방 공중보건국장의 권고를 훌쩍 넘는 양의 샤르도네 와인과 치즈버거를 섭취했고, 1년 중 '충분한 숙면'을 취한 날을 한 손으로 꼽을 수 있다. 즉, 내가 결승선까지 겨우 반만 온 거라면 억세게 운 좋은 놈이라는 뜻이다.

중년이 더 이상 옛날 같지 않다는 점은 굳이 지적할 필요도 없을 것이다. 내 나이 때 우리 부모님은 느긋하게 쉬면서 평생 들인 노력의 결실을 즐기고 있었다. 자녀는 모두 독립했고 은퇴가 코앞이었다. 두둑한 은행 계좌가 있었고 집 융자도 다 갚았으며 한 해의 가장 큰 스트레스는 휴가 때 해변에 갈지 스키를 타러 갈지 두 곳을 다 갈지 결정하는 것이었다. 호수 옆 별장과 여러 대의 보트가 있었고 자녀의 대학 학비도 다 댄 후였다.(참고로 두 분은 부잣집 출신이 아니었고 아빠는 고등학교 중퇴였다. 그저 젊을 때 시작해 필사적으로 일한 다음 여전히 젊을 때 모든 걸 끝낸 것뿐이다.) 엄마는 배가 볼록하고 가슴이 축 늘어지고 미간에 깊은 주름이 있었지만 친구들도 다 마찬가지였기 때문에 아무도 이 문제를 걱정하지 않았을뿐더러 생각조차 해

---

* 말 그대로다. 여러분이 내 엉덩이를 봐야 한다. 나는 진짜로 엉덩이가 없다. 옆으로 서면 스폰지밥이랑 똑같다. 이걸 손보는 수술이 있다고 하던데.

보지 않았다. 엄마는 도자기 수업을 듣고 직접 아이스크림을 만들었으며 아빠는 보트의 나무 갑판을 사포질하며 긴긴 시간을 보냈다. 두 분에게는 자유 시간이 넘쳐흘렀다. 부모님이 인생의 목표를 달성했는지 아닌지는 모르지만 이 문제로 책을 사 보거나 행복 세미나를 들으러 가거나 본인의 생식기가 충분히 젊고 멋진지 고민하지 않았다는 것은 확실하다. 인생의 중반에 이르렀다는 사실이 불안하면 두 분은 토닉을 넣은 위스키로 마음을 달래고 다른 일에 몰두했다.

부모님의 40대와 나의 40대를 비교해보자. 나는 얼마 전에 무려 30년짜리 담보 대출을 받았는데 죽기 전에 대출금을 다 갚을 수 있기만을 바랄 뿐이다.(하지만 가끔 자신이 없어진다.) 보통은 오전 5시부터 오후 8시까지 일하며, 휴식 시간에는 몸에 좋고 유기농이고 인근 지역에서 재배되었고 15분 이내에 조리할 수 있는 식료품을 사러 나가고, 짬을 내서 가끔 운동을 하고, 멈출 줄 모르고 집에 쏟아져 들어오는 쓸데없는 물건들을 정리하고, 끝도 없이 빨래를 하고, 가끔 섹스를 하고, 아이들을 배구 경기와 체조 수업과 테니스 연습과 힙합 공연에 데려다주고, 이 모든 것을 하는 와중에 대략 13초마다 이메일과 핸드폰 문자를 확인한다. 아이들을 여름 캠프에 보낼 돈을 버느라 원치 않는 구린 글을 쓴다.(어디 멀리 가서 자고 오는 화려한 캠프를 말하는 게 아니다. 평범한 구식 일일 캠프다.) 남편과 은퇴 이야기를 나눌 때의 맥락은 거의 항상 "우리 로또 당첨되면 뭘할까"이며 여기에 현실적인 측면은 조금도 없다. 친구들이 박피를 하고 머리카락을 연장하고 입술에 필러를 맞고 복부 지방흡입을 하는 모습을 보며 조금이라도 더 공평하게 경쟁할 수 있도록 **제발 다 관둬달라고** 조용히 애원한다. 종종 거울 앞에 서서 얼굴 피부를 관자놀이까지 끌어당긴 다음 주름은 없지만 우스꽝스러운 얼굴로 나를 쳐다보는 젊은 내 모습을 보고 피식피식 웃는다. 여전히 미니스커트를 입고 굽이 엄청 높은 하이힐을 신지만 내 나이에 안 어울리는 복장이라는 걸 안다. 하지만 다행히도, 나는 쥐뿔도 신경 안 쓴다.

나이 먹는 데에도 나름의 장점이 있나 보다.

1

·················

우아하게 나이 드는 법과
그 밖에 내가 전혀 알지 못하는 것들

여자의 화장실 선반을 들여다보면 그 주인에 대해 많은 것을 알 수 있다. 예를 들면 수납장을 열자마자 그 여자가 입병에 잘 걸리는지, 콘택트렌즈를 끼는지, 밤에 잘 자는지 못 자는지를 알게 된다. 가끔 배에 가스가 차는지, 습관적으로 알레르기 약을 먹는지, 무좀이나 질염으로 씨름하는지도 즉시 알 수 있다. 그리고 그 여자가 무자비한 시간의 흐름을 막으려고 얼마나 필사적으로 노력하는지 역시 분명하게 알 수 있다. 얼굴 전체에 흙투성이 발자국을 남기고 곧장 발목까지 내려가기로 작심한, 바로 그 시간 말이다.

만약 우리 집에 도둑이 들었는데 내 선반을 그냥 지나친다면 그 도둑은 순 멍청이일 것이다. 내 선반에는 수백 달러 상당의 로션과 물약이 들어 있고 모든 병에는 빠짐없이 **안티에이징** 또는 그 비슷한 뜻의 단어가 쓰여 있다. 내게는 피부를 속까지 채워주고 정화해주고 결을 골라주고 탱탱하게 해주고 톤을 밝혀준다고 약속하는 제품, 모공을 줄이고 '성인 여드름'을 없애주고 기미를 희미하게 해주는 크림과 이 크림이 다 실패할 경우 이것들을 최대한 가려주는 크림이 있다. 주름 개선 제품만으로도 깊은 선반 두 칸이 꽉 찬다. 내 샴푸와 린스는 나이와 싸우기만 하는 게 아니다. 무려 나이에 **도전**한다. 심지어 내 치약조차 더 어려 보이는 미소를 약속한다.(정말 다행이다. 어려 보이려고 한 치아 교정기를 자랑스럽게 뽐내는 마흔다섯 살 여자보다 더 섹시한 건 없기 때문이다.)

하지만 최악은 내가 수년간 안티에이징 무기고를 가득 채우느라 쓴 돈을 전부 합치면 새로 나온 레인지로버를 한 대 뽑고도 남는다는 사실이다. 진짜 열받는 일이 아닐 수 없다. 왜냐하면 지금 여러분에게 **그 망할 제품들이 효과가 없다**는 얘기를 하려는 참이기 때문이다. 이렇게라도 안 했다면 더 늙고 초췌해 보였으리라는 희박한 가능성에 매달리고 싶지만, 태어나자마자 나와 헤어진 후 나와 달리 그동안 이런 사치를 마음껏 누리지 못한 내 쌍둥이를 발견하지 않고서야 그게 사실인지 아닌지 확인할 도리가 없다. 비싼 돈을 주고 사들인 제품들을 꼬박꼬박 사용했는데도 내 눈가에는 잔주름이라고도 할 수 없는 주름이 자글자글하고 입 양쪽에는 깊은 홈이 파여 있으며 내 간의 상태를 보여주는 듯한 기미가 별무리처럼 얼굴 전체를 뒤덮고 있다.

하룻밤 사이에 벌어진 일은 아니다. 청소년기와 20대 내내 피부 노화 방지를 위해 열심히 노력하긴 했지만(한번 생각해보라. 요오드가 든 베이비오일을 바르고 매달 무제한 태닝 서비스를 받았단 말이다)* 눈에 보이는 노화는 30대쯤 시작되어 그후로 꾸준히 악화되고 있다. 이건 아이들 키가 자라거나 건물 페인트가 빛바래고 벗겨지는 것처럼 바로 눈치채기 어려운 종류의 것이다. 옛날에 찍은 사진을 우연히 발견하기 전까지는. 10년 전이나 7년 전, 아니 고작 2년 전에 찍은 사진을 볼 때마다 나는 매번 똑같은 생각을 한다. **와, 나 진짜 어려 보인다.** 그리고 그때마다 얼굴 전체가 팽팽해질 때까지 피부를 잡아당긴 다음 수개월과 몇 밀리미터가 만들어내는 차이에 경탄하곤 한다.

내 삶에도 두 번 생각 않고 사진을 찍던 시절이 있었다. 어쨌거나 사진은 그저 순간을 포착한 것일 뿐인데 생각하고 말고 할게 어디 있겠는가? 알고 보니 생각해야 할 게 엄청 많았다. 조명과 그림자, 각도** 같은 것들 말이다. 특정 나이가 지나고 나면 이 모든 요소가 원하는 대로 완벽하게 들어맞지 않을 경우 사진이 전부 스크루지 영감이나 영화배우 닉 놀테처럼 나오고 만다.

---

* 농담이 아니다. 나는 태닝광이었다. 10대와 20대 때의 내 사진을 보면 이와 눈 흰자밖에 안 보인다. 하지만 걱정 마시라. 지금 그 대가를 열심히 치르고 있으니까.

** 각도 얘기가 나와서 하는 말인데, 코를 맞대고 같이 앉아 있는 게 아니라면 아이가 사진을 찍게 놔둬선 **절대 안 된다**. 저 아래에서 찍은 사진 속에는 (물론 이 얼굴이 아이가 매일 스물네 시간 바라보는 얼굴이겠지만 이 점에 대해선 너무 깊이 생각하지 말자) 덜렁덜렁하고 주름이 자글자글하고 칠면조처럼 축 늘어진 목 피부가 섬뜩하게 펼쳐져 있을 것이다.

예외는 없다. 잔뜩 꾸미고서 '나 오늘 꽤 괜찮은데'라고 생각하고 있을 때 누군가가 잽싸게 아이폰을 꺼내 사진을 찍으면 이런 말이 절로 나온다. "와, 네가 사진 찍는 바로 그 순간에 내 앞에 뛰어 들어온 저 늙은 여자는 누구…… 어머나 세상에." 내 거울에 문제가 있나? 더 성능 좋은 거울이 필요한가? 왜 내가 퉁퉁 부은 송장처럼 보이는 거지? 삭제, 삭제, 삭제. 나는 사진을 **엄청 많이** 삭제한다. 늘 포토샵이라는 선택지가 있다는 걸 알지만 그건 양날의 검이다. 조작한 사진을 페이스북에 잔뜩 올리면 사람들이 나를 직접 만났을 때 도대체 무슨 끔찍한 일이 벌어진 건지 궁금해할 테니까. 윈윈이 아니라 루즈루즈lose-lose다.

얼마 전 내 저작권 에이전트가 책 표지와 마케팅 자료에 쓸 다른 사진은 없냐고 아무렇지 않게 물었다. 나는 놀라서 반문했다. "지금 쓰고 있는 게 별로예요?" 난 그 사진이 좋은데! 그 사진에 무슨 문제라도?

"음, 그게 좀, 그냥……." 그녀는 말을 더듬었다. "그 사진 언제 찍은 거죠?"

"2005년이나 2006년일 거예요. 왜요? 영 별로예요?"

"더 최근에 찍은 사진을 쓰는 건 어때요?" 그녀가 조심스럽게 제안했다.

내가 왜 굳이 **그런 짓**을 하겠는가? 나는 이만큼 좋은 사진을 절대 다시 찍을 수 없다는 걸 잘 알았는데, 절대 다시 이만큼 예뻐질 수 없기 때문이다. 아 맞다, 직접 만나면 사람들이 실망할 수도 있지. 나는 훌쩍이며 남편에게 에이전트와 나눈 대화를 들려주었다.

"자기는 자기 나이치고 여전히 섹시한걸." 남편은 마치 이게 위로라도 되는 양 이야기했다. 내게 이 말은 "나는 여전히 당신하고 하고 싶어"로 들린다. 하지만 여기엔 아무 의미도 없는 것이, 남편이 그 목적으로 대놓고 마음 편히 접근할 수 있는 유일한 사람이 바로 나이기 때문이다.

그래도 남편의 말을 어느 정도 믿었다. 최근에 베드 배스 앤드 비욘드Bed Bath & Beyond에 쇼핑하러 가기 전까지는. 나는 확대경 코너를 돌아다니다가 그 악마의 도구 중 하나를 들여다보는 실수를 범했다. 내가 고른 제품은 우연히도 가장자리에 형광등이 달려 있었고 **열두 배 확대합니다**라고 쓰인 스티커가 자랑스레 붙어 있었다. 지금 돌이켜 보면 좋은 생각이 아님을 진작 알았어야 했다. 사진을 작게 뽑을수록 더 예뻐 보인다는 걸 이미 오래전에 배우지 않았던가.(우표 크기가 가장 바람직하지만 걸맞은 액자를 찾기는 좀 힘들 것이다.) 하지만 나는 내가 하려는 짓이 과연 옳은지 미처 생각해보지도 않고 코를 거울 가까이 들이밀었고, 엄청나게 확대된 얼굴이 눈앞에 나타났다.

살면서 그만큼 공포에 얼어붙었던 적이 없다. 점잖은 눈썹이라면 마땅히 있어야 할 곳에서 3센티미터나 벗어난 지점에 불한당 같은 검은 눈썹이 마구 자라 있었고 코의 모공은 푹 파인 더러운 동굴처럼 보였다. 지우개 크기만 한 바싹 마른 각질이 얼굴 전체를 뒤덮고 있었고 코 주변에는 지하철 노선도처럼 가느다란 실핏줄이 터져 있었다. 게다가 열다섯 살짜리 남자애나 부러워할 **빌어먹을 콧수염도 있었다.** 어떻게 전에는 이걸 몰랐지? 나는 함께 쇼핑을 하던 막내딸을 붙들고 아이의 완벽하고 촉촉한 얼굴을 거울 앞에 디밀었다. 이게 가능한 일인지는 모르겠지만, 열두 배 확대된 아이의 얼굴은 원래보다 훨씬 더 촉촉하고 완벽해 보였다. 그때 나는 이 악마의 거울에 흠을 찾아내서 부각하는 재주가 있기를 바랐던 것 같은데, 결국 이 거울은 그저 자기를 들여다보는 사람의 원래 모습을 더 자세히 보여줄 뿐임을 깨달았다. 나의 경우 그 원래의 모습이란 관리가 시급히 필요한 중년 여성이었다.

당연히 나는 그 거울을 샀다. 나는 고것을 사랑하면서 동시에 증오한다. 그걸 들여다보느라 지나치게 많은 시간을 쓰고 그 거울 때문에 건드려선 안 될 곳을 건드리지만, 그걸 보며 눈썹을 뽑고 화장을 한 후 형광등을 끄고 평범한 거울을 보면 보통은 그 결과에 깜짝 놀라 기분이 흡족해진다. 적어도 형광등 아래에서 잔뜩 확대된 얼굴에 비하면 훌륭하다는, 뭐 그렇다는 얘기다.

유감스럽게도 이제 민얼굴로 밖에 나가는 건 가능한 선택지가 아닌 것 같기에 나는 이 경험을 무척 즐기게 되었다. **유감**이라고 말한 이유는 사실 내가 화장을 별로 안 좋아하기 때문이다. 화장을 하는 건 참을 수 있지만 화장을 지우는 건 정말 싫다. 1980년대에 파란 아이섀도가 반짝 유행했던 때를 제외하면 새로운 화장을 시도해본 적도 별로 없다. 게다가 나는 자연스러운 얼굴을 선호한다. 돌리 파튼도 이런 유명한 말을 남기지 않았는

우아하게 나이들 줄 알았더니

가. "이렇게 싸 보이는 데에도 돈이 많이 든답니다." 나는 이렇게 덧붙이고 싶다. 마흔이 넘었는데 그럭저럭 내놓을 만한 얼굴을 갖고 싶다면 거의 무기고에 육박하는 화장품이 필요하다.

왜냐하면 좋든 싫든 간에 나이를 먹으면 규칙이 바뀌기 때문이다. 믿기지 않는다면 얼른 인터넷에서 '어려 보이는 화장법'을 검색해보라. 1억 7800만 개의 검색 결과가 보이는가? **바로 그거다.** 물론 그 어떤 링크도 누르지 않는 게 좋다. 열네 살짜리 모델 사진이 실린 '늙은 박쥐처럼 보이지 않는 법' 기사를 전부 읽으면 머리가 터져버릴 수도 있으니까.

여러분이 그런 수모를 겪지 않도록 내가 내용을 간추려드리겠다. 먼저, 프라이머가 필요하다. 프라이머가 없으면 탄력을 잃은 당신의 피부에서 파운데이션이 즉시 흘러내려 바닥에 진창을 만들 것이고 당신은 생얼 상태로 훌쩍훌쩍 울게 될 텐데, 남자 친구가 깜짝 선물로 집에 나무늘보를 데려왔을 때의 크리스틴 벨만이 유일하게 이런 얼굴로 아름다워 보일 수 있다.* 파운데이션 얘기를 하자면, 당연히 파운데이션은 필요하며 빛 반사 입자가 들어 있는 제품이면 더욱 좋다. 어린 피부는 자연스럽게 빛을 반사하지만(키이라 나이틀리처럼), 나이 든 피부는 스무 배의 흡수력을 자랑하는 수건처럼 빛을 쫙 빨아들이기 때문이다.(영화 〈101마리 달마시안〉에 크루엘라 역으로 나온 글

---

* 〈엘런 쇼〉에 나온 이 영상을 아직 안 봤다면 지금 당장 유튜브에 가서 찾아볼 것. 정말 끝내준다.

렌 클로즈나 화가 그랜트 우드의 명작 〈아메리칸 고딕〉에서 쇠스랑을 들고 있는 늙은 남자를 떠올려보라.) 그리고 파우더와 멀어져야 한다. 여러분이 미네랄 어쩌구에 열광한다는 걸 안다. 아마 홈쇼핑 채널에서 봤을 것이고 거기에서 미네랄 파우더가 피부에 좋다고 했을 것이고 자외선 차단제도 들어 있고 하니까 파우더를 바를 때 쓸 값비싼 염소털 브러시를 포함해 온갖 것을 같이 구매했을 것이다. 하지만 특정 시기가 지나면 파우더는 더 이상 우리의 친구가 아니다. 옛날에는 파우더를 살짝 바르는 게 화장을 '고정'하는 좋은 방법이었겠지만 이제는 절대 금물이다. 매트한 마무리는 주름을 더 부각하기 때문에(파우더 타입 블러셔도 마찬가지다) 파우더 대신 크림 타입으로 갈아타는 것이 좋다.(블러셔는 반드시 손가락으로 광대뼈 위에 발라야 하며 광대뼈 아래에 바르는 건 꿈도 꾸지 마라. 움푹 파인 볼에 시선이 집중될 테니.) 검은색 아이라이너는 아이 봐주는 알바생이나 10대 조카에게 줘버리고 더 부드러운(전문가의 표현에 따르면 '훨씬 덜 거슬리는') 갈색 아이라이너로 바꿔라. 그리고 모종의 이유로 눈 밑의 거대한 다크서클을 강조하고 싶은 게 아니라면 어떤 색깔의 아이라이너든지 간에 절대 눈 아래쪽에 그려선 안 된다. 아, 여러분이 사랑하는 립라이너는 어떻게 하냐고? 발라도 된다. 그런데 투박하고 거친 입술을 강조하고 싶다면 코 아래에 알전구 조명을 거는 편이 더 나을지 모른다. 입술을 통통하게 만들어주는 옅은 립글로스를 살짝 바르고(짙은 색이나 매트한 건 절대 안 됨) 인조 속눈썹을 붙여라.(자매들이여, 이제 우리의 속눈썹은 전에 있던 양의 반도 안 된다.) 여기까지 하면 이제 얼굴을 들고 세상에 나갈 준비를 얼추 마친 셈이다.

이런 조언을 비웃긴 했지만 나 역시 이것들을 전부 시도해봤다는 사실을 인정해야겠다. 20달러짜리 달걀 모양 메이크업 스펀지도 하나 샀는데 한 잡지 기사에서 유명한 메이크업 아티스트가 이걸 '젊음의 샘'이라고 불렀기 때문이다.(그냥 스펀지다. 달걀처럼 생긴 스펀지.) 파우더 사용도 중단했고 립스틱도 더 옅은 색으로 바꾸었으며 갈색 아이라이너도 샀다. 이 모든 걸 바르기 전에 얼굴에 짜증나는 프라이머부터 깔고, 정말 중요한 자리에 나갈 때는 인조 속눈썹을 붙이기도 한다.(드럭스토어 대신 맥 매장이나 세포라 같은 데서 사면 직원이 **공짜로** 속눈썹을 붙여 준다. 그러면 온갖 쌍욕을 아낄 수 있을 뿐만 아니라 힘없이 늘어진 속눈썹을 말고 마스카라를 바르는 것보다 훨씬 쉽다. 내 말을 믿으시라.)

최근에 예순아홉 살인 린다 숙모를 만나러 갔다가 영원히 젊고 아름다울 수 있는 확실하고도 틀림없는 방법을 발견했다. 바로 이탈리아인이 되는 것이다. 거짓말이 아니다. 망할 이탈리아인들은 나이를 먹지 않는다. 안타깝게도 이 점에서 나는 가망이 없다. 엄마아빠 모두 자기 안에 피사의 피가 흐른다고 떠벌렸지만 그 자식들의 피를 장악하고 있는 건 영국과 아일랜드 유전자임이 틀림없다. 즉 우리 자매가 햇볕에 약하고 주름이 잘 생기는 비교적 밝은 피부를 갖고 있으며 술을 살 때 더 이상 신분증 확인할 일이 없다는 뜻이다. 오해는 마시라, 우리가 건포도처럼 쭈그러든 건 아니다. 그저 여전히 아름다운 구릿빛 피부를 가진 100퍼센트 이탈리아 사람인 숙모보다 그리 어려 보이지 않을 뿐이다. 그러므로 가능만 하다면 중년의 위기가 닥쳤을 때 이탈리아인이 되기를 강력 추천한다.

처음 중년임을 실감한 순간은…
하룻밤 사이에 턱에서 길고 희끗희끗한 수염이
자란 걸 발견했을 때. — 클레어

온라인 증권사인 찰스 슈왑의 옛 광고 중 내가 좋아하는 게 하나 있다. 누가 봐도 지쳐 보이는 팀장이 영업팀 사원들에게 명백히 쓰레기나 다름없는 주식을 팔아 오라고 지시한다. 주식을 가장 많이 팔아치운 사원에게는 상으로 코트와 가까운 좌석의 플레이오프 티켓을 주겠다고 한 뒤 팀장은 이렇게 말하며 격려를 마친다. "돼지한테 립스틱 좀 발라보자고." 이 뛰어난 광고는 요즘에도 내 머릿속에 종종 떠오르는데, 입술에 립스틱을 바르고 있을 때는 특히 더 그렇다. 립스틱을 바르고 거울에 비친 내 모습을 뜯어볼 때면 이런 생각이 든다. **바른 게 더 낫나? 안 바른 게 나았나? 바르기 전이 더 나았던 것 같아.** 사실 앞에서 말한 안티에이징 계율에 따라 십여 가지가 넘는 화장법을 꼼꼼히 실천한 후에도 나는 이렇게 확신할 때가 많다. 이 돼지는 립스틱을 안 발랐을 때가 더 나았어.

비결은 애초에 예쁜 돼지에서 시작하는 것인 듯하다.(내가 봐도 폭삭 망한 것 같은 이 돼지 비유는 다른 사람이 아니라 나를 두고 한 말임을 부디 알아주길 바란다.) 성형수술을 제외하면(나중에 설명하겠지만 수술을 받다가 죽거나 결국 얼굴이 캐 럿탑*처럼 될 가능성을 포함한 여러 경제적, 감정적, 현실적, 비이성적 이유로 현재는 성형수술을 고려하고 있지 않다) 내게는 단 두 가지 선택지가 남아 있다. 더 이상 얼굴에 칼을 대지 말고 모두 함께 쭈글쭈글하고 얼룩덜룩한 얼굴로 당당히 전성기를 떠나보내자고 전 세계 사람들을 설득하는 것(이런 일은 절대 일 어나지 않으리라는 사실을 그냥 받아들이자), 그리고 최대한 어 리고 생기 있어 보이기 위해 (아무도 모르게, 큰돈 들지 않고, 죽거나 남편이 알아챌 위험 없이) 내가 할 수 있는 일이 뭔지 알 아내는 것이다. 그래 맞다. 사실 세 번째 선택지도 있다. 그냥 다 집어치우고 화장이나 젊어 보이려는 노력 자체를 그만두는 것이다. 하지만 나는 그러기엔 너무 얄팍한 사람이므로 다시 두 번째 선택지로 돌아가도록 하자.

각질 제거는 저렴한 데다 누가 각질을 제거하다 죽었다는 얘 기도 들어본 적 없으므로, 미국 피부과학회 회장이 한 잡지 인 터뷰에서 내게 "환자가 진료실에 들어오는 순간 그 사람이 각 질 제거를 하는지 안 하는지 알 수 있어요. 각질 제거를 하는 사 람은 보통 자기 나이보다 10년은 어려 보이죠"라고 말한 이후부 터 나는 매일 각질을 벗겨내고 있다. 독자들이여, 무려 **10년**이 다. 이게 바로 우리의 주름 제거 시술이다! 그래서 나는 얼굴이

---

* Carrot Top. 성형수술을 수차례 받은 미국의 코미디언.—옮긴이

새빨개질 때까지 매일 밤 열심히 얼굴을 벅벅 문지른다. 가끔은 이보다 더 순할 수 없는 내 로션이 따갑게 느껴질 때도 있는데, 그걸 보면 내가 제대로 하고 있는 게 틀림없다.

또한 "주름이 89퍼센트까지 감소하는 것으로 드러나" 같은 제목을 단 세련된 페이셜 크림 잡지 광고에 더 이상 속아 넘어가지 않으려고 노력 중이다. 나도 여러분처럼 꽤나 똑똑하므로 89퍼센트'까지'라는 말은 곧 '그 밑 전부'라는 뜻이며 거기에는 0퍼센트도 포함된다는 사실을 알기 때문이다. 게다가 처방전 없이 살 수 있는 제품은 하나같이 아무런 효과도 없음을 우리 모두가 알고 있다. 효과가 있었다면 지금쯤 우리는 전부 메건 폭스가 되었을 것이다. 한번 잘 생각해보라. 그러므로 이제 헛소리는 사절이다. 나는 엄청 큰 통이 겨우 10달러인 세타필로 세안하고 거친 수건으로 물기를 닦고 코코넛 오일로 보습을 한다. 그리고 터무니없이 비싼 제품에 쓰지 않은 돈을 따로 꿍쳐놓는다. 드라이브 스루가 가능하고 고통 없고 칼을 대지 않고 가격도 꽤 합리적이고 회복 시간도 필요 없는 주름 개선 센터가 문 열 날을 기다리면서 말이다.

(이런 센터를 짓고 있는 사람이 아무도 없다니 도대체 **무슨 말씀이신지**? 혹시 당신이 과학자라면 친절을 베풀어 잘난 친구들과 함께 이 작업에 좀 착수해주면 안 될까요? 우리는 남은 시간이 별로 없다고요. 화성 탐사 로봇은 좀 기다려도 되잖아요.)

얼마 전에 읽은 내용인데, 보통은 옆으로 누워 자는 것이 자세 정렬에 좋지만 더 매끈한 피부를 원한다면 똑바로 누워 자는 편이 낫다고 한다.* 실제로 미국 피부과학회는 나처럼 매일 엎드려 자면서 얼굴을 베개에 문대는 사람들은 영원히 사라지지 않는 주름으로 그 대가를 치르게 될 것이라고 경고한다.(학회는 몇 주나 몇 년간 서랍 맨 아래에 깔려 있던 셔츠를 비유로 든다. 이런 셔츠는 다림질을 안 하면 입고 몇 시간이 지나도 절대로 접힌 자국이 펴지지 않는다.) 하지만 나는 배를 깔고 자는 사람이고, 언제나 그래왔다. 나도 더 좋은 자세로 자보려고 노력한다. 진짜다. 내가 좋아하는 엎드린 자세로 몸을 뒤집기 전까지 천장을 멍하니 바라보며 30초 정도는 버틸 수 있다. 아마 실크나 새틴으로 된 베갯잇이 도움이 될 텐데, 이런 베개 위에서는 얼굴이 뭉개지는 대신 미끄러지기 때문이다. 하지만 침대 위에서 밤새 미끄러지고 싶은 사람이 어디 있겠는가? 게다가 나는 내 이집트 순면 베갯잇을 사랑하고, 광택이 흐르는 그 요상한 실크 커버는 너무 휴 헤프너**스럽다.

당신도 나처럼 포르노 영화에나 어울리는 천으로 침대를 두르는 게 싫다면 '최소 침습' 치료라는 완벽한 메뉴가 있다. 신경 쓰이는 나이의 흔적을 완화해준다고 약속하는 이 요법은 레이저와 박피술, 빛 파장 에너지, 초음파, 세포 냉동, 고주파, 얼굴에 있는 모든 홈과 라인에 주입 가능한 각종 의약품을 사용한다. 대부분은 점심시간 동안 시술을 하고 바로 회사에 복귀할 수 있

---

* 끔찍한 허리 통증과 어려 보이는 얼굴이라. **참나.**
** Hugh Hefner. 성인잡지 《플레이보이Playboy》의 창간자.—옮긴이

으며, 가장 큰 위험은 얼굴에서 눈부시게 빛이 나서 어디서 몰래 낮잠이라도 푹 자고 왔다는 오해를 받을 수 있다는 것이다.

나는 이 세상에 존재하는 모든 비외과적 안티에이징 시술을 홍보하는 비포 애프터 사진에 감탄하며 온라인에서 몇 시간씩 보내곤 한다. 하지만 내게는 시술을 받을 수 없는 두 가지 이유가 있다. 하나는 이 시술이 모두 일시적이라는 것이다. 불타는 고무 밴드가 내 얼굴을 찰싹찰싹 때리는 것 같은 느낌을 견딘 후 햇볕 때문에 흉한 피부 손상이 생기지 않도록 열흘 동안 나병 환자처럼 얼굴을 둘둘 감싸고 다닌 적이 있다. 마침내 다크스팟이 사라진 자리에 티 하나 없는 깨끗한 피부가 나타났고, 나는 탁자 위에 올라가 춤을 췄다. 하지만 겨우 몇 달 뒤 그 망할 놈의 다크스팟이 의기양양하게 귀환했고 나는 뜨거운 분노의 눈물을 흘려야만 했다. 치명적 위험을 끼칠 가능성이 있는 신경독성 물질을* 얼굴 근육에 주사한 후 새벽에 흐르는 강물처럼 매끄러워진 이마를 보고 흐뭇한 적도 있었지만 3개월이 지나자 내 얼굴은 다시 감정을 표현하는 능력을 되찾았다. 지금도 가끔 보톡스를 맞긴 하지만 1년 내내 주름 하나 없는 이마를 가지려면 1,000달러 이상(그리고 어쩌면 내 결혼 생활도. 곧 설명하겠다)이 날아가기 때문에 다음에 내가 풍성한 뱅 스타일 앞머리를 뽐내는 걸 본다면 그 이유를 알아서 짐작해주길 바란다.

---

* 위키피디아는 보톡스가 '알려진 것 중 가장 치명적인 독성 물질'이라고 설명하지만 FDA 승인도 받았고 모두가 맞고 있는 걸 보면 아마 **그 정도로** 나쁘지는 않을 것이다.

　　　　　　　　　　　우아하게 나이들 줄 알았더니

두 번째 문제는 남편이다. 남편은 이런 시술에 110퍼센트 반대한다. 내가 "있는 그대로 아름답다"나. 나도 이 말을 어느 정도 믿는데, 도수가 점점 높아지는 남편 돋보기를 사는 사람이 바로 나이며 이제 남편이 안경 없이는 나를 제대로 보지도 못한다는 것을 거의 확신하기 때문이다. 남편이 내 상사도 아니고 나도 가계 소득에 똑같이 기여하고 있긴 하지만 나는 이미 오래전에 자산 관리 권한을 기쁜 마음으로 남편에게 넘겨주었고, 이 말은 곧 불필요해 보이는 소비에 남편이 브레이크를 걸 수 있다는 뜻이다. 남편은 본인이 안티에이징 안티인 이유가 오로지 나한테 필요 없는 것이기 때문이라고 맹세하지만 나는 안다. 남편이 엄청나게 보수적이고, 대출을 갚고 아이들 대학 등록비를 몇 푼이라도 더 모으고 매일 일하다 책상 앞에서 돌연사하지 않도록 노후를 대비하는 쪽이 더 섹시하고 어려 보이는 아내를 두는 것보다 훨씬 중요하다고 생각한다는 것을. 그래서 나도 순순히 동의했다. 그리고 만약 로또에 당첨되면 남편 혼자서 아이들을 디즈니랜드에 데려가기로 분명히 약속해두었다. 왜냐하면 나는 가장 가까이에 있는 메디스파*에 들어가서 최소 3주는 나오지 않을 작정이기 때문이다.

그날까지는 그냥 지금 하고 있는 일이나 계속하려고 한다. 즉, 각질이나 제거하며 좋은 날이 오길 기다리겠다는 뜻이다.

---

* 피부과 시술을 받을 수 있는 스파.─옮긴이

2

·····················

내 무릎이 마음에 안 들어

죽을 날이 점점 가까워진다는 점과 온갖 새로운 화장 규칙을 배워야 한다는 점에 이어 노화의 세 번째 단점은 눈앞에서 몸이 흐물흐물해지기 시작한다는 것이다.(외모에 집착하는 얘기부터 먼저 끝낸 다음 우리 장례식 비용은 어떻게 댈 것인가, 우리가 술을 너무 많이 마시는 걸 수도 있다는 사실 희박한 가능성 같은 신나는 주제로 넘어가도록 하자.) 어제는 분명히 없었던 것들(혹, 사마귀, 두 턱, 귀에서 자란 7센티 길이의 털)을 정말 매일매일 새로 발견하는 것 같다. 이런 걸 떠안지 않아도 될 만큼 운이 좋았던 시절에는 내 몸에 **없는** 것들에 충분히 감사할 생각을 못 했다는 게 안타깝다.

하지만 나도 안다. 우리 모두는 전부 깨우친 사람들이며 자신의 결함을 받아들이고 사랑해야 한다는 것을. 그게 전적으로 불가능한 일만 아니었다면 나도 기꺼이 그렇게 했을 것이다. 노라 에프런Nora Ephron의 마지막 책 『내 목이 마음에 안 들어*I Feel Bad about My Neck*』*를 읽었는가? 나는 책이 서점에 깔리자마자 읽었다. 가짜 오르가슴 장면을 쓴 세계에서 가장 웃긴 여성의 삶을 두고 하기에는 미안한 얘기지만,** 처음 이 제목을 읽었을 때 나는 내 모습을 바라보며 이렇게 생각했다. **진심?** 목만 마음에 안든다고? 축 처진 팔뚝 살은? 형태를 잃고 늘어진 엉덩이는? 핏줄이 툭 튀어나온 발목은? 둘둘 말린 뱀 사체 위에 놓인 바람 빠진 풍선처럼 보이는 배는? 물컹물컹하고 흐물흐물한 옆구리 살은? 한때는 데콜타주***라고 불렸지만 이제는 작은 개울들이 남쪽으로 흐르다 큰 강물로 합쳐져, 아기를 낳은 후 남향이 된 두 가슴 사이에서 댐을 이룬 항해용 지도처럼 보이는 부분은? 인생 최저 몸무게를 찍고 있는데도 브라 위로 흘러넘치는 등살은? 아이고, 또 발은 어떻고?**** (여러분의 발이 어떤지는 모르겠지만 내 발은 엉망진창이다. 무지외반증, 연골에서 뼈가 자라나는 골극증, 무너진 발바닥 아치, 족저근막염, 아킬레스건염, 갈

---

* 우리나라에서는 '내 인생은 로맨틱 코미디'라는 제목으로 번역 출간되었다.—옮긴이
** 노라 에프런은 영화 〈해리가 샐리를 만났을 때〉의 시나리오 작가로, 이 영화는 주인공 샐리가 가짜 오르가슴을 연기하는 장면으로 유명하다.—옮긴이
*** decolletage. 네크라인이 깊게 파인 옷을 입었을 때 드러나는 목과 어깨, 가슴 부위.—옮긴이
**** 분명히 하자면 나는 지금 노라 에프런이 아니라 **나**의 노쇠한 신체 부위 얘기를 하고 있는 것이다.

라진 발꿈치, 굽은 발가락. 아무 질환이나 대보라. 내가 다 갖고 있다. 영어에서 발을 '개'라고 칭하는 이유가 바로 내 발에 있을지 모른다. 너무나도 훌륭하고 자애롭지만 잔인할 정도로 솔직한 우리 삼촌 잭은 내가 플립플롭을 신고 밖에 나가선 안 된다고 주장한다.) 그리고 이런 생각을 한 건 이미 8년 전이었다. 만약 내가 오늘 한탄할 신체 부위를 한 군데 정해서 그에 관해 책을 써야 한다면 여러분은 끝없이 쏟아지는 이야기를 들어야 할 것이다.

재미 삼아 셀룰라이트에서부터 시작해보자. 전문가에 따르면* 여성의 95퍼센트 이상이 셀룰라이트를 갖고 있으며 나도 그중 하나다.(왜인지는 설명할 수 없지만 편집숍 앤트로폴로지의 피팅룸에서 홀딱 벗고 있을 때는 예외다. 조명 때문인지 살짝 기울여놓은 거울 때문인지, 아니면 직원들이 산소를 과다 주입해서 피팅룸에 들어갈 때마다 나도 모르게 몽롱해지는 건지 모르겠지만 맹세코 그 안에서 나는 포토샵으로 수정한 10대처럼 보인다. 이런 명백한 이유로 나는 그 안에 엄청 자주 들어간다.) 언젠가 이 코티지치즈 같은 셀룰라이트를 없앨 기회가 있었다.(공짜도 아니고 무려 돈을 받는 일이었다.) 하지만 거절했다.

설명할 기회를 달라. 프리랜서 작가로서 나는 수년간 여성 잡지에 수백 건의 뷰티 기사를 썼다. 이런 일로 먹고살면 화장품 회사들이 써보고 리뷰해달라고 화장품을 트럭째로 보내준

---

* 내가 이렇게 말할 땐 구글에서 얼른 검색해봤다는 뜻이다.

다. 그리고 실제로 글을 쓰면 '연구'와 저술에 대한 대가로 돈을 준다. 이런 제품들은 의심할 여지 없이 좋은 특전이다. 내가 공짜로 받은 아이라이너를 일렬로 줄 세우면 우리 집에서부터 가장 근처에 있는 타겟 마트까지 이어질 것이다.(참고로 타겟은 집에서 50킬로미터 거리에 있다.) 어쨌거나, 셀룰라이트에 관한 기사를 쓰기 위해 나는 수천 달러 상당의 고급 스킨스무딩 크림을 제공받았다. 과장이 아니다. 몇 주간 내 사무실은 밀려든 택배 상자로 난장판이 되었고, 각 상자에는 내 모든 불완전한 신체 부위에 맞게 특별 개발된 로션과 물약이 그득그득 들어 있었다. 심지어 한 회사는 나 혼자 쓸 수 있는 엔더몰로지 기계를 선물해줬다. 엔더몰로지는 청소기처럼 생긴 2천 달러짜리 장비인데 본체에 달린 막대기를 일주일에 몇 번 '문제 부위에 문질러주면' 된다.(문제 부위가 한두 군데냐고!) 이 사실이 믿어지는가? 울퉁불퉁하지 않은 매끈한 피부가 성인이 된 후 처음으로 손닿는 거리에 있었다. 나는 얼른 시작하고 싶어 안달이 났다.

나는 성실하게 몸 위로 청소기를 밀고 매우 비싸지만 나에게만은 공짜인 크림을 바르며 꼴 보기 싫은 셀룰라이트가 사라지기를 기다렸다. 여기서 '성실하게'라는 말은 이걸 하루도 빠짐없이 매일 했다는 뜻이다. 딱 3일 동안.

그리고 때려치웠다.

다시 말하지만 나는 실제로 셀룰라이트가 있다. 목숨을 위협하는 문제는 아니지만 셀룰라이트가 정말 싫고 없어졌으면 좋겠다. 선베드에서 수영장까지 고작 1미터를 이동할 때에도 셀룰라이트 때문에 하반신에 단단히 타월을 두르는 여자 중 한 명이 바로 나다. 하지만 나는 건성건성이었다. 셀룰라이트를 없앨 수 있는 기회가 말 그대로 무릎 위에 굴러떨어졌는데도 말이다. 사실 속으로는 이 크림과 장비가 효과가 없을 거라고 생각했기 때문일까? 그럴 수도. 하지만 다른 사람들은 지독하게 큰돈을 주고 사는 제품이 이미 내 손안에 있었고 그걸 써본다고 큰일이 나는 것도 아니므로 성심성의껏 시도해보지 않을 이유가 없었다.

하지만 나는 그렇게 하지 않았다. 마침내 더욱 지혜롭고 성숙한 통찰의 시기에 이르러 나라는 존재가 신체 부위의 총합 그 이상임을 깨달았기 때문이라고 믿고 싶다. 나는 노화라는 현실을 직시했고, 내 몸은 나를 하나의 즐거운 활동에서 다른 활동으로 옮겨주기 위해 존재하는 것이지, 불가능한 완벽의 표본이 되기 위해서 또는 추파와 질시를 번갈아가며 받는 고깃덩어리가 되기 위해서 존재하는 것이 아니라는 사실을 받아들였다. 나는 신체의 겉모습이 아니라 역할을 존중하는 법을 배웠다. 우리의 몸은 중요한 장기를 감싸고 보호해주며 유용한 모자걸이가 되어주고 믿을 수 없을 정도로 아름다운 아기를 만들어낸다. 나는 발가벗고 거울 앞에 서서 나를 가만히 응시하는 형편없이 불완전한 내 몸을 향해 미소 짓는다. 신체는 내 영혼과 추억을 요람에서 무덤까지 옮겨줄 배다. 이렇게 친절하고 용감무쌍한 집사가 되어준 내 몸에 감사한다.

독자 여러분, 설마 이 말을 다 믿은 건 아니죠?

나는 이게 그 망할 제품을 사용하지 않은 이유라 **믿고 싶다**
고 했다. 하지만 저건 다 말도 안 되는 얘기이므로 이제 진실을
알려드리겠다. 나는 더럽게 게을렀다. 그렇다, 스무 살의 엉덩
이를 갖기 위해 살을 청소기로 빨아들이고 크림을 처덕처덕 바
르는 게 너무 귀찮았다.

안다. 나도 내가 지긋지긋하다.

변명을 하자면 나는 상품을 예약 구매하는 부류가 전혀 아니
다. 원하는 게 있으면 당장 가져야 한다. 내가 바로(나 혼자라기
보다는 **나 같은** 사람들) 미국의 성형수술 산업이 1년에 수조 달
러를 벌어들이는 이유다. 물론 뒤룩뒤룩한 뱃살을 빼기 위해 하
와이까지 뛰어갔다 올 수도 있다.(당연히 비유적 표현이다.) 하
지만 조심스럽게 복부를 절개해 거칠지만 효과적인 지방흡입
튜브를 쑤셔 넣고 성가신 지방을 전부 빨아내 달라고 실력 좋은
의사에게 부탁할 수도 있다. 이렇게 하면 바로 다음 주 금요일
까지 날씬해지는 것이 가능하다. 솔직히 말해서 다음 주 금요일
도 너무 멀어 보이긴 하지만 그 정도는 기다릴 수 있을 것 같다.

마음이 내킨다면(그리고 바닥에 굴러다니는 1만에서 8만 달
러를 찾아낸다면. 거짓말이 아니고 나도 찾아봤는데 없더라) 비
교적 **빠른** 시간 안에 마지막 남은 결함 하나까지 전부 뜯어고칠
수 있다. 물렁물렁한 배를 납작하게 만들 수도 있고 점점 숱이
줄어드는 머리카락을 이식할 수도 있고 얇디얇은 입술과 푹 꺼
진 눈구멍과 쑥 들어간 볼을 필러로 채울 수도 있다.(얼마나 통
통하고 앳돼 보일까!) 만약 가슴과 엉덩이가 나무에 매달린 잘

익은 과일처럼 이미 탄탄하게 올라붙어 있다면 귓불을 더 부드럽고 동그랗고 통통하게 만들 수 있다.(농담 아니다.) 또한 무릎 리프팅도 있다. 나는 이 망할 수술에 대해 듣고 나서(고마워요 데미 무어!) 가만히 아래쪽을 바라보았고 그동안 내가 증오할 신체 부위를 충분히 열심히 찾아보지 않았을 수도 있다는 슬픈 깨달음을 얻었다.

시간과 돈이 넘쳐흐른다면 나도 이 수술을 남김없이 전부 할 거라는 사실을 기꺼이 인정한다.* 하지만 이 모든 게 얼마나 말도 안 되는 **미친 짓**인지 생각해본 적 있는가? 당연히 없을 것이다. 왜냐하면 모두가 성형을 하고, 대부분 진짜로 예뻐지기 때문이다.(도나텔라 베르사체와 라토야 잭슨, 프리실라 프레슬리, 멜라니 그리피스, 조앤 반 아크, 재니스 디킨슨, 미키 루크는 제외다. 하지만 쉰한 살의 데미 무어 전신사진 한 장이면 이들을 전부 무력화할 수 있다.) 하지만 잠깐 상상을 해보자. 한때는 행성이었던 명왕성에 미발견 문명이 있고, 젊은 명왕성인이 나르시시즘의 절정에 달한 오늘날의 지구인에 대해 배우고 있다고 말이다.

---

* 절대 죽지 않고 아름다우면서도 자연스러운 결과를 얻는 게 보장된다면 말이다. 하지만 그렇다 해도 얼굴 전체 리프팅은 절대 안 할 거다. 뉴스쇼 〈데이트라인Dateline〉에서 충격적인 영상을 봤는데 아무리 노력해도 그 이미지가 머릿속에서 사라지지 않는다. 의식을 잃은 여자가 얼굴 전체에 수술 부위가 그려진 채로 죽은 사람처럼 누워 있었고 의사가 하버드에서 공부한 한니발처럼 얼굴 피부와 조직, 근육을 칼로 썰었다.

"우웩, 말도 안 돼!" 엘보그가 비명을 지른다. 엘보그는 열세 살 난 명왕성인으로, 우주학 교실에 앉아 손가락으로 자기 더 듬이를 꼬며 부활절과 하누카, 얼굴 리프팅 같은 먼 곳의 풍습을 배우고 있다. "얼굴 앞면을 칼로 가른 다음 필요 없는 피부는 싹둑 잘라내고 남은 부분을 단단히 잡아당겨 다시 꿰맨대! 그리고 이렇게 하면 더 매력적으로 변할 수 있다고 생각한대! 다 비슷비슷한 얼굴이 되는 데다 얼굴하고 목 아래가 따로 놀아서 죽을 때까지 터틀넥만 입어야 하는데도! 그리고 더 들어봐. 가끔 전신 마취 때문에 사망하는 인간도 있는데 그걸 알면서도 이걸 한다는 거야! 우와, 지구인들은 **제정신이 아니구나**. 하지만 거대 토끼가 초콜릿을 가져다주고 8일 내내 선물을 받는 건 꽤 근사하네."*

나는 그 누구도 내 얼굴을 칼로 자르게 두지 않을 것이다. 만약 내가 수술대 위에서 죽어 내가 허영에 찬 이기적인 인간이었다고 모두가 생각하게 됐는데, 나는 이미 죽은 사람이라 스스로를 변호할 수조차 없으면 어떻게 하느냔 말이다.(여기서 '스스로를 변호한다'는 것은 곧 '나보다 먼저 성형수술을 해서 내가 스스로 늙고 못생겼다고 생각하게 만든 모든 사람을 비난한다'는 뜻이다.) 게다가 (수술받을 생각도 없는데 벌써 눈물이 차오른다) 나는 **엄마**다. 내게는 어리고 천진난만한 두 딸이 있다. 아이들은 나를 사랑하고 내가 아름답다고 생각하며 자기들을 배

---

* 부활절과 하누카의 풍습을 말한다.―옮긴이

구 수업에 데려다주고 탐폰 사용법처럼 아빠가 설명할 수 없는 (아니면 설명하기엔 조금 뭣한) 것들을 설명해줄 엄마가 필요하다. 나는 아이들이 지금이나 나중에 내 나이가 되어서나 스스로를 사랑하기를, 여드름도 축 처진 무릎도 전부 사랑하기를 바란다. 아이들의 미래 남편을 만나고 싶고, 아직 태어나지 않은 손자손녀를 품에 안고 싶고, 죄책감을 자극해 아이들이 훗날의 시부모 대신 나와 함께 휴가를 보내게 만들고 싶다. 내 뱃살이 중국 견종 샤페이에게서 훔쳐 온 것처럼 쭈글쭈글해 보이고 턱밑에 약간 군살이 생겼다는 이유만으로 이 모든 걸 놓친다면 정말 안타까울 것이다.

미디어 종사자로서 나는 사람들이 잡지와 영화에 나오는 비현실적인 이미지 때문에 신체 불만족이 확산되는 거라고 말하는 게 싫다. 자, 들어보라. 그건 **미디어**의 잘못이 아니다. 미디어는 그저 전달 체계일 뿐이다. 미디어를(우리를) 비난하는 건 케첩이 구리다고 핫도그를 비난하는 것이나 마찬가지다. 문제는 누가 봐도 할리우드에 있다. 할리우드에서는 사람들이 돈을 눈처럼 펑펑 써대고, 이미 여신 같은 여자들이 **하루에 성형수술을 열 번 받는 짓**을 저지르다 죽기 직전까지 가고서도 《피플People》에 "그럴 만한 가치가 충분히 있었다"라고 떠벌린다.

그래, 하이디 몬태그, 당신 얘기다.

하루 종일 트위터에 죽치는 사람들의 말을 빌리자면, WTF*

---

* 영어의 욕 What the Fuck의 줄임말.—옮긴이

다. 《피플》 기사에서 몬태그는 이렇게 묻는다. "누가 저를 비난할 수 있나요?" (또한 자신이 "수술 전에는 미운 오리 새끼"였다고 고백하며 "세상 앞에 새로운 저, 진짜 저를 보여줄 수 있어 너무 신난다"라고 덧붙인다. 이 두 발언을 들으면 수술로 완벽해진 그녀의 코에 주먹을 날리고 싶어진다.) 몬태그의 그럴싸한 질문에 대답을 하자면, 내가 당신을 비난한답니다, 몬태그 양. 내게는 그럴 권리가 있어요. 왜냐하면 당신이 (보형물을 넣은 끝내주는 엉덩이와 지방흡입으로 만든 개미허리와 팔자주름 하나 없이 탱탱한 피부와 터무니없이 기세 넘치는 내 머리만 한 가슴으로) 스물일곱이라는 어린 나이에 미의 기준을 말도 안 되게 높여놓고 있어서 우리는 그냥 모든 걸 포기하고 싶어진단 말입니다.

당신이 엉덩이에 불만족하는 원인이 바로 몬태그 양에게 있다는 걸 아직 믿지 못하겠다면 "이제는 성형수술을 그만할 건가요?"라는 질문에 그녀가 한 대답을 들어보시라. 이 비현실적으로 섹시한 금발 미녀는 이렇게 말한다. "이제 시작인걸요. 나이가 들수록 여러 시술이 필요해져요. 유명 스타들은 전부 핏줄을 안 보이게 하는 시술을 받죠. 그냥 유지 보수가 많이 필요하다고 보면 돼요. 완벽하게 나이 드는 사람은 아무도 없어요. 그래서 계속 성형수술을 받으며 최대한 완벽해지려고 노력할 계획이에요. 제게 있어 성형수술은 늘 너무 보람찬 경험이거든요."

성형수술이 너무 **보람차다고?** 자기야, 그렇지 않아. 샌드위치를 만들어서 노숙인 쉼터에 갖다주는 게 보람찬 거지. 아이에

우아하게 나이들 줄 알았더니

게 자전거 타는 법을 가르쳐주는 게 보람찬 거고. 학위를 따고, 이탈리아어를 배우고, 집에서 직접 빵을 굽고, 장례식장에서 진심을 담아 추도 연설을 하고, 토마토를 기르고, 옛날식으로 거대한 천에 스탬프를 찍어 할머니에게 보내는 편지를 쓰고, 90초 동안 플랭크를 하고, 완벽하게 익은 여드름을 피 흘리지 않고 짜는 게 보람찬 거야. 살아 있는 바비인형처럼 보이려고 수만 달러를 쓰면 거울 속 자기 모습이 너무 좋아서 미쳐버릴 수 있다는 건 알겠어. 하지만 그걸 보람차다고 하긴 좀 그렇지.

다시 말하지만 나는 작고 간단한 시술까지 반대하지는 않는다.(만약 당신이 이런 시술에 반대하고 내가 그렇지 않다는 이유로 내가 맘에 들지 않는다면 이 책 맨 앞에 있는 경고문을 참조해주길 바란다.) 그리고 솔직히 내가 아는 여자 중 자연 상태 그대로 나다니는 사람은 한 명도 없다. 우리 모두가 자연 그대로의 모습에 일어나는 현상을 가리고, 완화하고, 아니면 최소한 거기에서 시선을 돌리려고 할 수 있는 모든 걸 한다. 푸석푸석한 머리카락을 염색하고 쫙 펴고 스타일링을 하며, 치아 미백을 하고, 회반죽처럼 두꺼운 파운데이션을 얼굴 전체에 처덕처덕 바른다. 핏줄과 셀룰라이트, 검버섯을 가리려고 타이츠를 신고, 늘어진 목을 숨기려고 터틀넥을 좋아하는 척한다. 낑낑대며 스팽스(나중에 더 자세히 설명하겠다)에 몸을 욱여넣고 패드가 베개보다 더 두툼한 스포츠브라를 착용해 몸이 흐물흐물한 덩어리로 변하고 있지 않다는 환상을 자아낸다. 한 친구는 이렇게 말한다. "어떤 사람은 가짜 가슴을 브라 안에 넣고 어떤 사람은 피부

안에 넣는 거지 뭐. 둘이 다른 게 뭐야?" 친구의 말에는 확실히 일리가 있다. 그저 나는 성형수술이라는 선택지가 애초에 존재하지 않아서 성형수술에 몸서리를 치면서도 동시에 마음을 뺏길 필요가 없다면, 아니면 쉼 없이 성형수술을 한 여자들처럼 예뻐야 한다고 느낄 필요가 없다면 얼마나 좋을까 생각할 뿐이다.

생각해보면 정말로 불공평하다. 우리 할머니 세대에는 누군가 늙어서도 아름답다면 그건 그 사람이 그동안 자기 관리를 잘 해왔기 때문이었다.* 그 사람은 그럴 **자격**이 있었다. 이런 사람들은 햇볕을 피하고 맨손운동을 하고 눈앞의 맛좋아 보이는 디저트를 전부 지나쳐 보낸 덕분에 어린 피부와 질투를 일으키는 허리 라인, 이상적인 얼굴 비율을 얻었다. 하지만 오늘날에는 메스에 굴복할 마음과 금전적 능력만 있으면 누구나 더 젊고 아름다워질 수 있으며 아무리 햇볕을 피하고 팔벌려뛰기를 하고 샐러드를 먹어도 이들보다 더 예뻐질 수 없다.

물론 성형수술의 대안도 존재한다. 예를 들면 운동(끔찍하다)이나 다이어트(더 나쁘다)나 셀프 태닝(냄새가 지독하지만 앞의 두 개보단 확실히 덜 끔찍하다)이 있다. 셀프 태닝은 금세기 나의 최애 발명품이다. 가짜 선탠으로 모두가 7킬로그램은 더 날씬해 보이고 15년은 더 젊어 보일 수 있다는 사실을 믿을 수 없다면 체중 감량 제품 광고를 아무거나 골라서 비포 애프터 사진을 확인해보라. 비포 사진에는 육중하고 살이 울퉁불퉁 튀

---

* 아니면 이탈리아인으로 태어났거나. 이 경우는 그냥 운이 좋은 거다.

우아하게 나이들 줄 알았더니

어나온, 페이스트리 반죽처럼 새하얀 사람이 있다. 애프터 사진에는 탄탄하고 매끈하며 녹은 캐러멜 색깔 피부를 가진 사람이 있다. 이게 우연일까? 나는 아니라고 생각한다.

만약 한 번도 셀프 태닝을 해본 적 없다면 알아둬야 할 사실이 몇 가지 있다. 먼저 드럭스토어에서 파는 크림은 한 병에 8달러, 고급 백화점 브랜드 제품은 30달러, 피부관리실에 가서 태닝받는 것은 50달러다. 이래라저래라 잔소리하려는 건 아니지만 세 경우 다 같은 성분으로 피부를 물들이며, 세 경우 다 당신이 입은 옷을 전부 벗은 다음 샤워할 수 있을 때까지(보통 크림을 바르고 네 시간에서 여덟 시간 후) 썩은 펠리컨 시체 같은 냄새를 풍긴다는 점을 알아두는 게 좋다. 하지만 **7킬로그램과 15년이라니!** 착색 없이는 아무것도 얻을 수 없다No Stain, No gain.

드럭스토어에서 8달러를 주고 산 내 태닝 크림을 배신할 마음은 전혀 없었지만 어느 날 나는 아이 학교의 경매 행사에서 전문 스프레이 태닝 사용권을 충동구매하고 말았다. 당시에는 '전문'이라는 말이 곧 **다른 사람이 내 몸에 제품을 뿌려준다**는 뜻임을 미처 생각지 못했다.(말해두지만 이건 기금 모금 행사였다. 그리고 살짝 술에 취해 있었던 것 같기도 하다. 하지만 취해 있었다 한들 나는 **우리 아이들**을 위해, 또는 아이들의 미술 수업이나 체육 수업, 교실에서 사용할 아이패드나 새 태양열판 같은 것을 위해 돈을 쓴 거였다. 그러니 비난은 말아달라.) 어쨌거나 그 사용권은 11개월 동안 내 책상 위에 그대로 놓여 있었는데, 전문 스프레이 태닝을 예약하려 할 때마다 내가 평소 '전문가'건 아니건 간에 웬만하면 처음 보는 사람 앞에서는 홀딱 벗지 않으려 한다는 사실이 떠올랐기 때문이다. 그래서 이번 주는 너무 바쁘다는 결론을 내리고 예약을 미뤘다. 그리고 이 상황이 반복되었다.

그때 친구 바브에게서 전화가 왔다.

"봄 방학 전에 스프레이 태닝 받으러 같이 안 갈래?" 바브는 크루즈 여행을, 나는 플로리다에 갈 예정이었고 우리 둘 다 상당한 면적의 (늙고 힘없이 늘어진 허여멀건) 피부를 드러내게 될 것이 분명했다. 거절하려던 순간(그런 사치를 부릴 시간과 돈이 어디 있냐?) 내가 가진 사용권이 기억났다.

"좋아." 나는 스프레이를 뿌려주는 여자가 나보다 더 늙었거나 허옇거나 흐물흐물하기를(가급적 세 가지가 다 해당하기를) 바라며 대답했다.

물론 그 여자는 예뻤다. 그뿐 아니라 나보다 어리고 태닝도 잘되어 있었으며 훨씬 훨씬 더 늘씬했다.

"저기서 옷 벗고 준비하신 다음 다시 오시면 돼요." 브리트니가 화장실 쪽을 가리키며 알려주었다.(사실 진짜 이름은 브리트니가 아니었다. 하지만 브리트니가 더 잘 어울린다.)

내가 홀딱 벗은 채로 저기서 여기까지 걸어오는 동안 당신은 여기 서서 지켜보고 있겠다고? 이 변태!

"아, 혹시 종이 팬티 필요하세요?" 느릿느릿 화장실로 걸어가는데 브리트니가 물었다.

나는 등 뒤로 화장실 문을 닫으며 웅얼거렸다. "아뇨, 괜찮을 것 같아요."

그때 나는 내가 가진 것 중 가장 작은 끈팬티를 입고 있었다. 끈 하나가 두 볼기 사이를 지나 양쪽 골반을 감싸고 앞에는 코딱지만 한 삼각형 모양 천이 달린 팬티였다. 3,458개의 다른 못생긴 부위는 훤히 드러낼 거면서 왜 유독 이 부분만 가리고 싶었는지는 나에게도 미스터리지만, 어쨌거나 이렇게 하는 편이 더좋을 것 같았다. 나는 신축성 좋은 인조 섬유 쪼가리와 종이 샤워캡만 걸치고 헛웃음을 지으며(덧붙이자면 엄청나게 매력적인 모습이었다) 화장실에서 머쓱하게 걸어 나와 태닝 부스 안으로 들어갔다.

"좋아요, 가운데 똑바로 서시고 다리를 넓게 벌린 다음 팔을 양옆으로 들어주세요." 브리트니가 말하고는 눈썹을 찌푸려가며 자기 앞에 서 있는 작업 대상을 면밀히 검토했다. "가슴을 쫌더 높이 들어주실 수 있나요? 아, 안 되나요? 자, 앞으로 조금 숙여보실까요? 조금만 더요. 아, 아니에요, 신경 쓰지 마세요."

체감상 6년은 지난 것 같은 긴긴 시간 동안 브리트니 앞에서 홀딱 벗은 채로 회전하며 배에 힘을 주고 삼두근을 부풀리고 위엄을 잃지 않으려 노력했으나, 곧 이 모든 걸 동시에 하는 건 불가능하다는 사실을 깨달았다. 매우 굴욕적인 경험이긴 했지만 브리트니가 내 산부인과 의사도 본 적 없는 부위까지 스프레이칠을 마친 후 거울을 본 나는 더 어리고 호리호리해진 모습에 너무 좋아서 기절할 뻔했고, 크게 만족하며 집으로 돌아왔다.

그리고 옷을 전부 벗었다. **흠, 이거 좀 이상한데.** 나는 뒷모습을 확인하며 생각했다. **끈팬티가 남긴 T자 모양 자국이 너무 높이 있잖아. 거의 등허리 중간에 있는 것 같은데. 하지만 그럴 리 없어. 만약 그렇다면 비키니 위로 다 보일 거 아냐.** 브리트니는 전문가니까 분명 알아챘을 거야.

그래서 확인차 비키니를 입어보았다. 비키니는 T자보다 족히 5센티는 아래에 있었고, 엉덩이 위로 툭 튀어나온 T자 자국은 미국 남서부식 인테리어에서 자주 보이는 황소 두개골의 뿔처럼 보였다. 내 친구 해나는 이 자국을 더 예쁘게 꾸며보라고 말했다.(물론 내가 사진을 찍어서 내가 아는 모든 사람에게 보낸 다음 블로그에 올렸기 때문이다.) 다른 친구들은 어쩌면 몽고점이나 타투처럼 보일 수도 있다고 말해주었다. 그날 저녁 나는 어차피 아무도 내 엉덩이를 안 쳐다볼 거라는 결론을 내렸고(최소한 나는 그러길 바랐다. 타투건 뭐건 간에 사람들이 아예 안 쳐다보기를), 용감하게 휴가를 떠나 엉덩이 위에 있는 내 하얀 줄무늬를 멋지게 소화하려고 최선을 다했다.

내 이야기 때문에 영원히 가짜 태닝을 하기 싫어졌다면 스키니가 해답일 수 있다. 여러분도 본 적 있을 것이다. 나는 이 물건을 할인 매장에서 처음 봤는데, 보아하니 텔레비전 쇼 〈샤크 탱크Shark Tank〉에서 처음 소개된 모양이다. 〈샤크 탱크〉는 사업을 준비하는 출연자가 창업 자금을 투자받길 바라며 자신의 백만 달러짜리 아이디어를 투자자들에게 소개하는 프로그램이다. 프로그램에 나온 아이디어 중 하나였던 스키니 인스턴트 리프트Skinnies Instant Lifts는 팔뚝과 허벅지, 배, 옆구리, 엉덩이에 있는

우아하게 나이들 줄 알았더니

군살을 수술 없이 간편하게 가려주는 제품이다. 스키니 개발자들은 분명히 최첨단 제품 디자인이 어쩌고저쩌고 하면서 설명을 잔뜩 늘어놓았을 텐데, 내가 대신 요약해드리겠다. 스키니는 기본적으로 그냥 테이프다. 접착력이 있는 투명한 테이프의 한쪽 끝을 늘어진 피부 맨 밑에 붙인 다음 다른 한쪽 끝을 잡아당겨 최대한 위에 붙이면 된다. 그러면 군살과 늘어진 피부를 매끈한 테이프 밑에 욱여넣을 수 있다. 제품 홍보 영상은 이렇게 말한다. "반바지와 치마, 상의 아래에 감출 수 있어요. 당신 외엔 아무도 모를 거예요!"(아마 당신이 도움을 요청할 친구 한 명은 알게 될 것이다. 이 거대한 테이프를 떼어내는 일은 결코 만만해 보이지 않기 때문이다.) 투자자들은 스키니 개발자의 투자 제안을 거절했지만 스키니를 위한 시장은 확실히 존재한다. 프로그램 홈페이지에 따르면 이들은 첫 5개월 동안 7만 5천 달러 상당의 테이프를 팔아치웠다. 심지어 방수가 되는 테이프도 판매하는데, 제조사는 "원피스 수영복 안에 착용할 수 있다"고 주장한다. 원피스 수영복을 입고 있다는 사실만으로는 충분히 암울하지 않기 때문에 테이프로 끌어올린 엉덩이를 다른 사람이 얼핏 볼 수도 있다는 사실까지 걱정해야 한다고 생각하는 건가.

　내가 이 테이프를 쓸 일은 없을 것 같다. 하지만 스키니의 존재를 알게 되어 기쁘다. 이제는 말도 안 되게 늘씬한 내 나이 또래의 여자를 보면 저 요가 바지 아래 테이프를 잔뜩 붙여놨기 때문에 저렇게 근사해 보이는 거라고 생각할 수 있기 때문이다.

3

....

머리 손질은 중노동이다

우리 모두 이탈리아인이 될 수 있도록 최선을 다하고 엄밀히 말하면 우리에게 있지도 않은 돈으로 성형외과 의사의 주머니를 채우는 짓을 그만두기로 했으므로 이제 헤어스타일에 관해 이야기할 때가 온 듯하다. 아이고야. 어느 시점이 지나면 이 빌어먹을 머리카락을 어디 내놓을 만하게 유지하는 일은 지치고 끝없는, 늘 지기만 하는 싸움이 된다. 마치 토네이도 속에서 우산을 꼭 붙들고 있는 것처럼……. 그것도 눈 쌓인 언덕에 바나나 모양 슬리퍼를 신고 임신해서 아주 예민한 고슴도치를 품에 안은 채로 말이다.

　자, "흰머리를 받아들이세요! 흰머리는 우아하고 시크하고 세련된 거예요" 같은 이야기를 쏟아내기 전에 먼저 내게 설명할 기회를 주길 바란다. 내 머리가 후추보다 소금 색깔에 더 가까워졌을 때 머릿결은 헝가리 견종인 와이어헤어드 비즐라의 털 같았고 머리카락은 중력을 거스르기로 작심한 듯 아래가 아닌 **위로** 자라났다. 〈새터데이 나이트 라이브Saturday Night Live〉에 나왔던 로잰 로잰나나 캐릭터의 거대하게 부풀어 오른 머리를 기억하는가? 바로 그 머리다. 그보다 더 안 예쁜 버전이지만.

고등학교 시절 우리 프랑스어 선생님은 허리까지 오는 머리를 정확히 일주일에 한 번 감았다. 그걸 알 수 있었던 이유는 선생님에게 일주일 간격으로 돌아가는 헤어스타일 일정표가 있었기 때문이다. 머리가 깨끗한 첫째 날에는 히피 스타일로 머리를 길게 늘어뜨렸다. 둘째 날에는 두 귀 옆에 똑같은 핀을 꽂아 옆머리를 살짝 올렸다. 셋째 날에는 머리 양쪽을 조금씩 땋아서 반묶음을 했다. 넷째 날과 다섯째 날은 땋은 머리와 나머지 머리를 합쳐서 하나로 질끈 묶었다. 여섯째 날에 풋볼 경기나 학예회에서 운 좋게 선생님을 만나면 어떻게 했는지는 모르겠지만 선생님이 양옆의 땋은 머리를 위로 올려서 머리 전체에 두른 모습을 볼 수 있었다.(이쯤 되면 머리는 방금 기름칠을 한 무쇠 팬과 비슷해졌다.) 그리고 일곱째 날에는 번들번들하게 기름진 땋은 머리가 메두사처럼 두개골에 뒤엉켜 있었다. 하지만 다행히도 이 일곱째 날의 헤어스타일은 이제 다시 비누칠을 할 때가 되었음을 의미했다.

슬프게도 현재 나의 염색 스케줄은 이와 상당히 비슷하다. 3주 간격이고, 더 간소하고, 머리는 땋지 않지만. 뿌리 염색을 한 첫 번째 주에는 원하는 대로 아무 머리나 할 수 있다. 이때는 포니테일을 하거나 위로 끌어 모아 똥머리를 하거나 자연스럽게 볼륨을 주거나 쭉 펴거나 컬을 넣거나 앞머리를 내리거나 안 내리거나 한다. 이 시기는 아주 순식간에 지나간다. 둘째 주에는 가르마 사이에서 **느닷없이 불쑥** 흰머리가 나타나며 관자놀이께가 슬슬 잿빛으로 변하기 때문에 더 이상 머리를 뒤로 묶을 수가 없다. 그러면 남은 열흘을 버티기 위해 집에서 직접 부분 염색을 하며 바람이 분다는 예보가 없기를 간절히 바란다. 셋째 주에는 주로 모자를 쓰거나 집에 처박혀 있으면서 다음 미용실 예약까지 사회적 만남을 피하려 최대한 애쓴다.

어렸을 때 나는 아기 머리카락처럼 가늘고 쭉 뻗어서 컬을 유지하지 못하는 내 생머리를 저주했다. 젠장, 나는 파라 포셋처럼 풍성한 머리가 갖고 싶었지만 아주 상태가 좋은 날 케이트 잭슨 정도나 되면 다행이었다. 아무리 오래 치장을 하고 컬을 넣고 매만져도, 마지막에 아무리 무스를 처발라도 내 머리는 15분만 지나면 동틀 무렵 꽁꽁 언 호수처럼 머리에 딱 달라붙었다. 나는 풍성하고 힘 있는 머리카락을 원했지만 내 머리는 미끈하고 착 가라앉았으며, 당시에는 머리카락이라는 로또에서 이보다 나쁜 카드는 뽑을 수 없을 거라고 생각했다. 하하하하하, 참 멍청하고 얄미운 계집애였구나. 나는 정말이지 아무것도 모르는 애였다.

침대에서 일어나 바로 나갈 수 있는 머리카락을 다시 한번만 가질 수 있다면 얼마나 좋을까. 뭐 지금도 그럭저럭 괜찮아 보이게 할 수는 있다. 그저 그 머리를 만들고 유지하는 데 수 시간과 선반 전체를 가득 채운 헤어 제품이 필요할 뿐이다. 이렇게 노력하지 않으면 내 머리는 애들을 겁먹게 만든다. 거짓말이 아니라 진짜다. 며칠 전 거울을 들여다보지 못한 상태로 용감히 모닝커피를 내리고 있는데 첫째가 부엌에 들어왔다. 아이가 나를 본 순간 끼익 하고 멈추면서 바닥 타일에 스키드마크가 생겼다.

"엄마, **머리**가 어떻게 된 거야?" 깜짝 놀란 딸이 물었다.

"모르겠는데." 나는 대충 손으로 머리를 쓸어 넘기며 대답했다. 전날 밤에 머리를 말리지 않고 잠들었던 건데, 나의 경우 그런 행동은 결코 현명한 선택이 아니다. "머리가 어떤데?"

"쥐가 파고들어서 둥지를 튼 거 같아." 딸아이가 알려주었다. 나는 거실에 있는 거울을 조심스럽게 들여다봤다. 딸의 묘사는 꽤나 정확했다.

내 머리를 담당해주는 헤어디자이너에 따르면 해결책은 브라질에서 나온 값비싼 화학 약품이다. 빌어먹을 브라질 사람들이 그 끔찍한 브라질리언 왁싱과 조막만 한 비키니만으로는 나를 충분히 괴롭히지 못한 것이다. 이제 나는 발암물질로 알려진 포름알데히드를 머리에 발라야 하고, 맹독성 물질이 내 머리카락에 충분히 흡수되어 곱슬머리를 (5분간, 아니 새 머리가 자랄 때까지) 잠재울 수 있도록 며칠간 바셀린에 코팅된 쥐 꼴을 하고 돌아다녀야 한다.(머리핀도 포니테일도 모자도 금물이다!) 이 약이 한 병에 수백 달러이고 캐나다와 유럽에서는 사용이 금지되었으며 부작용으로 시야 흐림과 두통, 어지럼증, 거친 숨소리, 목 이물감, 메스꺼움, 코피, 가슴 통증, 발진이 나타날 수 있

우아하게 나이들 줄 알았더니

다는 점은 신경 쓰지 마시라. 중요한 건 지젤 번천 같은 머리카락을 가질 수 있다는 것이다! 물론 포름알데히드 때문에 죽거나 머리카락이 전부 빠지지 않는 경우에 한해서인데, 인터넷에서 본 내용을 전부 믿는 사람에게는 충분히 일어날 수 있는 일이다. 확실히, 버터처럼 부드러운 슈퍼모델 헤어스타일을 가지려면 그만큼 돈이 든다. 돈 한 푼 못 쓰는 구두쇠라고 욕해도 좋다. 하지만 나는 아직 이런 데 돈을 쓸 마음의 준비가 안 됐다.

그렇다고 기꺼이 곱슬머리를 받아들이겠다는 뜻은 아니다. 나는 머리에 광택을 내준다는 샴푸와 머릿결을 부드럽게 하는 크림, 곱슬기를 펴주는 스프레이를 사용하고 일주일에 한 번 트리트먼트를 해준다. 집에서 스타일링을 할 때는(솔직히 말하자면 자주 있는 일은 아니다. 나는 집에서 일하고, 평소에 내가 만나는 유일한 성인인 우편집배원은 내 머리 모양에 눈곱만큼도 관심이 없는 게 분명하기 때문이다) 핀으로 섹션을 나누고 거대한 세라믹 롤빗과 납작한 브러시를 이용한다. 당연히 **위에서 아래로** 머리를 드라이하고 아무리 팔이 후들거려도 마지막 한 가닥이 다 마를 때까지 절대 드라이어를 놓지 않는다.(고백할 게 하나 있는데, 내게는 200달러나 주고 산 이온 드라이어가 있다. 이 드라이어가 머리카락을 좍좍 펴준다고 했기 때문이다. 많은 사람이 음이온 드라이어의 효과를 맹신한다는 걸 안다. 드라이어를 호텔에 두고 온 우리 언니는 남편에게 왕복 여섯 시간을 운전해서 다시 찾아오게 했다. 하지만 내 드라이어가 내게 준 것은 납작한 지갑뿐이었다.) 곱슬기를 방지하고 윤기를 내주는 스프레이로 머리카락을 코팅한 후에는 재빨리 헤어 마스카라를 꺼내 든다. 헤어 마스카라는 여러분이 이름을 통해 상상한 바로 그 제품으로, 사방팔방으로 튀어나와서 아무리 성심성의껏 스타일링을 해도 연필 끝에 끼우는 트롤 인형 머리처럼 보이게 만드는 잔머리를 어느 정도 붙잡아 준다. 그런 다음 거울을 들여다본 후 대개는 여전히 꼴이 말이 아니라는 결론을 내리고 모자를 뒤집어쓴다.

너무 지친다. 이 모든 게 다.

어쩌면 내 머리가 여전히 긴 게 문제일 수 있다. 내 머리는 거의 언제나 길었다. 몇 번 짧게 잘라봤지만 늘 이틀 안에 후회했다. 마지막으로 머리를 많이 잘라냈을 때(당시 제니퍼 애니스턴이 하고 다니던 것과 정확히 똑같은, 턱까지 오는 스타일리시한 보브컷이었다) 나는 30대 중반이었고 막 첫째를 낳은 참이었다. (나보다 훨씬 어린) 남동생이 나를 보고 말했다. "엄마 스타일로 잘랐네! 미니밴도 한 대 뽑을 거야?"

나는 최대한 자제력을 발휘하며 말했다. "이거 제니퍼 애니스턴 머리거든. 그리고 제니퍼는 애 없어. 이건 시크한 머리야."

"누나가 그렇다면 그런 거지 뭐." 남동생이 어깨를 으쓱하며 말했다.

나는 즉시 밖으로 나가서 코에 피어싱을 했다. 거짓말이 아니다. 태어난 지 얼마 안 된 첫째를 유아차에 태우고 타투숍에 가서 코를 뚫었다. 허리 안쪽에 거들이 달린 청바지나 얌전한 신발의 세계로 아직 넘어가지 않았음을 세상에(최소한 남동생

　　　　　　　　　우아하게 나이들 줄 알았더니

에게) 증명하고 싶은 마음이 **그만큼** 컸던 것이다. 나는 곧바로 코에 끼운 큐빅 장식을 사랑하게 되었고 코 피어싱을 한 것만으로도 다시 어려지고 힙해진 기분이었지만, 피어싱 반대쪽 끝이 계속 콧구멍 밖으로 튀어나와서 커다란 코딱지가 매달려 있는 듯한 느낌이 났다. 어쩔 수 없이 튀어나온 부분을 계속 밀어 넣어야 했는데, 사람들이 나를 코카인 가루를 털어내는 마약 중독 자로 생각할까 봐 걱정이 되었고 그건 갓 태어난 아기 옆에서는 더욱더 안 될 일이었다. 게다가 큐빅 주위로 화장이 떡졌고 가끔은 피어싱한 부위가 가렵기도 했다. 종합해봤을 때 코 피어싱은 결국 엄청난 골칫거리인 것으로 드러났다. 시간이 흘러 다시 엄마처럼 보이지 않는 그럭저럭 괜찮은 길이가 되자(잠깐 짚고 넘어가자면 내 코털이 아니라 머리털 얘기다) 나는 가짜 다이아 몬드 장식을 빼고 구멍이 막히게 두었다.

언제가 되면 긴 머리를 짧게 잘라야 하는지도 잘 모르겠다. 대부분의 여성이 나이가 들면서 머리를 점점 짧게 자르는 것 같은데, 나는 땋은 회색 머리가 허리까지 지저분하게 늘어진 여자가 되고 싶지도 않고 그렇다고 〈트루 라이즈True Lies〉의 제이미 리 커티스 같은 쇼트커트 스타일을 좋아하지도 않는다. 쇼트커트를 소화하려면 얼굴이 잘생겨야 하는데, 내가 못생겼다는 건 아니지만 당신도 내가 수건으로 머리를 감싼 모습을 보면 나는 머리가 길면 길수록 더 봐줄 만하다는 사실을 인정할 것이다.

나와 동갑인 내 절친 하나는 여전히 팬틴 광고에 나올 법한 머리를 자랑한다. 이 친구의 머리카락은 길이가 10킬로미터 정도 되고 아름다운 붉은빛을 띠며 말꼬리만큼 숱이 많고 멀미가 날 정도로 윤기가 좔좔 흐른다. 사람들은 길에서 친구를 붙잡고 당신 머리가 정말 눈부시다고 말한다. **마치 친구가 모르기라도 할 것처럼.** 내 말은, 잇새에 양상추가 껴 있거나 새똥 위에 앉았는데 그걸 모르는 거하고는 다르다는 것이다. 이 친구는 매일매일 스물네 시간 이 머리를 하고 산다! (한 번이라도 좋으니까 친구가 이렇게 대답하는 걸 보고 싶다. "우와, 정말? 내 머리가 비현실적으로 아름답다고? 알려줘서 정말 고마워!" 하지만 생각해보니 진짜로 그러면 재수 없을 것 같다.) 우리 둘은 열네 살 때부터 친구였고 어렸을 때도 이 친구의 근사하고 숱 많은 머리칼이 부러웠지만 지금은 단 하루라도 이런 머리로 살 수 있다면 러시아워에 번화가에서 옷을 홀딱 벗고 서 있을 수 있을 것 같은 심정이다. 왜냐하면 풍성하고 광택이 흐르는 머리칼은 **나는 젊고 생기 넘치는 여신이다**라고 소리치며 사람들의 뜨거운 시선을 (만약 소리친 게 머리카락이 아니라 입이라면 체포 영장을) 끌어당기기 때문이다.

"나는 머리를 높게 묶지도 못해. 너무 무거워서 5분 만에 두통이 온단 말이야." 팬틴 걸이 우는소리를 하려고 한다.

"어디 더 징징거려봐." 내가 측은해하며 대답한다.

"머리 말리는 데 한 시간 반이나 걸린다구." 친구가 입을 삐쭉거리며 말한다.

"아이고 가여워서 어쩌누. 도대체 어떻게 그 대단한 일을 다 해내는 거야?"

우아하게 나이들 줄 알았더니

"염색할 때도 추가 요금을 내야 한다니까."

친구의 불평에 내가 다정하게 말한다. "거울에 비친 네 반짝 거리는 머리칼이 너무 환한 빛을 내뿜어서 눈이 따갑다고 하진 마. 그러면 내가 너희 집에 몰래 숨어들어서 린스통에 왁싱 크림을 넣어버릴 테니까."

헤어스타일은 나이가 몇 살이건 항상 큰일이라는 사실이 납득 안 된다면, 무려 영부인인 미셸 오바마가 머리를 살짝 잘랐을 때 언론이 얼마나 폭발적인 반응을 보였는지를 떠올려 보라.(미셸 오바마가 앞머리를 잘랐어! 세상에!)《허핑턴 포스트The Huffington Post》와《더 데일리 비스트The Daily Beast》,《E! 온라인E! Online》을 포함한 모든 주요 언론 매체가 이 사건을 보도했다. 당연히 영부인은 이 모든 야단법석에 답해야 한다고 느꼈고, 한 토크쇼에서 진행자 레이철 레이에게 이렇게 말했다. "앞머리는 중년의 위기 때문이에요. 제가 스포츠카를 살 순 없잖아요. 번지점프를 한다고 해도 사람들이 말릴 거고요. 그래서 그 대신 앞머리를 잘랐죠."

나는 이미 앞머리가 있지만(넓디넓은 이마와 비싼 보톡스 가격 때문이다) 영부인이 느낀 기분을 이해한다. 거울을 보면 모든 게 예전 같지 않다. 새로운 기분과 새로운 외모, 그리고 새로운 **나**를 위한 변화가 필요하다. 깃털 장식도 달아보고 핑크색 블리치도 넣어보고 더 어두운 톤도 넣어보고 더 밝은 톤도 넣어보고 아예 머리색 전체를 바꿔보기도 했다. 나는 거의 백발에 가까운 금발에서 에스프레소 색 사이에 있는 모든 색깔로 머리를 물들여봤다. 그러다가 마침내 진짜 머리카락으로 만든 클립 가발을 샀다. 이 가발은 착용감이 그리 좋지는 않지만 **직접 머리를 말고 염색하는 것**보다 훨씬 짧은 시간 안에 윤기도 숱도 없는 내 머리를 눈부시고 풍성하게 만들어준다.

한번은 남편이 화장실 세면대 위에 있는 이 가짜 머리를 보았다. 물론 전에도 내 머리에 **달려 있는 걸** 본 적이 있지만 내가 쓴 상태에서는 훨씬 덜 섬뜩해 보인다.

"**저게** 도대체 뭐야?" 남편이 겁먹은 얼굴로 털뭉치를 가리키며 외쳤다.

"내 클립 가발이야." 나는 가발을 품에 안고 사랑스럽다는 듯 쓰다듬으며 명랑하게 말했다.

"아 뭐야, 난 또 죽은 사막쥐인 줄 알았잖아." 남편이 고개를 절레절레 저었다.

가발은 정말 사막쥐처럼 보였다.* 그래서 그때부터 우리는 모든 가발을 '사막쥐'라고 부르는데, 진짜 재미있다. 예를 들면 식당에서 밥을 먹을 때 남편이 내 쪽으로 몸을 살짝 기울이고 "4시 방향에 사막쥐"라고 말하면 나는 남편 말이 맞는지 알아보려고 자연스럽게 그쪽을 쳐다본다. 남편은 가발을 찾는 데 점점 선수가 되고 있다. 최근에 결혼식 때문에 교회에 앉아 있는데(나는 거기 앉아 있는 게 너무 싫어서 어서 번개가 떨어지기를

---

* 하지만 나는 죽은 사막쥐가 아니라 살아 있는 사막쥐처럼 보였다고 주장하고 싶다.

우아하게 나이들 줄 알았더니

기다리느라 너무 바빴기 때문에 다른 사람 헤어스타일을 미처 살피지 못했다) 남편이 몸을 기울이고 심각하게 말했다. "확실하진 않은데 여기서 사막쥐를 50마리도 넘게 봤어." (실제로 나는 이 책 제목을 '교회의 50마리 사막쥐'로 하고 싶었는데 너무 모호하다는 의견이 있었다.) 이야기의 요점은 사막쥐 구매자, 아니 사용자가 나뿐만이 아니며, 그러므로 순식간에 지나간 젊음의 흔적을 되찾기 위해(아니면 매달리기라도 하기 위해) 손에 넣을 수 있는 그 어떤 인위적인 수단도 마다하지 않는 사람 역시 나뿐만이 아니라는 것이다.

이런, 내가 방금 뭘 고백한 거지?

4

....

이 물건들은 다 어디서 나오는 거야?

우리 외할머니 외할아버지는 평생을 조그맣고 깔끔한 집에서 사셨다. 두 분은 물건을 강박적으로 쌓아놓는 호더hoarder와는 거리가 멀었다. 외할머니가 아흔셋의 나이로 세상을 뜨셨을 때 나는 엄마를 도와 할머니의 물건을 정리하고 누가 무엇을 가질지 결정했다. 할머니의 서랍을 열며 어떻게 서랍이 이렇게 가벼울 수 있는지, 어떻게 서랍 안에 이런 공간이, 이런 공기가 있을 수 있는지 깜짝 놀랐던 기억이 난다. 손을 가볍게 몇 번만 움직이면 할머니의 잠옷 세 벌과 똑같이 생긴 슬립 두 벌을 어렵지 않게 확인할 수 있었다. 옷장도 마찬가지였다. 옷걸이 몇 개가 똑같이 몇 센티미터 간격을 두고 떨어져 있어서 옷장 문을 열면 자유롭게 양쪽으로 흔들렸다. 집 안에 있는 모든 옷장과 캐비닛이 꼭 필요한 것들만 담고 있었다.

오늘날까지도 나는 할머니가 어떻게 그렇게 하실 수 있었는지를 전혀 모른다. 우리 집은 할머니 집보다 세 배는 큰데도 물건으로 미어터진다. 침실 옆에 있는 내 옷방은 원래 화장실이었던 공간을 개조한 것인데도(그래서 바닥에 대자로 드러누울 수도 있고 아이들을 피해 전화를 받으러 들어갈 수도 있다)* 뭐가 너무 많아서 양옆에 있는 옷 무더기의 도움을 받아 '옷걸이' 없이 공중에 매달려 있는 옷도 있다. 부엌에는 서랍이 일곱 개 있는데(우리 할머니는 한 개였다) 하나하나에 물건이 빽빽하게 들어차 있어서 길 잃은 클립 하나 넣을 틈새조차 찾기 어렵다.

하지만 우리가 사는 세상은 할머니가 사셨던 세상과 다르다. 즉 우리에게는 귀를 솔깃하게 하는 인포머셜**과 반드시 사야 하는 전 세계 모든 발명품을 한자리에서 편리하게 구매할 수 있는 애즈신온 TV 스토어가 있다. 여기에 이베이와 그루폰, 25달러 이상 무료배송 같은 문명의 이기를 더하고, 도토리와 마모된 유리 조각, 병뚜껑, 지우개 같은 것들을 주워오는 아이 몇 명을 곱한 다음, 존재하는지도 몰랐던 문제와 필요를 각종 도구와 장비가 전부 해결해주는 현실을 섞어보라. 인생의 백나인***에 다

---

* 후후, 진짜로 이렇게 할 수 있다. 여기 숨으면 애들은 나를 절대 못 찾는다.
** infomercial. 30초에서 2분 동안 제품 정보를 상세히 제공하는 TV 광고로, 그 자리에서 전화를 걸어 제품을 구매할 수 있다.—옮긴이
*** 아마도 이건 골프 용어일 것이다.(18홀 골프 코스의 후반 아홉 홀.—옮긴이) 나는 스포츠를 전혀 모르기 때문에(테니스는 예외인데, 테니스의 목표가 공을 네트 위로 넘기는 거라는 건 안다) 평소에는 스포츠 비유를 안 쓰려고 하지만 최근에 친구가 쓴 게 맘에 들어서 나도 한번 써봤다.

우아하게 나이들 줄 알았더니

다른 지금, 물건이 나를 집어삼킬 중대한 위기에 처한 것도 그리 놀라운 일이 아니다.

핵심은 필수품 몇 개로 그럭저럭 살아가는 법을 알았던 우리 조부모와 달리 우리는 소비자 세대라는 것이다. 그들이 필요한 것을 만들었다면, 우리는 구매한다.* 우리는 고생해서 번 돈으로 슬랭킷(슬랭킷은 그냥 담요다! 소매가 달린! 이런 참신한 발상이라니!)과 전기 충전 가능한 보온 슬리퍼, 와인 잔을 목에 걸 수 있는 홀더를 산다. 그건 그렇고 독자 여러분도 지금 당장 이 상품을 전부 구매할 수 있다. 이 책을 비행기에서 읽고 있다 해도 마찬가지다. 기내 쇼핑 서비스인 **스카이몰** 카탈로그가 있기 때문이다.

요즘 친구들에게서 **단순화**에 관한 얘기를 많이 듣는다. 요즘 엄청 유행하는 말이지만 내가 보기에 그건 그냥 '필요 없는 물건을 버린다'라는 뜻인데, 그게 무지막지하게 어려운 일이라는 사실에 모두가 동의하리라 생각한다. 여러분도 알다시피 이 세상은 상당히 구미가 당기는, 종종 마음에 쏙 드는, 가끔은 유용하기까지 한, 엄밀히 말하면 **필요하지는 않지만** 큰 기쁨을 주는 물건으로 가득 차 있기 때문이다.

여러분이 가진 요리 도구를 예로 들어보자. 치즈 슬라이서와 채소 필러, 사과 심을 제거하는 애플 코어, 핫도그 슬라이서,

---

* 여러분도 필요한 것을 전부 사서 해결하는지는 모르겠지만 나는 그렇게 한다. 우리 집에서 이건 민감한 사안이므로 우리 집에 식사 초대를 받는다면 이 주제는 입 밖에 꺼내지 않는 게 좋다.

채소 분쇄기, 멜론을 동그랗게 푸는 스쿱, 마늘 다지기, 메찰루나,* 채칼, 오렌지와 레몬 껍질을 갈아주는 제스터, 강판, 가금류용 가위 등으로 하는 일은 전부 쓸 만한 칼 하나로 끝낼 수 있다. 뭐, 멜론을 똑같은 크기의 조그만 공 모양으로 다듬는 것은 고통스러울 수 있겠지만 어쨌거나 할 수는 있다. 못 하겠으면 네모나게 썬 멜론에 만족해도 되고.

우리 모두가 얼마나 소비지상주의에 물들어 있는지 아직 잘 모르겠다면 허슬러사에서 나온 571 바나나 슬라이서를 소개해드리겠다. 그렇다, 통제하기 힘든 바나나를 감당 가능한 크기로 일정하게 자르는 까다로운 임무를 책임져주는 도구가 이 세상에 존재한다. 그리고 이 상품의 아마존 리뷰(현재 4,760개가 있다)가 얼마나 재미있는지 모른다.

콜로라도 그릴리에 사는 톨레도 부인은 이 상품에 별 다섯 개를 주며 이렇게 썼다.

바퀴와 페니실린, 아이폰에 이미 쓰인 수식어를 쓰지 않고 571B 바나나 슬라이서를 어떻게 설명할 수 있을까요…….
이건 역대 최고의 발명품 중 하나입니다. 저와 남편은 누가 바나나를 자를 것인지를 두고 늘 다투곤 했어요. 그건 **아무도** 안 하려고 하는 허드렛일 중 하나니까요! 다들 익숙하시

---

* mezzaluna. 낫 모양의 반원형 칼 양 끝에 손잡이가 달린 도구로 재료를 다질 때 사용한다.—옮긴이

죠? "내가 오늘 하루 종일 애들 뒤치다꺼리했으니까 이번엔 당신이 좀 나서서 바나나 자를 수 있잖아?" 그러면 당연히 이런 대답이 나옵니다. "저 망할 바나나를 자르느라 쩔쩔맬 힘이 나한테 있다고 생각해? **이걸** 하려고 내가 열두 시간 교대로 일하고 집에 돌아온 거냐고?!" 바로 이런 것들이 관계를 망칩니다. 그러다 아이들이 긴장감을 알아챌 정도가 되었죠. 여섯 살 난 딸이 자기 방에서 바비 인형으로 남편과 제가 매일 하는 바나나 싸움을 흉내 내는 걸 본 순간 이제는 바뀌어야 할 때라는 걸 알았어요. 바로 그때 571B 바나나 슬라이서를 발견한 거예요. 우리 결혼 생활이 이만큼 건강했던 적은 없답니다. **심지어** 밤에도 금슬이 더욱 좋아졌어요. **고마워요, 571B 바나나 슬라이서!**

내게는 바나나 슬라이서가 없다는 사실을 알려드린다. **왜냐하면 이건 누가 봐도 우스꽝스러운 발명품이기 때문이다.** 하지만 나는 앞에서 말한 요리 도구를 전부 갖고 있다.(추가로 아보카도 슬라이서도 있는데, 내가 이 제품을 특별히 언급하는 이유는 다른 것들과 달리 매우 필요한 도구이기 때문이다. 아보카도를 꾸준히 먹는 사람은 이 제품으로 인생이 바뀔 것이다.) 나로서도 어쩔 도리가 없다. 나는 도저히 저항할 수 없는 가격에 할인 판매되고 있다는 이유로 별로 좋아하지도 않는 물건을 사는데, 이런 충동성은 엄마에게서 물려받은 것이다. 만약 3달러짜리 상품이 열 개에 10달러라고 하면 나는 열 개를 집어 든다. 다른 사람은 애초에 한 개에 1달러짜리를 산다는 걸 알면서도 말이다. 그리고 나는 유용하거나 획기적인 듯 보이는 물건을 쌓아둔다. 입구가 스펀지라서 자동차 페인트를 담아둘 수 있는 통이나 오로지 건조기 보풀 거름망 청소에만 쓸 수 있는 손잡이가 긴 솔, 그리고 아보카도 슬라이서 같은 것들인데, 내가 보기엔 전부 다 유용하면서 **동시에** 획기적이라고 밝혀진 제품이다.

나의 사소한 쇼핑 충동에 대해서는 여기까지만 하고, 또 다른 문제는 내가 아이들이 만든 마카로니 목걸이나 자기소개 포스터를 즉시 쓰레기통에 처넣을 수 있는 냉혈한이 아니라는 사실이다. 나는 가구 회사에서 3개월마다 보내주는 5킬로그램짜리 카탈로그와도 쉽게 작별하지 못하는데, 이 화려한 잡지를 만드느라 자기 목숨을 희생한 수 헥타르의 나무들에게 인간적 책임을 느끼기 때문이다. 비행기에서 산 가십 잡지도 한 무더기 보관하고 있다. 어떤 것에는 땅콩 소스를 곁들인 태국식 대구 요리 레시피가 들어 있고 또 어떤 것에는 속눈썹을 길게 해주는 신상 마스카라 광고가 실려 있으며 그다음 것에는 야후!에 새로 취임한 **나보다 훨씬 어린** 여성 CEO 기사가 있는데 이 기사를 언니에게 보내주고 싶기 때문이다. 언젠가 시간이 생기면 반드시 이것들을 요리하고/구매하고/언니에게 보내줄 것이다.*

소방관이 온갖 잡다한 물건을 뚫고 들어오지 못해서 비극적

---

* 사실 우리 모두 안다. 내가 그 어떤 것도 요리하고/구매하고/보내지 않으리라는 사실을.

우아하게 나이들 줄 알았더니

화재로 결국 목숨을 잃고 신문에 나는 사람이 되고 싶지는 않으므로, 내게 남은 유일한 선택지는 물건을 체계적으로 정리하는 것이다. 내가 물건을 지나치게 많이 갖고 있을지는 몰라도 모든 물건은 분야별로 잘 정리 수납되어 있다. 예를 들면 화장실 선반은 어른용 약과 아이용 약, 응급 처치 용품, 개인 미용 용품이 서로 다른 통에 담겨 있다. 두 딸의 장난감은 인형 옷과 액세서리, 아기인형, 바비인형, 봉제인형, 보드게임, 스포츠 용품, 레고, 전자기기, 악기, 그리고 내가 가장 좋아하는 '딱딱한 잡동사니 장난감'으로 분류해 라벨을 붙인 박스에 각기 따로 수납한다.(이 '딱딱한 잡동사니 장난감' 상자에는 매직 스프링과 구슬, 플라스틱 금화, 열쇠고리, 가짜 핸드폰, 엄청 잘 튀는 탱탱볼, 그 밖의 말랑하지 않은 장난감처럼 개별 상자를 차지할 만큼 양이 많지 않은 장난감을 보관한다. 실제로 우리 아이들은 이 상자를 딱딱한 잡동사니 장난감이라고 부르는데, 이런 식이다. "엄마! 와서 봐봐! 딱딱한 잡동사니 장난감에 봉제인형이 들어 있어! 진짜 **바보** 같지 않아?") 미술 용품도 화방을 차릴 수 있을 정도로 많기 때문에 따로 분류해서(스티커, 오리기 도구, 종이, 접착제, 물감, 크레용, 분필, 목탄 등) 서랍을 완전히 꺼낼 수 있는 플라스틱 '미술 선반'에 수납한다. 우리 집 창고 한쪽에 일렬로 줄지어 있는 상자에는 각각 캠핑용품, 스키용품, 해변용품, 각종 전기 부속품, 반려동물 용품, 당장 필요 없는 장비가 깔끔하게 정리되어 있다. 심지어 내 양말 서랍도 유형(운동용, 정장용, 못생겼지만 부드러운 것, 부츠 신을 때 좋은 것)에 따라 구획이 나뉘어 있다. 내가 미쳤다고 단정 짓기 전에, 우리 집에서는 작은 인간이 '빨간 플라스틱으로 된 리틀 버니 푸푸 손가락 인형'(실제로 이런 게 있다)을 찾지 못해서 온 집안이 떠나가라 울고불고한 적이 단 한 번도 없다는 점을 고려해주면 좋겠다. 왜냐하면 이 인형이 있을 유일한 곳은 당연히 딱딱한 잡동사니 장난감 상자라는 것을 어린아이도 아주 확실하게 알고 있기 때문이다.

호더의 경계에 있는 강박적 정리광으로서 내가 마련한 또 하나의 해결책은 '연옥'을 마련하는 것이다. 나처럼 가톨릭 학교를 다닌 사람은 아마 연옥에 대해 배웠을 텐데, '림보'라는 이름으로 불리기도 한다.(림보 게임에 비하면 훨씬 재미없지만.) 연옥/림보는 천국과 지옥 사이에 있는 장소로(상상 이상으로 눈부시고 영광스러운 낙원도 아니고 끔찍한 악마의 불구덩이도 아니다) 세례를 받지 못하고 죽은 아기가 가는 곳이다.(나는 한 달 이상 일찍 태어나는 바람에 즉시 응급수술을 받아야 했는데, 바로 이 연옥 때문에 엄마는 내 목숨을 구할 의료 행위를 중단시키고 내가 지고 태어난 성가신 원죄를 씻겨줄 신부님을 기다렸다. 덕분에 나는 천국에 갈 수 있게 됐다. 지금쯤 내가 엄마의 노력을 다 허사로 만들었을 거라 확신하긴 하지만, 좋은 시도였다고 본다.)

어쨌거나 가톨릭의 연옥은 영원히 이어지지만 나의 연옥은 일시적이다. 서랍이나 옷장을 정리하면 항상 별로 어렵지 않게 버릴 물건이 나온다.(2002년에 복용 기한이 끝난 감기약? 안뇽!

3년 전에 새것으로 바꾼 청소기의 틈새용 헤드? 잘 가라!) 하지만 어떻게 해야 할지 잘 모르겠는 물건, 예를 들면 심하게 유행이 지났지만 엄청 편하고 코스튬 파티에 가거나 야구공만 한 거미를 밟아 죽일 때 유용해 보이는 통굽 부츠 같은 것들은 박스에 넣은 다음 강력 접착테이프로 봉해놓는다. 실제로 코스튬 파티에 초대받을지도 모르니까 밀봉한 날짜와 내용물을 상자 바깥에 적어놓고(이래놓고 실제로 파티에 초대받으면 나가서 더 귀여운 걸 사거나 빌리리라는 걸 당신도 나도 알지만 어쨌든) 지하실에 넣어둔다. 그리고 1년 동안 이 박스를 열어보거나 떠올리지 않으면 자선단체에 연락해서 가져가게 한다. 이때 상자는 절대 열지 않는다. 이게 가장 중요한 포인트인데, 테이프를 뜯어서 안에 든 물건을 보는 순간 예외 없이 향수에 젖어들고 그 망할 것을 다시 옷장에 슬쩍 가져오고 싶어지기 때문이다. **그래서 상자는 뜯지 않은 채로 둔다. 이상 끝.**

캘리포니아에 살면 가진 물건 중 정말로 꼭 필요한 게 무엇인지 생각해볼 기회가 무척 많다. 이 기회는 보통 우리 집 쪽으로 달려드는 통제 불가능한 대형 산불의 모습으로 찾아온다. 우리 집은 불이 붙기 쉬운 험준한 미개발 지역의 산등성이 끝에 있기 때문에 적어도 1년에 한 번은 대피 주의보나 대피 경보를 받는다. 그러면 남편과 나는 차분하게 최근 개조한 부분이나 새로 산 물건의 사진을 찍고 강아지와 고양이의 위치를 파악하고 물건을 차에 실을 준비를 한다.

처음 대피할 때는 정신줄을 놓고 미쳐 날뛰었다. 소중한 사진과 중요한 서류뿐만 아니라 컴퓨터와 프린터, 각종 전자기기까지 전부 챙겼다. 벽장식과 아이들 장난감, 그리고 당연하게도 우리가 사랑해 마지않는 베개까지 전부 사진을 찍었다. 그리 좋아한다고 볼 수도 없는 1년 치 옷과 군부대 전체가 쓸 법한 양의 세면도구를 챙겼다. 그래도 SUV에 자리가 좀 남자(차 두 대와 트레일러 하나를 전부 채웠기 때문이다) 옷과 신발, DVD, 기본적으로 어디에 붙어 있지 않은 것이라면 전부 쑤셔 넣은 바구니 몇 개를 더 던져 넣었다.

마침내 불길이 잡혀 집으로 돌아온 후 내가 챙긴 잡동사니들을 살펴보았다. 컴퓨터가 꼭 필요했을까? 매일 밤 온라인 백업을 하는 데다 오래됐고 속 터지게 느리고 주택보험 처리도 되고 선을 전부 다시 연결하는 건 끔찍한 악몽이나 다름없는데. 그래서 그 뒤로는 절대 컴퓨터를 챙기지 않았다. 벽장식(내 친구들과 두 딸이 직접 그린 그림은 제외)과 뒤축이 닳은 신발도 마찬가지다. 사실 마음속 한편에는 옷장을 싹 갈아치우는 환상까지 있다. 다음번에는 양보단 질을 따져서 새 옷장을 (세일 중이었던 구린 옷 한 무더기가 아니라) 기막히게 멋진 옷 몇 벌과 풍성한 공기로 채우고 싶기 때문이다.*

뛰어난 작가 애너 퀸들런Anna Quindlen은 저서 『이제야, 비로소 인생이 다정해지기 시작했다Lots of Candles, Plenty of Cake』에서 "광적인 소비주의 시대와 완벽하게 거리를 둔" 한 친구를 소개한다. 수

---

* 어이구, 꽤나.

우아하게 나이들 줄 알았더니

전이라는 이 친구 집에 있는 모든 물건에는 목적이나 효용, 아니면 중요한 의미가 있다. 퀸들런이 들려주는 쓰라린 이야기 속에서 수전과 남편은 크리스마스이브에 아이들이 선물을 하나씩 풀어보게 한다. 그리고 다음 날 아침 트리 밑에 있는 자기 선물을 본 막내아들이 크리스마스 아침에 우리 아이들 입에서는(또는 내 입에서는) 절대 나온 적 없는 말을 한다. "하지만 이미 선물 하나 받았는데요."

중요한 건, 사실 물건이 (적어도 오랫동안은) 우리를 행복하게 해주지 않는다는 연구 결과가 넘쳐난다는 사실이다. 이 이론을 전문 용어로는 쾌락 적응이라고 하는데, 세상에서 가장 갖고 싶었던 것을 손에 넣어도 고작 3개월만 지나면 재규어/일자리/섹시한 애인을 얻기 전의 행복 수준으로 돌아간다는 것이 그 내용이다. 아마 당신은 이 말도 안 되는 이야기를 듣고 그 자리에서 "아니, 나는 아닌데! 나는 바이킹사의 유리문 달린 빌트인 스테인리스 와인 냉장고를 사면 평생 행복할 건데!"라고 외칠 것이다. 하지만 생각해보자. 이러다가 기절하거나 죽겠다는 생각이 들 정도로 덥고 뜨거웠던 날, 에어컨이 켜진 차에 타거나 물이 차가운 수영장에 첨벙 뛰어 들었을 때 어떤 느낌이었는지를. 아마 지상 낙원 같았을 것이다. 하지만 인생이 역전된 듯한 끝내주는 기분이 3분에서 4분 정도 이어지면 결국은 시원함에 익숙해지고, 아까의 끈적끈적하고 푹푹 찌는 고통은 전부 잊어버린다. 적응한 것이다. 이 깜찍한 쾌락주의자 같으니라고. 물론 일부러 적응하려 한 것은 아니다. 오히려 그 과정에서 찰나의 생각도 들지 않았다. 그저 자연스럽게 그렇게 됐을 뿐이다.

그렇다면 당신이 꿈꾸는 파격적인 연봉 인상, 당신의 인생을 바꿔줄 거라 확신하는 연봉 인상은 어떨까? 만약 당장 오늘 월급이 오르고 시곗바늘을 돌려 90일 뒤로 이동할 수 있다면 아마당신은 전반적인 행복도와 기분이 지금 이 순간보다 조금도 나아지지 않았음을 깨닫고 실망할지 모른다. 꿈 게시판에 붙여둔 고급 주택 사진, 이베이에서 본 명품 가방, 뒷마당에 죽도록 만들고 싶은 테니스 코트도 마찬가지다.(로또에 당첨되면 1년 정도는 즐길 수 있겠지만, 결국엔 전처럼 잔뜩 들떴다가 다시 비참해지는 상태로 돌아갈 것이다.)

그러나 물건이 나를 행복하게 해주지 않는다는 사실을 아는 것과 자질구레한 쓰레기를 처분하는 것은 별개의 문제다. 스스로에게 정직하자면, 우리 집에는 누가 봐도 명백하게 지금 당장 기부하거나 처분해야 할 물건이 몇 가지 있다.(사실은 수천수만 개 있다. 터무니없이 깔끔하게 정리되고 꼼꼼하게 분류되어 있긴 하지만, 그래도 잡동사니는 잡동사니다.) 그중에는 다 써서 초 받침이 드러난 향초(뚜껑을 열고 코를 들이밀면 여전히 달콤한 향이 나지만, 그래도 **이건 아니지**), 바로 새것을 쓰기 시작해서 애매하게 1.75그램 정도 남아 있는 샴푸, 다 쓴 칫솔(화장실 줄눈 청소에 **쓸 수도 있을 것 같지만** 아마 안 할 거다. 정말 쓴다 해도 하나면 충분할 텐데 왜 서른일곱 개나 모아둔 걸까?), 백만 년 동안 가지고 있었지만 한 번도 맘에 든 적 없는 화장품(6개월만 지나면 박테리아가 총각파티를 연다), 더 이상 갖고 있지도 않은 가전제품 매뉴얼, 가지고 있는 가전제품 매뉴얼(한 번도 들여다본 적 없을뿐더러 필요하다 해도 아마 인터넷에서 찾아보겠지), 뚜껑이 사라진 뒤틀리고 착색된 플라스틱 밀폐 용기, 구멍 난 속옷과 짝 없이 돌아다니는 양말, 옷 없이 비닐 안에 덜렁 걸려 있는 세탁소 옷걸이 수십 개, 중요한 부분이 사라진 장난감과 게임, 퍼즐, 우리 아이들의 젖니가 있다.(우리 엄마는 내 유치를 인형 가방만 한 작은 플라스틱 통에 담아서 전부 내게 주셨다. 도대체 우리는 왜 이러는 걸까? 몸에서 떨어져 나온 신체 부위는 절대로 보관해선 안 된다는 생각에 모두가 동의하는 거 아니었나?)*

하지만 쉽게 내버릴 수 없는 것들도 있다. 옛 남자 친구들이 준 편지, 초등학교 교복, 고등학교 때 입은 치어리더 치마, 대학교 때 쓴 다이어리, 아빠가 그려준 화장실 도면(사용하지도 않았고 남편과 내가 화장실을 추가하려고 했던 집은 10년도 더 전에 이미 팔았다), 우리 딸들과 처음 연결되었던, 양성 반응이 뜬 임신 테스트기.** 이것들을 전부 버려야 한다는 건 안다. 불이 나도 구조될 수 있어야 하고 애너 퀸들런이 그렇게 하는 게 옳다고 했고 또 만약 내일 당장 쓰러진다면 이것들을 전부 들여다보고 어떻게 할지 결정하는 성가신 일을 다른 사람에게(아마도

---

* 젠장, 나도 우리 애들의 이를 보관한다. 시도해봤지만 도저히 버릴 수가 없다. 사실 이 말은 도와달라는 외침이다.
** 그렇다, 나는 내가 오줌 싼 막대기 두 개를 보관한다. 잠깐. 다들 갖고 있는 게 아니라고?

로리 언니에게) 떠넘겨야 할 테니 말이다.

하지만 나는 그렇게 태어나질 못했다. 나는 정리를 잘하고 감상에 잘 빠지는 바보다. 나는 잊기 쉬운 삶의 순간들을 떠올리게 해주는 이 징표들이 좋다. 이것들을 보면 마음이 편안해진다. 게다가 "나 이번 주에 단순화 작업에 돌입할 거야"라고 선언하는 것은 린지 로언이 "나 목요일까지 정신 차리고 제대로 살 거야"라고 공표하는 것이나 다름없다. 즉 안 할 거라는 뜻이다.

로리 언니, 미안해. 그리고 우리 딸들, 내가 너희들 젖니를 돌려줄 때 나만큼 충격받지 않기를 바란다.

5

·····················

위기에 빠질 시간이 없다
(하지만 술은 한 잔 더 마셔야지)

내 친구 중 한 명은 항상 파티에 모인 사람들에게 어린 시절 내
내 술을 지독하게 마셔댔던 자기 엄마 이야기를 들려준다. 그분
은 얼음 넣은 스카치위스키를 좋아했고, 사랑하는 사람들에게
(매우 어린 아이도 포함되었다) 빈 와인 잔에 술을 따라서 "나를
가득 채워주지 않겠느냐"라고 묻는 버릇이 있었다. 그분은 하루
저녁에만 이런 요청을 열두 번도 더 하다가 결국 만취해서 정신
을 잃고 침대로 옮겨지곤 했다고 한다.

　하하하하. 이 이야기를 들으면 우리는 다 함께 킬킬 웃음을
터뜨린다.(자기를 가득 채워달래!) 왜냐하면 그분은 누가 봐도
심각하게 술을 마셔대는 술꾼이었기 때문이다. 이 얘기를 들을
때 우리가 맥주 네 잔이나 와인 세 잔 정도는 훌쩍 넘겨서 술을
마시고 있다는 사실은 아주 조금도 관련이 없는 듯 보인다. 어

쨌거나 우리는 **알코올의존자**는 아니지 않은가.

대학 다닐 때 나는 술을 정말 많이 마셨다. 클럽 파티나 술집에서 맨 정신으로 있고 싶은 사람이 어디 있겠는가? 게다가 나는 음주가 대학의 존재 이유라고 생각한다. 몸을 반복해서 혹사시켜도 비교적 금방 회복할 수 있는 어린 나이에 더 이상 이런 난잡한 삶을 살고 싶지 않을 때까지 최선을 다해서 방탕하게 살아보는 것 말이다. 당시 우리는 저렴하고 양 많은 술이라면 종류를 가리지 않고 마구 섞어 마셨고(가끔은 입에 깔때기를 대고 마시기도 했고, 자랑스러운 일은 아니지만 깨끗한 초대형 쓰레기통에 넣어서 퍼마신 적도 있다), 그 목적은 빨리 취하는 것 단 하나였다. 심지어 우리는 매일 밤 폭음할 때의 최고 장점에 '샴푸 효과'라는 이름을 붙였다. 전날 마신 술기운이 살짝 남아 있을 때는 훨씬 빨리 취할 수 있었기 때문이다.

거품을 내고, 헹구고, 다시 반복한다.

그러다 철이 들었다. 음, 사실 철이 들진 않았다. 하지만 (왜인지 우수한 성적으로) 대학을 졸업했고 (기적적으로) 일자리를 구했으며 일주일 내내 부지런히 파티를 즐기는 스케줄을 유지하면 일자리를 잃고 결국 엄마아빠와 같이 살게 될 수도 있다는 사실을 깨달았다. 여러 가지 이유로 그건 악몽과도 같은 일이었는데, 무엇보다 서던 컴포트 위스키나 다이어트 진저에일, 유통기한이 지난 멜론 리큐르를 좋아하는 게 아니라면 부모님의 술 창고는 정말 허접했기 때문이다. 그리하여 프로페셔널한 직장인으로 거듭난 나는 다음날 머리가 깨질 듯 아프고 토할 만큼 숙취에 시달려도 별일이 없을 거라고 확신하는 날에만 밤 외출을 하는 전략을 취했다.

두 번째 직장에서* 나는 미셸이라는 끝내주게 멋진 숙녀와 친구가 되었다. 여기서 '숙녀'라고 한 이유는 그때 서른다섯 살이었던 미셸은 성숙하고 현명했던 반면 스물다섯 살이었던 나는 충동적이고 다소 무모했기 때문이다. 미셸은 숙녀였을 뿐만 아니라(지금도 미셸을 소중한 친구라 부를 수 있는 나는 정말 행운아다) 이루 말할 수 없이 쿨했다. 세련되고 교양이 넘쳤고 뿔테 안경을 썼고 **무려 오토바이를 몰았고** 담배를 피웠고 신발을 할인매장에서 사지 않았고 어른들의 디너파티를 열었다. 채소가 있는 그런 파티 말이다. 내 친구 그 누구도 디너파티를 열지 않았다는 말은 굳이 덧붙일 필요가 없을 것이다. 우리는 집에 있으면 냉동 피자를 먹었고 밖에서 만나면 해피아워 애피타이저 메뉴를 먹었다.** 대학 졸업 후 미셸이 나를 디너파티에 초대해주기 전까지는 채소가 조금이라도 들어간 진짜 음식을 충분히 먹은 적이 없었던 것 같다. 미셸은 이국적인 칵테일을 그에 걸맞은 잔에 따라주는 현대판 젊은 메임 고모***였다. 전용

---

* 첫 번째 직장을 그만둔 건 두 번째 직장으로 이직하기 위해서였다. 데킬라 냄새를 풍겨서도 아니고, 크리스마스 파티에서 사무실 복사기로 엉덩이를 복사했던 걸 까먹어서도 아니다. 그냥 참고로 말해둔다.

** 참고로 냉동 피자는 거의 대부분 익혀 먹었다.

*** Auntie Mame. 뮤지컬과 영화로도 제작된 소설 속 주인공으로 자유분방하고 화려한 캐릭터다.—옮긴이

잔이라니! 상상이 가는가? 그때 내가 가지고 있던 술잔이라곤 바에서 나도 모르게 들고 나온 것이 다였을 것이다.

곧 미셸과 나는 룸메이트가 되었다.* 미셸이 요리를 몇 가지 가르쳐주었고, 하룻밤 사이에 마음대로 쓸 수 있는 전용 잔이 생겼다. 우리는 일주일에 한두 번 파티에 가거나 바에 들렀다. 내 새 룸메이트에게는 그때까지 내가 본 것 중 가장 기이한 습관이 있었는데, 바로 외출하지 않는 날에는 퇴근 후 신발을 벗어 던지고 차가운 맥주나 샤르도네를 한 잔 마시는 것이었다.

딱 한 잔.

같이 산 지 얼마 안 됐을 때 내가 물었다. "오늘 밤에 나가?" 미셸이 같이 가자고 안 해서 살짝 마음이 상한 상태였다.

"아니." 미셸이 경쾌하게 대답했다.

"그렇구나. 오늘 힘들었어?"

"아니." 미셸이 술 한 모금을 천천히 음미하며 말했다.

"그런데 왜 술을 마셔?" 나는 이유를 알고 싶었다.

"그냥 맛있어서." 미셸이 말했다.

아직 어렸던 나는 130칼로리가 넘는 환각성 물질을 그저 맛있어서 먹는다는 발상을 전혀 이해하지 못했다. 알딸딸하게 취하고 싶은 게 아니라면 도대체 왜 술을 마신단 말인가? 게다가 그 정도 칼로리로는 술 대신 감자튀김 열다섯 개나 쿠키 두 개

---

* 가끔 같이 섹스하는 그런 룸메이트는 아니었다. 그러면 안 된다는 건 아니지만.

반을 먹을 수 있는데? 내게 있어 술은 늘 취기와 칼로리 사이의 대결이었다.(새벽 1시 30분이 되기 전까지는. 그때쯤엔 **칼로리는 집어치워, 그리고 술은 이제 마실 만큼 마셨으니까 문 연 드라이브스루 매장을 찾자** 같은 상태가 되었다. 나중에 다시 고통스러울 만큼 자세히 설명하겠다. 약속한다.)

그로부터 10여 년이 흘러서야 나는 저녁 식사 전에 가볍게 한 잔 마시는 칵테일이 마법처럼 아름답게 긴장을 풀어준다는 사실을 이해했다. 이런 깨달음은 우연히도 첫 아이를 낳자마자 나를 찾아왔다.

아이는 하루 중 스물두 시간은 놀라울 정도로 얌전했지만 우리는 오후 5시부터 7시를 '마의 시간'이라고 불렀다. 그 두 시간 동안 아이는 뚜렷한 이유 없이 악을 써댔고 아무리 어르고 흔들고 달래고 먹이고 간청해도 절대 울음을 그치지 않았다.

남편 조가 부스스한 머리를 넘기며 대성통곡하는 소리 너머에서 소리쳤다. "와인 한 잔 따라줄까?"

아이가 내 어깨에 뱉은 침을 쓱 닦고 시계를 쳐다보며 내가 외쳤다. "맙소사, 너무 좋지."

마침내 아이가 그 지옥 같은 시기를 지났을 때쯤에는 이른 저녁 칵테일을 마시는 습관이 이미 단단히 자리 잡고 있었다. 기뻐할 일이 몇 가지 생긴 덕분에(빽빽 우는 소리가 사라진 것, 더 이상 임신부가 아니라서 다시 술을 마실 수 있게 된 것) '마의 시간'은 다시 평범한 '해피아워'가 되었다. 우리 둘 다 집에서 일하기 때문에 본업과 퇴근 후의 삶이라는 또 다른 아수라장 사이를 부드럽게 이어줄 해피아워가 필요하다고(아니, 누릴 자격이 있다고) 생각했다. 술은 퇴근 시간을 알리는 호루라기이자 열심히 일했다는 격려, 10분간의 안마의자, 눈앞의 당근이었다. 나는 3시 15분에 시계를 보고 자동으로 계산을 했다. 1시간 45분 남았다! 5시는 늘 느리게 왔다. 우리가 신중히 고른 5시가 되고도 첫잔을 따르지 않은 적은 거의 없었지만 그 전에 술을 마신 적은 결단코 없었다. 오로지 알코올의존자만이 낮에 술을 마신다는 것은 모두가 아는 사실이기 때문이다.

게다가 나는 주로 와인을 마셨다. 알코올의존증이라면 더 독한 술을 마신다. 부랑자가 종이봉투로 감싼 카베르네를 병째 벌컥벌컥 마시는 모습을 본 적이 있는가? 나도 없다. 왜냐하면 와인은 품격 있는 술이기 때문이다. 와인은 고급스럽다. 숨길 필요가 없다. 귀여운 할머니들은 점심에도 와인을 마신다. 비싼 레스토랑은 전화번호부 크기의 와인 메뉴판이 따로 있다. 부자들은 지하에 온도가 항상 일정하게 유지되는 신전을 파서 와인을 보관한다. 와인 이름을 말하려면 프랑스어 발음을 얕게라도 알아야 한다.(보르도Bordeaux, 보졸레Beaujolais, 카베르네Cabernet, 비오니에Viognier.) 솔직히 말해 이보다 더 고상한 게 어디 있는가?

(다음에 길에서 만취한 걸인을 만나면 프랑스어로 이렇게 말해보라. *"Bonjour, mon ami. Belle journée, n'est-ce pas? Comment vous sentez-vous aujourd'hui?"** 만약 그 사람이 이 세상에서 가장

---

* '안녕, 친구. 날이 정말 아름답지 않니? 오늘 기분이 어때?'란 뜻.—옮긴이

우아하게 나이들 줄 알았더니

로맨틱한 언어로 대답을 하거나 심지어 당신에게 침만 안 뱉어도 내가 50달러 드리겠다.)

나는 술 마시는 건 무척 좋아하지만 이제 취하는 건 싫다. 눈앞이 뱅뱅 돌면 겁부터 난다. 지독한 숙취를 견디느니 차라리 가시 달린 담요로 몸을 둘둘 말거나 산파가 되어 5킬로그램짜리 아기를 받는 편을 택하겠다. 이런 이유로 1년에 한 번 있는 나의 성대한 파티의 밤은 여자 친구들과의 여행을 위해 아껴둔다. 이 여행이란 바로 친구 네 명이나 일곱 명과 함께(누가 임신/결혼/이혼/부엌 리모델링을 하는지에 따라 해마다 다르다) 1년에 한 번 긴 주말을 함께 보내는 것이다. 나는 이 친구들 대부분을(하나같이 멋지고 능력 좋고 성공한 여성들이다) 싸구려 술을 쓰레기통에 담아 마시던 시절부터 알고 지냈고, 우리 만남에서 술을 흥청망청 마시지 않는 것은 있을 수 없는 일이다. 우리는 매우 책임감 있게 술을 마시고,* 얼굴이 땅기도록 웃고, 만취해 대자로 누워 우리 아직 죽지 않았다며 기뻐하는 사진을 끝없이 찍어댄다. 우리가 이렇게 하는 이유는 여기서는 술을 많이 마셔도 되기 때문이며, 어차피 그러고 싶지도 않지만 어쨌거나 집에서는 술을 많이 마실 수 없기 때문이다. 우리는 근심걱정 없던 어린 시절로 돌아간 기분을 느끼고 싶어서 술을 마시는데, 여행에서 술에 취해 있거나 페디큐어를 바르고 있을 때를 제외하면 주

---

* 택시를 타고, 반드시 함께 있으며, 되돌릴 수 없는 멍청한 짓을 저지르지 못하게 막는다는 뜻이다.

로 쇠약해진(또는 돌아가신) 부모님과 속 썩이는 아이들, 최근에 받은 조직검사, 늘어지는 얼굴, 속 터지게 하는 남편, 그리고 **나 말고 친구들에게 닥친** 혼란스럽고 이해하기 힘든 중년의 위기 이야기를 나누기 때문이다. 우리는 스릴 넘치는 364일을 멀쩡한 정신으로 무사히 버텼다는 사실을 축하하기 위해 술을 마시고, 술 마시는 게 더럽게 신나기 때문에 술을 마신다.

수백만 개의 이유로(나는 친구들과 주말여행을 떠날 때가 아니면 취하는 일이 거의 없고 술 마신다는 사실을 숨기지 않으며 하고 싶은 것을 할 수 있는 성인이다) 나는 내 알코올 섭취에 대해 깊이 생각해본 적이 없었다. 마흔 살 이전까지는 말이다. 마흔 살이 되자 자그마한 농부 하나가 내 머릿속에 숨어 들어와 강력한 의심의 씨앗을 뿌렸다. 내가 술을 너무 많이 마시나? 마음만 먹으면 술을 끊을 수 있을까? 내게, 음, 무슨 문제랄 게 있나? 물론 임신했을 때 술을 안 먹긴 했지만 애를 낳으러 병원에 갈 때 애를 낳자마자 마시려고 가방에 와인 한 병을 넣어 가지 않았던가? 내 친구들도 다 정확히 나만큼 술을 마셨다. 그건 내게 **문제가 없다는** 뜻일까, 아니면 내가 일부러 나 같은 주당만 만나고 있다는 뜻일까? 그건 문제가 있다는 명확한 증거인데. 참고로 하루에 와인을 몇 병씩 마셨던 건 아니었고, 대략 네 시간 동안 두세 잔 정도 마셨다. 약간의 취기도 거의 느낀 적 없었다. 그렇기에 내가 와인 마시는 시간을 이렇게 간절히 기다린다는 사실은 스스로에게도 놀라운 일이었다.

가끔 해피아워 시간에 만나는 친구들에게 이렇게 물어보았

우아하게 나이들 줄 알았더니

다. "우리가 술을 너무 많이 마시는 걸까?"

친구 한 명이 모두의 빈 술잔을 가득 채우며 대답했다. "그럴 지도."

생각은 집요하게 이어졌다. 때로는 나 홀로 대담한 맹세를 했다. 그리고 조용히 선언했다. **내일은 술 안 마실 거야.** 그냥 하루 종일 술을 안 마실 수 있다는 것을 증명하기 위해서였다. 그러다 5시가 넘어가면(늘 그렇듯 정확히 이때만 되면 와인 한 잔이 간절해졌다) 변명의 수도꼭지에서 물이 콸콸 쏟아지기 시작했다. '있지, 내가 뭘 꼭 증명해야 하는 건 아니잖아. 술은 나한테 별문제가 아니야. 취하려고 마시는 것도 아니고, 술이 집이나 일에 나쁜 영향을 미치는 것도 아니잖아. 음주운전도 절대 안 하고 말이지. 게다가 나는 열심히 일하고 끝내주게 멋진 엄마고 무엇보다도 오늘 짜증나는 집안일을 더럽게 많이 했다고! 젠장, 나는 한두 잔 마실 자격이 있어! 술 안 마시는 건 내일 할 거야, 그게 더 좋은 생각인 것 같아. 게다가 나는 원하면 언제든 술을 끊을 수 있어. 어쩌다 보니 지금 이 순간에는 술을 끊고 싶지 않은 것뿐이지. 내가 지금 진짜 하고 싶은 건 와인 한 잔을 마시는 거야. 자기야, 나를 가득 채워주지 않을래?'

처음 중년임을 실감한 순간은…
한 시간 내에 마가리타를 한 잔 이상 마시면 머리가
아프다는 사실을 깨달았을 때. — 멜리사

나처럼 매일 밤 와인 한두 잔을 즐기는 친구가 최근 집에서 있었던 에피소드를 들려주었다. 친구는 와인이 다 떨어진 것을 알고* 아무 생각 없이 새 보드카 한 병을 따서 칵테일을 만들었다. 그리고 보드카를 부엌 조리대 위에 두었다. 평소에 항상 와인을 올려두던 곳이었다.

"도대체 이게 뭐야?" 친구 남편이 보드카 병을 보자마자 물었다.

"아, 와인이 다 떨어져서 보드카를 땄어." 친구가 설명했다.

"아니 근데 그게 왜 **조리대** 위에 있는 거냐고?" 깜짝 놀란, 아니 겁에 질린 남편이 이유를 물었다.

"한 잔 더 마실 수도 있으니까." 친구가 아무렇지 않게 대답했다.

남편은 친구의 바보 같은 논리를 받아들이지 않았다. 20여 년간 조리대 위에 와인이 있을 때는 한 번도 언짢아하지 않았던 사람이 이번에는 즉시 보드카를 안 보이는 곳에 숨겨두었다. 집에는 자신과 내 친구 둘뿐이었는데도. 그 이유가 무엇인지는 여러분도 나도 안다. **와인은 품위가 있는 반면** 다른 도수 높은 술은 더러운 내복을 입고 녹슨 쇼핑 카트를 밀면서 중얼중얼 혼잣말을 하는 냄새나는 늙은 여자의 느낌을 풍기기 때문이다.

친구와 나는 이 에피소드가 너무 웃겨서 깔깔 웃었다. 어쨌거나 **우리는 알코올의존자가 아니지 않은가.** 하지만 그로부터 얼마 후 가족들과 저녁 식사를 하고 있는데 이상한 일이 벌어졌다.

---

* 명백한 하수다.

우아하게 나이들 줄 알았더니

"헐, 엄마!" 일곱 살이었던 딸이 소리를 질렀다.

"왜? 무슨 일이야?" 내가 물었다.

"엄마 와인 어디 있어?" 딸아이가 따지듯 물었다. 실제로 딸은 약간 패닉에 빠진 것 같았다. 작고 천진난만하고 가여운 우리 딸.

나는 그저 요리를 하던 가스레인지 옆에 와인 잔을 두고 온 것뿐이었다. 와인을 완전히 끊은 것은 전혀 아니었다. 하지만 막내딸이 내 옆에 와인이 없는 것을 바로 알아채고 **그야말로 기겁을 하자** 잠시 쉴 때가 된 것 같다는 생각이 들었다. 내가 가장 피하고 싶은 일은 딸아이가 친구들과 함께 서던 컴포트나 다이어트 진저에일, 아니면 유통기한이 지난 멜론 리큐르를 마시면서(모든 것은 돌고 돌지 않습니까?) 와인 중독자인 엄마 이야기를 하는 것이었다.

이 사건 이후 아이들이 근처에 없을 때 남편 조에게 이렇게 말했다. "이제 주중에는 술 안 마실 거야."

남편이 선뜻 대답했다. "그래, 나도 동참할게." 이유도 묻지 않고 내 말에 반박도 안 한다는 사실이 일종의 증거일지도 모르겠다는 생각이 들었다.

그때 갑자기 남편이 말했다. "잠깐, 목요일은 어떻게 하지?"

목요일은 농구의 밤으로, 남편이 한 시간 반 동안 땀 흘리며 공을 튀긴 후 세 시간에서 다섯 시간 동안 맥주를 몸에 들이붓는 날이다. 목요일은 남편이 일주일 중 가장 좋아하는 날이자 나한테 혼이 쏙 빠지게 잔소리를 듣지 않고 긴장을 풀 수 있는 유일한 기회다.(솔직히 사실이다.) 그렇기에 술 마시는 부분을 포함해서 이 기회를 빼앗을 생각은 추호도 없었다.

"당신은 목요일 날 술 마셔도 돼." 내가 관대하게 허락해줬다.

"알았어." 남편은 안도했다. "그런데 잠깐만, 일요일은 어떡하지? 일요일은 주중으로 쳐 주말로 쳐? 우리 일요일에 가끔 바비큐 해 먹잖아."

"양쪽에 다 포함되는 것 같아." 나는 술을 마시지 않는 '평일 저녁'이 점점 줄어드는 것을 지켜보며 말했다. "그러면 월요일부터 수요일까지는 할 수 있겠어?" 내가 조금 빈정대며 물었다.

"당연하지." 남편이 대답했다.

"그래 좋아, 나는 월요일부터 목요일까지로 할게." 나도 맹세했다.

솔직히 말하면 처음 몇 주는 정말 개 같았다. 머리가 깨질 것 같은 두통이 스물네 시간 내내 이어졌다. 정말 이상한 일이었다. 왜냐하면 이건 금단 현상처럼 보였고 **나는 알코올의존자가 아니었기 때문**이다. 오후 5시부터 6시까지의 한 시간은 특히 최악이었다. 나는 레모네이드를 텀블러째로 몇 잔이나 들이켜면서 이 시간을 겨우 버텨냈다.(조가 이런 농담을 했다. "당신 이는 썩을지 모르겠지만 적어도 당신 간은 쌩쌩하게 돌아가겠네." 하 하 하 진짜 웃기다.)

처음 중년임을 실감한 순간은…
메뉴판이 내 얼굴에서 최소 120센티미터 떨어져 있지 않으면
마티니 메뉴를 읽을 수 없다는 걸 깨달았을 때. ─ KT

우아하게 나이들 줄 알았더니

반쯤 금주하는 새로운 생활방식을 따른 지 몇 주가 지났을 무렵 친구 한 명이 칵테일을 마시자고 나를 불렀다. 우리 막내가 이 친구 동네에서 저녁에 체조 수업을 듣기 때문에 우리 둘은 종종 만나 두 시간을 함께 때우곤 했다. 하지만 이날은 수요일이었다.

"나 요즘 주중에 술 안 마셔." 내가 고백했다.

"으, 나도 **맨날** 안 마시겠다고 말은 하는데…… 절대 안 하지." 친구가 말했다.

"나도 그랬어!" 내가 소리를 질렀다. "단 하룻밤도 못 버텼다니까! 그런데 이제는 평일 내내 참아야 해. 진짜 힘들어."

"끊은 지 얼마나 됐어?" 친구가 물었다.

"한 달 좀 안 됐어."

"컨디션이 좋아진 것 같니?"

"아니, 전혀." 내가 말했다.

"이런 젠장. 좋아, 나도 할래 그거."

"수요일에 만나서 같이 술 안 마셔도 괜찮아?" 내가 물었다.

"아마도." 친구가 힘 빠진 목소리로 대답했다.

그날 밤 우리는 친구네 거실 구조를 싹 바꾸었다. 오래전에 이 집 거실에 들인 후 너무 무거워서 다시는 못 옮길 거라고 여겼던 150킬로그램짜리 러그까지 옮겼다. 헐떡거리고 땀을 뻘뻘 흘리면서 정리를 마치자 거실은 완전히 다른 공간이 되었다. 우리는 술잔으로 한쪽 팔 이두박근 운동을 하지 않는 한 시간 반 동안 얼마나 많은 일을 할 수 있는지를 보고 깜짝 놀랐다.(그리고 커다란 잔에 뭔가 맛있게 발효된 것을 담아 우리와 이 멋들어진 결과물에 건배할 수 있다면 얼마나 좋을지 생각하며 아쉬워했다. 하아.)

나는 내 '와인 없는 평일' 규칙을 다른 친구들에게도 알리기 시작했다. 대개 어떤 자리에 초대를 받았는데 술을 입에 대지 않는 사람이 나 혼자일 게 분명한 상황에서였다.

"음, 좋지. 나도 가고 싶어. 그런데 나 요즘 주중에는 술 안 마셔." 내가 말했다.

"왜?" 친구들은 하나같이 되물었다.

"나도 몰라. 그냥 너무 많이 마시는 건 아닌가 해서."

"아, 뭐, 그렇지." 모두가 수긍했다.

그리고 물었다. "술 안 마시니까 컨디션이 좋아져?"

"별로." 내가 사실대로 고백했다.

친구들이 줄줄이 말했다. "나도 같이 할래!" 그리고 몇 명은 실제로 그렇게 했다.

우리 부부는 평일에 술 마시지 않기로 한 결정을 꽤나 잘 지키고 있다. 하지만 크게 축하할 일이 있거나 스트레스가 특히 극심했던 날만은 이 규칙을 어긴다. 예를 들면 귀엽고 순진무구한 우리 아이들에게 중성화를 안 한 우리 집 수컷 개가 어떻게 **결혼도 안 했는데** 이웃집 암캐를 임신시킬 수 있었는지를 설명해야 했던 날이 그랬다. 이런 게 금주하기로 한 날 밤에 망할 와인 한 잔 마셔도 될 이유가 아니라면 도대체 무슨 이유가 있겠는가.

미니스커트와 아줌마 청바지에 대하여

20대 때 나는 뉴욕에 있는 여러 잡지사에서 일했다. 잡지**에서** 보는 것이 실생활에서 만나는 것과 확연히 다르듯이, 잡지사 **안 에서** 보는 것도 마찬가지다. 잡지사에서는 40세 여성이 겨우 사 타구니까지 오는 은색 인조가죽 치마를 입고 출근하는데, 허리 에 꽉 끼는 치마 밑으로 스팽글이 달린 핫팬츠가 보인다. 50세 여성은 표범무늬 레깅스와 새빨간 스틸레토를 뽐낸다.(시트콤 〈못 말리는 번디 가족Married... with Children〉의 페기 번디처럼 안 어 울리게는 아니고.) 60세 여성은 핫핑크 인조 모피로 된 드레스 를 입고 여봐란듯이 복도를 걷는다.

  섹시한 여학생 룩이 대유행이었던 시절에는 나이와 상관 없이 모든 여성 직원이 당당하게 무릎 위까지 오는 양말과 짧 은 격자무늬 주름치마를 입고 사무실에 나타나곤 했다. 고래

꼬리*와 크록스가 유행하기 전에 잡지 업계를 떠서 얼마나 다행인지.

아이러니한 건 이 사람들이 다 **패션** 잡지사의 직원이었다는 것이다. 독자들에게 "(너희) 나이에 맞게 입으세요!"라고 말하는 데 온 지면을 할애하는 바로 그 패션지 말이다.

나이에 맞는 옷차림이란 것에 대해 잡지는 이렇게 말한다. 나이에 맞게 입지 못하면 자신이 비참하고 불안정하고 오래전에 사라진 젊음에 절박하게 매달리려 애쓰고 있다는 사실을 온 세상에 공표하는 것이나 다름없다.**(자칫하다 죽을 수도 있는 보톡스를 맞고 형편에 안 맞는 비싼 차를 타고 갑자기 철인 3종 경기와 진흙탕 장애물 달리기 훈련을 하는 것은 결정적 증거가 아니라는 건가.) 이 문제의 자칭 전문가라는 사람들에 따르면, '몸에 착 붙는 클래식한 드레스나 알맞은 길이의 슬랙스, 화려하고 볼드한 목걸이'를 착용하는 것은(슬랙스와 볼드한 목걸이!) 한편으로 섹시한 자신감을 보여준다. 이런, 내가 멍청했네. 나는 자신감이 태도에서 나오는 줄 알았지.

1980년대 드라마 〈댈러스Dallas〉를 황금시간대에 봤을 독자층을 가진 모든 패션 잡지와 웹사이트는 이른바 '나이에 맞는 옷차림 규칙'을 상세히 설명하는 기사를 싣는다. 물론 이 기사들

---

* 청바지 허리 위로 드러난 끈팬티를 고래 꼬리라고 한다. 나도 여태까지 몰랐지. 아마 내가 늙어서겠지.
** 패션지에서 일하고 있다면 얘기가 달라진다. 잡지사 직원은 **당연히** 그 어떤 종류의 규칙에도 해당되지 않는다.

우아하게 나이들 줄 알았더니

의 내용은 서로 상충하는데, 이 주제에 대해 매우 다양하고 단호한 의견을 가진 가지각색의 '전문가'에게 기대고 있기 때문이다. 이런 '규칙'에는 보통 다음 내용이 포함될 수도, 아닐 수도 있다. 30세 이후에는 주니어 매장에서 산 옷을 입지 않는다, 40세 이후에는 짧은 반바지를 입지 않는다, 50세 이후에는 무릎 위로 올라오는 옷을 입지 않는다, 60세 이후에는 청바지를 입지 않는다. 아, 그리고 유명 디자이너 제품보다는 편안함이 우선이고(일반적으로는), 추리닝은 헬스장에서 입는 옷이며, 아이템은 적을수록 좋고, 신체 사이즈는 중요하지 않다. 마지막으로 액세서리도 잊지 마시길!

오로지 40세가 지나면 어떤 옷을 입어야 하는지만 다루는 웹사이트도 발견했는데, 여기에 무슨 수를 써서라도 반드시 피해야 할 아이템 목록이 있었다. 내가 여러분을 위해 요약해드리겠다.

- 밑단이 너덜너덜한 데님 핫팬츠
- 밝은 색깔의 카우보이 부츠
- 너무 짧은 원피스
- 너무 짧은 치마
- 엉덩이가 넉넉한 '아줌마 청바지'
- 찢어진 청바지
- 몸에 안 맞는 블레이저
- Y존을 부각시키는 모든 옷

- 너저분한 추리닝
- 너무 긴 치마

　나는 이 목록이 전혀 이해가 안 간다. 우선 글쓴이는 안 맞는 블레이저와 아줌마 청바지와 Y존이 부각되는 바지를 소화할 수 있는 나이대가 존재한다고 보는 건가? '너무 긴' 치마는 또 뭐고? 바닥에 질질 끌려서 돌과 낙엽과 보호자 없는 어린애들을 쓸어 오는 치마? '너무 **어쩌구저쩌구** 한'(너무 꽉 끼는, 너무 헐렁한, 너무 못생긴, 너무 싸구려인, 너무 유행이 지난, 너무 펑크족 같은) 옷은 당연히 입으면 안 되는 목록에 들어가는 거 아닌가? 아니, 그리고 밝은 색깔의 카우보이 부츠가 뭐 어쨌다고? 내 핫핑크 카우보이 부츠가 얼마나 예쁜지 빨간색과 청록색으로도 하나씩 사고 싶구만. 물론 그런 색깔이 있다면, 그리고 파산할 정도로 비싸지 않다면 말이지만.(이 웹사이트는 '동물무늬와 디스코풍 원단'도 금지하는데, 아마 이 둘을 같이 착용하지 말라는 이야기라고밖엔 생각할 수 없다. 얼룩말 무늬와 스팽글을 싫어하는 사람이 어디 있단 말인가?) 이 목록을 보면 별자리 점이 떠오른다. '황소자리는 고집이 강하며 예쁜 물건을 좋아한다.' 누구에게나 해당되는 말이다. 호구라서 쓰레기 같은 물건을 좋아하는 것으로 유명한 별자리도 있나?

　또 다른 웹사이트는 다음과 같은 유용한 지침을 제공한다. "반드시 당신의 몸에서 가장 아름다운 부분을 강조하고 마음에 들지 않는 부분은 감춰라. 만약 아름다운 다리나 매끈한 목 라인, 예쁜 가슴골을 가졌다면 드러내되 언제나 상상의 여지를 남겨라. 반대로 덜렁거리는 팔뚝이나 두 턱, 주름진 목과 가슴, 축 처진 무릎 같은 볼품없는 신체 부위는 '안 보이게' 가려라. 이런 경우 민소매나 케이프 소매를 멀리하고, 꽉 끼는 목걸이를 착용하거나 목 라인을 드러내는 것은 피하고(그 대신 패셔너블한 스카프를 매라), 무릎까지 오는 치마에 어두운 색 팬티스타킹을 신어라."

확신은 없지만, 만약 내가 이 조언을 따른다면 오늘 부르카 안에 터틀넥과 타이츠를 입고 아이들을 데리러 가야 할 것이다.

처음 중년임을 실감한 순간은⋯
치코스*에서 귀여운 옷을 찾았을 때. ─ CM

내가 미용실에서 푹 빠져 읽는 가십 잡지들에서, 말도 안 되게 섹시한 카르멘 일렉트라는 나이 마흔이 넘었는데 등을 훤히 노출했다고 맹비난을 받았고(카르멘이 안 되면 도대체 누가 할 수 있단 말인가?), 숨이 막힐 정도로 아름다운 하이디 클룸은 열여덟 살처럼 입었다고 말로 엉덩짝을 맞았으며(내가 보기에 열여덟 살의 몸매를 가진 사람은 열여덟 살처럼 입어도 된다!), 마흔네 살인 멜라니 그리피스는 레깅스가 잘 어울리던 시절에서 14년은 훌쩍 지났다는 모욕을 들었고, 리사 리나는 '드라마 〈멜

---

* Chico's. 중년 여성을 겨냥한 의류 브랜드. ─옮긴이

로즈 플레이스Melrose Place〉에 출연할 때 산 것 같은' 상의 위로 가슴이 터질 듯 튀어나왔다며 잔소리를 들었다. 마돈나는 치어리더 치마와 항아리 모양 드레스를 치우기로 합의하기 전까지는 절대 집 밖에 나와선 안 된다. 스타일 전문가라는 사람들은 데님 점프수트가 아장아장 걷는 아기에게는 어울리지만 40대에게는 영 안 어울린다는 증거로 사랑스러운 카일리 미노그를 꼽았으며, 몸에 딱 붙지만 꽤 수수한 실버 드레스를 뽐내고 있던 매력적인 할리 베리에게는 '어떤 옷을 **입을 수 있다**고 해서 꼭 그옷을 입어야 하는 건 아니다'라며 야단을 쳤다.

그런 게 아니었어?

이른바 피해야 할 옷차림이라는 설명 옆의 못된 사진들 속에서 이 여성들이 하나같이 너무 멋지다는 사실을 지적하고 싶다. 경이롭고, 짜증나고, 넌더리 날 정도로 말도 안 되게 아름답다.(리나는 아닐 수도 있지만 나는 리나 편이다. 아마 한창 조깅을 하던 중에 파파라치가 셔터를 누른 바람에 원래는 몸에 딱맞는 운동용 캐미솔 밖으로 가슴이 삐져나왔을 것이다.)

내 패션 취향은 지난 20여 년간 별로 바뀌지 않았고, 당연히 내 옷장도 별로 바뀌지 않았다. 정말이다. 나는 1993년 잡지 《세븐틴》에서 일할 때 입었던 괜찮은 옷 몇 벌을 여전히 갖고 있다. 검은색 니콜 밀러 칵테일 드레스나 캘빈 클라인의 펜슬 스커트, 막스 아즈리아의 케이프코트처럼 유행을 안 타는 옷들도 종종 입는다. 이 옷들을 벼룩시장의 '빈티지' 랙에서 발견할 수 있다는 사실은 신경 쓰지 말자. 이 옷들은 귀엽고, 클래식하고, 만듦

새가 뛰어나고, 여전히 몸에 잘 맞고, 나는 이 아이들을 버릴 생각이 없다.

나이에 맞는 옷차림 규칙 중 막연하고 보편적인 것은 이해한다. 우리 딸들이 너무 좋아하는(그리고 터무니없이 잘 소화하는) 손바닥만 한 데님 반바지와 등이 파인 홀터넥 사이로 살이 흐물흐물 삐져나온 모습을 보고 싶어 하는 사람은 아무도 없다.(아무도 없어야 한다.) 하지만 늘 스타일리시하고 트렌디하며 피부를 지나치게 노출하지 **않는** 옷들은? 예를 들면 스키니진이나 가죽 치마나 레이스나 네온 색상이나 그게 뭐든 간에 당시에 패션 잡지에서 열심히 팔아대고 있는 아이템은? 이런 건 괜찮나? 아니면 앞으로 20년 동안 아줌마 유니폼(내가 사는 곳에서는 디자이너 요가 바지와 그에 맞는 운동용 상의와 재킷, 아니면 청바지와 검거나 흰 티셔츠다)만 고수하다가 바로 폴리에스터 바지와 길고 낙낙한 원피스로 넘어가야 하는 건가?

집에서 일하기 때문에 아이들을 데리러 가기 전까지 보통 파자마를 입고 있어서인지, 아니면 그냥 내가 요만치도 관심이 없어서인지는 모르겠지만, 나는 확실히 나이에 맞게 옷을 입지 않는다. 이 점에 관해서는 꽤나 자신이 있는데, 패션에 푹 빠진 열 살짜리 딸이 항상 내 옷을 빌리고 싶어 하기 때문이다.(딸은 내가 갖고 있거나 입는다는 이유만으로 그 옷을 영원히 구닥다리로 취급하는 악명 높은 나이가 아직 안 됐다. 그리고 말해두자면 나는 딸아이의 옷을 빌린 적이 절대로 **결단코** 한 번도 없다.) 나는 지금도 가끔 주니어 코너에서 옷을 산다. 거기에 있는 옷이 주로 더 귀엽고 저렴하기 때문이다.

하지만 이건 정말로 내 잘못이 아니다. 우리 애들은 틸리스와 저스티스에서 옷을 사고, 우리 엄마는 랜즈 엔드와 콜드 워터 크릭에 간다. 나는 가끔 노드스트롬에서 청바지를 사고 메이시스에서 괜찮은 상의를 발견하긴 하지만, 오로지 **나만을 위한 곳**은 없다.

깊게 파인 브이넥이 이제 내 베스트프렌드나 동지가 아니라고 느낀다는 것 외에 나이가 들면서* 내 옷차림의 가장 큰 변화는 발목 아래에서 벌어졌다. 어릴 적 신발 쇼핑을 할 때 내가 고려한 것은 오로지 다음 두 가지뿐이었다. 1) 그 신발이 얼마나 견딜 수 없이 사랑스러운가, 2) 내가 살 수 있는 가격인가. 이 단순한 기준을 충족시키면 그 신발이 너무 꽉 끼든 질질 끌리든 쥐가 나든 개의치 않았고, 심지어 괴로운 몇 발짝을 내딛은 후 피가 흐른다 해도 상관없었다. 나는 빌어먹을 신발 스트랩을 두 발에 질끈 묶고 반창고 한 움큼을 가방에 쑤셔 넣은 뒤 고통스러운 길을 떠났다. 하지만 요즘에는 저녁에 집을 나서기 전 남편과 이런 대화를 나눠야 한다.

> **나:** (스트랩 스틸레토 한 켤레를 바라보며) 우리 발레파킹할 수 있을까?
>
> **조:** (단단히 미쳤다는 듯이 나를 쳐다보며) 주차장은 레스토

---

* 내가 '**더 원숙해지면서**'라고 말하지 않았다는 데 주목할 것.

우아하게 나이들 줄 알았더니

랑에서 두 블록 떨어져 있어.

나: (스틸레토를 뚫어지게 쳐다보며) 그래서 안 된다고?

조: 신고 **두 블록**도 못 걷는 신발을 도대체 왜 갖고 있는 거
야?

나: (대답으로 문제의 그 예쁜 신발을 집어 든다)

조: (슬픈 듯 고개를 젓는다)

예전에는 엄마가 외출할 때 가방에 침실용 슬리퍼를 챙기는
걸 비웃곤 했다.(정확히 이런 용도로 만들어진, 오프라가 사랑
해 마지않는 접을 수 있는 플랫슈즈가 세상에 나오기 전의 일이
다.) 하지만 지금은 이해한다. 나는 슬리퍼를 가방에 챙기진 않
는다. 그래야 할 때가 오면 감정적 타격이 무척 클 것이다. 그 대
신 차에 귀여운 아바이아나스 플립플롭을 가지고 다닌다. 힐을
신고 비참하게 한 발짝을 더 내딛느니 차라리 발목에서 내 발을
물어뜯어 버리고 싶을 때를 위해서다.

요즘에는 무조건 처음 신었을 때부터 편한 신발을 사긴 하지
만('신으면서 길들이는' 짓은 이제 안 한다. 그럴 시간과 에너지
가 어디 있다고) 얼마 전까지는 보는 것만으로도 발이 아픈 신
발 수십 켤레를 갖고 있었다. "일본인 친구네 집에 식사 초대를
받으면 현관에서 신발을 벗어야 하니까 발 아픈 신발을 신을 수
있을지도 몰라"는 내가 불편한 신발을 버리지 않으려고 대는 핑
계다. 신발 없는 식사에 우리를 초대해줄 일본인 친구가 실제로
있었다면 더 그럴듯했을 텐데.

물론 신발은 옷과 다르다. 신발은 어떤 달에는 엄청 예뻐 보였다가 그다음 달에는 끔찍해 보이는 일이 없다. 쇼윈도에 비친 모습을 언뜻 보고 "세상에, 나 완전 왕발인데 아무도 얘기를 안 해줬어!"라고 생각하는 경우도 거의 없다. 친구에게 이렇게 말하는 일도 극히 드물다. "솔직히 말해봐. 이 신발 신으면 나 더 뚱뚱해 보여?"

그럼에도 지난 주말 나는 골칫덩어리인 내 신발 컬렉션을 살펴보고 더 이상 필요 없거나 안 신는 신발을 전부 버리기로 결심했다. 마지막 관문을 통과하지 못한 신발은 신고 일어나기도 전에 벌써부터 발이 아파오는 하이힐 여섯 켤레와 짝 없는 플립플롭 세 개, 왼쪽만 남은 신발 두 개였다.(진짜다. 분명히 원래는 온전한 두 켤레가 다 있었다. 말 안 듣는 오른쪽 신발 두 짝의 행방은 아무도 모른다.) 결국 나는 버릴 신발로 가득 찬 커다란 쓰레기봉투 두 개와 광활한 수납공간을 얻었다. 그리고 주말 내내 성취감에 취해 의기양양하게 돌아다녔다.

"나머지 옷장도 전부 정리하는 게 어때." 조가 조심스럽게 제안했다.

"다른 사람한테 이래라저래라 하지 말고, 다른 사람이 당신한테 이래라저래라 하게 두지도 마." 나는 조를 야단쳤다.

내가 아는 많은 여자들이 중년을 옷장 정리하기 좋은 시기로 여기는 것 같다. 아기도 이미 낳았고 몸도 몸이 원하는 사이즈로(**본인**이 원하는 사이즈는 아닐지 모르지만 그건 완전히 다른 문제다) 거의 자리를 잡은 데다 본인에게 어떤 옷이 잘 어울리는지도 파악했고 질 좋은 옷을 몇 벌 구매할 수 있을 만큼 돈도 모아두었기 때문이다. 하지만 솔직히 말하면 나는 어디서부터 시작해야 할지조차 모르겠다. '로또에 당첨된 후에도 보관할 옷이 아니라면 애초에 갖고 있어서는 안 된다'는 규칙을 따른다면 내가 가진 4천 벌 중에 한 네 벌 정도 남을 것이다.

내 친구 크리스는 어느 날 '현실 자각 타임'을 가진 후 대대적인 숙청에 돌입했다고 한다. 입고 출근할 만한 옷을 찾느라 옷장에 있는 모든 옷을 입어보고는 대다수가 안 맞거나 유행이 한참 지났거나 **그냥 너무 구리다**는 사실을 알게 된 것이다.

"청바지가 0사이즈에서 14사이즈까지 무지개 색깔별로 다 있더라고." 크리스가 자백했다. "너무 작은 바지는 언젠가는 다시 살 빼서 입으려고 갖고 있었고 너무 큰 바지는…… 그냥 혹시 몰라서 갖고 있었어. 그런데 정말로 살이 빠지거나 찌면 그냥 나가서 새 옷을 사리라는 걸 깨달은 거야. 그래서 전부 굿윌*에 갖다줬지."

회사 중역이었으나 집에서 아이를 키우기 위해 커리어를 포기한 또 다른 친구 엘리는 옷장에 파워 슈트가 일렬로 걸려 있는 걸 더 이상 보기 힘들다고 했다. 엘리는 이렇게 말했다. "회사로 안 돌아가겠다는 내 결정을 옷들이 비웃고 있는 것 같더라. 그 옷들을 사느라 돈은 또 얼마나 많이 썼게. 그래서 트렁크

---

* Goodwill. 미국판 '아름다운 가게'와 같은 곳으로, 기부받은 물품을 판매하는 비영리 단체.—옮긴이

에 전부 넣은 다음 위탁 판매 업체*로 가져갔지." 유감스럽게도 콧대 높은 가게 주인은 엘리에게 이 20년 된 슈트들이, 그러니까, 20년은 유행에 뒤처졌다는 사실을 일러주었다.

"정말요?" 엘리는 믿을 수 없다는 듯이 가게 주인에게 되물었다. 그리고 명품 원단을 만지작거리며 격렬한 향수와 후회를 느꼈다.

"어깨뽕 유행이 대체 언제 지난 거야?" 나중에 엘리가 내게 물었다.

"〈못 말리는 유모〉**가 끝났을 때쯤일걸."

"그럼 더블브레스티드 수트도 한물갔어?" 엘리가 또 물었다.

"거의 그렇지." 내가 다정하게 말해주었다.

"하지만 다시 유행하진 않을까?" 엘리가 간절하게 물었다.

옆에서 옆구리를 살살 찌르자 결국 엘리는 가끔 열리는 코스튬 파티를 위해 구식 명품 정장을 보관하는 게 어리석은 생각임을 깨달았고, 전부 드레스 포 석세스***에 기증했다. 옷을 본 직원들은 마침내 옷을 치울 수 있게 된 엘리만큼이나 크게 기뻐했다.

나이에 맞게 옷 입는 비법이 딱 하나 있는데, 내가 한 단어

---

* 물건을 위탁받아 판매한 후 원래 주인과 이익을 나누는 가게로, 물건을 받을지 말지, 얼마에 판매할지를 결정한다.―옮긴이

** The Nanny. 1993~1999년에 미국에서 방영된 드라마.―옮긴이

*** Dress for Success. 구직 활동을 하는 저소득층 여성에게 정장을 제공하는 비영리 단체.―옮긴이

우아하게 나이들 줄 알았더니

로 요약해드리겠다. 바로 스팽스Spanx다. 스팽스가 뭔지 모른다면 이 책을 잠시 덮고 두 손을 동그랗게 말아 입에 댄 후 다음과 같이 큰소리로 외쳐주시길 바란다. **"누가 제발 동굴 입구를 막고 있는 이 엄청나게 커다란 바위를 치워주지 않겠어요? 제가 기어 나가서 처음으로 밀레니엄을 맞이할 수 있게요!"** 여러분이 동굴에서 도와줄 사람을 기다리는 동안 내가 스팽스가 뭔지 알려주겠다. 스팽스는 마술 같은 가공 원단으로 만든 엄청나게 매끈한 초고기능 천 쪼가리로, 보기 싫은 바늘땀이나 살을 파고드는 고통스러운 코르셋 없이 살을 깔끔하게 빨아들인다. 그렇다, 스팽스는 거들이다. **하지만 이건 우리 할머니들이 입던 그런 거들이 아니다.**(겉포장만 바꾼 테이프도 아니다. 내 맹세한다.) 스팽스의 대표 문구는 '더 가볍고 날씬해지는 비결'이지만 나는 날씬해지고 싶어서 스팽스를 입는 것도 아니다. 날 미워해도 괜찮다. 하지만 나는 정말 말라 보이려고 스팽스를 입는 게 아니다. 그보다는 피부가 덜 처져 보이고 싶은 마음이 큰데, 내 몸을 감싸고 있는 표피가 장기를 붙드는 데 필요한 양 이상으로 많은 것 같기 때문이다. 하지만 스팽스 안으로 미끄러져 들어가면 누가 나한테 스프레이를 뿌려서 모든 것을 밀어 넣고 고정하는 수축 포장 코팅을 입힌 것 같다. **그것도 테이프 없이.**

스팽스가 얼마나 좋은 제품인지 알고 싶은가? 스팽스의 창업자인 사라 블레이클리는 최근 《포브스Forbes》에서 자수성가한 세계 최연소 여성 부호로 뽑혔으며 《타임Time》이 뽑은 세계에서 가장 영향력 있는 100인에 이름을 올렸다. **전 세계를 통틀어**

서 말이다.(맞다, 자기 팬티스타킹 발목을 잘라서 눈에 안 보이는 거들을 만들고 이 아이디어로 거대 기업을 만든 여성이 경제학자와 운동가, 상원의원, 가수 리아나, 풋볼 스타 팀 티보, 디지털 미디어《매셔블Mashable》의 창업자 피트 캐시모어와 함께 전세계 주요 인물 목록에 오른 것이다.) 스팽스는 뱃살을 잡아주고 허벅지살을 다듬어주고 엉덩이를 끌어올려주는 없는 것 없이 다양한 보정 속옷에서 더 나아가 이제는 요가 바지에서 운동용 스커트, 드레스, 수영복, 심지어 양말까지 만든다.(친구가 그테니스화 신으면 발이 뚱뚱해 보인다고 말할 수도 있으니까.) 내가 보기에 스팽스의 유일한 문제는 결국에는 스팽스를 벗고 그 아래에 있는 것을 직면해야 한다는 것이다. 하지만 흰색 바지나 몸에 딱 맞는 드레스를 입을 일이 있다면 스팽스로 살을 빨아들여보기를 강력 추천한다.

잡지《얼루어Allure》의 최근호에서 작가 사이먼 두넌은 나이에 맞게 입으라는 모든 조언에 대해 이렇게 말했다. "나이에 따른 규칙과 규제보다 더 짜증나는 건 없다." 그리고 이렇게 주장했다. "내 생각에 사람들은 나이와 상관없이 자신이 원하는 옷을 전부 입을 수 있다. 이때 필요한 건 자기 확신뿐이다." 그리고 또 하나, 스팽스로 가득 찬 서랍도 필요하다.

우아하게 나이들 줄 알았더니

망할 중년 복부비만

여기 재미있는 실험이 하나 있다. 길에서 중년 여성을 아무나 한 명 붙잡고 자기 몸무게에 대해 어떻게 생각하느냐고 물어봐라.(그러고 나서 얼른 몸을 숙이는 게 좋은데, 얼굴을 세게 가격 당할 확률이 매우 높기 때문이다.) 그 여성은 자기 몸무게에 티 끌만큼도 만족하지 않을 가능성이 높다. 갱년기나 호르몬, 아니면 자기 집에 있는 체중계, 또는 '운동할 시간이 없다'*는 사실을 탓할 수도 있다. 하지만 범인이 누구라고 생각하든 간에, 그 여성이 중년 복부비만이라는 이름으로 알려진 끔찍한 현실과 싸우고 있으리라는 것을 점점 커져가는 우리의 엉덩이를 걸고 장

---

* 끊임없이 업데이트되는 그녀의 페이스북 페이지는 다른 말을 할지 모르지만, 이 얘기는 꺼내지 않는 편이 현명하다.

담할 수 있다.

이걸 아는 이유는 내가 몸무게와 관련된 온갖 문제의 전문가이기 때문이다. 정식 교육을 받은 건 아니지만 만약 고통스럽고 수치스러운 경험을 통해 학위를 받을 수 있다면(마땅히 받아야 한다고 본다) 나는 아마 다이어트 박사 학위를 땄을 것이다. 나는 차례대로 소시지, 양배추 수프, 코티지치즈, 마카다미아 너트, 슬림패스트,* 마리나라 파스타만 먹으며 몇 주를 견딘 적이 있다.(탄수화물은 우리의 친구지만 지방은 우리를 뚱뚱하게 만든다고 생각했던 시절을 기억하는가? 젠장, 그때가 나의 최고 호시절이었다.) 심장을 뛰게 만드는 미심쩍은 알약을 집어삼켰고, 실내 자전거를 타고 일본까지 왕복해서 다녀올 거리를 달렸으며, 지방과 설탕이 없고 화학 첨가물이 잔뜩 들어서는 꼭 골판지를 씹는 것 같은 '대용식'으로 모든 먹을 만한 것을 대체해 선반을 채우기도 했다. 이걸 다 경험한 이후 나는 다이어트가 엿 같다는 매우 과학적인 결론에 도달했다.

아이러니하지만 어렸을 때 나는 종잇장처럼 말라빠진 아이였다. 실제로 내 별명은 '노 바디'**였다. 이해가 가시나? 왜냐하면 나한테는 **바디가 없었기** 때문이다. 하하하하. **안녕하세요, 그때 제가 만난 저능아 같은 어르신들, 혹시 제 귀에 대고 저를 노바디라고 부르는 걸 그만둘 생각을 해본 적은 없으신가요?** 다행히

---

* Slimfast. 다이어트용 단백질 셰이크.—옮긴이
** no body. 두 단어를 붙이면 보잘것없는 인간이라는 뜻이 된다.—옮긴이

우아하게 나이들 줄 알았더니

도 10대 때 나는 동물 학대에 관한 책을 한 권 읽고 '채식주의자'가 되었다. 영양가가 거의 전무한 양상추를 채소로 치지 않는다면 당시에 내가 그 어떤 채소도 먹지 않았다는 사실을 볼 때(그나마도 프렌치드레싱을 듬뿍 적셔야만 겨우 먹었다) 이건 누가 봐도 기이하고 놀라운 결정이었다. 하지만 채식주의자가 되는 건 정말 신나는 일이었는데, 하루도 빠짐없이 파스타를 먹어야 했기 때문이다! 그리고 피자도 매일 먹었다. 그리고 베이글도. 그리고 감자튀김도.(나는 누구도 반박할 수 없는 '감자는 땅에서 자란다'라는 주장으로 감자가 채소임을 엄마에게 납득시켰다. 우리는 뉴욕 출신이고 농사에 대해선 아는 게 별로 없는 데다 당시에는 인터넷으로 팩트체크를 할 수도 없었기 때문에 엄마는 별도리 없이 나를 믿을 수밖에 없었다.) 이제 맛 좋은 콘비프나 바삭하게 구운 베이컨을 절대 먹을 수 없었기 때문에 나는 버터가 잔뜩 들어간 파스타를 끝없이 퍼먹으며 스스로를 달랬다.

이렇게 채식주의자가 되고 나자 우스운 일이 벌어졌다. 뚱뚱해진 것이다. 적어도 이제는 나를 노바디라고 부르는 사람이 아무도 없었다.

대학은 아무런 도움이 되지 않았다. 뽕을 한껏 넣은 브라도 입을 수 있고 부모님의 감시도 없었던 대학 시절, 내게 새로운 두 절친이 생겼다. 폭음과, 늦은 밤 폭음의 친구인 폭식이었다. 대학 때 술을 마시면서 얼마나 많은 칼로리를 섭취했는지를 생각하니 몸이 떨릴 지경이다. 매일 밤 파티가 끝난 후 마카로니와 피자, 나초를 얼마나 먹어댔는지에 대해서는 아예 말을 말도록 하자. 나는 내가 뚱뚱하다는 걸 알았고(아빠는 혹시 내가 모를까 봐 집에 갈 때마다 굳이 그 사실을 언급해주셨다) 그 사실이 조금도 마음에 들지 않았다. 하지만 나는 먹고 마시는 것 또한 **진심으로** 좋아했다. 어린 여자애가 어떻게 그러지 않을 수 있었겠는가.

같이 파티를 즐기던 친구 중에 멜라니라는 애가 있었다. 멜라니도 나처럼 신입생의 필수조건이라는 15파운드(7킬로그램) 증량을 위해 부단히 노력하고 있었고, 역시 나처럼 멜라니도 과잉섭취자였다. 그러던 중 멜라니는 3주간의 방학 동안 집에 갔다가 20파운드(9킬로그램)를 빼고 돌아왔다. **어떻게 하루에 1파운드씩 뺄 수 있었던 거야?** 우리는 알아야 했다. 들어보니 멜라니의 엄마가 멜라니를 마이애미비치의 유명한 다이어트 전문가에게 데려갔는데, 그 사람이 자기가 만든 마법 같은 약을 하루에 몇 번 배에 주사하기만 하면 계속 프로 레슬러처럼 먹고 마셔도 체중이 쭉쭉 빠질 거라고 했단다.(멜라니는 그 주사기에 뭐가 들었는지 모른다고 했지만 주사기 안에 암페타민과 액화한 인간 태반을 섞은 구역질 나는 용액이 들었다는 루머가 퍼졌다.) 그리고 그 사람의 말이 맞았다. 멜라니는 계속해서 우리와 함께 먹고(찌르고!) 마시며(찌르며!) 파티를 즐겼고(또 찔렀고!) 놀랍게도 계속 살이 빠졌다.(계속 찔러댔다!) 말도 안 되게 늘씬해진 계집애는 손바닥만 한 핫팬츠를 입고 캠퍼스를 자랑스레 돌아다녔고 로버트 파머 뒤에서 노래를 부르던 여자들처럼(그때는 1980년대 후반이었다) 몸에 딱 붙는 드레스를 입고 외출했다. 그런 멜라니를 미워하지 않기란 정말 어려웠다.

하지만 멜라니를 오래 미워할 필요는 없었다. 가엾은 멜라니에게는 슬픈 일이었지만 어느 날부터인가 주사제의 효과가 사라졌다. 몸무게는 다시 슬금슬금 늘기 시작했다. 왕창 쌓아둔 주사기로 아무리 몸을 찔러대도 살은 계속 쪘다. 그해 연말이 됐을 무렵 멜라니는 감량했던 몸무게를 전부 되찾았을 뿐만 아니라 몇 파운드를 추가로 얻기까지 했다.

태반을 몸에 상시 주사하는 것이 해답이 아니었다면 우리 기숙사에 사는 다른 여자애들(대부분이 우리와 함께 열심히 먹고 마시고 파티를 즐겼다)은 어떻게 그렇게 날씬할 수 있었을까? 들은 바로는 많은 애들이 식사를 하거나 술을 잔뜩 마신 다음 화장실에 가서 가느다란 손가락을 우아하게 빠진 목 안으로 밀어 넣어 쓸데없는 칼로리를 전부 뱉어냈다. 그래서 실컷 처먹은 어느 날 밤 나도 이 방법을 써보기로 했다. 정말 끔찍했다. 질식해서 죽을 뻔했고 거의 한 시간 동안 눈에서 눈물이 나왔으며 목에서는 배터리액 4리터를 삼킨 것 같은 맛이 났다. 그럼에도 나는 어쩌면 연습이 더 필요한 것일지 모른다는 생각에 몇 번 더 구토를 시도했다. 하지만 토하는 방법은 내 운명이 아니었다.

2학년 봄방학에는 친구들과 함께 플로리다키스 제도로 여행을 갔다. 섹시한 몸매의 내 또래 여자애들이 비키니를 입고 해변을 뛰어다니는 걸 본 나는 찌르는 듯한 질투와 분노를 느꼈고, 음식과 술을 역대급으로 많이 먹음으로써 그 고통스러운 감정을 마비시켰다. 술에 취해서 기억이 좀 흐릿하긴 했지만 어쨌거나 여행은 무척 즐거웠다. 그리고 여행에서 돌아와 그때 찍은 사진을 확인했다.

우와, 사진 진짜 별로다! 사진을 인화한 드럭스토어 카운터에서 사진을 훑어보며 나는 생각했다. **이 사진에서 나 진짜 뚱뚱해 보이네. 이것도네. 맙소사, 이건 태워버릴 거야! 이것도. 세상에, 전부 다 태워야겠다.**

내가 마르지 않았다는 것은 나도 알고 있었다. 하지만 **이렇게나 뚱뚱하다고?**

그때 다 지긋지긋하다는 생각이 들었다. 이제 다이어트를 할 것이다. 살이 빠질 때까지 무지방 드레싱을 뿌린 푸른 잎 샐러드만 먹고 탄산수만 마실 것이다. 나는 할 수 있다. **반드시 할 것이다.** 그만큼 간절하게 살을 빼고 싶었다. **내가 먹는 그 어떤 음식의 맛도 날씬해졌을 때의 기분만큼 좋을 순 없어.**(이 말을 실제로 처음 들은 건 〈새터데이 나이트 라이브〉의 한 코너에서였다. 뭔가를 조롱하려고 한 말이라는 것은 알았지만 그때 나는 '꽤 기발한데! 기억해놔야겠어'라고 생각했다.) 물론 다이어트에는 희생이 따랐다. 하지만 보상도 있었다! 그 부럽고 아름다운 보상이라니! 나는 이보다 더 열정적일 수 없을 정도로 열정적이었다.

그 열의가 5분이나 10분은 갔는지 잘 모르겠다.

다이어트는 할 짓이 못 되는 것으로 밝혀졌다. 전에는 음식이나 칼로리에 별 관심을 기울이지 않았는데 갑자기 이 두 가지가 내 모든 깨어 있는 시간을 잡아먹기 시작했다. 앞으로 뭘 먹을지와 뭘 먹지 않을지, 뭘 먹었어야 했는지 생각했고 금지

　　　　　　　　　우아하게 나이들 줄 알았더니

된 음식을 한 입 먹을 때마다 나 자신을 질책했다. 무지방 치즈와 크래커, 쿠키, 감자칩을 트렁크째로 사서 스물네 시간 내내 우적우적 먹었다. 전부 쓰레기 같은 맛이 났지만 어쨌거나 계속 먹었는데, 그 제품들은 **무지방**이었고 나도 무지방이 되고 싶었기 때문이다! 배는 전혀 고프지 않았지만 만족감도 전혀 없었다. 나는 먹고 먹고 또 먹었고, 그러는 내내 머릿속으로는 칼로리와 지방량을 계산하며 내일은 더 나아지겠다고 다짐했다.

옷 입는 건 고문이었다. "이 옷 입으면 뚱뚱해 보여?" 룸메이트와 나는 헐렁한 검은색 옷을 차례로 걸쳐보며 서로에게 묻곤했다. 우리 중 그 누구도 "친구야, 아니야. 널 뚱뚱해 보이게 하는 건 네 **지방**이야"라는 말로 진실을 폭로할 배짱이 없었다. 나는 수학의 달인이 되어 음식을 보자마자 몇 칼로리인지 계산할수 있었다. 매 순간이 끔찍했다. **내일은 새로 다이어트를 시작할 거야!** 술 마신 날 저녁이면 늘 이 생각을 하며 잠들었다. 그리고 다음 날 숙취에 시달리며 깨어났다. 모두가 이 명언을 알 것이다. 감기에는 굶고, 숙취에는 먹어라.* 튀긴 거면 더 좋고.

어쩌다 보니 나는 운동선수들이 사는 기숙사에서 살았다. 이 사실은 또 하나의 아이러니였는데, 나는 살면서 운동을 해본 적이 한 번도 없었기 때문이다. 텔레비전에서 풋볼 경기나 테니스 경기를 본 적도 없었고, 플라스틱 원반조차 제대로 못 던졌다. 하지만 대학 입학 서류를 늦게 제출해서 이미 모든 기숙사에 자

---

* 원래 많이 쓰이는 말은 '감기에는 먹고, 열이 나면 굶어라'다.—옮긴이

리가 없었기 때문에 부모님은 어쩔 수 없이 대학 내 선수들이 거주하는 값비싼 개인실에 돈을 낼 수밖에 없었다. 개브리엘 리스(맞다, 고통스러울 정도로 아름다운 배구 천재/여전사/슈퍼모델이다)가 우리 층에 살았다. 나는 개브리엘이 가젤처럼 완벽한 몸으로 식당을 성큼성큼 걸어가는 모습을 매일 지켜보면서 우리가 같은 종에 속한다는 사실에 깜짝 놀라곤 했다. 개브리엘이 친절하고 다가가기 쉬운 성격이라는 얘기는 들었지만 직접 알아보고 싶진 않았다. **그런** 사람 옆에 서 있고 싶은 사람이 어디 있겠는가? 개브리엘이 기숙사 수영장에서 즐겁게 뛰놀던 어느 날, 나는 친구들과 함께 겉옷을 절대 벗지 않은 채로 맥주를 마시며 개브리엘의 불쾌할 정도로 완벽한 복근을 찬양하고 있었다. 그러다 문득 이런 생각이 들었다. 나도 운동을 해야 해!

왜 진작 이 생각을 못 했지? 나도 운동을 해서 개브리엘처럼 늘씬하고 탄탄한 몸매를 가질 거고, 그러면 삶이 달라질 것이었다. 나는 곧바로 동네에 있는 체육관에 등록했고 모두가 이름을 아는 열성 회원이 되었다. 전날 밤 섭취한 칼로리를 되돌리려는 (아니면 그날 오후에 있을 무자비한 칼로리 섭취를 미리 원상 복구해놓으려는) 무의미한 노력에서 에어로빅 수업을 연달아 세 번 들은 적도 있었다. 폭식을 한 후에는 스스로를 이렇게 꾸짖었다. **개브리엘 리스는 분명 새벽 2시에 피자 반 판을 먹지 않을 거야.** 나는 이렇게 대답했다. **꺼져. 난 오늘 운동했다고. 얼른 한 조각 더 내놔.**

운동은 체중 감량에 별 도움이 되지 않았다.

내가 끊임없이 '다이어트 중'이라는 사실(그리고 '효과는 전혀 없다는' 사실)은 내게 그리 이상해 보이지 않았다. 세상은 원래 그런 것이었다. 내가 기억하는 한 우리 엄마도 내내 다이어트에 매진했다. 엄마의 몸무게는 절대로 변하지 않았지만 어렸을 적 나는 엄마가 **마지막 5킬로그램**을 떨쳐내려고 얼마나 노력하는지를 하루도 빠짐없이 아주 상세하게 들었다. 그 5킬로그램은 아주 고집 센 개자식인 것이 분명했다.

대학교 3학년 때 파리에 있는 소르본 대학교에서 한 학기를 보냈다.* 비행기에서 내리자마자 가장 처음 느낀 것은 프랑스 여자들이 말이 안 될 정도로 대단히 늘씬하다는 것이었다. 전반적으로가 아니라, **한 명도 빠짐없이 모두** 날씬했다. 뚱뚱한 프랑스 여자를 찾는 것은 코스트코에서 이번 주에 말린 망고와 고양이 사료를 어디 뒀는지를 도저히 알 수 없을 때 직원을 찾는 것보다 더 힘들다.

프랑스 사람들은 유전자가 우월한 게 틀림없어. 나는 이렇게 생각했다. 그냥 그런 것뿐이었다. 아니, 반드시 그래야 했다. 왜냐하면 프랑스 여자들은 미식축구 선수처럼 먹어댔기 때문이다! 크루아상과 크레이프, 크림이 들어간 온갖 요리들. 나는 매일같이 카페에 앉아 스파게티 면처럼 가느다란 이 이상 유전자들이 그 어떤 죄책감이나 후폭풍 없이 바삭한 바게트를 크게 뜯

---

* 내 부전공은 프랑스어다. 그리고 프랑스어는 아무짝에도 쓸모가 없는 학위인 것으로 밝혀졌다.

어 올리브오일에 푹 적셔 먹고 세상에서 가장 기름진 고기(버터로 만든 **뵈르 블랑** 소스 안에서 헤엄치는 스테이크와 오리고기와 소시지)를 즐기는 모습을 지켜보았다. 한편 나는 프랑스 전역을 뒤졌음에도 무지방 크래커 제품을 단 하나도 찾지 못하고 있었다.

마침내 나는 비결을 알아냈다. 바로 와인이었다! 나도 정확히 프랑스 여자들처럼 먹고 있었다.(버터와 맛있는 소스, 기괴할 정도로 많은 식사량만 빼면.) 다만 무지한 미국인이라 와인을 **맥주**로 씻어 내리고 있었던 것이다. 이런 바보 같으니라고! 나는 버드와이저 맥주를 보르도 와인으로 바꾸고 살이 **빠지기**를 기다렸다. 이 얘기를 들으면 여러분도 깜짝 놀랄 텐데, 그런 일은 일어나지 않았다.

나는 프랑스에서 보낸 시간이 마련해준 특별한 선물을 지니고 미국으로 돌아왔다. 그리고 가는 데마다 가지고 다녔다. 그건 바로 울퉁불퉁해진 엉덩이였다.

대학 졸업 후 첫 번째 직장을 구했다. 광고 영업 분야의 상당히 화려한 일이었는데, 여기서 '화려하다'라는 건 '그게 무엇이든 화려한 것과 정반대'라는 뜻이다. 나는 아침이 되면 코딱지만 한 사무실에 들러서 그날의 일정을 정하고 밖으로 나가 이 클라이언트에서 저 클라이언트로 달음박질쳤다. 이 자식들 중 한 명이 풀컬러 전면 광고에 돈을 지불해서 나도 집세를 내고 어쩌면 새 부츠도 좀 살 수 있기를 바라면서 말이다. 한 번도 영업 분야에서 일해본 적 없다면 내가 비밀을 살짝 알려주겠다. 영업은

'잡담'의 다른 말이며, 보통은 클라이언트와 함께 식사를 하며 잡담을 나눈다.

그렇게 스낵웰사의 쿠키나 레이스 감자칩이 없는 레스토랑 런치 메뉴를 매일 만나게 되었고, 소스는 따로 달라는 장황한 부탁으로 고객을 불편하게 만들고 싶지 않았기 때문에 나는 반강제로 진짜 음식을 먹게 되었다. 바삭한 식빵 조각을 넣은 수프, 치즈와 마요네즈가 든 칠면조 샌드위치, 베이컨 조각과 올리브오일 드레싱을 넣은 샐러드 같은 것들 말이다.(가짜 채식주의는 버린 지 오래였다.) 버터 바른 빵(가짜 버터가 아니었다!)과 아보카도, 땅콩버터가 잔뜩 들어간 매콤한 팟타이를 먹었다. 와, 나는 음식이 얼마나 맛있을 수 있는지를 완전히 잊고 있었다. 마음 한편으로는 메이시 백화점의 추수감사절 퍼레이드 풍선처럼 몸이 부풀어 오를 거라고 확신했지만 그 문제에 신경 쓰기엔 너무 바빴다.(그리고 너무 만족스러웠다.)

다이어트를 그만두자 믿을 수 없는 일이 벌어졌다. 살이 **빠진 것이다.** 성인이 된 후 내 입에 들어가는 모든 음식을 통제하고 분석하는 짓을 처음으로 그만두자(실제로 나는 **먹고 싶은 게 뭐든 간에 전부** 먹어치우고 있었다) **살이 빠졌다**는 사실을 발견하고 내가 얼마나 놀랐는지 아마 여러분은 상상도 못 할 것이다. 나는 마침내 촌충에 감염되는 데 성공한 것은 아닌지 의심했다. 병원에 가서 확인하지는 않았는데, 정말로 촌충에 감염된 거라면 의사가 분명 없애자고 할 것이고, 그러면 가엾은 멜라니처럼 나도 즉시 몸무게를 회복할 것이었기 때문이다.

나는 빼빼 마른 사람이 되었다. 날 만나러 온 한 대학 친구는 내 등뼈가 보인다며 걱정스러워했다. 나는 자랑스러운 마음을 감추느라 애를 먹었다. 다른 친구들은 어떻게 살을 뺐느냐고 (어떤 다이어트를 한 거냐고) 물어보았고 비결은 다이어트를 그만둔 것이라는 내 말을 믿는 사람은 아무도 없었다. 다이어트를 그만두자 음식에 대한 집착도 완전히 사라졌다. 더 이상 음식에 집착하지 않게 되자 스물네 시간 내내 무언가를 먹을 필요가 없어졌다. 소박하고 만족스러운 식사를 하게 되자 삶을 잘 꾸려나갈 수 있게 되었다.(알고 보니 금지된 음식 생각 외에 다른 것을 위한 공간이 있는 삶은 꽤 충만한 것이었다.)

그로부터 20년간 날씬한 상태를 유지했다. 임신해서 20킬로그램이 찐 다음 (그것도 두 번이나) 각각 4킬로그램인 아기를 낳은 후에도 마찬가지였다.(4킬로그램짜리 아기가 비정상적으로 거대하다는 점에는 모두가 동의하리라 생각한다.)* 먹고 싶은 건 전부 먹었고 배가 부르면 포크를 내려놓았으며 음식과의 전쟁에서 마침내 승리했다고 확신했다.

"즐길 수 있을 때 즐겨." 나보다 나이가 많은 친구들은 이렇게 경고했다. "마흔이 되는 날 네 신진대사는 끼익 하고 멈출 테니까."

내 슈퍼 신진대사는 그럴 리 없어. 나는 고구마튀김을 또 하나

---

* 내 생각에 갓 태어난 아기는 2.7킬로그램, 기껏해야 3.2킬로그램 정도여야 한다. 4킬로그램은 추수감사절에 먹는 칠면조의 영역을 넘보는 것이다.

입속에 던져 넣으며 속으로 우쭐거렸다. **난 이제 어떻게 해야 하는지 알아.**

그러다 마흔이 되었다. 나는 그동안 하던 일을 계속했다. 즉 햄버거와 감자튀김과 올리브오일에 푹 적신 빵을 내킬 때마다 먹고(물론 대부분은 적당히 만족스러운 정도로만 먹었다) 커피에 우유와 크림을 듬뿍 넣어 마셨다는 뜻이다. 그런데 난데없이 기이한 일이 벌어지기 시작했다. 지금까지는 늘 문제없이 **완벽하게** 작동하던 건조기가 내 옷들을 줄이기 시작한 것이다. 처음에는 청바지였는데, 청바지는 일 년에 몇 번 안 빠니까 아마 그동안 어처구니없이 늘어났을 거라고 생각했다. 하지만 그다음에는 치마 하나가 줄어들었고, 그다음엔 치마 몇 벌이 더 줄었고, 그다음엔 모든 긴 바지와 내가 가진 유일한 반바지가 쪼그라들었다. **이런 미친?**

나는 건조기 수리기사 부르기를 메모해두었다.

마흔 살 생일이 얼마 지나지 않아 1년에 한 번 있는 산부인과 검진을 받으러 갔다. 그동안 집에서는 몸무게 측정을 피해왔지만 병원에서는 어쩔 수 없이 체중계에 올라서야 한다는 것을 알았기 때문에(체중계는 몸무게를 재기 전에 몸에 걸친 모든 액세서리를 빼고 숨을 참는 모습을 모두가 볼 수 있는 굴욕적인 장소에 놓여 있었다) 깃털처럼 가벼운 여름용 원피스와 가진 것 중 가장 가느다란 끈팬티를 입었다. 샌들을 벗어 던지고 무거운 시계를 끄른 나는 주저하며 체중계에 올라서서 저 작은 바늘이 어디를 가리킬지 두려워하며 바라보았다.

믿을 수 없었다. 내 몸무게는 내가 기억하는 몸무게와 똑같았다. 그것도 아주 정확하게. 도대체 무슨 일이 일어나고 있는 거야?

늘씬한 50대 친구 레이철 앞에서 이 미스터리에 대해 얘기하니 레이철이 친절하게 설명해주었다. 여자는 마흔 살이 지나면 몸무게가 늘지 않아도 모든 게…… **달라진다**는 것이었다. 레이철이 말했다. "나도 옆구리가 울룩불룩 튀어나왔어. 원래는 안 그랬는데."

"좀 무례하게 들릴 거 아는데, 거짓말 좀 작작해. 내가 지금 **뻔히 보고 있는데**." 내가 말했다.

"눈에 보이는 애들이 아냐. 눈에 안 보이는 애들이지." 레이철이 말했다.

들어보니 레이철의 비결은 옆구리 살 스토퍼stopper라는 것이었다.(즉 **바지허리 늘이개**의 귀여운 이름이다.) 이 스토퍼를 청바지의 단추와 단춧구멍 사이에 끼우면 바지허리가 2에서 3인치 늘어난다고 했다. 물컹물컹한 뱃살이 스토퍼와 바지 사이의 틈으로 삐져나올 수 있다는 점은 생각하지 말자. 지금 우리는 뱃살이 아닌 옆구리 살 얘기를 하고 있는 거다.

"제발 장난이라고 해줘." 내가 애원했다.

"장난치는 게 아니야. 네 눈에 내가 엄청 날씬해 보인다는 건 알지만 솔직히 말해서 이 스토퍼 없으면 나도 청바지 위로 옆구리 살이 엄청 튀어나올걸." 레이철이 말했다.

"난 그냥 옆구리 살이 튀어나오고 말래." 내가 말했다.

우아하게 나이들 줄 알았더니

난 옆구리 살이 정말 싫다. 진짜다. 브라 끈 밑으로 흘러나온 등살도, 전에는 분명 허리가 있었는데 이제는 두툼해진 복부도 싫다.(한 친구는 갱년기menopause 이후에 생긴 이 복부 지방을 '메노-팟meno-pot'이라고 부른다.) 하지만 뭘 어쩌겠는가? 영원히 피자를 멀리해야 하나? 메스에 굴복해야 하나? 일도 그만두고 애들도 안 보고 하루에 열한 시간씩 운동해서 돈 한 푼 없고 가족과도 소원하지만 몸매만은 기막히게 탄탄한 채로 죽어야 하나? 그게 다 무슨 소용이란 말인가? 삶은 이미 충분히 고달프다. 게다가 빵은 진짜, 진짜로 맛있다. 그리고 원래 가장 중요한 건 균형이 아니겠는가?

여러분이 빵을 안 먹는다는 걸 안다. 아마 『밀가루 똥배Wheat Belly』를 읽었을 것이고 탄수화물은 사탄의 자식이라 확신할 것이다. 하지만 삶은 살아야지 견디기만 해서는 안 된다. 갓 구운 포카치아와 프렌치 어니언 수프 한 그릇(치즈가 녹아내린 맛있는 빵 부분을 빼면 그냥 맑은 국물일 뿐이다), **빵을 포함한** 베이컨 치즈버거를 아예 포기하는 건 그리 가치 있는 일 같지 않다.

사람들은 소리친다. "하지만 그런 음식이 당신을 죽인다고요!" 어쩌면 맞는 말일지 모른다. 하지만 드라마 〈솔로몬 가족은 외계인Third Rock from the Sun〉을 본 적이 없는가? 이 드라마에는 존 리스고가 연기한 딕이 담배를 발견하는 에피소드가 있다.(딕은 지구인 동료 사이에 전혀 녹아들지 못해 폭소를 자아내는 촐랑거리는 외계인이다.) 지구 어디에서나 흡연을 불쾌하고 부끄러운 습관으로 여긴다는 사실을 전혀 모르는 딕은 내키는 대로 담배를 꼬나물고 끝의 끝까지 줄담배를 피운다. 물론 딕의 지구인 여자 친구 메리(뛰어난 배우 제인 커틴이 연기했다)는 깜짝 놀라 필사적으로 담배를 끊게 하려고 하지만 아무 소용이 없다.

"하지만 딕, 담배 피우면 수명이 줄어드는 거 몰라?" 메리가 질색하며 마지막으로 말한다.

딕이 대답한다. "알지! 하지만 줄어드는 건 **말년**의 수명이고, 어차피 말년은 괴롭잖아!"

그냥 생각해볼 만하다는 얘기다.*

---

* 담배를 피우자는 게 아니다. 담배는 절대로 피워서는 안 된다. 하지만 담배를 **피우지 않아도**, 마늘을 잔뜩 넣은 디핑 소스를 즐기기에 삶은 너무 짧다. 제발 가끔씩은 빵도 좀 먹자.

우아하게 나이들 줄 알았더니

8

....

적어도 나는 건강하다,
아닐 때도 있지만

왜 사람들이 결국 은퇴하는지 알 것 같다. 너무 늙고 노쇠해서 더 이상 유의미한 성과를 낼 수 없어서도 아니고, 현금을 산처럼 쌓아둬서 1달러도 더 벌 필요가 없어서도 아니다. 우리가 평생을 바쳐 쌓아온 커리어를 포기하는 것은 어느 시점이 지나면 삐걱거리고 쑤시는 몸을 쓸 만하게 유지하는 일이 그 자체로 풀타임 업무가 되기 때문이다.

조금 충격적이다. 최근까지만 해도 매년 받는 건강관리라고는 자궁경부암 검사, 그리고 내가 절대 안 하는 유방암 자가 검진이 얼마나 중요한지 잔소리를 듣는 게 다였다. 심지어 질이 아닌 다른 부위를 전공한 주치의도 없었다. 인후염이나 부비동염에 걸리면 가장 가까운 긴급 의료 센터에 가서 꼬질꼬질한 사람들과 함께 7년의 세월을 기다린 뒤 하얀 가운을 입고 자신이 의대 졸업생이라고 주장하는 꼬마 몇 명을 만났다. 결혼하고 나서 생명보험 가입이라는 어른스러운 결정을 내릴 때 전신 건강 검진을 받았던 것이 어렴풋하게 기억난다.(어린 새신랑도 나도 혼자서는 주택담보 대출을 다 못 갚는다는 점에서 가입하지 않을 수 없었다. 우리 부부 중 한 명에게 무슨 일이 일어나면 **정말로 큰일이다**.) 하지만 그때 이후 가끔 받는 스케일링을 제외하면 정기적으로 내 몸에 있는 구멍을 들여다보거나 장기를 쿡쿡 찌르는 상황은 용케 잘 피해왔다.

아, 좋았던 옛날이여. 이제 내 달력은 돈을 내고 내 알몸을 봐달라고 부탁해야 하는 사람들과의 약속으로 영원히 미어터지고 있다.

처음 중년임을 실감한 순간은…
약국에서 약을 받으려고 기다리는데 한 늙은 남자가
카운터 앞에 섰을 때. 약사가 그 사람에게 생년월일을
물었는데 내 나이보다 그리 많지 않았다. ― 크리스털

내 피부과 주치의인 리베카와 나는 내 몸이 여기저기에 피부섬유종dermatofibroma*이라는 양성 낭종을 만들어내기 시작한 이후 서로 이름을 부르는 가까운 사이가 되었다. 섬유종은 커다란 완두콩이나 작은 구슬 정도의 크기로 보통은 두피에 생기지만(나

---

* 보통 '-oma'로 끝나는 병명은 좋은 게 아니지만 여러분이 낭종을 가져야 한다면 나는 피부섬유종을 추천한다.

는 머리에 기발하고 위트 넘치는 생각을 담아낼 공간이 더 필요해서라고 너스레를 떤다) 무릎과 엉덩이에 난 것을 제거한 적도 있다. 진료실에서 리베카는 돋보기를 쓰고 내 살을 아주 미세한 부분까지 세월아 네월아 들여다보기를 좋아한다. 무척 신나고 전혀 굴욕적이지 않은 경험인데, 구석에 해골이 있는 진료실의 차가운 형광등 불빛 아래에서는 특히 더 그렇다.("자외선 차단제를 안 바르면 **죽을 수도** 있습니다." 해골이 꾸짖는다.) 가끔 리베카는 이런저런 점이나 주근깨를 클로즈업해서 사진을 찍는다. 표면적으로는 비교를 위해서지만, 리베카가 이 사진을 페이스북에 올리고 밑에 웃긴 말을 달거나 아니면 최소한 의학 저널에 실으리라는 건 모두가 아는 사실이다. 어쨌거나 지금까지는 내 몸에서 떼어내 검사실로 보낸 애들이 전부 양성이었으니(이렇게 하는 것이 표준 작업 지침이다) 그걸로 됐다.

그리고 1년에 한 번 받는 유방촬영 검사가 있다. 나는 유방암 가족력 때문에* 이 즐거운 의례를 다른 사람들보다 일찍 시작했다. 이 기술을 이용할 수 있는 시대와 국가에 살고 있다는 것이 엄청나게 감사한 일이긴 하지만 내 가슴이 유리와 금속으로 된 차가운 판 사이에서 직접 만든 토르티야처럼 납작해진 것을 볼 때마다 이런 생각밖에 안 든다. **정말? 이게 우리의 최선이야?** 한번 생각해보시라. 우리는 원숭이(그리고 인간!)를 우주로

---

* 나도 안다. 웃긴 책에서는 **암**이라는 말을 해서는 안 된다. 다시는 안 하겠다고 약속한다.

보낼 수 있고 안면 인식 기능이 내장된, 몸에 착용할 수 있는 컴퓨터를 자랑한다. 반자동식 소총과 어쿠스틱 기타, 유광 도자기 커피 컵, 방수 비키니, 애스턴 마틴 차량과 똑같이 생긴 미니어처 카를 만들 수 있고, 심지어 3-D 프린터로 인간의 장기까지 출력할 수 있다.* 다 쓴 요리용 기름을 재활용해 차 연료로 쓸 수 있고 한 발을 뗄 때마다 몇 칼로리를 소모하는지 계산할 수 있고 사고나 질병으로 훼손된 얼굴에 새 얼굴을 이식할 수도 있다. 너울에 휩쓸려 가는 사람들을 붙잡아 목숨을 구하는 로봇 안전요원도 만들었다. 지금쯤이면 입으로 삼키는 작은 컴퓨터 칩이 우리 몸속을 전부 스캔하며 정보를 실시간으로 의사의 컴퓨터에 전송한 후 똥으로 나올 수 있어야 하지 않나? 하지만 그런 건 없다. 과학자들이 어떻게 하면 레오나르도 디카프리오를 화성으로 보낼 수 있을지를 알아내느라 엄청 바쁜 게 분명하다.

나는 실제로 유방촬영을 하다가 쓰러진 적이 있다. 처음 보는 사람이 내 한쪽 가슴을 주물거리며 내 몸에서 쭉 잡아당겨 금속판 위에 올려놓은 다음 다른 금속판으로 짓누른 직후였다. 촬영을 시작하자 갑자기 이상한 기분이 들기 시작했다.

"여기 더운가요?" 내가 내 가슴을 주무른 치한에게 물었다.

"별로요." 그녀가 바삐 버튼을 누르며 말했다.

"약간 어지러워요." 내가 말했다.

---

* 꾸며낸 이야기가 아니다. 나도 깜짝 놀라 기절할 뻔했다. 이제 우리 기술은 사람들이 애니메이션 〈우주 가족 젯슨The Jetsons〉을 만들 때 상상했던 수준을 훌쩍 뛰어넘었다.

우아하게 나이들 줄 알았더니

"물 좀 가져다 드릴까요?" 그녀가 아주아주 먼 곳에서 내게 물어왔다.

물? 무슨 물? 온몸에서 땀이 나기 시작했다. 나는 자유로운 한쪽 팔로 병원 가운을 펄럭거려보려 했다. 무지하게 더웠다. 이 기계에서 몸을 빼야 했다.

마지막으로 기억나는 건 이제는 유명해진 말을 남기는 내 목소리였다.

"나 쓰러져요."

일어나 보니 나는 바닥에 누워 두 다리를 의자에 올리고 있었고 간호사 네 명이 나를 둘러싸고 있었다. 간호사들은 유령처럼 새하얗게 보였다. 한 명이 내 코밑에 암모니아 각성제를 들고 있었다.(이 즐거움을 아직 모르는 분들을 위해 설명하자면, 암모니아 각성제는 암모니아에 담가놓은 불탄 머리카락을 떠올리게 하는 독특한 향이 난다. 이 냄새를 맡고도 깨어나지 않는다면 아마도 그냥 죽은 거다.) **이 사람들이 다 어디서 온 거지?** 나는 궁금했다. **다들 언제 온 거야?**

"제가 기절했었나요?" 내가 물었다. 나는 살면서 한 번도 기절한 적이 없었다.

"그러셨어요." 여전히 낯빛이 창백한 간호사 한 명이 대답했다.

"이런 경우가 많은가요?" 나는 알고 싶었다. 틀림없이 많을 것이었다.

"전혀요." 다른 간호사가 고개를 저으며 말했다. "없었어요. 단 한 번도."

나는 적어도 항문 검사를 받다 기절하진 않아서 다행이라는 생각으로 마음을 달랬다.

그 뒤부터 전신이 화끈거리는 일과성 열감이 생겼다. '잃기 전에는 뭘 갖고 있었는지 모른다'라는 말을 다들 알 거다. 잘 돌아가는 몸속 온도 조절 장치 얘기다. 보통 이 장치는 우리 몸에게 바깥이 45도 이상이거나 오랜 시간 격렬하게 에어로빅을 할 때에만 땀을 바가지로 내보내라고 지시한다.(예를 들면 에어컨이 빵빵한 미용실에서 차가운 레모네이드를 마시며 《피플》을 팔랑팔랑 넘기고 있을 때는 땀을 내서는 안 된다.) "여기 더워(요)?" 남편과 아이들, 미용사, 스타벅스에서 뒤에 서 있는 남자에게 이렇게 물으면 그들은 약이라도 했냐는 눈으로 쳐다볼 것이다. 아니, 여기 안 더워. 너만 더운 거야.(이제 당신은 땀방울이 셔츠 위로 떨어지기 전에 윗입술을 훔칠 만한 것을 찾고 싶을지 모른다.)

납작하게 눌린 가슴과 지나치게 열정적인 땀샘 외에 요즘 내 삶을 크게 방해하는 것은 이해할 수 없는 신체 부상이다. 나는 철인 3종 경기 훈련도 안 받고 암벽 등반도 안 하고 롤러스케이트를 타고 하키를 치지도 않기 때문에 부상의 빈도와 심각성은 늘 내 허를 찌른다. 평소에 나는 친구들과 헬스장에 다니고, 가끔 발레나 필라테스 수업을 듣고, 약 한 시간 동안 테니스공을 때려보려고 노력하는 짓을 반정기적으로 한다. 몸도 그럭저럭 괜찮아 보인다. 예를 들면 사람들이 나를 보고 80세 시부모와 함께 볼링을 치러 갔다가 허리를 너무 심하게 삐끗해서 2주라는 끝없는 시간 동안 꼼짝없이 침대에 누워 고통에 몸부림치지는 않을 거라 생각할 정도랄까.

그렇게 생각했다면 오산이다.

여태까지 살면서 갈비뼈도 몇 번 금 가보고 꼬리뼈도 부러져 보고 응급실에서 엉망으로 다친 엉덩이를 솔로 벅벅 닦여도 보고 머리핀을 콘센트에 쑤셔 넣었다가 3도 화상도 입어보고* 채 칼에 집게손가락 끝이 썰려도 봤지만** 여전히 최악은 허리를 삐끗하는 거라고 말하겠다. 허리를 심하게 다치기 전까지는 자신이 척추에 얼마나 의지하고 있는지 제대로 알지 못한다. 상태가 심하면 눈만 깜박거려도 아프고 화장실에 가려면 남편이 들어줘야 한다. **그리고 볼일을 다 보면 남편이 닦아줘야 한다.** 우리 둘에게는 안타깝게도, 나는 1년에 두 번 정도 허리를 삐끗한다.

가장 최근에 허리를 삐었을 때는 헬스장에서 운동을 하던 중이었다. 아령을 머리 위로 들면서 스쿼트를 하는데(물론 중량을 실어서) 뭔가가 딱 하고 부러졌다. 딱 소리를 실제로 들은 건 아니지만 느낄 수 있었다. 나는 천천히 바닥에 드러누웠고, 친구들이 겁에 질린 눈으로 날 쳐다보았다.

"어떻게 된 거야?" 해나가 다급하게 물었다.

"내…… 등…… 움직일…… 수가…… 없어……." 내가 헐떡이

---

* 그때 난 다섯 살이었다. 바보라서 다친 게 아니었단 얘기다.
** 알겠다, 그때 난 마흔두 살이었다. 됐나? 나도 바보처럼 굴지 말았어야 한다고 생각한다. 당시 여섯 살이었던 딸애도 내게 이렇게 말했다. "그런데 왜 보호 장갑을 안 꼈어? 그렇게 어려운 일도 아니잖아."

며 말했다.

"어떡하면 좋아, 우리가 뭘 하면 돼?" 레티가 물었다.

"네가 **할 수 있는 건** 아무것도 없어." 내가 요가 매트에 누워 끙끙대며 말했다.

"얼음 좀 갖다줄까?" 킴이 말했다.

"그건 잘린 팔에 반창고 붙이는 거나 마찬가지야. 진심이니까 계속 운동해. 난 그냥 여기 좀 누워 있을게. 운동 끝내려는 핑계로 날 이용하려는 생각은 마." 내가 말했다.

"내가 좀 문질러줄까?" 리사가 물었다.

"오 제발, 나 건드리지 말아줘." 내가 애원했다.

친구들은 계속 도와주겠다고 했지만 나는 죽지 않으려고 애쓰면서 그냥 바닥에 누워 있고 싶다고 우겼다. 친구들이 땀을 뻘뻘 흘리며 운동과 스트레칭을 마친 후 리사가 나를 집까지 데려다주었다. 그런데 얼마 후 레티가 사과 전화를 걸어왔다.

"우리가 계속 운동하면 안 되는 거였어." 레티가 말했다.

"왜 안 돼? 나라면 그랬을 텐데. 네가 할 수 있는 게 없었어." 내가 말했다.

"남편한테 이 얘기를 했더니 남편이 이러는 거야. '당연히 그 친구 치워놓고 운동 마저 끝냈지?' 내가 **물론 그렇게 했지**라고 했더니 남편이 이러는 거야. '말도 안 돼, 난 농담이었어! 친구가 괴로워하면서 바닥에 누워 있는데 정말 계속 운동을 한 건 아니지?' 그 얘길 들으니까 엄청 미안해지더라고."

"솔직히 내가 다칠 때마다 모두가 운동을 멈춰야 한다면 아마 지금쯤 너희 몸 상태는 다 엉망진창일걸." 내가 말했다.

진짜 재밌는 일은 그다음에 일어났다. 나는 모든 마약성 진통제에 과민증이 있기 때문에(먹자마자 즉시 토하는데, 척추가 쥐가 났다가 경련이 났다가 하고 숨을 쉴 때마다 누군가가 척추에 송곳을 박아 넣는 것 같을 때는 그리 반갑지 않은 일이다) 처방전 없이 살 수 있는 진통제에 의지해야 한다. 1980년대 초반에 있었던 끔찍한 '타이레놀 독극물 주입 사건'*을 제외하면 아이들에게도 먹이는 몇백 밀리그램 용량의 진통제는 꽤 안전하고 양호한 선택으로 보였다. 그래서 이부프로펜 설명서를 읽고(내가 약을 복용할 때만 하는 행동이다. 예를 들면 바비인형 드림하우스를 조립할 때나 페투치네 알프레도 파스타를 만들 때는 절대로 설명서를 읽지 않는다) 쓰여 있는 대로 여섯 시간마다 정각에 두 알씩 먹었다. 약은 통증 완화에 손톱만큼도 도움이 안 됐고, 나는 잠으로 고통을 잊을 수 있길 바라며 일찍 잠자리에 들었다.

그리고 한밤중에 이상한 느낌이 들어서 잠에서 깨어났다. 땀으로 얼굴이 축축했고 이상하게 감각이 없었다. 나는 불을 켜고 조를 툭툭 쳐서 깨웠다.

"셔기, 쇼, 내 얼굴 이샹해 보혀?" 내가 새는 발음으로 말했다.

"세상에, 얼굴이 왜 이래?" 조가 공포에 휩싸여 소리쳤다.

---

* 시카고에서 누군가가 타이레놀에 몰래 독극물을 주입해 일반인 일곱 명이 사망한 사건.—옮긴이

나는 휘청거리며 화장실로 들어가 거울을 봤다. 오른쪽 얼굴이 엄청나게 부어올라 있었고 거의 움직일 수가 없었다. 뇌졸중이 분명했다. 몇 년 전에 뇌졸중 대처법에 관한 이메일을 전달: 전달: 전달: 받았던 것이 희미하게 떠올랐다. 혀를 체크해야 했던가? 담요로 둘둘 말아야 했던가? 심폐소생술이나 하임리히 요법 같은 걸 해야 하는 거였나? **빌어먹을, 왜 나는 맨날 이렇게 허둥거리는 거야? 그놈의 메일을 더 열심히 읽었어야 했는데.** 물론 과거의 나는 그렇게 하지 않았다. 뇌졸중은 늙은 사람들이나 걸리는 거잖아. 메일 삭제.

몇 시간 동안 누르고 찌르고 쑤시고 오줌을 받은 끝에 친절한 응급실 의사는 차분하게 진단을 내렸다.

"앤지오이데마angioedema네요."

앤지오가 심장이라는 뜻이었던가? 아니면 정자랑 관련이 있는 건가? **이데마**는 붓는다는 뜻 아닌가? 정자랑 관련된 **심장마비**가 왔던 건가? 참고로 콜레스테롤 검사를 한 지 얼마 안 됐을 때였고 그때 나는 심장이 스무 살처럼 건강하다는 이야기를 들었다. 게다가 섹스를 안 한 지는…… 이런, 우리가 마지막으로 섹스한 게 **언제였지?** 섹스를 더 중요하게 여겼어야 했는데.

"앤지오이데마는 그냥 혈관 부종이라는 뜻이에요." 의사가 설명해주었다. "보통은 알레르기 반응으로 일어나죠. 피검사에서 거의 모든 알레르기 반응이 제외된 걸 보니 원인은 이부프로펜 같네요."

마흔세 살이 될 때까지 나는 거의 모든 통증에 항상 이부프

우아하게 나이들 줄 알았더니

로펜을 먹어왔다. 이번처럼 말도 죽일 만큼 많은 양을 복용한 적은 없었지만 말이다. **나는 약병에 적힌 복용법을 따랐고, 보통은 정확히 이런 일을 예방하려는 목적에서 안전성 검사를 하지 않나?** 특정 나이 이후에 느닷없이 목숨을 잃을 수 있는 치명적인 알레르기가 나타난 거라고? 네 맞습니다. 의사가 일러주었다. 그러신 거예요.

나는 에피펜을 처방받았다.* 에피펜은 에피네프린이 들어 있는 거대한 핫도그 크기의 주사기로, 목숨을 위협하는 심각한 알레르기가 있는 사람들은 이 주사기를 항시 들고 다녀야 한다.** 알레르기 반응으로 순식간에 기도가 부어오르면 질식사할 수 있기 때문이다. 만약 갑자기 숨이 막히는 것 같은 기분이 들면 즉시 가방을 마지막으로 둔 곳을 떠올린 후 건포도와 식료품 영수증과 립글로스 서른일곱 개가 든 가방 속을 휘저어서 저 밑에 있는 에피펜을 끄집어낸 다음 조심조심 뚜껑을 열고 심호흡을 하고 바늘을 허벅지에 깊이 꽂아 넣고 절대 공황에 빠지지 않은 채로 기도가 다시 열리기를 기다리기만 하면 된다.

참으로 **그렇게** 할 수 있겠다.

(실제 있었던 이야기: 바로 이번 주에 나는 화장실에서 여덟 살 난 둘째딸의 등교 준비를 돕고 있었다. 그때 뭔가가 느껴졌고, 곧이어 우르릉 하는 소리가 들렸다. 소리는 점점 더 커졌다.

---

* 물론 내 보험은 에피펜 비용 250달러를 보상해주지 않았다. 최근에 내가 꽤 골칫거리였을 테니 에피펜을 사지 못해 결국 죽기를 바란 게 분명하다.
** 나는 절대 그런 사람 중 한 명이 아니다. 예이!

나는 평소처럼 첫째가 위층에서 온 집 안이 울리도록 힙합 댄스를 추고 있는 줄 알았다. 그런데 첫째가 1층에 있는 다른 방에서 나를 불렀다. "엄마, **무슨 일**이야?" 그동안 철저하게 반복 연습했던 것과 정확히 반대로, 나는 "**지진이야!**"라고 목청껏 소리를 지른 뒤 한 팔로 둘째를 내 쪽으로 바싹 끌어당긴 다음 미친 사람처럼 뒷문으로 둘째를 내보냈다. 그동안 배운 대로 '웅크리고 숨기'도 하지 않았고 **생명을 잃을 수도 있는 자연재해에서 알아서 살아남도록 남편과 큰딸을 내팽개쳤다.** 지진은 비교적 빨리 지나갔고 가족 모두 살짝 놀라긴 했지만 다친 데는 없었다. 나는 목숨을 위협하는 응급 상황에서 이성적이거나 현명한 행동을 기대할 만한 사람이 전혀 아니라는 사실을 확실히 전달하기 위해 이 경험을 들려주곤 한다.)

어쨌거나 에피펜이 내 가방 속 어디에 확실히 들어 있다는 걸 아니 마음이 한결 편안하다.(**유언장을 확인하고 업데이트해야 겠다고 다짐한다.**)

처음 중년임을 실감한 순간은…
무릎 통증으로 비를 예측할 수 있다는 걸 깨달았을 때. — 케리

등이 말썽을 일으키던 중에 어깨를 돌릴 때마다 뚝 하고 삐걱대는 소리가 나는 것이 느껴지기 시작했다. 알아서 멈추기를 바라며 몇 주 기다려봤지만 소리는 사라지지 않았다. 오히려 삐걱거리는 소리가 더 커졌다. 이러다 일이 커지는 건 아닌지 걱정

우아하게 나이들 줄 알았더니

이 된 나는 정형외과 예약을 잡았다.

"무슨 문제가 있으시죠?" 의사가 물었다.

"어깨를 돌리면 무서운 삐걱거리는 소리가 나요." 내가 설명했다.

"한번 볼까요." 의사가 내 팔을 들어 크게 한 바퀴 돌렸다. 원하는 대로 아름답게 삐걱거리는 소리가 났다.

"맞네요, 크레피투스crepitus네요." 의사가 고개를 끄덕이며 말했다.

겁에 질린 내가 되물었다. "크레피투스요?" 이 단어는 앤지오이데마보다 더 무섭게 들렸다. 꼭 노쇠하다decrepit와 시체corpse를 합쳐서 만든 끔찍하고 불쾌한 단어 같았다. 수술을 해야 하나? 팔을 못 쓰게 되는 건 아닐까? 팔 전체를 절단해야 하면 어쩌지? 혹시 **죽을병**이라면?*

"**크레피투스**가 뭐……예요……?" 결국 내가 물었다.

"관절에서 뚝 하고 삐걱거리는 소리가 나는 거예요." 의사가 차분하게 설명해주었다.

"음, **그건** 저도 알아요." 내가 똑같이 차분하게 말했다. "그래서 여기 온 거고요. 그러니까 그게 **뭐예요?** 뭣 때문에 그러는 거죠? 어떻게 치료하면 되나요?"

"뼈와 연골이 충돌하면서 소리가 나는 거예요. 관절염 증상

---

* 아직 이 사실을 파악 못 한 독자를 위해 말씀드리자면, 나는 가끔 오버하는 경향이 있다. 병원과 관련된 일이라면 더욱더.

일 수 있어요. 그냥 노화 때문일 수도 있고요." 의사가 말했다.

점점 성숙해지는 이 무척이나 즐거운 과정에서 내 몸이 더 약해지고 축 처지고 어쩌면 더 짧아지고 옆으로 늘어날 수 있다는 것은 알았지만…… **더 시끄러워진다고?**

의사가 수술은 필요 없다고 했기 때문에 나는 전략적이면서 누가 봐도 건전한 접근법을 취했다. **소리를 싹 무시하고 계속 살던 대로 살기**로 한 것이다. 얼마 안 가 소름끼치는 크레피투스는 귀찮게 할 더 젊고 건강한 어깨를 찾아 짐을 싸서 떠났다. 어쩌면 그냥 내 귀가 먹어서 소리가 더 이상 안 들리는 걸 수도 있고.

허리와 어깨, 앤지오이데마가 지나간 어느 날 왼발*에 타는 듯한 통증이 느껴져 잠에서 깼다. 이번에도 나는 고통이 가시길 기다렸고, 역시 이번에도 상태는 갈수록 악화되었다. 발 전문가를 찾아가니 아킬레스건염이라며 몇 주 동안 깁스를 하라고 했는데, 시키는 대로 했지만 별 변화가 없었다. 그래서 물리치료를 받으러 갔다.(그렇다, 나는 시간과 돈 말고는 가진 게 없다!) 물리치료도 소용이 없자 또 다른 의사를 찾아갔다. 그 의사는 첫 번째 의사와 정확히 똑같은 처방을 내렸는데, 이번에는 절대 움직이지 말고 추가로 무게도 절대 싣지 말라고 했다. 즉 깁스에 **추가로** 목발까지 하라는 뜻이었다.

목발을 하면 말 그대로 **아무것도** 못 한다는 걸 알고 있는가?

---

* 안타깝게도 대니얼 데이 루이스가 영화 〈나의 왼발My Left Feet〉에서 그랬던 것처럼 왼발로 멋진 그림을 그리진 못했다.

청소기도 못 밀고, 식기세척기에서 그릇도 못 꺼내고, 냄새나는 이불보도 못 갈고, 심지어 내가 마실 커피 잔 하나도 못 든다. 바퀴 달린 세탁바구니가 없다면 그냥 망한 거다. 평소에 열감이 드는 거? 고무 달린 목발을 겨드랑이에 끼고 있는데 온몸에서 땀이 터져 나온다고 생각해보라. 그것도 겨드랑이가 이미 목발에 쓸린 상태에서 말이다. **그놈의 팬티도 자리에 앉아야만 입고 벗을 수 있다.** 이게 뭐냐 말이다. 베란다에 놔둔 핸드폰이 울리는데 뛰어가서 핸드폰을 가져다줄 사람이 집에 없다? 이런, 로또 당첨 전화나 지난밤 만난 섹시남 전화가 아니길 빈다. 당신이 아이를 낳을지 말지 고민하는 젊은이라면 어느 날 목발을 하게 될 수도 있다는 희박한 가능성이 임신이라는 힘든 길을 걷기로 결정하는 이유가 될 수 있다. **왜냐하면 당신은 도움이 필요할 것이기 때문이다.**

목발을 하고 2주가 지나자 나는 이 엉망진창의 사태에 넌더리가 나기 시작했다.

"차크라를 정화해야 하는 건지도 몰라." 친구 타마라가 제안했다.

"그런가. 평생 차크라 먼지도 털어본 적 없으니까 엄청 지저분하긴 할 거야. 돈 받고 차크라를 정화해주는 사람이 있어? 내 차크라를 청소하려면 엄청난 능력자여야 할 텐데."

"진심으로 하는 얘기야. 차크라는 네 에너지 중심이야. 그리고 분명히 지금 네 에너지는 침체되어 있어." 타마라가 말했다.

물론 타마라는 완전히 정신 나간 친구(그래서/그럼에도 불구하고 내가 좋아하는 친구)다. 하지만 꼬질꼬질한 내 에너지 중심을 반짝반짝하게 청소하기만 하면 문제가 해결될 수도 있다니, 저항하기엔 너무 매력적인 생각이었다. 그래서 나는 길티 플레저를 일으키는 웹사이트 피버닷컴Fiverr.com에 접속했다. 내가 알기로 피버닷컴은 떠올릴 수 있는 모든 것을 정확히 5달러에* 사거나 팔 수 있는 유일한 웹사이트다. 정말 최고다. 5달러 한 장이면 1천 단어짜리 기사를 표준 중국어로 번역할 수도 있고, 로고나 명함을 새로 디자인할 수도 있고, 끈팬티와 양털모자만 걸치고 엄마에게 생일 축하 노래를 불러줄 털북숭이 남자를 고용할 수도 있다.** 나는 원래 찾으려던 것에 집중하려고 노력하며 스크롤을 내렸지만 그건 불가능에 가까웠다. 켈트 십자가식 타로점, 전문 책표지 디자인, 내 이름을 새긴 과일, '숀 코너리의 멋진 목소리로' 녹음한 메시지……. 오, 이거 재밌겠는데. **이걸** 누구한테 보내지? 숀한테 무슨 말을 부탁하지? 이런 망할, 내가 여기서 또 뭘 하고 있는 거야? 아, 차크라 정화 전문가. 그렇지.

글을 몇 개 훑어본 후 나는 100퍼센트 좋은 후기만 있는 판매자로 마음을 정했다. "컨디션 최고예요!"와 "등과 무릎이 곧바로 나아졌어요" 같은 코멘트가 있었다. 상세 페이지에는 이렇게

---

* 추가 금액을 지불해야 하는 경우도 있다. 예를 들어 어떤 남자가 닭 의상을 입고 팔짝팔짝 뛰면서 닭 울음소리를 내거나 표지판을 들고 있기를 원한다면 돈을 좀 더 내야 한다. 그럴 가치가 충분하지 않은가.
** (장바구니에 담는다.)

쓰여 있었다.

차크라가 제대로 돌아가면 심신이 건강합니다. 제 임무는
모든 '쓰레기'를 제거하고 여러분의 에너지가 다시 잘 돌아
가게 하는 것입니다. 저는 실에 매단 추나 그 밖의 에너지
기법을 사용합니다.

멋지지 않은가? 링크를 눌렀더니 페이팔 결제 페이지로 넘
어갔다. 새것 같은 신상 차크라에 5달러면 할 만하지 않은가?
결제 확인, 오예! 그러고 나서 나는 판매자에게 이제 어떻게 하
면 되느냐고 메일을 보냈다. 전화통화를 하게 되나? 아니면 스
카이프 연결? 스카이프는 아니길 바랐다. 꼭 그래야 할 때가 아
니면 목욕 가운을 벗고 옷을 입는 게 싫기 때문이다. 하지만 행
복하고 균형 잡히고 생기 넘치는 차크라만 갖게 된다면야 그 정
도는 할 수 있다.

그 후 3일 동안 아무 연락이 없다가 내 차크라 의사에게서
메일이 왔다.

안녕하세요!
당신의 차크라를 확인해봤어요. 제가 발견한 건 심장의 차크
라가 전반적으로 약간 어둡다는 것뿐이에요. 그게 당신 고유
의 색일 수도 있긴 하지만, 보통은 에메랄드그린인데 당신은
전반적으로 더 어두웠어요. 제가 약간은 정화를 했어요. 나머

지는 당신이 직접 해야 해요.

알게 모르게 받는 스트레스가 당신에게 영향을 미치는 것으로 보여요. 직장 문제일 수도 있고 가정 문제일 수도 있어요. 명상을 하고 자신의 감각에 집중하면 크게 도움이 될 거예요. 어쨌거나 다른 차크라는 전부 정화하고 잘 부풀려놔서 지금 제대로 잘 돌아가고 있어요.

변화가 생기면 알려주세요.

진짜? 이게 다라고? 나에 대해 아는 게 하나도 없는데(내 꼬질꼬질한 차크라를 실제로 **보려면** 내가 어디에 사는지는 알아야 하지 않나) 어떤 훈련을 받았는지도 모르고 성별도 모르는 낯선 사람이 내 에너지 중심에 접근해서 (여러분도 이 부분이 이상하다고 생각했을 텐데) **잘 부풀려놓는 게** 가능하다고? 안다, 믿은 내가 바보다. 5달러를 통째로 날린 바보. 5달러면 샷을 세 개 넣은 벤티 사이즈 라테를 사거나 누군가의 230 사이즈 발바닥에 내 이름을 써달라고 할 수 있었을 텐데. 다음에는 더 좋은 투자를 할 테다.

정말 나이가 들면 지혜로워지나 보다.

그냥 차일 뿐이야
(사실은 그렇지 않다는 점만 빼면)

남편 조와 나는 차 잘 사는 법에 대해 생각이 같았던 적이 한 번
도 없다. 나의 신념(원래는 우리 아빠의 신념인데, 어렸을 때 머
리에 주입된 생각은 다이너마이트나 심각한 뇌 손상 정도는 있
어야 제거가 가능하다)에 따르면 2년 된 중고차를 사서 2년간
몬 다음 되파는 것을 반복하는 것이 가장 좋다. 이렇게 하면 첫
감가상각비(아빠는 이 비용을 '새 차를 처음 끌고 나오는 영광을
누리고 싶어서 내는 바보세'라고 불렀다)를 내지 않아도 되고 대
규모 수리를 할 일도 없다. 어떻게 보면 차를 **빌려서** 꼼꼼히 관
리하며 얼마나 열심히 노력했는지를 공들여 기록하다가 아마도
망가질 때까지 차를 몰 다음 주인에게 넘기는 것인데, 그 누구
도 나만큼 차를 잘 관리하지 못할 것이기 때문이다.

조의 자동차 철학은 나와 180도 다르다. "난 다른 사람의 골

칫거리를 사는 짓은 안 해." 조는 바보세를 내며 툴툴거린다. 맞다, 조는 새 차를 사서 5분마다 엔진오일을 갈아주고 차 시트를 보호하려고 시트커버를 사고* 전문가 수준으로 꼬박꼬박 세차를 하고(14달러짜리 자동 세차는 절대 안 한다) 완전히 퍼질 때까지 차를 몬다. 여기서 짚고 넘어갈 게. 조의 운전 경력은 34년인데 지금 타는 차가 **세 번째 차**다.(비교를 해보자: 뉴욕에서 차 없이 살았던 시절을 제외하면 나는 22년 동안 운전을 했고 지금 열한 번째 차를 몰고 있다.)

그러므로 마침내 조가 12년 된 내 차를 업그레이드할 때가 되었다는 점에 동의한 것은 대서특필해야 할 대단한 성취다.** 아직 완벽하게 잘 굴러가고(물론 새것처럼 깨끗한 것과는 거리가 멀다. 고맙다 내 새끼들!) 한 번도 문제를 일으킨 적 없긴 하지만.

"포드는 어때?" 곧바로 조가 제안했다.

"너무 남성적이야." 내가 대답했다.

"지프는?" 조가 말했다.

"너무 실용적이야."

"그게 무슨 뜻인지는 아는 거지?" 조가 받아쳤다.

나는 그냥 무시했다.

---

* 매우 훌륭한 투자다. 차를 폐차장으로 견인할 때 시트가 새것처럼 깨끗해 보이기를 바란다면.
** 해석: 내가 차 헐뜯는 걸 듣는 데 너무 지쳐버린 나머지 내 욕을 멈추려고 수만 달러를 쓰기로 함.

우아하게 나이들 줄 알았더니

"혼다 어큐라는 어때?" 조가 물었다.

"너무 발랄해." 내가 말했다.

"너무 **발랄하다고**? 도대체 그게 뭔 말이야?" 조가 물었다.

"생긴 걸 봐봐." 내가 대답했다.

"그래, 차 잘 찾길 바라 자기야." 조가 말했다.

우리는 3열 좌석이 필요하냐 아니냐를 두고 실랑이를 벌였다. 나는 아이들이 클수록 어디든 친구들과 함께 다니고 싶어할 테니까 3열 좌석이 필요하다고 주장했고, 조는 공간이 넉넉하지 않으면 피치 못하게 가족애가 끈끈해질 거라고 주장했다.

내가 말했다. "현장학습은 어떻게 해? 태워다주겠다는 사람이 늘 부족하잖아. 3열 좌석이라면 우리가 여섯 명은 데려다줄 수 있어."

"그러니까 다른 부모들이 그 짜증나는 여행에 애들을 안 데려다주는 나쁜 자식이라서 내가 5천 달러를 버려야 한다는 거야?" 조가 쏘아붙였다. "자기야, 더 그럴듯한 이유를 대야지."

몇 주 동안 알아보기만 하고 있던 그때, 라디오에서 **섹시한 신차**와 그전엔 들어본 적 없는 연비를 소개하는 낮고 걸걸한 목소리가 흘러나왔다. 무슨 하이브리드 자동차 광고였는데, 주유 한 번이면 오스트레일리아까지 왕복할 수 있는 게 분명했다. 하지만 전무후무한 연료 효율은 광고의 셀링 포인트가 아니었다. 허스키한 목소리를 가진 얼굴 없는 광고 모델(목소리가 "안녕하세요, 엘리자베스 스미스예요" 같은 말을 한 것 같긴 하지만 나는 그 사람이 드라마 〈모던 패밀리Modern Family〉에 엄마 역할로 나오는 줄리 보엔일 거라고 확신했다)은 이 차가 굴러다니는 섹스머신이라고, 뭐시기의 50가지 그림자보다 더 섹시하다고 열변을 토하는 데 방송 시간의 절반 이상을 썼다. 나는 알파로메오, 아니 포르쉐 카이엔 같은 차를 떠올렸고 생각만으로 약간 흥분 상태가 되었다.

실제로 나는 이 자동차계의 채닝 테이텀을 검색하려고 갓길에 차를 세웠는데, **그만큼** 멋진 차인 것 같았기 때문이다. 하지만 과장이 심해도 너무 심했다. 문제의 드림카는 끔찍하진 않았지만(흔히 볼 수 있는 동그란 모양의 4도어 아줌마 자동차처럼 생겼다) 이 차를 **섹시**하다고 하는 건 킴 카다시안을 실력파 배우라고 부르거나 쌀과자를 맛있는 간식이라고 하는 것과 같다. ~~타쇼~~ 지나친 과장이란 얘기다.

섹시한 차가 갖고 싶다. 정말 갖고 싶다. 빈티지 머스탱처럼 섹시할 필요도 없고 심지어 미니쿠퍼 컨버터블처럼 섹시할 필요도 없다.(물론 이 두 차는 환상적이지만.) 그 섹시가 갓 출시한 섹시일 필요도 없다. 2010년대에 만들어지고 썩은 우유 냄새가 안 나는 섹시 정도면 충분하다. 나는 트레이더 조 마트 주차장에 자랑스럽게 끌고 들어갈 만한 자동차, 가끔 가는 고급 레스토랑에서 발레파킹을 할 때 창피하지 않은 자동차가 갖고 싶다. 추가 옵션이 적어도 몇 개는 있어서 격주로 가는 코스트코로의 험난한 여정을 덜 고통스럽게 해줄 자동차가 갖고 싶다.*

---

* 이제 자동식 창문과 카세트 플레이어는 더 이상 '추가 옵션'이 아니랍니다.

우아하게 나이들 줄 알았더니

(가급적 영어 악센트와 놀라운 참을성을 가진) 계기판 속 목소리가 어디서 회전할지를 알려주는 자동차가 갖고 싶다. 자동차 머리받침 뒤에 DVD 플레이어가 있어서(제발 최소한 두 개는 무선 헤드폰이 되게 해주세요!) 남편이 우리의 이동식 DVD 플레이어를 게토 스타일로 앞좌석 사이에 대롱대롱 달 필요가 없고 혀를 콱 깨물고 싶어지는 〈말괄량이 삐삐〉 주제가를 LA 공항에 갈 때마다 들을 필요가 없는 자동차가 갖고 싶다. '엔진 경고등' 불이 영원히 들어와 있지 않은 자동차, 다 녹아서 상자 구석에 말라붙어 있는 사탕이 의자 뒷주머니에 들어 있지 않은 자동차가 갖고 싶다. 아, 그리고 멋진 후방 카메라가 달려 있어서 내가 (또다시) 친구 바브네 쓰레기통 위로 후진했다가 도대체 이게 무슨 소란인지 보려고 집에서 뛰어나온 이웃들 앞에서 쓰레기통을 질질 끌고 수백 미터를 질주하지 않을 수 있는 자동차가 갖고 싶다.

(여담: 어젯밤에 조에게 차에 후방 카메라가 있으면 얼마나 멋지겠냐고 했더니 이런 대답이 돌아왔다. "자기야, 카메라가 있어도 자기는 **여전히** 뒤로 여기저기를 들이받을 거야. 그럼 카메라 수리비를 내야겠지. 그러니까 그 기능은 자산이 아니라 골칫거리인 거야." 최악은, 남편 말이 맞을 확률이 높다는 것이다.)

최근에 친구들이 우후죽순으로 섹시한 자동차를 덥석 구매했는데, 질투를 감추기가 정말 힘들다. 켈리는 재미 삼아 동네를 돌아다니는 용도로 멋이 줄줄 흐르는 쉐보레 콜벳을 샀다.(아이들을 태우고 다닐 SUV도 따로 있다.) 내게 자동차 두

대는 꿈에서나 가능한 사치다. 넋이 나갈 만큼 매력적인 자그마한 카우걸 트리스탄은 내킬 때 즉시 말 운반용 트레일러를 시골 벽지로 옮길 수 있도록 기존 스테이션왜건을 바퀴가 텍사스 크기만 한 대형 트럭으로 바꿨다.(픽업트럭을 모는 여자가 섹시한지 잘 모르겠다면 당신을 정신 바짝 차리게 해줄 채찍질 전문의를 내가 한 다스 소개해드리겠다.) 비키는 첫째가 대학으로 떠나 이런저런 활동에 데려다줄 아이들이 겨우 셋밖에 남지 않자 축구팀 전체를 태울 수 있는 흔한 쉐보레 서버번을 메르세데스의 날렵한 투 도어 신차로 바꿨다. 어떤 옵션이 있을지 궁금한가? 비키가 스타벅스로 차를 모는 동안 조수석에서는 전문가 수준의 강도로 **등 마사지**를 받을 수 있다. 경제가 똥이 되어 자금 상황이 약간 빠듯해진 가엾은 미셸은 어쩔 수 없이 럭셔리한 렉서스를…… 신형 캐딜락으로 바꿀 수밖에 없었다.(내가 이 '다운그레이드'를 비웃자 미셸은 이렇게 주장했다. '이 차엔 GPS도 없다고!') 나야 뭐 내 우유배달차에 달린 와이퍼가 도로를 볼 수 있을 만큼만 창문을 닦아줘도 감개무량하다.

가끔은 이런 옵션을 부러워하는 내가 제정신이 아닌 건가 하는 생각이 든다. 결국 차는 걷거나 히치하이킹을 하거나 (최악으로는) 동네 시외버스를 타지 않고 A 지점에서 B 지점까지 이동하게 해주는 운송 수단일 뿐이다. 우리 모두가 너무 형편없이 끔찍한 인간이 되어서 발로 여닫을 수 있는 트렁크(BMW, 메르세데스, 포드)와 시트 온도 자동 조절 장치(렉서스)와 콘솔에 내장된 냉장고(포드)와 어딘가에 부딪치기 직전에 실제로 **당신 대**

우아하게 나이 들 줄 알았더니

신 브레이크를 밟아줄 충돌 방지 시스템(캐딜락, 인피니티)* 같은 기능을 원하는 걸까?

확실히 그런 것 같다. 모든 게 터무니없고 지나치다. 하지만 우선 사과부터 하고 말하자면, **나는 그런 기능이 갖고 싶다.**

그동안 살면서 꽤 귀여운 차들도 몰아봤다.(적어도 머릿니 빗이나 항문 온도계와 작별한 이후부터다.) 첫째를 임신했을 때는 작고 귀여운 사브 컨버터블을 몰고 있었다. 임신 테스트기의 오줌이 마르고 내가 배에 한 인간을 품고 있다는 사실을 깨닫자마자 나는 컨버터블의 뚜껑을 닫고 뒷유리에 '차 팝니다'라고 써 붙였다. 날렵한 컨버터블은 배 속에 있는 아이(그리고 곧 누군가의 **엄마**가 될 사람)에게는 충분히 안전하지 못했다. 미니밴 구매는 10억분의 1초도 고려해본 적 없지만(미니밴은 내 천성에 안 맞는다) 감당할 수 있는 가격 중에서 가장 크고 튼튼해 보이는 SUV와 내 섹시한 자동차를 바꿨다. 차가 킨더뮤직 교실 앞에 주차된 다른 차들과 정확히 똑같이 생긴 걸 보니 제대로 선택했다는 확신이 들었다.

귀여운 버전의 트럭 같은 내 자동차는 나를 잘 보필해주었다. 수많은 아이들을 셀 수 없이 많은 현장학습에 데려다주었고 여러 대형 마트에서 적어도 40억 개의 두루마리 휴지와 300개의 케첩을 집까지 날라주었다. 씨월드와 디즈니랜드, 스키 여행, 캠핑, 가족 모임, 장례식으로 우리 가족을 안전하게 모셔 가

---

* 아니 솔직히! **이건** 너무 멋지지 않나?

고 모셔 왔다. 문에는 긁힌 자국이 있고 매트는 엉망진창이며 뒷좌석 머리받침에는 매년 열리는 단합대회 때 임시로 물들인 애들 머리에서 묻어난 초록색 얼룩이 희미하게 남아 있다. 이해할 수 없는 이유로 내부 천장은 진흙탕에서 펄쩍펄쩍 뛰기를 좋아하는 아일랜드 나막신 부대가 춤이라도 한 판 춘 것처럼 찌그러져 있다. 그리고 굳이 뒷좌석 밑을 들여다보고 싶다면(그러지 않기를 권하지만) 내 확신하는데 엄청나게 많은 물고기 모양 과자와 수천 개의 막대사탕 껍질, 십여 개의 찌그러진 생수병, 그리고 공예를 사랑하는 미니어처 군부대에게 하나씩 쥐여줄 수 있을 만큼 많은 크레용을 발견하게 될 것이다.

지혜로운 여성이자 뛰어난 작가인 내 친구 스타샤인*은 나도 제발 갖고 싶은 매우 실용적인 자동차 철학을 갖고 있다. 친구는 접촉 사고로 갓 뽑은 신차가 찌그러졌는데도 수리하지 않기로 한 결정에 대해 한 칼럼에 이렇게 썼다.

내게 자동차는 보호해야 할 대상이 아니다. 자동차는 나와 내 옆에 탈 만큼 용감한 사람을 보호하기 위해 존재하는 것이다. (……) 말하자면 차는 수동 변속기가 달린 갑옷이자 고속도로를 달릴 수 있는 방호복이다. 차의 외부가 긁히고 움푹 파이고 찍히는 건 내가 그렇게 되지 않기 위해서다. 우산

---

* 실명이 맞다. 스타샤인 로셀Starshine Roshell. 한번 구글에 쳐봐라. 무지막지하게 웃긴 애니까 뉴스레터를 구독하고 책도 사시라.

이 젖거나 헬멧이 한 대 맞았을 때 엉엉 우는 사람은 거의 없다. 만약 차가 훼손되었고 승객이 다친 데 없이 온전하다면, 차가 할 일을 제대로 하고 있다는 뜻이다.

이런 기준으로 판단하면 내 차는 할 일을 제대로 하고 있다. 가야 할 곳에 나를 데려다주고 위험에서 보호해주며 고속도로의 초대형 트럭과 나 사이에서 방패막이가 되어준다. 거의 항상 시동이 잘 걸리고 한 번도 대형 사고를 낸 적 없다.(쓰레기통 사건은 사고로 치지 않겠다. 주유소에서 **주유기를 빼지 않은 채로** 출발했던 사건도 제외한다. 두 번 다 다친 사람이나 차가 없기 때문이다. 내가 차를 세우지도 않고 주유소로 돌아가지도 않았으므로 주유소 사건이 감시 카메라에 찍혔다면 언제든 재산 파괴와 절도로 체포될 수 있긴 하다. 하지만 결국 주유기는 알아서 **빠졌다**.) 이 모든 점에서 볼 때 내 낡은 SUV는 제 임무를 다하고 있다. 만약 자동차가 작업 멘트를 날린다면 내 차는 슬픈 듯이 이렇게 읊조릴 것이다. "안녕, 난 약간 지쳤고 샤워가 간절하지만 너는 아마 내가 지켜줄 수 있을 거야." "날 집에 데려가든가 영영 헤어지든가" 같은 말은 나올 리 없다.

하지만 언제나 믿을 수 있다는 것은 매우 중요한 요소다. 차든 뭐든 간에 고장 난 걸 수리할 시간이 어디 있나? 난 없다. 애 하나는 체조 수업에, 다른 하나는 배구 수업에 데려다주고 농산물 직거래 장터와 세탁소와 드럭스토어로 달려갔다가 다시 애 둘을 태우고 집으로 쏜살같이 달려와(차에서 내려 집으로 들어가는 그 짧은 순간에도 애들이 해야 할 일들을 줄줄 읊는다) 저녁 식사 비스무레한 것을 식탁에 내놓는 것만으로도 이미 시간이 부족하다. 어딜 가야 하는데 도착해야 할 시간까지 정확히 6분 남았을 때 내 차가 즉시 시동이 걸릴 거라고 100퍼센트 확신할 수 있어야 한다.* 나는 조에게 이렇게 설명했다. 새 차를 고를 때 중요한 건 블루투스 연결이나 MP3 플레이어나 위성 라디오가 아니다.** 중요한 건 마음의 평안이다.

"그래, 아내가 행복해야 삶이 행복하지." 조가 한숨을 쉬며 말했다.

그래서 우리는 지금도 알아보고 있다. 그사이 나는 인정하고 싶든 아니든 간에 차가 주인에 대해 뭔가를 말해준다는 사실을 깊이 이해하게 되었다. 물론 차가 좋은 말만 하는 건 아니다. 상당한 마력의 머슬카에 타는 섹시한 여대생을 보고 **시내 양로원에서 봉사활동을 하고 꽈배기 모양 담요를 뜰 줄 아는 착한 학생일 게 분명해**라고 생각하는 사람은 아무도 없다. 그렇지 않은가? 머리에 기름을 바르고 포르쉐 컨버터블을 몰며 번화가를 돌아다니는 할아버지는 관심에 굶주려 자신을 초롱초롱한 눈으로 쳐다볼 예쁘고 어린 여자를 찾고 있는 것이다. 새로 뽑은 신형 레인지로버를 룸메이트 네 명과 함께 사는 쥐가 들끓는 임대 아파트 옆에 대놓은 부동산 중개업자는 희망찬 낙관주의와 불안

---

* 나도 100퍼센트 확신할 수 있는 건 이 세상에 없다는 걸 안다. 젠장. 그래도 나는 내 차가 100퍼센트에 근접했으면 좋겠다.
** 알았다. 알았어. 이런 것도 중요하다.

우아하게 나이들 줄 알았더니

을 섞어 만든 위험한 칵테일에 취해 있다.

재미있는 건 내가 삶의 다른 영역에서는 다른 사람이 나를 어떻게 생각하는지에 눈곱만큼도 관심이 없다는 것이다.(신경 쓰는 사람은 책에 자기 성기 얘기를 상세히 쓸 수 없다. 나를 믿으시라.) 물론 나도 멋진 친구들과 함께하는 게 좋고 좋은 사람이 되려고 노력하지만, 내가 스키니진을 입고 허벅지까지 오는 부츠를 신기엔 너무 늙었다고 생각하거나 애들이 시험에서 높은 점수를 받아올 때마다 돈으로 보상하는 것을 못마땅해하는 사람들은 내 안중에 없다. 하지만 1리터당 주행 거리가 4킬로미터도 안 되는 최고급 럭셔리 차를 시험 주행한 날, 비록 이 화려한 차가 마음에 쏙 들고 꿈 게시판에 붙여둔 이 차 사진을 수년간 바라봐 왔을지라도* 내 머릿속에 가장 먼저 떠오른 생각은 ASSHOLE**이라고 쓰인 번호판과 함께 **지구는 꺼지라고 해 이 차는 ×나 멋지고 넌 그냥 질투하는 거야**라고 쓰인 범퍼 스티커를 주문하면 어떨까 하는 것이었다. 내게 이 차를 살 여유가 있었다 해도(그러려면 쪼그라든 난자를 팔거나 대리모가 되거나 주말에 폴댄스 알바를 해야 했을 텐데, 차 연비만 아니었다면 완전히 못 할 짓 같진 않았다) 나는 그러지 못했을 것이다. 나는 그런 사람은 될 수 없다.

그래서 지금도 여전히 차를 찾고 있다. 언젠가는 섹시하고

---

* 비난은 삼가주시길. 그래도 안 죽는다.

** 멍청이, 재수 없는 놈을 뜻하는 욕.―옮긴이

튼튼하고 친환경적이고 나를 들뜨게 할 옵션도 많고 남편이 말문을 잃지 않을 착한 가격의 차를 찾을 수 있을 거라 확신한다. 뭐라고? 한번 두고 보자고.

우아하게 나이들 줄 알았더니

자기 코털쯤은 직접 뽑을 수 있잖아

조와 연애할 당시에 나는 몇 시간씩(가끔은 며칠씩) 공들여 만남을 준비했다. 스타일리시하면서도 캐주얼하고, 관능적이지만 싸 보이지 않는 완벽한 조합이 나올 때까지 옷을 수십 번도 더 걸쳐보았다. 길고 사치스러운 목욕을 하면서 향기 좋은 오일을 온몸에 바르고 털이 없어야 한다고 생각했던 모든 신체 부위를 외과 수술과도 같은 정밀함으로 꼼꼼하게 면도했다. 시간이 있었다면 브라와 팬티 세트를 새로 샀을지도 모른다. 아파트를 깔끔하게 정리하고 손톱에 매니큐어를 발랐는지, 머리카락이 뿌리까지 완벽하게 윤기가 흐르는지 체크한 후에는 이를 닦고 치실을 하고 머리를 쫙쫙 펴며 스타일링하고 여러 종류의 입 냄새 방지용 사탕을 가방에 챙겼다. 나는 조에게 기쁨과 강렬한 인상을 주고 싶었고 조를 황홀하게 도취시키고 싶었으며 그 어떤 노력과 불편함도 감수할 의향이 있었다. 가끔은 이 모든 짓이 현재 내가 똥을 쌀 때 바로 옆에서 길고 긴 대화를 나누는 남자를 위한 것이었다는 사실이 믿기지 않을 때도 있다.

장기적인 관계에서 '로맨스를 지키는 것'이 중요하다는 이야기를 많이 들어봤을 것이다. 하지만 나는 그 방법을 잘 모른다. 한 사람과 수천 일을 함께 살면서 실낱같은 미스터리라도 지켜내는 데 성공한 사람은 확실히 내가 알아내지 못한 무언가를 찾아낸 것이다.

방금 한 말을 증명할 수도 있다. 얼마 전 데이트를 하는데 조가 테이블 위로 몸을 기울여 내 손을 자기 손에 포개고 허스키한 목소리로 속삭였다. "자기에 대해 내가 모르는 걸 말해봐."

정말 무지막지하게 로맨틱하지 않은가? **나도 안다.** 나도 그렇게 생각했다. 하지만 그때 나는 동공을 몇 분간 팽창시키는 안약을 넣은 사람처럼, 아니면 역대 미국 대통령의 이름을 순서대로 말해보라는 말을 들은 사람처럼 멍하니 자리에 앉아 남편이 아직 모르는 약간이라도 흥미로운 정보가 단 한 개도 떠오르지 않는다는 사실을 깨닫고 넋이 나가 있었다.

"내가 그 얘기 했나? 팸하고 내가 어떤 남자들을 만났는데 한 남자가 팸한테……."

"배를 혀로 핥아달라고 했던 거?" 조가 내 말을 마무리했다. "응, 그거 들었어."

"아빠랑 엄청 큰 권투 시합을 보러 간 날에……."

"자기가 경기장에서 떨어져서 의자고 뭐고 다 쓰러지고 경기

우아하게 나이들 줄 알았더니

장에 있던 사람들이 다 자기 보고 웃었다는 거?" 조가 말했다.

"음, 그럼 내가 어렸을 때 선생님이 될 거라고 생각했던 건 알아?" 내가 물었다.

"왜냐면 자기는 꼭 그래야 하는 줄 알았잖아." 조가 나 대신 설명했다. "의사가 될 애들은 병원에서 작은 수술복을 입고 의학을 배우고 농부가 될 애들은 커다란 모자를 쓰고 밭에 나가 있는 줄 알았다며."

나는 의자에 털썩 기대앉았다.

"나 피망 싫어해. 진짜 진짜 싫어."

"알아. 칸탈루프 멜론이랑 후추랑 완숙 달걀이랑 무서운 영화랑 누구 오른쪽에서 걷기 싫어하는 것도 알아."

나는 의자에 더욱더 털썩 기댔다.

"적어도 내가 자기 얘길 잘 듣는다는 거잖아." 조가 내 절망 감을 다독여주며 말했다.

물론 남편이 나를 이렇게 잘 아는 건 전혀 나쁜 일이 아니다. 사실 이게 바로 결혼 생활 아니겠는가. 둘의 삶이 뒤섞이고 영혼이 하나로 합쳐지고 영화에서 만날 나오는 것처럼 서로의 결점을 보완해주는 것 말이다. 기묘한 측면에서 이건 기분 좋은, 심지어 로맨틱한 일이다. 하지만 미스터리와 짜릿함이 없다면 이제 우리 관계는 끝장난 걸까? 왜 수십 년 뒤에(서로의 얼굴을 하도 오랫동안 쳐다봐서 서로가 어떻게 생겼는지도 거의 까먹었을 때에) 쓰윽 하고 흘려서 관계에 묘미를 더할 일말의 흥미진진한 비밀을 마련할 생각을 진작 하지 못했지? 한때 내가 로맨틱한 저녁을 함께 보낼 수 있다면 위험천만한 암벽이라도 넘었을 그 남자는 내가 치실을 하고, 탐폰을 교체하고, 새치 염색을 하고, 낑낑대며 팬티스타킹을 신고, 눈썹을 뽑고, 여드름을 짜고, 코팩과 아이마스크를 붙이고, 자기 전에 귀마개를 꽂고, 4킬로그램짜리 아기를 둘이나(그중 한 번은 하반신 마취도 안 하고) 낳는 모습을 지켜봤다. 영화 〈프라이드 그린 토마토Fried Green Tomatoes〉의 한 장면이 떠올랐다. 이 장면에서 (지금 생각해 보면 말도 안 되게 젊은) 캐시 베이츠가 분한 인물은 '결혼 생활에 불꽃을 되살리는 방법'을 알려주는 강연에 다녀와서 남편에게 섹시한 깜짝 선물을 주려고 10킬로미터는 되는 투명 랩으로 자기 맨몸을 둘둘 감싼다.(하지만 남편은 미쳤냐는 말로 베이츠의 가슴에 비수를 꽂는데, 분명 내 남편도 똑같이 반응할 것이다. 그리고 나서 바로 이로 랩을 물어뜯어 버리겠지만.) 어쨌거나 나는 투명 랩 드레스가 똑같은 사람의 끔찍한 입 냄새를 맡으며 잠에서 깨어난 수만 년의 세월, 배우자가 장염에 걸리거나 회사 회식에서 폭주할 때마다 매번 토사물을 닦아낸 수만 년의 세월을 되돌리진 못할 거라고 생각한다.

처음 중년임을 실감한 순간은…
남편한테 한 중년 여성 얘기를 하고 있었는데
남편이 갑자기 내 말을 끊고 "여보, 당신도
중년 여성이야"라고 말했을 때. 으윽. — 조디

이렇게 편안하고 안정적인 관계를 유지하는 것은 축복이자 저주다. 한편으로 우리는 이에 브로콜리가 끼거나 데오도란트를 듬뿍 바르는 걸 잊었을 때 솔직하게 말해줄 사람, 우리에겐 주름 제거 시술이 필요 없다고, 우리가 그동안 열심히 운동해서 만들려고 했던 삼두근이 **정말로 눈에 보인다고** 거짓말을 해줄 사람, 우리의 벗은 몸을 수없이 많이 보면서도 절대 웃거나 움찔하거나 소리를 지르면서 옆방으로 도망가지 않을 사람을 얻은 거다. 하지만 다른 한편으로는 이런 상황을 만나게 된다.

(외식을 하러 가는 길, 빨간불 앞에 멈춰 서 있다.)

나: 지금 **뭐하는** 거야?

조: 이 7센티는 되는(**핵 당긴다**) 코털을(**끌어낸다**) 뽑으려고 (**잡아 뜯는다**) 노력하는 중이야. 아니 이게 도대체 어디서 나타난 거야? 제기랄, 뽑을 수가 없네. 자기야, 자기는 손가락도 나보다 작고 손톱도 있잖아. 이것 좀 뽑아줄래?

나: 나보고 자기 코털을 뽑으라고?

조: 얘가 삐죽 나온 상태로 레스토랑에 앉아 있을 순 없잖아. 집에서 나오기 전에 자기 이거 못 봤어?

나: 미안하지만 나도 스팽스에 몸을 욱여넣느라 정신없었거든. 자동차 수납 박스에 아마 손톱가위가 있을 거야.(**가위를 찾아서 조에게 건네준다. 신호등이 초록불로 바뀐다.**)

조: 내가 이거 하는 동안 핸들 좀 잡아줘.

나: 별로 좋은 생각이 아닌 거 같은데.(**조가 가위를 코 안에 쑤셔 넣고 마구잡이로 싹둑싹둑 자른다. 제나는 불안해하**

며 핸들을 잡고 있다.)

조: 우씨, 안경을 안 써서 잘 안 보이네. 자기가 한번 해봐.

나: 자기가 운전하는 동안 코에 가위를 넣는 건 별로 잘하는 짓
이 아닌 것 같아. 레스토랑 도착하면 해줄게.

물론 나는 조의 코털을 잘라주었다. 조가 돋보기*를 까먹고
안 가져와서(이럴 때마다 레스토랑에서 즐겁고 로맨틱한 "잠깐,
오늘의 스페셜 요리 좀 다시 한번 읽어줘" 게임을 하게 된다) 눈
이 잘 안 보였기 때문이다.

"당신 이 얘기 책에 쓸 거지." 가위를 다시 박스에 넣는데 조
가 나를 다그치듯 말했다.

"지금 장난쳐?" 기분이 상한 내가 되물었다. "당연히 써야지!
방금 이거 골 때리게 웃긴 얘기라고."

말했듯이 이 남자는 나에 대해 모르는 게 없다.

우리가 식사(남편이 딴 데서는 볼 수 없는 철두철미함을 자
랑하는 활동이다)를 마치자 웨이터가 접시를 치우러 왔다.

"음식 진짜 별로였어요." 조가 말 그대로 싹싹 훑은 접시를
가리키며 웨이터에게 말했다.

"하하하하하." 내가 때맞춰 꺄르르 웃었다.

---

* 이상하게도 나는 대부분의 친구들과 달리 아직 돋보기가 필요 없다. 아직
생리를 안 하는 외로운 중2 소녀가 된 기분이다. **하지만 이 책을 쓰며 쌓은 업**
보 때문에 책이 출간되기 전에 최소 도수 2.0 이상의 돋보기를 쓰게 될 게 확실
하다.

우아하게 나이들 줄 알았더니

웨이터가 깨끗하게 비운 증거를 채가며 알겠다는 듯이 말했다. "딱 보니 그러네요."

우리가 함께 산 17년 세월 동안 조와 나는 최소 일주일에 한번 외식을 했고 1년에 한 번 가는 1~2주의 휴가에서도 약 스물한 번의 외식을 즐긴다. 대충 계산을 해보면 내 남편이 **정확히 저 대사**를 던지는 걸 대략 1,400번 정도 들은 셈이다. 내가 이 남자를 열렬히 사랑하지 않는다면, 또는 충족되지 않은 욕구와 아무도 귀 기울여주지 않은 욕망에서 생긴 깊은 분노가 수년간 내 안에서 곪아왔다면 뭔가 날카로운 것을 남편의 눈구멍에 쑤셔 넣고 수십 번 비틀고 싶어질 수도 있는 상황이다. 하지만 나는 남편을 열렬히 사랑하고 그동안 깊은 분노도 키워오지 않았으므로 남편의 재미없는 농담이 정말 사랑스럽다. 이건 사라지면 내가 비참해하며 그리워할 **남편만의 것** 중 하나다. 만약 오늘 내가 남편 장례식에서 추도사를 낭독한다면 가장 목이 멜 부분은 남편의 근사한 외모도 아니고 전동 공구 다루는 솜씨도 아니고 뛰어난 농구 실력도 아니고 온 세상이 명확하게 볼 수 있는 그 어떤 면도 아닌, "음식 진짜 별로였어요" 대사일 것이다.

잘 만든 영화 〈굿 윌 헌팅Good Will Hunting〉에서 국면이 전환되는 중요한 장면이 있다. 심리치료사인 로빈 윌리엄스는 환자(맷 데이먼)와 상담을 하다가 죽은 아내를 회상한다. 그리고 평소 상담에 제대로 임하지 않는 어려운 환자 데이먼에게 이렇게 말한다. "아내는 자다가 방귀를 뀌곤 했어. 하루는 소리가 너무 커서 자던 개까지 깰 정도였지. ……아내가 죽은 지 2년이 됐는데 이런 게 아직도 기억나. ……이런 별거 아닌 거, 이런 게 가장 그리워. 나만 아는 이런 별난 점들이 아내를 아내답게 만든 거거든. 사람들은 이런 걸 단점이라고 부르지만 사실은 아냐. 사실은 멋진 거지."

바로 이거다.

오랜 시간 관계에 대해 연구하고 글을 써오면서 나는 불타오르는 새로운 사랑이 자극적이고 욕정이 가득하고 '우리가 잠을 자든 말든 무슨 상관이야 우린 죽으면 그때 잘 거야' 모드의 시기를 지나면 결국 언제나 전문가들이 말하는 '깊은 애착 관계'로 변한다는 것을 알게 되었다.* 유치한 열병에서 성숙하고 진정한 사랑으로 넘어가는 이 과정은 정상적인 현상이다. 바로 이 과정이 10대와 성인을, 원나잇 스탠드와 인생의 반려자를 구별해준다. 그리고 솔직히 말해 우리가 아직까지도 식사를 마칠 때마다 (가끔은 식사 도중에) 서로의 옷을 찢어발기고 있었다면** 아이들을 낳아 키우고 가계를 꾸리고 일자리를 잃지 않기란 거의 불가능했을 것이다.

"난 진짜 운이 좋은 것 같아." 친구 웬디가 남편 토드 얘기를 하며 말했다. "우리가 데이트할 때 어떤 남자한테 끌리는지 한번 생각해봐. 고양이가 죽었을 때 우릴 위로해줄 수 있는 남자나 아이를 키울 때 엄격하면서도 자애로운 남자를 만나려고 데

---

* '당신에게 깊은 애착을 느낀다'는 표현으로 똥을 싸면서 바로 옆에 있는 사람과 길고 긴 대화를 나누는 것만큼 좋은 건 없다. 나만 그런가……?
** 비록 내 남편은 아직 할 수 있다며 한번 시도해보자고 자꾸 빌지만.

　우아하게 나이들 줄 알았더니

이트에 나가는 건 아니잖아. 재밌는 남자, 밤새도록 같이 춤을 추고 우리를 로맨틱한 주말여행에 데려가느라 월세를 날려버릴 남자를 원하지. 우리를 웃게 하는 남자, 약간 위험하고 마음에 상처가 있는 남자를 원하잖아. 그 남자를 길들이고 싶고 다친 마음을 낫게 해주고 싶고 새사람으로 만들고 싶고, 여하튼 그게 뭐든 간에 그 남자한테 필요한 걸 주는 사람이 되고 싶으니까. 하지만 현실에선 그런 남자들이 꼭 믿을 수 있는 인생의 동반자가 되는 건 아니더라."

나도 미친 듯 운이 좋은 것 같다. 20대 때 나는 내가 홀딱 빠져서 제발 나를 사랑하게 되기를 간절히 바랐던 이 남자, 헝클어진 머리를 하고 서류가방을 든 이 잘생긴 카약 가이드에게 훗날 내가 전화해서 퇴근길에 치질 연고 좀 사오라고 부탁할 줄은 꿈에도 상상하지 못했을 것이다. 훗날 내가 이모네 손님방에서 발가벗은 채로 서 있는 동안 내 다리 사이에서 흘러나온 생리혈이 우아한 이모의 아름다운 민트색 카펫에 묻지 않게 이 남자가 자기 티셔츠로 열심히 막고 있을 줄도 전혀 상상 못 했을 것이다. 내가 어느 날 이 남자와 이불 속에서 방귀를 뀌며 서로를 괴롭힐 수도 있고 남자의 등에 난 여드름을 짜게 해주면 오럴섹스를 해주겠다고 약속할 수도 있다는* 얘기만 들어도 그 사람 얼굴에 주먹을 날렸을 것이다. 내가 어느 날 아킬레스건염으로 고

---

* 남편도 내가 변태 같다고 하지만 정말이지 완벽하게 익은 여드름에선 도저히 손을 뗄 수가 없다.

생활 때 여전히 핫한 이 아도니스형 미남 앞에서 깁스와 시계 외에는 아무것도 안 걸치고 살찐 엉덩이를 훤히 드러내며 목발에 의지해 침대에서 절뚝절뚝 걸어 나올 거라는 생각만으로도 아마 굴욕감에 실신해버렸을 것이다. 그리고 내 화끈한 판타지 속에서는 내가 이 섹시남에게 형광등이 환히 켜진 피팅룸 안으로 들어와서 이 탱키니*가 임신선을 제대로 가려주는지 아닌지 봐달라고 부탁하리라는 사실을 절대 믿지 않았을 것이다.

자기 부모님이 중년에 어떤 결혼 생활을 하는지 다 봤다 하더라도 막상 자신이 처한 이 시기의 결혼 생활은 어렸을 때 생각하던 것과 매우 다를 확률이 높다. 결혼할 때에는 (남편이 자기 아버지와 똑같이 생긴 걸 보면 **이 결혼 생활이** 어디로 흘러갈지 감이 올 텐데도) 10년이나 30년 후에 고양이가 다 뜯어놓은 빛바랜 소파에 대자로 드러누워 헤드폰과 돋보기를 쓰고 짝짓기 프로그램 〈더 배철러The Bachelor〉를 보고 있을 자신의 모습을 상상하지 못한다. 물론 미래의 모습을 상상하려고 **노력해볼** 수는 있겠지만 요술 같은 그 상상 속에서 소파는 세련된 신상이며 부부는 여전히 팔팔하고 탄탄하고 서로를 정신 못 차리게 사랑하고 있다. 성가신 '죽음이 우리를 갈라놓을 때까지' 조항에 대해 한번 생각해봤더라도(생각 안 해봤을 가능성이 높은데, 결혼식 날 인생 최저 몸무게를 찍으려고 쫄쫄 굶느라 제정신이 아니었을 것이기 때문이다) 아주 천천히 늙어가는 사람 옆에서 정확

---

* 상의가 허리까지 일자로 떨어져서 뱃살을 가릴 수 있는 수영복.—옮긴이

우아하게 나이들 줄 알았더니

히 똑같이 천천히 늙어가는 게 어떤 것일지 진지하게 생각해보지는 않았을 것이다.

어떤 사람들은 그게 뭔지를 언뜻 보고 질겁하며 줄행랑을 친다. 내 친구 여러 명이 직접 겪었다. 친구들은 아침 식사를 하며 남편에게 우유를 좀 건네달라고 하고, 남편은 자기 시리얼에 우유를 붓고 아내에게 건네준 뒤 아무렇지 않게 더 이상 "당신을 사랑하지 않는다"며 이혼하자고 말한다. 그런 남자들은 대부분 집을 나가자마자 어리고 끔찍하게 멍청한 트로피 여자 친구를 구해 1년에서 2년 정도 재밌게 놀다가 이 어리고 섹시한 애인과 자신은 끔찍하게 멍청한 것 말고는 공통점이 전혀 없다는 것을 깨닫고 다시 돌아와 아내에게 용서해달라고 빈다. 대화는 보통 이렇게 진행된다.

남자: 당신은 내 인생 최고의 선물이야. 그런데 내가 날려버렸어. 내가 다 날려버렸다고. 내가 내던진 거야. 당신과 우리의 미래와 우리 가족을…….

여자: 사실이야.

남자: 제발 나를 다시 받아줘. 당신이 원하는 거라면 뭐든 할게. 전부 다 할 거야. 당신은 그냥 말만 해, 내가 알아서 할 테니까.

여자: 흠…… 그럼 천천히 고통스럽게 죽어줄래? 내가 생명보험금이나 두둑하게 받을 수 있게. 아니다, 그냥 빨리 고통스럽게 죽는 게 낫겠다. 그 돈으로 휴가나 가야겠다.

남자: 이건 어때? 내가 상담 받으러 다니고 당신한테 메르세데스도 한 대 사주고 근육도 빵빵하게 만들고 매주 당신에게 꽃다발을 선물하고 《뉴욕 타임스》에 광고를 내서 내가 구제 불가능한 머저리라고 온 세상에 말하는 거야.

여자: 그냥 보험금으로 할래.

바로 이 상황이 우리 부부와 절친했던 친구 부부에게 일어나자 다른 모든 사람들처럼 나도 그 남자를 내 블랙리스트 가장 꼭대기에 올려놓았다.(앞으로 그 남자를 더러운 쥐새끼라고 부르겠다.) 그리고 그 남자와 마주치지 않으려고 최선을 다했는데, 실수로라도 그 사람 앞에서 미소를 짓거나 궁둥이를 걷어찰까 봐 진심으로 걱정되었기 때문이다. 둘 중 뭐가 더 나쁜지는 나도 알 수 없었다.

짜증 날 정도로 현명한 남편이 지적했다. "우리도 늘 그렇게 하자고 했잖아. 그만두고 싶으면 말하자고. 그 더러운 쥐새끼가 미성년자 속옷 모델하고 말도 안 되는 바람을 피운 것도 아니고 슬슬 짜증나게 굴어서 아내가 **자길** 쫓아내게 만들려고 한 것도 아니고. 그냥 자기가 불행하다는 걸 깨닫고 그걸 인정한 거잖아. 왜 그걸로 그 사람을 그렇게 미워하는 거야?"

"왜냐하면 그 새끼는 해결해보려고 **노력하지조차** 않았잖아. 그래서야." 내가 소리를 질렀다. 나는 흥분하거나 화가 나면 소리를 지르기 때문이다. "오, **너무너무 행복**해야 하는데 그렇지 않아서 어쩌지." 내가 아기 목소리를 흉내 내며 말했다. "×발

그게 대수야! 원래 인생은 힘든 거라고. **결혼**은 힘든 거야. 그 남자는 약속을 했어. 힘들 때도 좋을 때도 함께하겠다고. 가족도 있고, 자기를 위해 커리어를 희생한 아내도 있어. 그런데 갑자기 삶이 동화 같지 않다고 다 관두고 **떠나간다고?** 그런 호사가 어디 있어! '어쩌면 저기 바깥에 더 나은 게 있을지도 몰라. 한번 가서 확인해보면 어떨까? 없으면 다시 돌아오면 되잖아.' 그건 그냥 모자란 거야. 유약하고 멍청하고 미성숙하고 이기적이고 모자란 거라고."

"절대 집 나가지 말라고 나중에 나한테 꼭 말해줘." 조가 말했다.

"내가 당신이라면 절대 안 그러지. 내가 같이 살기 힘든 나쁜 년 같으면, 이혼하면 어떨지 한번 봐봐." 내가 말했다.

얼마 전에 최근 새로 등장한 혼전 계약서에 관한 기사를 읽었는데, 내용이 흥미로우면서도 황당했다. 상냥했던 과거의 '이혼해도 내 건 내 거니까 나중에 나를 쪽쪽 빨아먹을 생각은 꿈에서도 하지 마, 이 빈대야' 계약을 기억하는가? 이제 그건 한물 갔다. 요즘 커플들은 부부간에 지켜야 할 목록을 작성해 법적으로 검토하고 계약을 어길 경우 어떤 값비싼 처벌을 받을지 매우 구체적으로 서술한다. 서로를 깊이 사랑하는 어린 커플은 이 계약서에 사인함으로써 **앞으로 평생** 섹스를 얼마나 자주 할지, 각자의 자유 시간을 어떻게 보낼지, 무엇을 하면 안 되고 입으면 안 될지, 정확히 무엇을 '바람'으로 칠지를('남편이 보는 앞에서라면 아내는 여자와 섹스해도 된다', '이성과 키스를 할 경우 아

내와 남편 모두 최대한의 처벌을 받을 수 있다' 등) 미리 결정한
다. 기사에 따르면 많은 커플이 요즘 혼전 계약서에 포함하는
구체적인 조항으로는 다음과 같은 것들이 있다.

- 아내는 남편이 집에 있을 때 피아노를 칠 수 없다.
- 남편은 아내를 임신시킬 때마다 아내에게 5만 달러를 주
  어야 한다.
- 남편이 아내의 부모님에게 무례하게 굴 때마다 1만 달러
  를 낸다.
- 아내는 초록색 옷이나 액세서리를 걸칠 수 없다.
- 아내의 몸무게가 77킬로그램이 넘으면 남편이 10만 달
  러를 받는다.*
- 아내는 머리카락을 자를 수 없다.**
- 남편이 바람을 피우면 아내에게 최대 500만 달러를 주어
  야 한다.***

이 기사에 등장한 한 부부 관계 전문 상담사는 커플들에게
일주일에 섹스를 적어도 한두 번은 해야 한다는 조항을 넣으라

---

* 이 여자분에게 임신 예외 조항이 있기를 바란다. 그냥 그렇다는 말이다.
** 남편이 '다른 헤어스타일로' 머리를 자르지 말라는 거지 '절대로' 머리를
자르지 말라고 한 게 아니길 바랄 뿐이다. 평생 머리를 안 자르면 그냥 지저
분해질 뿐이니까.
*** 공정해 보인다.

우아하게 나이들 줄 알았더니

고 부추기면서, "계약을 해놓고 '봐봐, 우리 여기에 동의했잖아'라고 말할 수 있는 게 좋다"라고 덧붙였다.

갓 결혼했을 때 섹스 스케줄을 정해놓으면 20년에서 30년 후에 좋지 않을까? 음, 과도하게 낙관적인 신혼부부들을 화나게 할 위험을 감수하고 말하자면, 아니, 그건 절대로 좋을 수가 없다. 처음부터 끝까지 완전히 미친 생각이다.

결혼한 지 5년 이상 된 사람은 약혼했을 때 어땠는지를 잠시 떠올려보라. **당연히 일주일에 두 번 섹스하는 데 동의했을 것이다!** 그때 당신은 건강했고 에너지가 넘쳤으며 호르몬의 지배를 받았고 섹스를 하룻밤에 다섯 번도 할 수 있었다! 맙소사, 쪼다들이나 일주일에 두 번 하는 거지. 어쩌면 너무 모욕적이라서 이런 데 사인하기 싫었을 수도 있다. 하지만 짚고 넘어가야 할 점이 있는데, 그때는 아마 똥을 닦아줘야 하고 "책 한 권만 더" 읽어달라고 애원하는 아홉 명의 애들도 없었을 거고, 툭하면 짜증을 내는 나이 먹은 부모님과 같은 집에 살지도 않았을 거고, 다음 융자를 갚아야 한다는 스트레스도 없었을 거고, 너무 지쳐버려서 음식이나 섹스, 쇼핑, 마사지, 텔레비전 프로그램 대신 20분이라도 더 자는 쪽을 선택하게 되리라는 것도 절대 상상하지 못했을 것이다. 아마 당신은 필요하다면, 또는 부탁받는다면 공증인 앞에서 서면으로 약속했을 것이다. **거기 매력적인 섹시가이, 당신이라면 매일 하루에도 몇 번씩, 어느 방에서든 어느 자세로든 우리 귀염둥이가 원하는 그 어떤 도구로든 섹스를 하겠어요.** 아마 이 약속은 마음에서 우러나온 진심이었을 테고, 본인이 그렇게 할 수 있다고 믿었을 것이다. 아무도 당신에게 거짓말쟁이라고 할 수 없다. 그때는 그냥 몰랐을 뿐이다.

하지만 누군가는 의문을 품어야 한다. 지금부터 25년 뒤 아내가 끝이 갈라진 4미터 길이의 머리카락을 질질 끌고 다니는데 신물이 나서 머리를 싹둑 잘라버린다면, 남자가 난잡한 자기 비서와 바람이 났는데 약속한 것처럼 아내에게 500만 달러라는 거금을 주지 못한다면 그 커플은 어떻게 될까? 남편이 쓸개 제거 수술을 받거나 고환이 꼬여서 얼마간 발기를 할 수 없다면, 그래서 결혼 생활 내내 아내에게 해주기로 약속한 한 달에 네 번에서 열 번의 섹스를 사실상 해줄 수 없게 된다면? 남편의 어머니가 아내에게 크리스마스 선물로 촌스러운 에메랄드색 스웨터를 사주고는 가족사진을 찍게 그 자리에서 한 번만 입어보라고 간청한다면? 아내는 절대 초록색 옷을 입지 않겠다고 약속했다는 이유로 시어머니의 소박하고 무해한 고집을 꺾어야 할까?

전부 당치 않은 얘기다. 이 기사에 언급된 조항들이 지나치게 남편에게 유리한 쪽으로 치우쳐 있어서만은 아니다. 이런 계약이 당치 않은 이유는, 결혼 생활이 두 사람이 함께하는 것인 만큼 역동적이기 때문이다. 그리고 두 사람이 함께하는 것인 만큼 변화하고 성장하지 않는 결혼은 끝을 맞이한다. 계획과 우선순위, 우리의 몸은 변화한다. 장애물이 불쑥 나타난다. 헤어스타일은 유행이 계속 바뀐다. 가끔은 비극이 들이닥치기도 한다. 시인 로버트 번스가 이런 유명한 말을 남기지 않았는가. "생쥐와 인간이 아무리 정교한 계획을 세워도 계획은 빗나가기 일쑤

다." 내 식으로 말하자면, 개 같은 일도 일어난다. 일어날 줄 몰랐던 일, 미리 준비할 지혜나 여력이 없었던 일들이 아직 한참 남은 미래에 일어날 수 있다는 얘기다.

나 대신 치질 연고를 사러 약국으로 달려갈 누군가가 있어서 좋다는 것 외에 내가 결혼 생활을 유지하는 또 다른 이유는 이거다. 우리 부부가 지금의 모습일 수 있는 건 우리가 남은 평생을 함께하기로 합의한 **덕분이자** 그동안 우리가 함께한 모든 경험 덕분이다. 조와 나는 많은 것을 함께 겪었다. 함께 세계를 여행했고 아이들을 세상에 태어나게 했고 집과 차와 비싼 가구를 사고팔았고 반려동물과 부모님들을 땅에 묻었다. 서로의 상처를 돌보고 서로의 무수한 잘못을 용서해주었으며 지진과 산불과 사납게 흔들리며 대양을 횡단하는 무시무시한 비행기에서 함께 살아남았다. 서로를 죽이지 않고 수십 개의 장난감을 함께 조립했다.(아이들이 들어가서 노는 장난감 집과 배 모양 모래 놀이통, 네 부분으로 구성된 나무 부엌 세트처럼 조각이 백만 개는 되는 초대형 장난감을 말하는 거다.) 처음 결혼했을 때보다 몸무게가 약간 더 나가고 섹스를 약간* 덜할지는 모르지만, 코털 사건 및 그와 비슷한 수많은 일들에도 불구하고 나는 여전히 남편에게 푹 빠져 있다. 우리 중 한 명이 다른 한 명의 재를 뿌리는 가슴 찢어지는 날이 올 때까지 늘 남편에게 진실하겠다고 약속한 날보다 지금 더 전적으로 깊이 남편을 사랑한다.

---

* 또는 훨씬.

그리고 남편을 옛날보다 더 존경하는데, 남편이 바람 빠진 타이어를 고치는 모습, 유머와 품위를 잃지 않고 오물 관련 재난과 말 안 듣는 아이들을 다루는 모습을 지켜봤기 때문이다. 요즘 내가 몸단장과 데이트 준비에 공을 약간 덜 들일지 몰라도, 남편의 참을성과 배려심이 살짝 줄었을지 몰라도, 우리 둘 다 우리가 운이 좋다는 사실을 잘 안다. 나는 정말로 기쁘다. 우리 둘 중 한 명이 죽는 날까지 내가 잘라야 할 유일한 코털이 남편의 코털이라는 사실이 말이다.

비상금이고 뭐고,
내 장례식 비용이나 댈 수 있었으면

캐런 카펜터*는 우리에게 사람이 지나치게 마를 수도 있다는 비극적인 사실을 알려주었지만, 나는 사람이 지나치게 부자일 수도 있다는 살아 있는(또는 사망한) 증거를 아직 찾지 못했다. 실제로 과거 경제학자들은 소득 증가가 행복도를 높이는 데 별 도움이 안 된다고 주장했지만 최근에 나온 연구 결과는 평균적으로 돈이 많을수록 더 행복하다고 말한다.

당연하겠지 뭐. 안 그런가?

물론 우리 모두가 질투 날 만큼 부유하면서도 비참한 삶을 사는 개자식 이름을 적어도 몇 개는 댈 수 있다. 하지만 나는 이

---

* Karen Carpenter. 그룹 카펜터스의 멤버로, 거식증을 앓다 서른둘의 나이에 사망했다.—옮긴이

연구에서 대체로 괜찮은 사람들 얘기를 하고 있는 거라고 생각한다. 일을 엄청나게 열심히 하거나 로또에 당첨됐거나 유산을 톡톡히 물려받은 사람들, 개인 전용기를 타고 카리브해로 날아가거나 길이 30미터에 달하는 자기 요트에 드러누워 있을 때에도 여전히 호감을 살 만한 그런 인물 말이다. 이런 사람들, 재물의 신이 마침내 우리의 기도에 답해주기로 마음먹었을 때 여러분과 내가 될 그런 사람들에게, 더 많은 돈은 곧 더 큰 행복이다.

나는 스스로 얄미울 정도로 행복한 사람이라고 생각하지만 그렇다고 절대 부자는 아니다.(그러니 내가 돈벼락을 맞으면 얼마나 꼴 보기 싫게 **황홀해할지** 아시겠는가? 아마 상상도 못 할 것이다.) 물론 나는 가난과도 거리가 멀다. 특히 고가도로 아래 사는 노숙자나 수수료로만 먹고 사는 백과사전 방문 판매원과 비교하면 더더욱 그렇다. 하지만 나도 사람들이 말하는 '정년'에 가까워지면서 심각한 돈 걱정에 시달리고 있다. 어쨌거나 일을 **혹시** 그만두고 싶어지면 모아둔 현금이 필요할 것이다. 죽을 때까지 먹고 살면서 애들 결혼식과 대학 교육, 우리 가족 휴가, 집 수리, 곧 사람들이 발명할 드라이브 스루가 가능하고 칼을 대지 않는 전신 주름 개선 수술을 위한 돈을 남겨두려면 정확히 얼마만큼 돈을 쌓아두어야 하는 걸까?

전문가들은 우리가 부모보다 더 나은 삶을 살지 못하는 첫 번째 세대라고 말한다. 우리 부모님들은 매달 소득의 약 10퍼센트를 저축했지만 우리 대부분은 겨우 5퍼센트도 저축을 못 한다. 물론 부모님이 그렇게 할 수 있었던 건 가족 모두가 매달 값비싼 새 스마트폰으로 무제한 문자를 보내고 채널이 900개가 넘는 프리미엄 케이블 TV 서비스에 추가로 넷플릭스까지 즐길 필요가 없었기 때문이다. 부모님은 우리를 개인 노래 교습과 값비싼 테니스 강습, 화려한 캠프에 보내지도 않았다. 그냥 "나가서 아무 막대기 가지고 놀아"라고 했고, 우리가 그 망할 가로등에 불이 들어오기 전까지 집에 돌아오지 않으면 불호령을 내렸다. 포터리반에서 나온 40달러짜리 도시락통에 유기농이고 글루텐 프리인 개당 9달러짜리 포장 간식을 싸주지도 않았다. 우리는 공장 식빵에 땅콩버터와 잼을 바른 샌드위치와 멍든 사과를(최대 17센트) 종이봉투에 담아 간식으로 가져갔고 이것도 감사하게 여겼다.*

나의(그리고 아마도 여러분의) 문제는 물건을 좋아한다는 것이다. 나는 반짝거리는 크리스마스 장식과 진짜 부드러운 담요와 유용한 가전과 거의 모든 핑크색 물건을 좋아한다. 대공황기에 제작된 유리그릇과 이집트 순면 침대보와 오톨도톨한 무늬의 대접을 좋아하고, 향초 코너에서는 아무도 날 방해하지 않는 편이 좋다. 안타깝게도 좋은 물건은 우리가 눈 돌리는 어디에나 있고, 플라스틱 조각을 기계에 긁고 작은 화면에 사인할 수고만 기울인다면 그 물건을 전부 다 가질 수도 있다.

물론 가끔 우리는 과감히 좋은 물건을 들이고도 깨뜨리거나

---

* 라떼는 말이야, 지금보다 훨씬 힘들었다 이거야.

망가뜨리거나 잃어버릴까 봐 무서워서 실제로 **쓰지를** 못한다.*
그 좋은 물건을 사는 데 쓴 만큼 돈이 줄었다는 것, 슬프고 아이
러니하지만 어쨌거나 그걸 갖고 있어서 정말 신난다는 것을 제
외하면 물건을 사기 전과 다를 바가 없다.

조와 나는 특히 칼에 애정이 있다. 우리는 요리하는 걸 좋아
하고** 먹는 걸 좋아하기 때문에 주방 도구를 사는 데 돈을 많이
쓰는 편이다. 지금까지 발명된 전문가용 요리 도구란 도구는 거
의 빠짐없이 다 갖고 있는데(내가 좋은 물건 앞에서 얼마나 무
력한지에 대해서는 바로 앞을 참조하라), 그중에서도 가장 좋아
하는 것은 칼이다.

실제로 이런 일이 있었다. 아주 오래전 결혼할 때 우리는 받
고 싶은 결혼 선물 목록에 칼을 올려두었다. 중요한 건 이게 평
범한 칼 세트가 아니었다는 거다. 우리는 나이프를 하나하나 직
접 골라 꿈의 커틀러리 컬렉션을 만들었다. 사람들이 최고급 가
전을 사주겠다고 줄을 서는 일생일대의 기회 앞에서는 절약하
는 게 아니다. 어쨌거나, 엄마가 선물 목록에서 뭐가 가장 갖고
싶으냐고 물었을 때 나는 정밀하게 벼려 만든 꿈의 고탄소강 전
문가용 칼에 대해 침을 줄줄 흘리며 설명을 했다.

"그 칼 175달러네." 엄마가 입을 쩍 벌린 채 인쇄한 선물 목

---

* 여기서 '우리'는 '우리의 남편'을 의미한다.
** 오케이, 우리가 **항상** 요리를 좋아하는 건 아니다. 하지만 우리는 맛있는
음식을 좋아하고 물려받은 막대한 유산도 없다. 즉 일주일 내내 스물한 번
외식을 할 수도 없고 입주 요리사를 따로 고용할 수도 없다는 뜻이다.

우아하게 나이들 줄 알았더니

록을 바라보며 말했다.

"알지. 그거 진짜 좋은 칼이거든." 내가 말했다.

"이 정도 돈이면 칼을 세트로도 살 수 있는데." 엄마가 주장했다.

내가 설명하려고 애썼다. "나는 괜찮은 칼 열다섯 개를 갖고 싶은 게 아니야. 진짜 좋은 칼 하나를 갖고 싶은 거지."

대공황 시대에 극도로 검소한 부모님 밑에서 자란 우리 엄마에게는 말 그대로 불가능한 일이었다. 엄마는 같은 가격에 그저 그런 칼 수십 개를 살 수 있다는 걸 알면서 끝내주게 좋은 칼 하나를 선택할 수 있는 사람이 아니었다. 그래서 엄마는 내게 상품권을 보내주었고 내가 직접 가서 칼을 샀다. 조와 나는 매일 그 칼을 쓰고 종종 서로 쓰겠다며 싸우기도 한다. 그리고 나는 양보단 질을 선택한 것을 단 한 번도 후회하지 않았다.

이 점을 염두에 두고 최근 우리에게 조에게 새 스테이크 칼 세트를 사주었는데, 내가 갖고 싶었기 때문 얼마 전이 조의 생일이었기 때문이다. 이 칼 세트는 고급 스테이크 전문 레스토랑의 가장 좋은 칼에 견줄 만했고, 짚고 넘어가자면 가격도 결코 저렴하지 않았다.

칼 세트를 선물하고 며칠 지나지 않은 어느 날, 내가 식탁에 차려놓은 칼을 조가 다시 거두고 있었다.

"뭐하는 거야?" 내가 물었다.

"새 칼을 다시 넣어두고 원래 칼을 내놓는 거야. 좋은 건 아껴 쓰고 싶어." 조가 말했다.

"도대체 왜 그래야 하는데?" 내가 물었다.

"손님들을 위해서지." 조가 말했다.

내 남편은 세계에서 손님에게 가장 친절한 사람이고 나도 그 점을 정말 좋아한다. 하지만 나는 ~~나와~~⋯⋯ 조의 칼도 쓰고 싶었다.

자, 들어보라. 우리 할머니 할아버지는 40년 동안 해가 뜨나 달이 뜨나 소파에 비닐을 씌워두셨다. 할머니 댁은 연중 습도가 111퍼센트 정도 되고 여름에 32도면 '시원한 편'으로 치는 플로리다에 있었으므로, 나는 그저 콘돔 같은 비닐을 씌운 소파 위에 앉는 것이 단테의 유명한 『신곡』〈지옥편〉에 나오는 열 번째 구덩이로 들어가는 것과 다름없었을 거라 상상만 할 뿐이다. 할머니 할아버지는 우리가 놀러 간 날에만 비닐을 벗기셨는데, 말하기 부끄럽지만 우리의 방문은 자주 있는 일이 아니었다. 두 분이 돌아가셨을 때(두 분 다 90대까지 장수하셨다) 그 누리끼리한 쑥색의 못생긴 공단 소파는 방금 막 사 온 것처럼 깨끗해 보였다. 태어나서 본 중 가장 슬픈 장면이었다. 우리 할아버지는 평생을 열심히 일하셨고 아마 그 소파를 사기 위해 10년 이상 돈을 모으셨을 것이다. 도대체 뭘 위해서? 그 말끔한 상태를 다른 사람이 고작 몇 번 누리게 하려고?

이 이야기를 들려주며 우리가 ~~우리와~~ 조의 칼을 사용해야 한다는 사실을 이해시키려 해봤지만 조는 별 관심을 보이지 않았다. 아니, 며칠 전 저녁까지만 해도 나는 그렇게 생각했다. 그날 조는 보기만 해도 침이 뚝뚝 떨어지는 거대한 티본스테이크를

　　　　　　　　　우아하게 나이들 줄 알았더니

잽싸게 구워냈다. 아이들이 식탁을 차린 후 나는 조가 오래된 칼을 넣고 **새것**을 꺼내는 것을 보았다. 조는 내 나이프가 접시에 긁혀 소리가 날 때마다 약간 불안해하는 것 같았지만(날을 길들이고 있었던 거라고!) 나는 그냥 모르는 척했다. 나는 내가 죽을 때 그 칼들이 녹슬고 잘 안 들고 원래 형태를 알아볼 수 없을 정도로 닳아 있길 바란다.

물론 이미 갖고 있는 것을 충분히 즐기는 것과 흥분해서 자꾸 물건을 더 사들이는 것은 다르다. 최근 대대적인 정리를 하면서 나는 부부 침대 하나에만 침대 커버가 여섯 세트 있다는 것을 알게 되었다.(게다가 그중 하나를 특히 좋아하기 때문에 보통은 다른 침대보로 바꿀 생각도 않고 원래 것을 벗겨서 세탁한 다음 바로 다시 깐다.) 그 밖에도 화장실 수건 세트가 네 개, 거실 테이블 안에는 담요가 일곱 개 있으며 찌그러진 상태가 제각각인 최소 서른 개의 오븐팬이 선반을 점령하고 있다. 이 온갖 종류의 물건을 살펴보는데 물건이 이미 충분히 많은 건 아닐까 하는 생각이 들었다. 그리고 남편의 너그러운 도움 덕분에 내 의심은 사실로 드러났다.

"우리 돈을 너무 많이 써." 조가 말했다.

"너무 많이 쓴다'는 게 무슨 뜻이야? 애매모호하잖아. 누구랑 비교했을 때 너무 많이 쓴다는 거야?" 내가 물었다.

"우리가 버는 거에 비해 너무 많이 쓴다고." 조가 대답했다.

"아." 내가 중얼거렸다. "얼마나 많이?"

"엄밀히 따지자면 버는 돈보다 쓰는 돈이 많아." 남편이 간단하게 답했다.

흠, 그건 결코 좋은 상황이 아니었다. 원래는 비상금*을 모아두어야 하는데, 돈을 벌자마자(아니, 벌기도 전에) 열심히 다 써버리고 있었던 것이다. 남편과 이런 대화를 나눈 이후 나는 깊은 우울에 빠졌다. 보통은 이런 상태가 되면 노드스트롬 백화점에 달려가서 뭔가 엉뚱하고 기발한 물건을 사고 싶어지지만 이번에는 그럴 수가 없었다. 그 대신 나는 컴퓨터 앞으로 씩씩하게 걸어가서 현실적인 경제 계획을 짜보기로 했다.

그건 결코 쉬운 일이 아니었다. 어차피 머리 염색을 그만두거나 유기농 크림을 끊을 계획은 없었다.(욜로YOLO라고 들어봤나?) 게다가 애들한테 나가서 막대기나 갖고 놀라고 하면 결국 애들이 서로를 죽이거나 날 죽이리라는 사실도 잘 알았기 때문에 애들의 방과 후 활동을 전부 없애는 것 역시 애초에 선택지에 없었다. 하지만 말도 안 되게 귀엽거나 세일 중이거나 귀엽고 세일 중이라는 이유로 필요도 없는 물건을 사는 짓은 **멈출 수 있었다.** 핸드폰 통화 시간을 줄이고 더 저렴한 TV 채널 패키지를 찾아볼 수도 있었다. 읽지도 않는 잡지 여섯 개의 구독을 끊으면 오히려 마음이 편안해질 것 같았다. 그리고 어차피 하나만

---

* 이 비상금nest egg이라는 단어가 어디서 유래했는지 찾아보았다. 원래 이 단어는 '밑알'이라는 뜻으로 '암탉이 달걀을 더 많이 낳도록 둥지에 넣어두는 진짜 또는 가짜 달걀'이다. 그러니까 돈을 저축하면 그 돈이 자석처럼 더 많은 돈을 끌어당긴다는 얘기 같은데, 너무 대박이고 이제 비상금이 더욱더 **간절해졌다.** 젠장.

우아하게 나이들 줄 알았더니

필요할 때에는 세일이라고 할 수도 없는 '두 개 사면 세 번째는 **공짜**' 세일에 최선을 다해 저항하는 것도 확실히 할 수 있었다. 가끔 카드가 아닌 현금으로 지불하는 방법도 써볼 수 있었는데, 알고 보니 이 비법은 나를 수전노 중 수전노로 만들었다.

고심 끝에 나는 제나의 경제 자립 플랜(또는 적어도 내 장례식 비용은 마련하고 죽기) 초안을 작성했다. 이 계획은 수백만 달러를 모으기 위한 것이 아니다.(현실을 좀 직시하자고.) 하지만 내가 다 못 갚은 자동차 할부금과 주택 융자를 애들이 떠안게 하는 건 절대로 싫다. 설명은 이쯤 해두고 이제 여러분에게 제나의 경제 자립 플랜을 소개한다.

합리화를 그만두겠다. 나는 테레사 수녀도 아니고 특별 관리가 필요한 아이 서른일곱 명을 입양해 돌보는 소아암 연구자도 아니기 때문에 새 지갑을 사거나 친구들과의 밤 나들이에 돈을 펑펑 쓸 '자격'이 없다. 물론 나는 일을 열심히 하는 좋은 사람이지만 내가 아이들에게 누누이 말하듯이 삶은 원래 불공평한 것이다.(잘 모르겠다면 구글에 '비키니 입은 제니 매카시'를 검색해보라.) 앞으로는 새로 나온 뭔가가 갖고 싶어 안달이 나면 나가서 걷거나 짧은 소설을 한편 쓰거나 무좀 치료에 도움 되는 일을 하거나, 그게 뭐든 저축해야 할 돈을 쓰는 것 말고 다른 방법으로 스스로를 치하하겠다.(가끔은 나를 깔고 앉아서 나를 저지할 사람이 필요할 수도 있겠지만 이 점에 대해서는 나중에 생각해보겠다.)

필요와 욕망을 구분하겠다. 여러분은 필요와 욕망을 쉽게 구분할지 모르겠지만, 나는 친구가 페이스북에 '브리트니가 걸스카우트 쿠키를 판매하고 있으니까 필요한 사람은 연락 줘!'라고 올렸을 때 즉시 부엌 찬장을 찾아본 다음 내 찬장에는 걸스카우트 쿠키가 하나도 없으므로 쿠키를 반드시 사야 한다는 말도 안 되는 결론을 내린 사람이다. 아아, 사실 나는 걸스카우트 쿠키가 필요 없다. 매니큐어도, 헤어스타일링도, 샷을 세 개 넣고 우유 거품 없이 특별히 뜨겁게 만든 라테도 필요 없다.(비록 이 모든 게 의심할 나위 없이 좋은 것들이긴 하지만.) 나에게 필요한 건 화장실 휴지와 치약이다. 그 밖의 것들은 대부분 내 욕망일 뿐이다. 이제는 필요와 욕망을 구분하는 법을 배우겠다.(다시 한번 말하지만 그러려면 특별한 제재 시스템이나 뇌 절제술이 필요할지도 모른다. 그게 뭐든 간에 분명히 할 수 있을 것이다.)

핀터레스트에서 더 많은 시간을 보내겠다. 지금 내가 빈정대는 거라고 생각하는 사람도 있을 텐데, 핀터레스트는 돈을 절약할 수 있는 아이디어의 보고다.(명품족에게는 최악의 악몽일 수도 있는데, 핀터레스트에 가면 '루이 비통 와플 기계' 같은 물건의 존재를 알게 되기 때문이다. 거짓말이 아니다. 이 와플 기계는 와플에 루이 비통 시그니처 로고를 찍어준다. 그러니까 명품 옷이나 액세서리, 아침 식사에 사족을 못 쓰는 사람은 조심하는 게 좋다.) 나는 손재주가 좋은 사람은 아니지만* 이제는 직

---

* 수공예 아이디어를 모아놓은 내 핀터레스트 보드를 확인해봐도 좋다. 보

접 만든 선물의 여왕이 될 것이다. 앞으로는 향을 입힌 오일 소스와 그래놀라, 찻잔 캔들, 스노볼, 크리스마스 장식, 냉장고 자석, 입술 스크럽, 향 비누, 장작 보관함, 유리병 램프, 손가락 인형, 면도 크림, 테이블 매트를 직접 만들 것이다. 모험심이 생기면 스타워즈 시계까지 만들지 모른다. 핀터레스트의 손재주 좋은 숙녀들처럼 메이슨 자를 재활용해 직접 만든 간식을 넣고 천조각과 오래된 신문으로 포장할 것이다. 뿌듯하면서 동시에 우쭐한 기분을 느낄 것이다.*

나의 숙적을 피하겠다. 여기서 말하는 '숙적'은 물론 대형 할인 마트인 타겟과 코스트코다. 내가 세상에서 가장 좋아하는 두 마트를 욕하고 싶진 않지만, 이 두 곳에서 총 결제액에 크나큰 충격을 받고 말문이 막히지 않은 채로 계산대를 통과한 적은 단한 번도 없다. 아니, 필수품 몇 개(쌀 한 봉지, 식사용 냅킨 약간, 투명 테이프 서른두 개, 털 달린 후드티, 군부대 전체가 먹을 만한 양의 닭꼬치, 미소니에서 나온 레그워머, 몇천 미터 길이의 표범 무늬 리본, 그리고 오토바이) 좀 샀다고 돈이 **이렇게나 많이** 나올 일인가? 그 안에서 무슨 일이 일어난 건지 알겠는가? 머스터드소스와 세탁 세제를 사러 들어가면 필요하지도 않고 살 여유도 없는 물건을 875달러어치나 사서 나오게 된다. 타겟

드 이름이 '나는 손재주가 좋은 사람은 아니지만'이다.
* 아마 나는 이 중 어떤 것도 절대 만들지 않겠지만 아이디어 자체는 마음에 쏙 들기 때문에 계획에 넣어봤다. 여러분은 나보다 더 의지가 강하고/부지런할 수 있으니까.

과 코스트코는 스스로 할인 매장이라고 광고할지 몰라도, 사실은 돈 절약을 도와주는 게 아니라 1달러짜리 상품으로 우리를 끌어들여 공짜 시식으로 취하게 만든 다음, 우리가 **3달러에 아세트아미노펜 1천 알을 손에 넣고** 환호하는 틈을 타 우리 지갑에 사이펀을 찔러 넣고 그 안에 든 돈을 전부 빨아들인다. 나 같은 사람은 1.5달러를 주고 산 50센티 길이의 핫도그를 먹느라 너무 바빠서 알아채지도 못한다. 하지만 더 이상은 아니다. 난 놈들의 수법을 안다. 앞으로는 절대* 이용당하지 않을 것이다.

사람과 음식, 똥 외의 모든 것을 재활용하겠다. 재활용은 돈을 절약해준다! 지구도 구해준다! 나도 할 수 있다! 앞으로는 값비싼 포스트잇을 사는 대신 이면지를 모아두었다가 메모와 할 일을 적고 레시피와 문서를 프린트하는 데 쓸 것이다. 외출할 때는 한 시간마다 가게에 들러 마실 것을 사지 않도록 집에 넘쳐나는 BPA 프리 물통에 물을 챙겨 갈 것이다. 쓰지 않는 불은 끄고, 우리 가족이 다 먹지도 못할 만큼 음식을 많이 사지도 않을 것이다. 앞으로는 신문지를 직접 잘게 뜯어 고양이 화장실 모래 대신 쓸 만큼 검소했던 우리 작은 할머니(이 할머니는 키가 150센티미터밖에 안 됐는데, 키가 전봇대처럼 컸던 큰 할머니와 구분하려고 작은 할머니라는 별명을 붙였다)처럼 살도록 노력하겠다.(하지만 신문지를 찢어서 모래 대신 쓰는 건 여간 힘든 일이 아닐 테고 인생은 너무 **짧으므로**, 좋은 향기가 나는 브

---

* 옛날만큼 자주나 많이.

랜드 모래 대신 먼지가 풀풀 날리는 싸구려 모래로 바꾸는 정도로 하겠다. 내 계획은 유연함 빼면 남는 게 없으니까!)

마음을 다스리며 창고 세일을 열겠다. 나는 몇 년 전에 한 번 크게 데인 후 다시는 창고 세일을 열지 않겠다고 다짐했었다. 그때 무슨 일이 있었냐면, 한 남자가 우리가 팔고 있던 대형 스테이플러가 잘 되느냐고 물어서 그렇다고 했더니 자기 손바닥 위에 스테이플러를 올려놓고 힘껏 눌렀고, 결국 25센트짜리 티셔츠 테이블 전체에 피를 뚝뚝 흘렸다. 같은 날 한 상냥한 할머니는 말하는 머더구스 인형이 잘 작동하는지 봐야 하니까 5달러짜리 배터리를 넣어보라고 해놓고는 그 수다스러운 새 인형 값으로 단돈 1달러를 내고 배터리째로 가져갔다. 별것 아닌 것 같은가? 그날 저녁(아무도 사지 않아서 마지막까지 남은 물건을 굿윌에 갖다 주고 온 후 몇 시간이 지났을 때) 할머니가 **그 망할 인형을 들고 다시 찾아와서는** 인형이 작동하지 않는다고 주장했다. 할머니는 인형을 내게 돌려줬고 나는 할머니에게 1달러를 돌려줬다. 그리고 나중에서야 할머니가 배터리를 인형에서 **빼**갔다는 사실을 깨달았다. **하지만 그럼에도 불구하고,** 나는 창고 세일을 열 것이다. 왜냐하면 유명한 영적 지도자 디팩 초프라가 풍요는 앉아서 쉴 공간이 없으면 찾아올 수 없다던가, 뭐 그런 비슷한 말을 했으니까.

돈이 전부가 아님을 기억하겠다. 물론 돈으로 자동차와 빵빵한 가슴, 환상적인 유럽 여행을 살 수 있고, 그만큼 행복도 따라올 것이다. 하지만 진정한 사랑이나 왕성한 건강, 매력적인 성격,

약간의 우아함, 또는 정당한 베스트셀러 자리*처럼 내가 언제라도 일곱 자릿수의 은행 계좌와 바꾸고 싶은 것들은 전부 돈으로 살 수 없다.

* 《포브스》에 따르면 정당하지 않은 자리는 돈으로 살 수 있다⋯⋯. 하지만 그런 짓을 하는 사람은 쓰레기다.

우아하게 나이들 줄 알았더니

내 상사는 쓰레기
– 프리랜서 이야기

내 나이대의 여성은 독특한 위치에 있다. 고작 한 세대 전인 우리네 엄마들(대개 자기 커리어가 없었고, 있다 해도 보통 선생님이나 간호사였다)과 달리 우리는 **원하는 것은 무엇이든 다** 될 수 있다는 이야기를 들으며 자랐다.(단 스트리퍼나 서커스 단원은 제외였는데, 우리 아빠들이 이 두 직군의 광팬이었기 때문에 무척 혼란스러웠다.) 그 무엇도 우리를 막을 수 없었다! 만족스러운 커리어, 사랑 넘치는 남편, 귀여운 아이들, 모델하우스 같은 집, 고급 음식, 이국적인 휴가, 이 모든 것을 가질 수 있었다. 그저 학교에 진학해서 좋은 성적을 받고 아주 열심히 일하기만 하면 성공과 부, 행복의 신이 가는 곳마다 우리를 따라와 정신 못 차리게 해줄 것이었다.

　그로부터 수십 년이 지난 지금, 나는 이 모든 게 헛소리라고 말하게 되었다.

당신에게도, 특히 워킹맘에게는 사실 모든 것을 (최소한 동시에는) 가질 수 없다는 슬픈 현실이 그다지 새로운 뉴스가 아닐 것이다. 모든 것을 가질 수 있다면 매일 어린아이들을 데리고 출근해도 환영받을 것이고, 일터에서는 자꾸 아이들과 블록 쌓기 놀이나 요가를 하면서 쉬라고 부추길 것이다. 아, 그리고 낮잠도. 낮잠도 아주 많이 자야 한다. 우리가 질 밖으로 밀어낸 (또는 수술실에서 가른 틈 사이로 끄집어내거나 중국에서 입양해 온) 자그마한 인간은 절대 눈물 콧물 범벅인 채로 우리 다리에 매달려 **엄마, 제발 일하러 가지 마, 엄마, 제발** 하고 애원하며 우리의 가슴과 마지막 남은 멀쩡한 스타킹에 커다란 구멍을 남기지 않을 것이다. 아이들이 좀 더 크면 굳이 허락을 받을 필요도 없이 사무실을 빠져나와 학교 연극을 참관하러 가거나 아이들을 이런저런 병원에 데려다줄 수 있을 것이다. 우리의 첫 번째 일은 언제나 누군가의 엄마 노릇을 하는 것임을 전 세계가 이해하고 존경할 것이며, 우리가 엄마라고 쓰인 모자를 쓸 때마다 모두가 우리 발밑에 머리를 조아릴 것이다. 우리의 유산 수령자들이 좀 더 크면 상사들은 터무니없이 비싼 자동차 보험료와 애들 핸드폰 비용을 내는 데 쓰라고 두둑한 보너스를 챙겨줄 것이다. 남편들은 멋지고 만족스러운 자기 직업이 있지만 식재료 장보기와 집안일을 도맡아 할 것인데, 남편 일보다 우리 일이 훨씬 더 중요하다는 사실을 온 우주가 이해하고 있기 때문이다. 우리는 마땅히 받아야 할 막대한 연봉을 받을 것이고(넉넉

우아하게 나이들 줄 알았더니

한 의복 수당도 포함된다) 페디큐어와 승진 사이에서 선택을 내려야 할은 절대로 없을 것이다.

이럴 때 하는 무슨 말이 있었는데? **아, 맞다. '만약에'와 '하지만'이 사탕과 땅콩이라면 우리 모두 즐거운 크리스마스를 보내게 될 거라고 했지.**

난 내가 엄마인 게 좋다. 하지만 엄마로 살기란 진짜로, 무지막지하게, 극도로 힘들다. 엄마 노릇에 비하면 내가 돈 받고 하는 일은 꽃밭에 누워서 떡 먹기와 다름없다. 그렇다고 애들한테서 도망가기 위해 돈을 벌기로 했다는 뜻은 아닌데(하지만 제발 좀 쉬고 싶어서 '일'을 구실로 사무실에 스스로를 가두고 친구들과 보드 게임을 했던 날들도 있었다), 돈을 벌지 않는 것은 우리 가족에게 가능한 선택지가 아니기 때문이다. 그냥 내가 하려는 말은, 좋아하는 일을 한다는 건 정말 멋진 일이라는 것이다.

우리 아빠는 늘 말씀하셨다. "네가 좋아하는 일을 찾아. 그러면 살면서 일을 단 하루도 안 하게 될 테니까." 물론 아빠의 말은 옳았다. 나는 글 쓰는 일의 모든 면을 사랑하며, 부들부들한 내 표범 무늬 가운을 갈아입을 필요 없이 직접 끓인 라테를 홀짝이며 하루 종일 키보드로 단어를 쪼아대는 일로 생계를 유지할 수 있다는 사실이 이루 말할 수 없는 축복이라고 생각한다. 어쩌다 쌓게 된 커리어가 눈에 보이는 결과물(아이들이 못 보는 곳에 숨길 책들과, 후대를 위해 뜯어내거나 프린트할 수 있는 ~~또한 아이들에게 숨길~~ 잡지 기사와 온라인 게시물)을 내놓는다는 점도 큰 영광이다. 내 직업 선택에 후회는 조금도 없지만, 최근 들어 형편없는 가계 상황과 '버는 것보다 더 많이 쓰고 있음'을 알게 된 사건과 완경 전후에 찾아오는 '이게 전부야?' 싶은 느낌이 합쳐져, 다른 일로 벌어먹어야 한다면 무슨 일을 할 수 있을지 고민해보게 되었다.

한번 모든 가능성을 열어보자. 다리를 지을 수도, 도랑을 팔수도, 벽돌을 쌓을 수도, 개를 훈련시킬 수도, 다른 사람의 생명을 구할 수도 있다. 가르치고, 서빙하고, 말하고, 팔고, 창조하고, 로비하고, 운반하고, 디자인하고, 장식하고, 시체에 방부 처리를 하고, 설계를 할 수도 있다. 썩은 이를 뽑고, 부러진 뼈를 맞추고, 계산을 하고, 직접 개발한 칵테일을 판매할 수도 있다.* 온갖 것을 섞고 굽고 볶을 수도 있고, 어느 정도 능력이 되고 외모도 그럭저럭 괜찮으면 텔레비전 요리 프로그램을 진행할 수도 있다. 하지만 불행히도 나는 이 모든 직업뿐만 아니라 수많은 다른 직업에서 일을 형편없이 못할 게 뻔하다.

알고 보니 나는 못하는 게 더럽게 많은 사람이었다. 겨우 몇미터 앞에서 던진 공도 절대 못 잡는다. 다른 사람의 이름과 얼굴, 마트에서 내 차를 어디에 댔는지 기억하는 일에도 젬병이다. 목소리가 너무 크다는 소리를 자주 듣는 걸 보면 다른 사람들은 있는 것 같은 목소리 음량 조절 기능을 탑재하지 못하고 태어난 게 분명하다. **게다가 눈살을 찌푸리는 사람이 많다는 걸**

---

* 나도 요즘 하나 만들고 있다. 칵테일 이름은 '영양실조에 걸린 암캐'로 할까 생각 중이다. 멋지지 않은가?

우아하게 나이들 줄 알았더니

알면서도 강조하고 싶은 내용이 있으면 대문자를 엄청 써댄다.(보라. 나는 타이핑을 할 때도 시끄럽다) 단어화를 잘하는데, 단어화란 아무 단어나 지어낸다는 뜻의 단어를 내가 지어낸 것이다.(우리 애들은 이어볼earball이라는 단어가 진짜 있는 줄 안다.) 설명서를 읽으면 눈이 슬슬 감겨서 평소에는 설명서를 던져버리고 그냥 마음대로 한다. 수영장에서 수영을 하려면 반드시 익혀야 하는 옆으로 숨쉬기도 못 한다. 정말 짜증나는 일인데, 다른 운동을 하면 다치는 사람에게는 수영이 유일하게 할 수 있는 운동이며, 바로 내가 다른 운동을 하면 **예외 없이** 다치는 사람이기 때문이다. 디즈니랜드에 입장하려고 줄을 서 있을 때 나는 애들만도 못한 인내심을 자랑한다. 그래서 종일 비틀거리는 술 취한 뱃사람처럼 욕을 해대고, 내 남편은 나를 그레이스*라고 부른다. 내게 전혀 없는 것이기 때문이다. 아, 그리고 내 말을 좀 믿어줬으면 하는데, 내가 구운 쿠키와 파이, 케이크보다 더 맛없어 보이는 것은 본 적이 없다. 물론 내가 **겨우 이것만** 못하는 건 아니지만, 어쨌거나 이 정도면 여러분도 내가 커리어를 바꾸는 게 얼마나 어려운 일일지 알게 되었을 것이다.

내가 어떤 다른 일을 할 수 있을 것 같으냐고 조에게 물었다. 조는 한 16년 정도 생각에 잠겼다.

"음, 이건 어때? 앵무새한테 말을 가르치는 거." 마침내 조가 제안했다. "그런 일도 있을까?"

---

* Grace. 사람 이름이면서 동시에 우아하다는 뜻이 있다.—옮긴이

"진심이야? 자기 생각에 내가 잘할 수 있을 것 같은 일이 **앵무새 훈련**밖에 없어?" 내가 물었다.

"아니, 그게 아니고. 자기는 말이 많으니까⋯⋯."

"자기야, 여자들은 대체로 말이 많아. 그럼 여자들이 전부 앵무새 훈련사가 돼야 해?"

"그럴지도." 내 말에 조가 진지하게 대답했다.

"이 세상에 말하는 앵무새가 얼마나 많아야 한다고 생각하는 거야?" 내가 따져 물었다.

"아마 그렇게 많이는 필요 없겠지." 조가 내 말에 동의했다.

친구 타냐에게도 똑같은 질문을 했다. 다행히 타냐는 대답에 영겁의 시간이 걸리지 않았고 **망할 앵무새 훈련사** 얘기도 하지 않았다.

"고급 가구점에서 손님한테 가구를 어디에 놓을지 알려주는 일을 할 수 있을 거야!" 타냐가 흥분해서 소리쳤다.

"그런 일이 있어?" 내가 물었다.

"완전 있지." 타냐가 주장했다. "그런 사람들을 스테이저stager 라고 하는 것 같던데. 예를 들면 다른 사람한테 그 카펫은 이 각도로 두고 이 장식품은 저기 두면 너무 멋질 거라고 말해주는 거야. 네가 정말 잘할 것 같아!"

"그러니까 내가 사람들한테 이래라저래라 하는 걸 잘할 것 같다는 거지?" 내가 물었다.

"바로 그거야! 하지만 진짜로 사려 깊고 창의적으로 이래라저래라 하는 거지." 타냐가 말했다.

같은 질문을 페이스북에도 올려봤지만 친구들의 대답에 우울해질 뿐이었다. 군 훈련 담당 교관.(으윽.) 침례교 목사.(침례교 목사는 분명 술을 못 마실 것이다. 패스.) 스탠드업 코미디언.('싯다운 코미디언' 같은 건 없나? 이름에 '스탠드업'이 들어간 직업은 전부 피곤할 것 같은데.) 섹스토이 가게 주인.(**확실히** 내 이름이 포르노 스타 이름 같긴 하지.) 상담가. 하지만 상담은 진실을 받아들일 수 있는 사람한테만.(**전문적인** 싸가지라. 완벽해!) 트레이더 조의 제품 테스터.(정확히 무슨 일을 하는 직업일까? 레몬 스콘이나 커리 소스, 와사비맛 완두콩 같은 걸 먹어보고 맛있는지 아닌지 사람들한테 말해주는 건가? 전부 다 맛없으면 어떡하지? 내 입엔 전부 맛있는데 다른 사람들 입엔 안 맞으면? 나는 이 압박감을 감당하지 못할 거다.)

기나긴 자기탐구 끝에 내가 약간이라도 성공을 거둘 수 있을 것 같은 유일한 직업은 정리 전문가라는 결론을 내렸다. 자랑하려는 건 아니지만 나는 거의 모든 것을 깔끔하게 정리해낼 수 있기 때문이다. 정리는 내게 그리 힘든 일이 아니다. 실제로 나는 친구들에게 너희 옷장이나 파일 좀 정리하게 해달라고 **애원하는** 애로 유명하다. 하지만 나는 경험을 통해 알고 있다.(여기서 경험이라 함은 집안 전체에 초등학교 2학년 수학 문제 수준의 정리 시스템을 적용해 죽기 일보 직전까지 열심히 정리해놨는데 겨우 며칠 만에 초고속으로 엉망진창이 되는 걸 봤을 때를 의미한다.) 나의 고생스러운 노력은 분명 허무하게 사라지리라는 것을. 말을 깨끗하고 잘 정리된 여물통까지 데려와 줄 순 있다. 하지만 "세크리테어리엇*이 우승을 차지합니다"라고 외쳐보기도 전에 그 더러운 자식은 여물통을 지저분한 진흙투성이로 만들어버릴 것이다.

몇 년 전, 50대에 완전히 새로운 커리어를 시작한 여성들의 이야기를 다룬 기사를 읽은 적이 있다. 자신의 꿈이 의대 졸업임을 깨달은 한 여성은 이 새로운 여정을 시작하게 해준 결정적 순간에 대해 이야기한다. 이제 성인이 된 아들이 그녀에게 무엇이든 할 수 있다면 뭘 하겠냐고 물어봤다고 한다. 그녀는 고민도 하지 않고 바로 의사가 되겠다고 대답했다. 아들이 웃으면서 왜 **지금** 의사가 되면 안 되냐고 물었고, 그녀는 지금 자기가 의대에 들어가면 졸업할 때 쉰두 살이 된다는 점을 지적했다. 그러자 아들이 조심스럽게 말했다. "의대에 안 가도 쉰두 살이 되는 건 마찬가지예요."

생각해볼 만한 이야기 아닌가?

새로운 시도를 방해하는 세상의 온갖 장애물(시간과 돈과 TV 스타 같은 출중한 외모와 더 어리고 똑똑하고 늘씬한 지원자들과의 경쟁)이 사라진다면 나는 하루 종일 무슨 일을 하며 시간을 보내고 싶을까? 온라인 쇼핑몰 열기? 대신 옷을 골라주는 퍼스널 쇼퍼 되기? 엄마 잃은 아기 사자를 건강하게 키우기? **도대체 이게 왜 이렇게 어렵지?**

최근 친구 엘리가 이렇게 선언했다. "나 미용 학교 다닐 거

---

* 트리플크라운을 달성한 미국 최고의 경주마.―옮긴이

야." 엘리는 놀랍도록 재능이 뛰어난 화가이자 음악가, 사진가로 그동안 전 세계를 돌아다니며 일했다. 가난한 예술가의 전형인 엘리는 이제 먹을 것 걱정 없이 따뜻한 곳에서 잠드는 사치를 누리고 싶은 마음에 새 커리어를 찾아 헤매고 있었다. 심리치료사나 고등학교에서 프랑스어를 가르치는 교사, 스쿠버다이빙 강사가 되어볼까 하던 중 결국 헤어 디자이너로 마음을 굳혔다. **이 나이에.**

내가 물었다. "배수구에 뭉쳐 있는 젖은 머리카락도 만질 수 있어?" 구역 반사가 좀 심한 편이긴 하지만, 배수구에서 머리카락을 끄집어내야 할 때 나는 토하지 않으려고 모든 힘을 그러모은다. 그게 내 머리카락이더라도 마찬가지다. 분명 이 문제 때문에 나는 형편없는 헤어 디자이너가 될 거다. 게다가 하루 종일 서 있어야 한다면(그리고 18센티 굽의 스틸레토를 신어야 한다면. 적어도 내가 다니는 미용실을 보면 꼭 그래야 하는 것 같다) 영화 〈아직은 사랑을 몰라요Sixteen Candles〉에 나온 등 교정기를 한 달 동안 차고 있게 될 거다. 게다가 나는 말을 직설적으로 하지 않고는 못 배기기 때문에 이런 상황이 엄청나게 자주 벌어지리라 짐작할 수 있다.

손님: (리즈 위더스푼의 사진을 들고) 이렇게 해주세요.
나: 하하하하하, 누군들 안 그러고 싶겠어요!
손님: (눈물을 흘리며 미용실을 박차고 나간다)
나: 훈련시킬 앵무새 있으신 분?

어떤 면에서는 가르치는 일도 괜찮을 것 같다. 선생님은 말을 **엄청 많이** 하니까. 어쩌면 글쓰기를 가르칠 수 있을 것이다. 아니면 정리나. 아니면 빈정대는 법이나. 그때 대학에서 깨달은 사실이 떠올랐다. 뭔가를 잘한다고 해서 다른 사람한테 그걸 가르치는 것도 잘하는 건 아니라는 사실 말이다. 당시 나는 수학 과목에서 좋은 성적을 내고 있었는데 교수님이 수학 교생 실습을 제안하면서 쉽게 3학점을 딸 수 있다고 장담했다. 내가 생각해도 재미있을 것 같았다.

하지만 현실은 전혀 그렇지 않았다.

나: X 더하기 Y가 Z고, X는 10이고 Z는 15라면 Y는 뭘까?
멍청한 학생들: 알파벳 글자?
나: 너희를 어쩌면 좋니.

또 다른 친구 에이미는 예상치 못한 끔찍한 이혼으로 땡전 하나 없는 무일푼이 되어 다시 일을 구할 수밖에 없게 되었다. 학위도 여러 개인 데다 본 사람 절반은 이거 진짜냐고 물어볼 정도로 이력서가 화려한데도 에이미는 더 어리고 경험 없는 지원자들에게 줄줄이 밀려났다. 지원한 직무에 비해 너무 과분한 인재라는 소리를 몇 개월 내내 들은 끝에(**과분한 인재**는 '훨씬 더 어린 사람을 훨씬 적은 연봉으로 쓸 수 있다'는 말을 정치적으로 올바르게 표현한 말이다) 마침내 에이미는 개인 비서 자리를 구했다. 에이미의 상사는 에이미보다 열 살 어린데, 석유 재

우아하게 나이들 줄 알았더니

벌보다도 돈이 많고(그 돈이 다 어디서 나오는 건지는 아무도 모르기 때문에 어쩌면 **진짜** 석유 재벌일 수도 있다) 에이미가 초미니스커트를 입고 출근하는 걸 좋아한다.

나는 그 새끼 아주 더러운 새끼라고 말했다.

그러자 에이미가 말했다. "만약에 걔가 가운데가 **뻥** 뚫린 가죽바지를 입고 사무실을 껑충껑충 뛰어다니는 대가로 의료보험 혜택을 주겠다고 하면, 한번 생각해볼 거야." 벌이가 영 신통치 않은 게 분명하다.

중년에 커리어의 위기를 겪는 것이 꼭 이런 불가피한 상황 때문만은 아니다. 어떤 사람은 어느 날 아침에 일어나 자신이 지난 20년 동안 전혀 즐겁지도 않고 성취감도 없는 비참한 일을 해왔으며 지금 당장 뭔가를 하지 않는다면 **앞으로** 20년간 계속 이 일을 하게 되리라는 사실을 깨닫는다. 대학을 졸업하자마자 바로 가족의 재무 관리 업무를 맡은 내 친구 윈은 최근에 이런 깨달음을 얻고 곧바로 간호학교에 등록했다. 그 새하얗고 멋진 유니폼을 처음 걸칠 때쯤이면 윈은 50대의 문을 두드릴 것이다. 윈은 이런 생각에 위축된 적이 한 번도 없었을까? "전혀!" 내가 묻자 윈이 소리를 질렀다. 실제로 같은 반 학생 마흔 명 중 최소 서른 명이 우리 나이대거나 **나이가 더 많다**고 했다. "이 나이에 다시 학교에 다니면 뭐가 진짜 좋은지 알아? 이번에는 진짜로 뭔가를 배우고 싶다는 거야." 윈이 덧붙였다. "어떤 남자애랑 섹스할지에만 관심에 쏠려 있는 게 아니고. 물론 그런 것도 없진 않지만."

"그만둘 생각도 해봤어?" 내가 물었다.

윈이 말했다. "이 나이에 뭔가에 열중하는 건 임신하는 거랑 비슷해. 이제 와서 되돌릴 수가 없어. 이 수업을 들으려고 1만 달러를 냈다고! 그리고 졸업할 때 나이가 몇 살인지는 중요하지 않다고 생각해. 샘 월튼은 마흔넷에 처음 월마트를 열었어. 프랭크 매코트Frank McCourt는 60대 후반에 책『앤절라의 재Angela's Ashes』를 썼고. 봐봐, 우리 중에 연금 받을 수 있는 사람이 누가 있니. 은퇴할 수 있을 거라는 생각은 오산이야. 어차피 앞으로 30년에서 40년은 더 일해야 한다면 내가 좋아하는 일을 하는 편이 훨씬 낫다고 생각해."

덴마크의 철학자인 쇠렌 키르케고르는 이렇게 말했다. "삶을 살아가려면 앞으로 나아가야 하지만 삶을 이해하려면 뒤를 돌아봐야 한다." 실례를 무릅쓰고 내가 해석해보자면, 이 말은 **실제로 해보기 전에는 평생 무슨 일을 하며 살고 싶은지 알 수 없다**는 뜻이다. 처음 직업을 고르는 젊고 순진한 시기에는 온 세상이 거대한 메뉴판처럼 보인다. 맛있어 보이는 선택지가 너무 많지만 그중 대부분은 기대를 충족시키지 못한다.(터놓고 얘기해보자. 파리 스타일 스테이크 타르타르는 절인 풀때기를 올린 소의 생살이다.) 예를 들면 스포츠나 모험과 관련된 모든 것을 사랑하는 내 남편*은 오래전에 직접 아웃도어 어드벤처 회사를

---

* 내 전작을 읽은 독자는 내가 결혼한 이 남자가 캠핑을 좋아하며(반면에 나는 **캠핑을 안 하는 것**을 무척이나 좋아한다) 여전히 나한테 동굴 탐험인가 뭔가를 시키려고 노력 중이라는 사실을 기억할지도 모르겠다.

세우겠다고 결심했다. 그렇게 10년이라는 시간을 바쳤고 어느 정도 성공을 거두었다. 그런데 10년 내내 몸이 부서져라 일한 후 남편이 무엇을 깨달았는지 아는가? 책상 앞에 앉아 다른 사람이 즐길 짜릿한 여행을 구상하는 것은 스포츠나 모험과는 너무나도 거리가 멀다는 것이었다.

마침내 회사 문을 닫던 날, 남편은 슬퍼하면서도 기뻐했다. 이제 하루 종일 서류 작업을 안 해도 된다는 사실에 행복했지만 꿈의 죽음을 애도하는 데 여러 달이 걸렸다. 이 꿈 속에서 남편은 열의 넘치는 고객을 데리고 숨이 멎을 듯 아름다운 파키스탄의 산봉우리를 올랐고 알래스카에서 개썰매를 몰았으며 아프리카에서 악어들과 함께 급류타기를 했었다.(《애스크멘AskMen》에 따르면 1년에 약 서른 명이 아프리카에서 급류타기를 하다 '주로 악어 때문에' 목숨을 잃는다고 한다. 그래서 나는 이 꿈이 땅에 묻힌 것을 남편만큼 애통해하지 않았다.)

나처럼 젊은 시절에 운이 트인 사람들은 순전히 우연히 자기가 좋아할 일을 선택한다. 하지만 조 같은 사람들은 그냥 망한 거다. 이들은 학교 공부에 수년을 쏟고 수십 년간 겨우겨우 승진 사다리를 올라 '꿈의 직업'에 도착하지만 결국 그 일이 꿈보다는 악몽에 가깝다는 사실을 깨닫는다. 그러면 그냥 참고 받아들일지, 아니면 얼른 빠져나와 처음부터 다시 시작할지 중에 하나를 골라야 한다. 물론 맨땅에서 시작하는 것은(다시 조직의 말단 사원이 되거나 자식뻘인 상사의 부름에 답하는 것은) 그리 유쾌한 일이 아닐 수 있다. 하지만 나는 유능한 사업가이자 선구적인 코미디언이었던 루실 볼의 말에 동의한다. 그녀는 이렇게 말했다. "하지 않은 일에 후회하느니 해보고 후회하는 게 낫다."

그러므로 나는 글 쓰는 일이 잘 안 풀리면 다른 일을 개척할 것이다. 앵무새 훈련사가 필요한 분은 제게 연락 주시길.

얼마나 피곤한지 설명하는 것도 지친다

어렸을 적 양가 할머니 할아버지가 다 근처에 사셔서* 우리 어
린애들은 가끔 할머니네 댁에 가서 자고 오곤 했다.(우리가 불
쑥 들어올 걱정 없이 엄마 아빠가 술 마시고 섹스하기 위해서였
던 것 같은데, 괜찮다면 이 이야기는 여기까지만 하겠다.) 외갓
집에는 평범한 킹사이즈 침대가 있었던 반면 친가 쪽 할머니 할
아버지는 멀찍이 떨어져 있는 1인용 침대에서 각자 주무셨다.
나는 시트콤 〈왈가닥 루시I Love Lucy〉와 〈딕 반 다이크 쇼The Dick
Van Dyke Show〉의 열혈 시청자였기 때문에** 할머니 할아버지가 침

---

* 할머니 댁이 엄마 쪽과 아빠 쪽 딱 두 곳만 있었던 오래전의 이야기다. 그
때는 요즘처럼 끝없는 이혼과 재혼으로 할머니 할아버지가 열세 명씩 있지
않았다.
** 두 시트콤 다 각각 다른 침대에서 자는 커플이 등장한다.—옮긴이

대를 따로 쓰는 게 그렇게 이상해 보이지 않았다. 게다가 친할머니가 수면에 큰 문제를 겪고 있다는 것을 모두가 알았다. 할머니는 잠옷을 입은 어린 우리들을 접이식 침대 안으로 밀어 넣으며 만약 우리가 밤중에 작디작은 소음이라도 내면 잠시나마 눈을 붙여보겠다는 할머니의 꿈이 산산조각 날 것이며, 그러면 잠이 달아나버린 할머니가 뜨개질바늘로 우리를 찔러 죽일 수밖에 없다는 점을 분명히 했다. 아, 할머니가 **정확히** 이렇게 말한 건 아니었지만 할머니의 말 속에는 틀림없이 위협의 기미가 있었다.

(실제 이야기: 친할머니 댁 화장실에 걸려 있던 액자에는 이런 따뜻한 글귀가 적혀 있었다. '죽음이 드리운 골짜기를 거닐지라도 나는 악마를 두려워하지 않을 것이니, 그 골짜기에서 가장 비열한 개자식이 바로 나이기 때문이다.' 맞다, 이 품격 있는 내용의 그림이 **우리 할머니네 화장실에** 걸려 있었다. 가득 찬 방광이나 장을 비우러 갈 때마다 우리 아이들은 마음을 고양시키는 이 지혜를 곱씹을 수 있었다. 거짓말 같겠지만 엄연한 사실이다. 어쨌거나 이 이야기가 여러분에게 많은 것을 말해주리라 생각한다.)

그때 나는 할머니가 이렇게 잠에 예민한 것이 할머니들 특유의 별난 행동 중 하나인 줄 알았다. 자꾸 우리 볼을 꼬집고 토마토 스튜를 끓이고 내가 할머니네 집에 들어가자마자 내 앞머리에 핀을 꽂아버리는 것처럼 말이다. 하지만 최근 나는 내가 태어났을 때 할머니 나이가 지금 내 나이보다 그리 많지 않다는 사

우아하게 나이들 줄 알았더니

실을 깨달았다. 할머니는 한밤중의 소리에 지나치게 예민하거나 수면 장애가 있는 괴짜가 아니었다. 할머니는 그저 중년의, 호르몬의 영향을 받는, 지친, 남편이 코를 고는, 그리고 어쩌면 밤새 잘 자고 나서 눈 밑에 커다란 다크서클 없이 상쾌하고 푹신 느낌으로 깨어날 수 있을지도 모른다는 환상을 매일 품고 살았던 사람일 뿐이었다. 할머니는 바로 나였다.

인정하긴 정말 싫지만 요즘 나는 만나는 거의 모든 사람과 이런 대화를 나눈다.

내가 만난 사람: 제나, 안녕! 요즘 어때?
나: 아이고, **피곤해 죽겠어.** 너는 잘 지내?

내가 피곤한 데에는 수백만 가지의 이유가 있다. 나는 애를 키운다. 개와 고양이도 키운다. 내 뇌는 쉬질 않고 돌아간다. 나는 정리 강박이 있는 결벽증 환자라서 다른 사람이 늘어져 있거나 재미난 텔레비전 프로그램을 보거나 책을 읽는 조용한 저녁 시간에* 냉장고 채소 칸을 벅벅 닦거나 모노폴리 카드가 박스 안에서 전부 같은 방향으로 누워 있도록 정리한다. 내 남편은 코를 곤다. 우리 이웃들은 자주 큰 소리로 싸운다. 신이 만든 새 중 가장 듣기 싫은 소리로 우는 새의 둥지가 내 침실 창문에서 1미터 떨어진 곳에 있으며, 짹짹대는 그 후레자식들은 예의

---

* 여기서 '다른 사람'은 '우리 남편'을 뜻한다.

나 시간은 아랑곳 않고 해가 질 때부터 뜰 때까지 떼로 모여 힘차게 노래를 불러댄다.

건강 전문 잡지나 웹사이트는 갑상선이나 중년에 분비되는 호르몬, 불충분한 운동/수분/채소 섭취, 지나친 스트레스/카페인/알코올 섭취, 또는 너무 적은 마사지가 문제의 원인일 수 있다고 말한다. 그래, 알았다. 마사지 얘기는 내가 넣은 거다. 하지만 솔직히, 밤새도록 이리 뒤척이고 저리 뒤척이다가 한 시간 동안 나를 만져달라고 75달러를 낸 후에야 15분간 기절해서 꿀잠을 자는 사람이 분명 나뿐만은 아닐 것이다. 마사지에는 확실히 뭔가가 있다.

침대와 침구를 좋은 걸로 (두 번) 바꿔보기도 했다. 내가 혼수상태의 나무늘보처럼 잠들었던* 안락한 호텔 침대를 정확히 재현하면 나도 매일 곤히 잠들 수 있을 거란 생각에서였다. 하지만 우아한 침구를 갖춘 호화롭고 값비싼 내 침대 위에 누우면 곤히 잠들기는커녕 앞으로 몇 년을 더 죽도록 일해야 이 침대 값을 다 갚을 수 있을지 계산하게 될 뿐이다.

누군가는 이렇게 생각할지 모른다. **약을 먹어봐요.** 대단히 죄송하지만, 내가 바보 천치인 줄 아십니까? 잠드는 데 조금이라도 도움이 된다고 알려진 제품은 전부 먹어보고 마셔보고 피

---

* 이제 '아기처럼 잔다'라는 표현은 다들 그만 쓰기로 하자. 만취 상태로 쓰러져 오줌을 싸고 소리를 지르고 별 이유도 없이 30분에 한 번씩 발작적으로 울다가 매트리스와 침대 헤드 사이에 사지 중 하나가 끼인 채로 깨어나는 걸 말하고 싶은 게 아니라면.

우아하게 나이들 줄 알았더니

워보았다.* 수면제인 루네스타와 소나타, 앰비언, 감기약인 나이퀼, 멜라토닌, 수면유도제인 유니솜과 소미넥스, 심신안정제인 레스큐레미디, 카모마일 티, 잭다니엘 5분의 1병, 두툼하게 만 대마 중 그 무엇도 내게 잠이라는 더없는 축복을 내려주지 못했다. 음, 대마는 예외긴 하지만, 나는 마약중독자가 될 재목은 아닌 듯하다. 냄새도 맛도 별로고, 도덕적으로 뭐라 판단하려는 건 아니지만 밤마다 대마를 피우는 게 우리 딸들에게 그리 훌륭한 모범이 될 것 같진 않다.("자, 얘들아, 엄마는 이제 약 쫌만 빨고 자러 갈 거야. 너네는 꼭 이를 구석구석 잘 닦아야 한다, 알았지? 그리고 잊지 마, 누가 같이 약 하자고 하면 그냥 싫다고 말해!")**

여담으로 수면제 얘기 좀 하겠다. 뉴욕 주지사 앤드루 쿠오모의 전 부인이자 로버트 케네디와 에설 케네디 부부의 딸로 살짝 유명한 케리 케네디가 꼭두새벽에 자기 차 핸들 위에 쓰러져 있다가 발견된 후 음주운전 혐의로 체포됐던 사건 기억하는가? 알고 보니 그 사고는 '수면제 앰비언으로 인한 수면 운전' 때문에 발생한 것으로, 사람들이 자기도 모르게 **차에 타서 잠든 채로**

---

* 대마는 딱 한 번 피워봤다. 지기 말리 콘서트에 가기 전이었다. 나는 쓰러져 잠들었고 결국 콘서트에 가지 못했다. 요즘도 남편은 약에 너무 취해서 **지기 말리 콘서트**에 못 갔다고 말할 수 있는 사람은 나밖에 없을 거라며 낄낄댄다.

** '그냥 싫다고 말해Just say no to drugs'는 미국에서 벌인 마약 반대 캠페인 문구다.—옮긴이

운전하고 기억도 못 하는 것은 수면제의 흔한 부작용이라고 한다. 말도 안 되는 거짓말 같지만 나는 이게 사실이라는 걸 안다. 내 친구 애나에게도 비슷한 일이 벌어졌기 때문이다.

그렇다고 애나가 자면서 차를 몬 것은 아니다. 하지만 앰비언을 한 알 삼킨 애나는 자기가 뭘 하는지 전혀 모르는 채로 컴퓨터 앞으로 뚜벅뚜벅 걸어가 얼마 전에 만난 귀요미에게 페이스북 메시지를 보내 데이트를 신청했다.(다행히 그때 애나는 싱글이었다.) 이게 끝이 아니다. 애나는 펜과 종이를 찾아(다시 한번 말하지만 애나는 그때 세상모르고 잠들어 있었다) 그 귀요미에게 멋들어진 손편지를 썼고(물론 그를 향한 열렬한 욕망을 편지에 담았다), 주소를 쓰고 우표를 붙이고 신중하게 우체통에 넣은 다음 다시 잠자리에 들었다.

자기가 남몰래 좋아하던 남자가 전화를 해서 자기가 쓰거나 보낸 기억이 없는 뜨거운 편지에 대해 고맙다고 말했을 때 애나가 얼마나 놀랐을지 한번 생각해보라.

애나가 말했다. "몇 번이나 나한테 보여주겠다고 하더라고. 그냥 안 보는 게 좋겠다고 했지." 지금 둘은 친구 사이다. 한 사람이 다른 사람의 굴욕적인 약점을 잡고 있을 때 흔히 일어나는 일이다.

어쨌거나 내게 앰비언은 필요 없다. 잠드는 건 큰 문제가 아니기 때문이다. 나는 약물의 도움을 받지 않고도 큰 스트레스 없이 곧잘 잠든다. 하지만 사랑하는 남편이 코를 골거나 1킬로미터 밖에서 구급차 소리가 들려오거나 도끼 살인마가 등장하는 평범한 악몽을 꾸거나 친구에게 생일 축하 카드를 보내는 걸 깜박한 게 기억나거나 우리 고양이 중 한 마리가 '너를 위해 도마뱀을 잡았다옹 내가 너를 몹시 사랑하게 때문이다옹 이 머리 없는 동물 내장을 어디다 놔두면 좋겠느냐옹' 하고 낮고 긴 울음소리를 내서 잠에서 깬 후에는 밤새도록 다시 잠들지 못한다. 아침에 일어나 불평을 하면 남편은 늘 똑같은 소리를 한다.

"왜 나 안 깨웠어?" 물론 왜 섹스하자고 안 했냐는 뜻이다. **남편은** 별문제 없이 잠들고 잠든 후에는 쭉 잘 자는 사람이기 때문이다.

나는 이렇게 말한다. "당신이 깼다고 한밤중에 나까지 깨우면 **죽여버릴 거야.**"

"나는 당신하고 다르다고 몇 번을 말해야 해?" 남편이 한숨을 쉬며 말한다. "다시 한번 말해줄게. 당신은 **평생 언제든 하룻밤에 몇 번씩** 날 깨워도 돼. 그게 섹스하자는 뜻이라면 말이지."

차라리 그냥 자고 싶다면 내가 나쁜 걸까?

적어도 이런 사람이 나 혼자만은 아니다. 미국수면재단의 연구에 따르면 응답자의 절반 이상이 짜릿한 섹스보다는 밤새 잘 자는 것을 택하겠다고 답했다.(10년 전, 달아오르기엔 너무 피곤하다고 답한 비율은 겨우 31퍼센트였다.) 또한 같은 연구에서 응답자의 61퍼센트가 언제나 우리 곁에 있는 핸드폰이 문제의 큰 원인임을 인정했다. 나도 동의한다. 나 또한 잠 못 들던 어느 날 밤 아이퍼니 앱에서 찾은 웃긴 만화를 친구에게 보낸 적이 있기 때문이다.

친구에게서 곧장 답장이 왔다. 하하하, 그런데 새벽 세 시 반에 이게 무슨 짓거리야?

깜짝 놀란 내가 다시 메시지를 보냈다. 잠이 안 와. 너는 왜 깨어 있어?

나 안 깨어 있었거든! 친구가 대문자 메시지로 내게 고함을 쳤다. **나도 같이 망하게 해줘서 정말 고맙다.**

분노한 나는 아이폰 키보드를 이 모양으로 디자인한 개자식을 저주하면서 손가락 두 개로 코딱지만 한 스크린을 두들겼다. **좋은 생각이 하나 있는데, 염병할 알림 소리를 꺼두라고!**

친구는 도저히 책에 쓸 수 없는 내용의 메시지를 보내왔다.

그러니까 네가 밤새 알림 소리를 켜둔다는 걸 모른 내가 나쁜 년이라는 거야? 나는 물러설 생각이 없었다. 게다가 정신도 말똥말똥했고 달리 할 일도 없었다.

하지만 친구는 다시 잠든 게 분명했다. 운 좋은 년 같으니.

어쩌면 피로감이 새로 등장한 전 세계적 유행병일지도 모르겠다는 생각이 들기 시작했다. 먼 옛날 있었던 성홍열이나 흑사병, 메뚜기 떼처럼 말이다. 내가 아는 거의 모든 사람이 에너지가 바닥난 상태다. 친구 미셸은 자신이 만성피로증후군을 앓고 있다고 확신했다. 자신이 만성적으로 피곤하다는 충격적인 깨달음을 얻은 후 내린 자가 진단이었다. 미셸은 전날 밤 몇 시간을 잤든 간에 언제 어디서나 잠들 수 있다고 했고 푹 쉰 느낌도 전혀 안 난다고 했다. 미셸의 담당의는 아픈 비타민 B 주사를 주기적으로 맞고 매일 영양 보조제를 한 사발씩 털어 넣으라고

우아하게 나이들 줄 알았더니

권했다.

"차이가 느껴져?" 몇 주가 지났을 무렵 내가 물었다.

"오줌이 형광색이 됐어." 미셸이 하품을 하며 대답했다.

이런 피로감은 우리에게 나쁜 영향을 미친다. 먼저 수면 부족은 심장마비에서 고혈압, 뇌졸중, 당뇨병에 이르기까지 다양한 질병을 유발하는 것으로 알려져 있다.(물론 스트레스도 마찬가지다. 그러니 잠을 엉망으로 자는 독자들도 너무 충격받지 마시라.) 또한 수면 부족은 비판적 사고와 운동 협응 능력을 손상시키고 엑슨 발데스호 기름 유출 사고와 체르노빌 원전 사고, 스리마일섬 원전 사고 같은 대형 사건과도 연관이 있다. 걱정스럽긴 하지만 솔직히 말하면 이 정보 덕분에 내가 매일 아침 멍한 상태로 우유를 식탁 여기저기에 흘리는 게 그리 나쁘지 않게 느껴진다.

요즘 거울 속 모습이 영 마음에 안 드는가? 자꾸 도망가는 잠귀신 탓이다. 우리가 꿈나라를 평화롭게 떠다녀야 하는 바로 그 시간은 본래 세포가 회복하는 시간이다. 그러므로 충분한 수면을 취하지 못하면 칙칙하고 푸석푸석한 피부와 눈동자 주위에 마치 후광처럼 터진 실핏줄을 얻게 된다. 불면이 만성이 되었다면 뷰티 슬립*은 잊어라. 약물의 힘을 빌린 뷰티 코마 정도는 되어야 도움이 된다.

하지만 우리는 자신의 가장 혹독한 비평가 아닌가? 내 말은,

---

* 젊고 아름다워 보이게 해주는 충분한 수면.—옮긴이

다른 사람은 우리의 늘어진 피부와 퉁퉁 붓고 실핏줄 터진 눈을 알아채지도 못하지 않을까? 사실 다 안다. 스웨덴에서 있었던 한 흥미로운 실험에서 연구자들은 참가자들이 여덟 시간 숙면을 취한 다음 사진을 한 번 찍고 다섯 시간만 잔 다음에 또 한 번 사진을 찍었다. 그리고 관찰자 집단에게 참가자들이 각 사진에서 얼마나 건강하고 매력적으로 보이는지 점수를 매겨달라고 했다. 그 결과 졸린 상태에서 찍은 사진이 거의 모든 긍정적인 문항에서 매우 낮은 점수를 받았다. 무슨 뜻인지 이해했는가? 수면 시간이 겨우 세 시간 줄어들자 사람들이 처음 보는 낯선 이에게 아프고 못생겨 보인다는 딱지를 붙인 것이다.

지금쯤 여러분은 크게 낙담했을 것이다. 하지만 더 나쁜 게 기다리고 있다. 평소에 피곤하고 최근 원치 않게 몸무게가 늘고 있다면 그건 우연이 아니다. 우리 몸은 원래 피로하면 대량의 음식을 먹을 때 나타나는 쾌락 반응을 갈구하게 되어 있다.(아마 이건 진화상의 보호 조치 중 하나일 것이다. 신경계는 우리가 정신 못 차리게 피곤한 건 호랑이 떼에게 쫓기고 있어서이며 그러므로 빨리 뭔가를 먹어서 도망칠 에너지를 비축해야 한다고 생각한다!) 동시에 우리가 휴식을 충분히 취하지 못할 때 나오는 스트레스 호르몬은 췌장이 인슐린을 마구 분비하게 만드는데, 이 인슐린은 지방 저장 호르몬이라는 가혹한 별명을 갖고 있다. 즉, 엉덩이가 무거울 정도로 피곤할 때 실제로 우리는 엉덩이가 지방을 더 많이 축적해서 더욱더 무거워지도록 부추기고 있는 것이다. 이런 아이러니가 또 없다.

우아하게 나이들 줄 알았더니

분명 해결 방법이 있을 거야. 내 친구 구글에게 항의해봤다.

한번 검색해봐. 구글이 말했다.

그래서 온라인으로 '확실한 불면증 해결법'을 (50억 번째인가 60억 번째로) 검색해보았다. 이제 이런 것 하나쯤은 있어야 하는 것 아닌가. 사람들은 자기 인생을 바쳐 온갖 사소하고 끈질긴 문제들을 해결한다. 지난 한 해 동안 과학자들은 눈이 멀고 간질에 걸린 쥐들을 치료했고 줄기 세포로 치아를 만들어냈으며 침팬지가 인간처럼 그저 재미로 퍼즐을 맞춘다는 사실을 발견했다. 원래는 쉬워야 하지만 절망적이게도 종종 너무 어려운 일들을 우리 모두가 해낼 수 있도록 도와주는 알약이나 물약을 분명히 누군가는 개발하고 있었을 것이다. 겨울잠 자는 곰이 되고 싶다는 말이 아니다. 그저 빠르고 평화롭게 무의식에 빠져들어 일곱에서 여덟 시간가량 깨지 않고 머물다 상쾌하고 활기차게 일어나고 싶다는 것이다. 이게 너무 지나친 부탁이니, 구글?

나는 검색하고 또 검색했고, 심지어 한밤중에 중대한 발견이 있었는데 내 알람시계 숫자가 깜박거리는 걸 가만히 쳐다보느라 너무 바빠서 그 중요한 소식을 놓칠까 봐 구글에 알림 설정도 해두었다. 하지만 내가 찾은 대부분의 정보는 "수면 시간을 늘리세요"처럼, 말한 사람의 식도를 한 대 치고 싶어지게 만드는 조언과 거의 다를 게 없다. 수면 전문가들이 제안하는 몇 가지 방법은 다음과 같다.

눕기 직전에 술을 마시지 말 것. 술을 얼마나 일찍 마셔야 잠드는 데 도움이 될지는 잘 모르겠지만, 어쨌거나 한번 시도해볼 의사는 있다.

스트레스를 줄일 것. 맙소사, 내가 왜 이걸 진작 생각 못 했지? 바로 일을 그만두고 은퇴 이후 어떻게 먹고 살지 고민하는 것도 때려치우고 애들을 입양 보내야겠다. 생각만으로도 벌써 잠이 오는 것 같네.

암막 블라인드를 살 것. 나는 매일 해가 뜨기 훨씬 전에 일어나기 때문에 이렇게 하는 게 얼마나 도움이 될지는 잘 모르겠다. 하지만 인테리어를 바꿀 핑계는 언제든 환영이므로(건강과 아름다움을 위해서라면 더욱더) 멋진 새 창문 장식을 찾기 위해 즉시 온라인 쇼핑몰 오버스탁닷컴Overstock.com을 뒤지기 시작하겠다고 맹세한다.

적어도 취침 시간 세 시간 전에는 운동을 하지 말 것. 뭐, 꼭 그래야 한다면야.

잠자리에 들기 전에 적당한 간식을 먹을 것. 잠들기 한두 시간 전에 탄수화물과 단백질을 포함한 소량의 음식을 먹으면 뇌에서 마음을 차분하게 해주는 신경전달물질인 세로토닌을 분비한다고 한다. 상당히 과학적인 얘기로 들리고 나는 침대에서 그릴드 치즈 샌드위치 먹는 걸 좋아하므로 이건 무슨 일이 있어도 꼭 해볼 작정이다.

하지만 너무 많이 먹진 말 것. 한편 전문가들은 위에 음식이 **너무 많이** 들어 있으면 쉽게 잠들지 못한다고 말한다. 이 바보들은 추수감사절 만찬을 네 접시 가득 담아 먹고 디저트도 입에 잔뜩 집어넣은 다음 만족스러운 코마 상태에 빠지는 것이 얼마나 즐거운 일인지를 모르는 게 틀림없다. **여러분, 이 조언은 무시하세요**. 숙면을 위해 잔뜩 먹읍시다!

낮잠을 너무 많이 자지 말 것. 하하하하하하. 아니, 내가 네 살인 줄 아나? 내가 마지막으로 낮잠을 잔 것은 5년 전으로, 지독한 장염에 걸려 화장실 바닥에서 밤을 홀딱 샌 다음 날이었다. 하지만 좋은 정보 감사합니다. 이런 좋은 지식은 의대에서 배우셨나요?

시계를 끌 것. 완전히 터무니없는 얘기다. 내가 시계를 끄면, 밤이 얼마나 늦었는지는 **도대체** 어떻게 알 수 있으며 **지금 즉시** 잠들 경우(물론 못 그러겠지만) 렘수면을 얼마나 할 수 있을지는 또 어떻게 계산한단 말인가? 핸드폰으로 볼 수 있을지도 모르겠다. 나는 항상 베개 밑에 핸드폰을 두고 자기 때문이다. 물론 **벨소리는 끄고**.

베개 밑에 핸드폰을 두고 자지 말 것. 이런 젠장.

자기 전에는 밝은 빛을 피할 것. 그러니까, 밤에도 집에 있는 등을 환히 켜두면 안 된다고? 그게 자기 전에 마음을 안정시키는 의례 같은 거라고? 이젠 저녁 먹고 커피도 마시지 말라고 하겠네!

카페인을 제한할 것. 바로 위에 있는 '자기 전에는 밝은 빛을 피할 것'을 참조.

좋은 '수면 위생'을 실천할 것. '더러운 상태로 잠들지 말라'는 소리처럼 들리지만 주말이나 휴가 때에도 평소와 똑같은 취침 시간을 고수하라는 뜻이다. 이 사실을 알리게 되어 무척 기쁜

데, 내 불면증엔 달력이 따로 없어서 이 조언은 이미 잘 지키고 있다! 예이!

　　내려놓을 것. 실제 전문가의 조언은 아니지만 솔직히 이게 우리가 할 수 있는 거의 전부다. 잠은 죽으면 쭉 잘 수 있다. 그렇다면 다음번에 알람시계를 멍하니 바라보며 숫자가 언제 바뀔지를 **정확히** 맞힐 수 있나 없나 보고 있을 때 옆에 자고 있는 사람에게 굴러가서 한밤중의 작은 깜짝 선물을 선사해주는 건 어떨까? 그 후에 즉시 곯아떨어질지 아닐지는 알 수 없지만 다음 날 **부탁하지도 않았는데** 쓰레기통이 비워져 있으리라는 데 내 50달러를 건다. 한번 해볼 만한 일이다.

제발 황소랑 달리라고 하지 말아줘

거짓말이 아니라 진짜로 나는 한두 해 전까지 '버킷리스트'라는 말을 들어본 적이 없었다. 그러다 갑자기 핀터레스트 어디에서나 이 단어가 보이기 시작했고, 그게 어마무시하게 원대한 하고 싶은 일 목록이라는 건 알았지만 여전히 버킷리스트라는 단어는 날 혼란스럽게 했다. 킬리만자로를 오르고 중국어를 배우는 게 걸레로 바닥을 닦거나 소젖을 짜는 거랑 무슨 관련이 있지?* 그래서 구글에 **버킷리스트**를 검색해보았고, 걸출한 로브 라이너가 감독하고 비할 데 없이 멋진 듀오 잭 니컬슨과 모건 프리먼이 출연한 동명의 영화가 있다는 것을 알게 되었다. 이 영화에서 (내가 안 본 영화 같기는 한데 어쨌든 나는 크레디트가 다 올라

---

* 버킷bucket에는 양동이라는 뜻이 있다.─옮긴이

가기도 전에 내용을 전부 까먹는 사람이므로 혹시 내가 잘못 설명한다 해도 너무 뭐라 하진 말아달라) 시한부 선고를 받은 두 주인공은 병원에서 서로를 만난다. 그리고 죽기 전에, 즉 다른 말로 표현하면 양동이를 걷어차기 전에* 하고 싶은 일들을 리스트로 만들어 시끌벅적한 로드트립을 떠난다.

이제 버킷리스트라는 단어는 이해가 됐다. 하지만 나는 이상한 데 집착하는 성미가 있어서 '양동이를 걷어차다'라는 표현 자체에 대해 생각해보기 시작했고(죽는 거랑 양동이랑 무슨 상관이지?) 계속해서 인터넷을 뒤졌다. 이 표현의 유래에는 두 가지 설이 있는 것으로 보인다. 가장 유력한 설은 이 말이 목을 매달아 죽는 행동에서 나왔다고 본다. 죽고 싶은 사람들이 밧줄에 목을 걸려고 양동이 위에 올라선 다음 말 그대로 '양동이를 걷어차서' 임무를 완수한다는 것이다. 하지만 나는 이 설명이 미심쩍다. 목매 죽고 싶다는 충동이 일 때 주변에 커다랗고 견고하고 텅 빈 양동이가 굴러다닐 사람이 몇 명이나 있겠냐 말이다. 하나 찾기도 힘들지 않을까? 만약 내가 이런 섬뜩한 방법으로 죽고 싶다면 창고로 나가서 양동이를 찾아 그 안에 든 잡동사니를 전부 꺼낸 다음 이 망할 양동이가 밟고 올라서자마자 찌그러지지 않기만을 바라느니 그냥 의자나 사다리를 이용할 것이다. 이 목적에서라면 양동이보다 나은 게 많다. 튼튼한 나무 상자라든지 작은 의자라든지, 아니면 협탁도 양동이보다 훨씬 낫다. 하

* '양동이를 걷어차다kick the bucket'에는 죽는다는 뜻이 있다.—옮긴이

　　　　　　　　　우아하게 나이들 줄 알았더니

지만 '쌓아서 보관할 수 있는 에어로빅 스텝박스를 걷어차다'라는 말은 영 느낌이 안 살 것 같긴 하다.

두 번째 설은 이 표현이 도축할 때 동물을 거꾸로 매다는 나무 들보(이것도 이름이 버킷이다)와 관련이 있다고 본다. 머릿속에 믿을 수 없이 생생하게 그려지는 이 장면에서 죽음을 앞둔 절박한 동물들은 '버킷에 발길질'을 해보지만 결국 모두 목숨을 빼앗기고 만다. 어떻게 이 표현이 티핑포인트를 넘어 널리 쓰이는 말이 되었는지는 도저히 모르겠다. "이봐, 보비, 저 자식이 버킷 걷어차는 거 봤어? **나는** 버킷을 걷어찰 일이 절대 없었으면 좋겠네. 뭔 말인지 알지?"

어쨌든 이 표현은 어딘가에서 나타났고, (인터넷, 특히 핀터레스트처럼 시간낭비하기 딱 좋은 사이트들 덕분에) 이제 모두가 버킷리스트의 뜻을 안다. 내가 아는 많은 사람들도 버킷리스트를 갖고 있다. 이렇게 말하려니 끔찍한 게으름뱅이가 된 느낌이지만, 나는 버킷리스트가 없다. 아마 그건 간접적으로라도 내 죽음을 떠올리고 싶지 않아서일 텐데, 그러므로 만약 내가 버킷리스트를 만든다면 그 리스트는 지루할 정도로 짧을 것이다. '죽지 않기. 끝.'

언젠가는 죽게 될 운명을 부정하고 싶은 것과는 별개로, 나는 리스트를 열심히 지키는 사람이기도 하다. 그래서 리스트에 뭔가를 적으면 반드시 그걸 해내야 한다는 생각에 마음이 불편해진다. 만약 내가 하고 싶은 일들을 리스트로 만들면서 충동적으로 '마라톤 참가하기'를 넣었다고 해보자. 나는 달리기 연습을 하지 않은 날마다 죄책감에 시달릴 것이고, 그건 결국 매일 그럴 거라는 뜻인데, 나는 달리기를 싫어하고 발도 상태가 안 좋고 심지어 허리는 더 안 좋기 때문이며, 게다가 음악 없이는 달릴 수 없는데 아이팟 충전기 **또는** 무선 이어폰이 어디 있는지를 도저히 모르겠고, 아니 도대체 일주일에 수십 킬로미터를 달릴 시간이 어디에 있으며, 에 또, 내가 달리기를 싫어한다는 얘기를 했던가?

하지만 인생이 완전히 절판되기 전에 하고 싶은 일들의 목록을 매우 구체적으로 작성하는 건 중년의 통과의례 중 하나다. 그리고 사람들은 자기가 만든 목록을 인터넷에 올린다. 모두가 볼 수 있도록, 지구에 사는 모든 사람이 자신에게 책임을 물을 수 있도록 말이다. 핀터레스트 스타일의 리스트는 보통 짧고 귀엽다.(러시모어산 오르기, 할리우드 사인 아래 서보기, 브로드웨이 뮤지컬 보기.) 하지만 블로그에서 버킷리스트를 찾아보면 사람들이 이 리스트에 얼마나 푹 빠져 있는지 보고도 믿지 못할 것이다. 내가 본 한 블로거는 항목이 무려 50개였다. 50개라니! 물론 그중에는 몇 분 안에 완수할 수 있는 것들도 있었다.(예를 들면 캐비어 먹기, 모르는 사람에게 식사 대접하기.) 하지만 목록의 최소 3분의 1은(새로운 언어 배워서 유창하게 말하기, 영화 대본 쓰기, 티셔츠들을 디자인해서 판매하기) 해내려면 몇 달, 심지어 몇 년이 필요한 것들이었다. 이 남자는 자기에게 이걸 다 지킬 시간이 있는지 어떻게 알까? 당장 내일 죽으면 자신의 실패가 조목조목 적힌 목록이 남게 된다는 걸 아는 건가? 이

우아하게 나이들 줄 알았더니

것만으로는 충분치 않았는지, 이 자식은 대담하게도 **변화 일으키기**를 버킷리스트에 넣었다! 아니, 그 항목에 언제 줄을 그어도 될지를 어떻게 안단 말인가?

"가만 보자, 지난달에는 헬리콥터를 타봤고 저글링하는 걸 배웠지. 오늘은 변화를 일으켰고.(**으쓱대며 각 항목에 줄을 긋는다.**) 이 버킷리스트를 만들길 정말 잘했어!"

사람들의 버킷리스트를 보면 볼수록 그 야심찬 계획에 기가 죽었다. 또 다른 남자의 리스트에는 여행 관련 항목만 100개가 있었는데, 이곳을 다 가려면 돈이 얼마나 들지 계산하며 도대체 무슨 일로 먹고살면 감히 이런 목표를 추구할 수 있는 건지 궁금해하지 않을 수 없었다.(이 남자가 마흔다섯 살이고 일흔다섯 살까지 모험 가득한 여행을 떠날 수 있을 만큼 건강하다고 치자. 그렇다 해도 두바이, 더블린, 남극, 아마존 정글 같은 이국적인 지역을 1년에 세 곳 이상 방문해야 한다.) 또한 이 남자는 뉴질랜드에서 조빙을 하고 싶어 했다.* 나의 꿈은 전신 레이저 제모 시술을 받고 앞마당에 스프링클러를 설치하는 것이다.

나는 버킷리스트가 없는 게 곧 내가 게으르거나 재미없는 사람이라는 뜻인지 궁금했다. 그래서 웬만하면 내가 보편성의 지표로 삼지 않는 남편에게 버킷리스트가 있냐고 물어보았다.

"없는데." 남편이 말했다.

---

* 조빙zorbing은 거대한 투명 공 안에 기어 들어가 언덕 아래로 굴러 떨어지는 오세아니아의 인기 '스포츠'라고 한다. 내가 이걸 하고 싶어 할 일은 절대로 없을 것이다.

"만약에 하나 만들면 뭘 넣고 싶어?" 내가 물었다.

"엄청 많지." 남편이 말했다.

"두 개만 대봐." 내가 다그쳤다.

"마추픽추 오르기랑 카약 타고 채널 제도 일주하기." 남편이 어렵지 않게 대답했다.

"아. 둘 다 내가 별로 안 하고 싶은 거네. 있지, 어떤 사람은 버킷리스트에 '변화 일으키기'를 넣었더라고." 내가 말했다.

"난 그거 매일 하는데. 노란불에서 굳이 지나가지 않고 멈추거든. 그럼 내 뒤에 있는 차도 서야 하잖아? 짠! 변화를 만든 거지." 조가 말했다.

내가 남편을 사랑하는 여러 이유 중 하나가 바로 이거다.

나는 죽기 전에 뭘 **하고** 싶을까? 내게는 어디를 넘거나 오르거나 횡단하고자 하는 열의가 없다. 축제에서 황소 떼에 쫓기거나 대통령과 악수하거나 교황과 같이 사진을 찍고 싶지도 않다. 스카이다이빙, 번지점프, 젤오 젤리 박물관* 가기, 바지 안 입고 지하철 타기(어떤 사람들은 노숙을 시작하기 전에 이 꿈을 꼭 이뤄야 한다고 생각하는 게 분명하다)에도 관심이 없다. 내가 버킷리스트를 만든다면 그 내용은 훨씬 추상적일 것이다.(그리고 솔직히 말하면 훨씬 정적일 것이다.) 훌륭한 아내, 엄마, 친구, 사람 되기. 내 장례식 비용을 낼 수 있을 만큼 돈 벌기, 베스

---

* 정말 이런 게 있다. 뉴욕주 리로이('젤오의 탄생지'로도 알려져 있다)에 있는 이곳의 실제 명칭은 젤오 갤러리다. 세상에는 젤오 갤러리에 가보지 않고 죽기를 원치 않는 사람들이 있다. 정말 아찔하다.

트셀러 순위에 오르기. 플래시몹 참가하기. 죽지 않기.

"어쩌면 네가 근사한 경험을 이미 너무 많이 해봐서 버킷리스트가 필요 없는 게 아닐까." 친구 킴이 말했다. "너는 뉴욕에서도 살아봤고, 프랑스어도 할 줄 알고, 타투도 있고, 헬리콥터도 타봤잖아. 리스트로 만들기 전에 그냥 한 거지. 분명히 너는 죽기 전…… 아니, 언제든 간에 앞으로도 멋진 일들을 많이 해낼 거야."

킴의 말이 맞았다. 나는 부자도 아니고 유명세와도 거리가 멀지만,* 멋들어진 직업도 가져봤고 놀랍도록 아름다운 곳으로 여행도 가봤고 살기 힘들기로 악명 높은 도시에서도 살아봤다.(비록 그런 도시에서 살 때 우리 집 뷰는 대부분 시트콤 〈라번과 셜리Laverne & Shirley〉 스타일의 반지하 뷰와 다름없었지만.) 내가 이미 해본 것과 가본 곳에 대해 생각하면 할수록 새로운 목표로 무엇을 정해야 할지가 점점 명확해졌다. 나는 **거꾸로** 버킷리스트를 만들어야 했다! 미래를 향해 희망과 목표, 꿈을 품는 것도 좋지만 잠시 편하게 기대앉아 내가 이미 성취하고 경험하고 살아남은 많은 ~~정신 나간~~ 일들을 되돌아보는 것도 중요하다. 나 같은 사람에게 이건 정말 완벽한 활동인데, 나는 할 일 목록에 줄을 긋는 걸 **정말정말** 좋아하기 때문이다. 그러니 스스로가 루저/게으름뱅이처럼 느껴지면 거꾸로 버킷리스트를 뽑아서

---

* 가끔 길거리나 코스트코에서 날 알아보는 사람이 **있긴** 하다. 안타깝게도 내 테드 강연이나 책 때문이 아니라 남편과 함께 출연한 집 고치기 프로그램 때문일 때가 많지만.

마지막 하나까지 순서대로 쫙쫙 줄을 그으면 된다. 기막힌 생각 아닌가?

지금까지 내 거꾸로 버킷리스트에는 다음과 같은 신나는, 그리고 개중에는 정신 나간 일들이 들어 있다.

1. 꽁꽁 언 폭포 기어오르기*
2. 수술받거나 죽지 않고 농구공만 한 아기를 두 번이나 질 밖으로 밀어내기
3. '추운 게 지긋지긋하다'는 이유만으로 비행기 편도 티켓을 구매해 미국 동부에서 서부로 혼자 이사하기
4. 돌고래들과 수영하기
5. 엄청나게 무서운 《보그Vogue》 편집장 애나 윈터와 같은 엘리베이터에 타고도 바지에 지리지 않기
6. 능력도 경험도 전무하고 연봉이 얼마인지도 모르는 상태로 《뉴욕New York》 매거진의 전속 기자라는 모두가 탐내는 일자리 수락하기
7. 능력도 경험도 전무하지만 연봉이 얼마인지는 정확히 아는 상태로 인기 있는 FM 라디오 DJ 되기
8. 온 시내를 돌아다니는 버스 뒤에 내 얼굴이 담긴 대형 라디오 광고 포스터 달기

---

* 어딘가를 기어오르고 싶었던 적이 딱 한 번 **있었다**. 하지만 그때 한 번뿐이다.

우아하게 나이들 줄 알았더니

9. 허공에 모유 뿜어내기

10. 코미디언이자 배우, 뮤지션인 폴 라이저에게 내 책 홍보
    해달라고 부탁하기*

11. 골프 클럽으로 유명한 페블비치에서 여름을 보내기 위
    해 골프 공 줍는 알바하기

12. 〈투데이TODAY〉 쇼에서 클로이 카다시안이 내 인터뷰하기

13. 서핑 강습 받기

14. 작가 데이브 배리 인터뷰하기

15. 암스테르담에서 타투하기

16. 한밤중에 바다에서 알몸으로 헤엄치기

17. 좌석이 두 개뿐인 경비행기의 부조종사 되기(알았다, 부
    조종사 자리에 앉기)

18. 유명한 마디 그라 축제를 여러 번 즐기고 그 순간들을 기
    억하기

19. 전국 발매되는 잡지에 '그날 하루 나는 방탕한 여자였다'
    라는 제목과 함께 실릴 풀사이즈 풀컬러 사진을 찍기 위
    해 포즈 취하기

20. 슈퍼마켓에서 모르는 사람 대신 돈 내주기

21. 안네 프랑크가 그 유명한 일기를 쓴 다락방에 서 있기

22. 록펠러 센터에서 스케이트 타기

---

* 정말이다. 편지 복사본이 증거로 남아 있다. 폴 라이저는 답이 없었다. 중
간에 내 편지가 사라진 게 **확실하다**. 폴, 당신을 용서할게요!

23. 렌트한 밴에 고양이 다섯 마리를 싣고 플로리다에서 뉴욕까지 운전하기

24. 상어들과 스쿠버다이빙 하기, 그것도 **일부러**

25. 수동 변속 자동차 몰기

26. 상의를 벗어도 되는 토플리스 해변에 누워 선탠하기

27. 요세미티 국립공원의 눈밭에 누워 팔다리를 위아래로 휘적거리기

28. 고속도로를 따라 안장 없이 말 타기

29. 탁구 이겨보기

30. 텔레비전 프로그램에 출연해 허름한 집을 사서 개조하는 과정을 보여주기

31. 하와이 열대우림에서 하이킹하기

32. 남편을 설득해서 같이 사교댄스 강습 듣기

33. 친구의 터무니없이 고급스러운 맨해튼 펜트하우스에서 일주일 동안 남작부인처럼 살아보기

34. 진짜 맛있는 뇨키 만들기*

35. 댄서가 상의를 탈의하고 악어가 허우적대는 물랭루주에서 벌레스크 쇼 보기

36. 가수 로드 스튜어트와 같은 일등석 칸에 타고 유럽에 가기

37. 파리에서 히치하이킹 하기**

---

* 직접 만들어본 적 없는 사람은 콧방귀 뀌지 마라. 맛있는 뇨키는 만들기 **어려우니까.**

** 나도 안다. 똑똑한 행동이 아니었고, 지금 살아 있는 게 행운이다.

38. 방송국 중역으로 가득찬 방에서 시트콤 〈사인펠드Seinfeld〉의 주인공처럼 엉망진창으로 프로그램 제안하기

39. 정비 구역에서 전미 개조 자동차 경주 대회 관람하기

40. 블루 맨 그룹 공연을 보다가 관객 중에 뽑혀서 공연에 참여하기

41. 성인이 된 후 시작한 테니스에 어느 정도 능숙해지기

42. 아일랜드의 도로에서 '역주행'하기

43. 영화사 미라맥스의 공동 설립자이자 막강한 힘을 가진 프로듀서 하비 와인스틴과 함께 저녁 식사하기

44. 드라마 〈댈러스Dallas〉의 배경이었던 사우스 포크 농장에서 사진 촬영하기

45. 그다지 인기 없는 배우와 데이트하기(궁금하실까 봐 말씀드리면 그 사람은 시트콤 〈패밀리 타이즈Family Ties〉의 스키피 역이었다)

46. 사형 제도에 관해 프랑스어로 토론하기

47. 서인도의 해변에서 새벽 요가하기

48. 소형 트럭 짐칸에 실은 접이식 의자에 앉아 가기*

49. 책 홍보를 위해 욕조 안에서 찍은 영상을 유튜브에 올리기

50. 죽지 않기

어떤가? 변화를 일으키고 싶다던 블로거여, 이게 바로 내가

---

* 나도 안다. 똑똑한 행동이 아니었고, 지금 살아 있는 게 행운이다.

이미 달성한 50개의 (대개는) 멋진 일들이다! 게다가 나는 고작 마흔다섯 살이다. 55년 뒤에는 내 거꾸로 버킷리스트가 얼마나 더 화려할지 한번 상상해보라. 부디 그때 '플래시몹에 참가하기'와 '죽지 않기'가 들어 있기를.

우리 때 음악은 정말 좋았다,
안 그런가?

기도들은 문 앞의 손님이 가게에서 책임감 있게 고주망태가 될 만큼 나이를 먹었는지 확인하기 위해 신분증을 요구한다. 하지만 내 생각에 누군가의 나이를 파악하는 가장 확실한 방법은 그 사람의 아이튠즈 목록을 확인하는 것이다.

(힌트: 만약 당신의 목록이 카펜터스나 칩 트릭, 플릿우드 맥, 사이먼 앤 가펑클, 러시, 비지스의 노래로 가득 차 있다면 빨리 장기 보험에 가입하는 것이 좋다.)

내 맹세하는데, 음악에 관해서라면 나는 언제나 앞서가는 편이었다. 마돈나가 처음으로 우리 동네에 투어를 왔을 때도 그 누구보다 빨리 달려갔다. 물론 내게 있는 것 중 가장 야하고 레이스가 많이 달린 옷에 형광색 액세서리를 주렁주렁 걸치고서.(뜬금없지만 관련이 아예 없지는 않은 얘기인데, 너무 웃긴 작가 켈리 옥스퍼드는 최근 트위터에 이런 트윗을 올렸다. "마돈나는 〈골든 걸스The Golden Girls〉 세 번째 시즌의 블랑슈보다도 나이가 많다." **한번 생각해보라**.)* 또한 내가 아는 모든 사람이 인디고 걸스Indigo Girls와 토드 더 웻 스프로켓Toad the Wet Sprocket에 대해 들어보지도 못했을 때 비싼 돈을 주고 두 그룹의 공연을 보러 가기도 했다. 문제는, 그 공연에서 산 CD 두 장을 (고전의 반열에 오른 〈라이크 어 버진Like a Virgin〉과 함께) 아직도 즐겨 듣는다는 것이다.

그래, 방금 CD라고 했다. 나는 아직도 CD를 수백 장 갖고 있다. 그것들을 CD가 여섯 장이나 들어가는, 한때는 진짜 멋졌던 파이오니아사 CD플레이어에 넣어서 듣는다. 이 플레이어는 내가 고등학교 졸업할 때, 그러니까 1987년에 받은 선물이었다. 나도 이게 거짓말이면 좋겠다.

MP3 플레이어(내가 알기론 아이팟과 똑같은 건데, 혹시 모르니 어디 가서 그렇게 말하진 마시라)와 위성 라디오, 그리고 뭔지는 몰라도 불법 복제와 관련된 뭐시기 등의 편리한 발명품이 등장하면서 음악 산업이 큰 변화를 거쳤다는 건 안다. 하지만 내가 쓰기에는 이 모든 게 너무 복잡하다. 아니 도대체 사람들은 새로운 음악을 어떻게 접하는 걸까? 물론 나도 아이패드에 음악 스트리밍 앱 판도라Pandora를 깔아놨지만 내 '스테이션'에는 내가

---

* 블랑슈는 네 명의 할머니가 주인공인 시트콤 〈골든 걸스〉의 주인공 중 한 명이다.—옮긴이

이미 아는 밴드만 들어 있다. 왜, 스티브 밀러나 CCR, '한때 프린스로 알려졌던 아티스트'로 알려졌지만 다시 그냥 프린스로 돌아온 아티스트 같은 가수들 있지 않은가.* 나는 내 음악 취향이 낡은 게 아니라 **유행을 타지 않는 거**라고 생각하고 싶다. 내 음악들은 날고기를 주렁주렁 붙여 만든 드레스** 옆에 있는 리틀 블랙 드레스다. 마가린 맛의 가짜 버터가 아니라 손으로 휘저어서 만든 부드러운 진짜 버터다.

사실 나도 안다. 내 음악 목록이 구식인 거. 하지만 아이러니하게도 어렸을 적 사랑했던 음악을 듣는 것만큼 다시 어려진 기분을 느낄 수 있는 건 없다. 엘튼 존의 〈Bennie and the Jets〉, 프리의 〈All Right Now〉, 보스턴의 〈Rock and Roll Band〉, 칼리 사이먼의 〈You're So Vain〉, 또는 REO 스피드왜건의 모든 음악이 흘러나오면 나는 어리고 근심 걱정 없고 미래에 대한 희망찬 낙관주의로 가득하고 위험할 정도로 피부를 태우면서도 왜인지 주름 하나 없던 마법 같은 시절로 즉시 공간 이동을 한다. 행복에 겨운 3분에서 5분 동안 내 가장 큰 걱정은 아이섀도를 파란색으로 바를지 분홍색으로 바를지, 다시 잠옷을 입고 학교에 가면 큰일이 날지 안 날지가 된다. 어느샌가 나는 방금 만났지만 지금 당장 키스하고 싶은 남자애와 컨버터블을 타고 달리고

---

* 가수 프린스는 음반사와의 갈등으로 이름을 버리고 '한때 프린스로 알려졌던 아티스트'로 불리기를 원했다가 다시 원래 이름으로 돌아왔다.—옮긴이
** 가수 레이디 가가가 자신의 정치적 입장을 알리기 위해 착용해서 유명해진 드레스.—옮긴이

있고, 한 손에 맥주를 들고 소파 등받이에 올라가 춤을 추고 있다.(비록 나는 맥주를 안 좋아하고 이때부터 10년 동안 그 사실을 깨닫지 못하지만.) 라디오 다이얼을 돌리는 단순하고 무해한 동작만으로 나는 나보다 작은 남자애들의 풋볼 경기를 응원할 수 있고, 지금은 이름도 기억나지 않는 남자애 때문에 10대 시절의 내 방에서 눈이 퉁퉁 붓도록 울 수도 있고, 졸업 무도회에서 나중에 게이로 밝혀진 남자에게 엉덩이를 움켜잡힐 수도 있다. 게다가 환각제도 필요 없다! 생각할수록 정말 멋진 일이다.

증명된 바에 따르면 음악은 공간을 뛰어넘게 해주는 힘이 다른 무엇보다 크다.(냄새에도 그런 힘이 있긴 하지만, 톱밥 냄새가 나는 시디를 사뒀다가 건축업자여서 늘 방금 자른 나무 냄새가 났던 돌아가신 아빠를 떠올리고 싶을 때마다 그 CD를 차에서 들을 수는 없는 일이잖아. 가능만 하다면 꼭 하고 싶지만.) 과학자들은 전전두엽 피질이니 '자서전적 기억에 관한 신경 상관관계'니 하는 복잡한 용어를 들어 설명하길 좋아하지만, 솔직히 나는 **왜** 음악이 옛날을 떠올리게 하는지에는 전혀 관심이 없다. 그냥 음악이 그렇게 해준다는 데 감사할 뿐이다.

왜냐하면, 우리 때 음악은 정말 좋았기 때문이다. 안 그런가? 할머니처럼 보이고 싶진 않지만* 그때 그 시절 음악에는 의미가 깃들어 있었다. 닐 영이 미국의 캄보디아 침공에 항의하다

---

* 사실 완전히 할머니 같겠지만, 그렇다 해도 나는 해골 무늬 옷을 입고 욕을 엄청 많이 하는 멋진 할머니일 것이다.

가 주 방위군에게 사살된 켄트 주립대 학생 네 명에 관한 노래를 부를 때 우리는 눈물을 흘렸고, 돈 매클레인이 버디 홀리의 죽음과 연쇄 살인마 찰스 맨슨, 케네디 대통령 암살 사건에 관해 노래할 때 주먹을 불끈 쥐었다.(이 모든 내용이 전부 노래 한 곡에 들어 있었다!) "레닌이 마르크스를 읽을 때 4인조는 공원에서 연습을 했고 우리는 음악이 죽은 그날 어둠속에서 장송곡을 불렀죠."* 어떤가, 읽는 것만으로도 살짝 눈물이 날 것 같지 않은가? 이 가사를 요즘 노래 가사, 예를 들면 "그래서 나는, 베이비, 베이비, 베이비, 우우"나 "내가 뭐에 씌었는지 모르겠어, 하지만 그게 뭔지 알 것 같아"와 비교해보라. 감정이나 정치적 인식의 깊이가 다르지 않은가? 요즘 우리 애들이 가장 좋아하는 노래, 〈중고 의류매장Thrift Shop〉의 가사를 한번 보자. 이 노래는 "나, 난 사냥 중이야, 득템할 걸 찾고 있지, 이거 ×나 멋져" 같은 사무치게 아름다운 가사로 가득 차 있다.

(세상과 담 쌓고 사느라 아직 이 노래를 안 들어봤다면, 저 부분은 꼭 뚝뚝 끊어지게 불러야 한다. 음절마다 박수를 치듯이 말이다. 트위터에서라면 가사를 이렇게 쓸 것이다. **이. 거. ×. 나. 멋. 져.**)

혹시나 해서 말해두자면 우리 애들은 이 노래를 '클린' 버전으로 듣는다. 클린 버전에서는 편리하게도 f로 시작하는 비속어가 전부 삐 소리로 가려져 있는데(하지만 이 노래에는 f 비속어

---

* 돈 매클레인의 노래 〈American pie〉의 가사다.—옮긴이

말고도 몇 번만 소리 내어 부르면 욕할 때마다 벌금을 넣는 저금통이 대학 전액 장학금이 될 만큼 많은 신성 모독이 들어 있다) 애들은 그 삐 소리가 뭘 의미하는지 잘 안다. 우리는 가격표를 뜯어버린다는 가사에 대해서도 길고 긴 대화를 나누었다.*

나는 애들한테 이 노래를 부른 가수 매클모어Macklemore가 탐날 정도로 멋진 중고 의류의 가격표를 몰래 뜯어서 훔치려고 한 거냐고 물어보았다. 아니면 가격표를 뜯은 건 이 바람직한 젊은이가 상품을** 실제로 구매한 다음에 일어난 일일까?(순수한 우리 애들은 매클모어가 절대 옷을 훔쳤을 리 없다고 확신한다.) 아니 그리고 '득템come-up'은 도대체 뭔지? 인과응보comeuppance 같은 건가? 매클모어 씨, 인과응보는 벌 받는 건데, 왜 벌을 받으려고 중고 의류매장을 샅샅이 뒤졌는지 잘 모르겠네. **가격표를 뜯어서 옷을 왕창 훔칠 계획이 아니었다면 말이지!**

(여러분도 나와 함께 해주시길: 슬픈 듯이 고개를 저으며 체념한 말투로 **"요즘 애들이란"** 하고 읊조린다.)

처음 중년임을 실감한 순간은…
스팅 콘서트에 귀마개를 가져갔을 때. — 앤

---

* 이 노래의 후렴에는 '나 가격표 뜯어버릴 거야'라는 가사가 나온다.—옮긴이
** 가사에서 샀다고 하는 상품으로는 부서진 키보드와 스키트 담요(뭔 소리야), 얼룩말 무늬 플란넬 파자마, 엄청 큰 코트 등이 있다.

우아하게 나이들 줄 알았더니

물론 음악 취향에서 나타나는 세대 차이는 꽤나 악명이 높아서 각 세대는 자신이 어렸을 때 들은 음악이 '최고의' 음악이며 그 이후 만들어진 음악은 순 쓰레기라 믿어 의심치 않는다. 만약 내가 어린 시절 살았던 집(맞다, 오렌지색 포마이카 싱크대와 아보카도 색깔의 털 카펫이 있고 벽에는 우울할 정도로 칙칙한 나무 패널을 붙인 집이다)으로 시간 여행을 떠날 수 있다면 언제든 이런 대화를 듣게 될 것이다.

엄마 아빠: 그 듣기 싫은 염병할 노래 좀 꺼!

나: 워우 워우 워우 워우 워우 워우 워우 워우 워! 우리는 젊어!!!

엄마 아빠: 그 듣기 싫은 염병할 노래 좀 끄라고!

나: 누구도 우리가 **틀렸다고 말할 수 없**— 잠깐, 뭐라고?

엄마 아빠: 그. 듣기. 싫은. 염병할. 노래. 좀. 꺼!!!!!

나: 도대체 **무슨 소리야?** 이건 팻 베네타 노래라고! 팻 베네타는 그래미상도 엄청 많이 탔고, 말 그대로 역사상 가장 위대한 가수란 말이야.

엄마 아빠: 위대해? 머슴애같이 생겨가지고는 길고양이가 관장할 때 낼 것 같은 소리나 내더구만. **진짜** 음악이 듣고 싶냐? 저기다 엘비스 앨범 좀 틀어봐라.

나: 엘비스? 그건 엄마 아빠 생각이지. **엘비스?** 노래하는 게 꼭 만화 〈찰리브라운〉에 나오는 선생님 같던데. 주정뱅이같이.

엄마 아빠: (가슴에 성호를 그으며) 우리 로큰롤 황제를 다시
그딴 식으로 말하면 이 집에서 더는 못 살 줄 알아.

자녀나 부모님이 즐겨 듣는 음악을 싫어하는 건 우리가 원해
도 절대 빠져나올 수 없는 생물학적 현상으로 밝혀졌다. 과학자
들은 10세에서 25세 사이가 기억이 형성되는 핵심 기간이며 그
중에서도 16세에서 20세 사이가 특히 중요하다고 말한다. 10대
시절 들었던 음악이 여전히 우리 플레이리스트 꼭대기에 있는
것은 신경학적으로 중요한 시기에 그 노래들이 우리의 기억 속
에 단단히 자리 잡았기 때문이다. 한 실험에서 연구자들이 가
장 좋아하는 음악과 영화, 책을 세 가지씩 골라달라고 요청하자
압도적인 수의 참가자들이 이 핵심 시기에 들었던 음악을 골랐
다.(반면 책과 영화는 최근에 읽거나 본 것이 훨씬 더 많았다.)

이 현상이 잘 드러나는 가슴 따뜻한 장면이 보고 싶은가? 유
튜브에서 "양로원의 할아버지, 젊었을 적 듣던 음악에 반응하
다"라는 (재미없는) 제목의 영상을 검색해보라. 가장 좋아했던
그리운 옛 노래를 들려주자 평소에는 아무리 말을 붙여도 별 반
응을 보이지 않던 할아버지가 말 그대로 죽어 있다 살아나는 모
습을 볼 수 있다. 정말 뭉클하고 감동적인 장면이다. 더 놀라운
것은 음악이 끝나도 그 효과가 사라지지 않는다는 것이다. 원래
는 간단한 네 아니요 질문에도 답하지 못했던 말 없는 할아버지
가 노래를 들은 후에는 또렷한 언어로 대화에 참여한다.(물론
이때쯤 내 머릿속에는 여든이나 아흔 살이 된 우리 딸들이 각막

을 통해 뇌로 레이저를 쏴서, 아니면 그게 뭐든 그때 음악을 듣는 방식으로 〈중고 의류매장〉을 들은 후 갑자기 휠체어에서 벌떡 일어나 우렁찬 목소리로 "이. 거. 삐. 삐. 멋. 져!!!!" 하고 따라 부르는 장면밖엔 안 떠오른다. 그리고 그 모습을 못 보고 죽을 거라는 사실에 무척 슬퍼진다.)

자기 세대 음악이 다른 세대의 음악을 발라버린다고 생각하는 게 인간만은 아닌가 보다. 쥐를 대상으로 한 흥미로운 실험 결과 핵심 발육 단계에서 특정 음악에 노출된 쥐들은 더 나이가 들었을 때 바로 그 음악이 흘러나오는 공간을 안식처로 선택했다.(같은 실험에서 아무 음악에도 노출되지 않은 쥐들은 적막을 원했다. 심술궂은 노친네 쥐 같으니!) 꼭 조지 오웰의 소설처럼 전체주의적이긴 하지만, 요점은 이거다. 어떻게 보면 우리가 좋아하는 음악을 선택하는 게 아니라 음악이 우리를 선택한다.

남편은 나보다 고작 여섯 살 많지만 내가 핵심 기억 형성기에 들은 라디오 방송과 전혀 다른 방송을 들은 게 틀림없다. 우리의 음악 취향이 때때로 충돌한다고 말하는 것은 쥐와 방울뱀이 가끔 껴안는 데 애를 먹는다고 말하는 것이나 마찬가지다. 결혼하고 처음 몇 년간 남편이 음악을 고를 때마다 우리는 다음과 비슷한 대화를 나누었다.

나: 이거 누구야?
남편: 맞혀봐.
나: 음, 내가 별로 안 듣고 싶은 이제는 고인이 된 남자들?

남편: 아니야, 맞혀봐.

나: 방금 했잖아. 이제 안 할래.

남편: 아니, 맞혀봐The Guess Who가 밴드 이름이야.

나: 내가 들어본 것 중 가장 멍청한 이름이네. 그냥 아바ABBA로 바꾼다.

남편: 싫어, 아바는 안 돼. 제발, 아바만 아니면 돼. 레드 제플린은 어때? 블랙 사바스는? 제네시스는?

나: 블론디는?

남편: 누구?

나: 블론디. 데비 해리 몰라? 밴드 블론디의.

남편: 블론디가 누군진 알아. 밴드 누구The Who는 어떠냐고 말한 거야.

나: 밴드 누구? 지금 농담하는 거지?

결국 우리는 둘 다 포리너Foreigner와 퀸Queen, ELO, 키스Kiss*를 좋아한다는 사실을 알아냈고 덕분에 이혼하지 않을 수 있었다. 하지만 서로에게 머리끝까지 화가 나면 누가 먼저 판도라 앱을 켜서 상대가 가장 싫어하는 음악을 트느냐의 승부가 펼쳐진다. 우리가 이렇게 어른스럽다.

* 사실 내가 유일하게 좋아하는 키스의 곡이 〈베스Beth〉다. 짜증나지만 〈베스〉는 너무 훌륭한 곡이 맞으니까.

우아하게 나이들 줄 알았더니

처음 중년임을 실감한 순간은…
구글에 '트워킹twirking'이 뭔지 검색해봐야 했을 때…….
절대 검색하지 마시오! ─ 크리스털

'트위내지'*인 두 딸 덕분에 그래도 나는 요즘 애들이 좋아하는 음악에 익숙하다. 저스틴 비버와 해나 몬태나, 케이티 페리의 영화를 봤고(세 영화 다 보면서 애처럼 질질 짰다), 데미 로바토와 셀리나 고메즈를 자신 있게 구별할 수 있다. 여태까지 나온 모든 테일러 스위프트의 노래 가사를 전부 안다. 아쉬워하며 '스물두 살 같은 기분'을 노래하는 스물세 살의 통찰력 부족을 조용히 비웃지 않을 수 없지만 말이다.(망할! 이 책 제목을 '**난 널 모르지만 지금 난 마흔네 살처럼 느껴져**'로 할걸 그랬다.) 물론 늘 좋기만 한 건 아니다. 헬스장에서 원 디렉션의 노래를 따라 부르다 딱 걸리기도 하고, 한번은 애들 없이 남편과 둘이서 LA까지 가는데 우리가 애들이 듣는 디즈니 앨범을 반복 재생하고 있었다는 사실을, 그것도 따라 부르고 있었다는 사실을 중간에 깨달은 적도 있다. 그런데 며칠 전 학교에서 돌아온 애들이 나를 깜짝 놀라게 한 일이 있었다.

"작은 마을에 사는 다람쥐." 막내가 노래를 부르기 시작했다. 물론 나는 그게 무슨 노래인지 즉시 알아차렸다.

"다람쥐squirrel가 아니라 소녀girl야." 내가 가사를 바로잡아주었다. 막내는 내 말을 무시했다.

---

* tweenage. between과 teenage의 합성어로, 8~12세를 가리킨다.─옮긴이

"아름다운 세상에 살고 있지." 첫째가 노래에 합류했다.

"아름다운lovely이 아니라 외로운lonely이야. 외로운 세상이라고!" 내가 소리쳤다.

애들은 노래를 멈추지 않았다.

"너희가 이 노래를 어떻게 알아?" 깜짝 놀란 내가 물었다.

"음악 시간에 배웠어. 이 노래 진짜 좋아! 맘에 들어!" 애들이 말해주었다.

내가 그다음 가사를 부르기 시작했다. 이번에는 애들이 놀랄 차례였다.

"엄마가 이 노래를 어떻게 알아?" 애들이 물었다. **'엄마가'** 부분을 무례하게 강조하면서.

"내가 너네 나이였을 때 가장 좋아했던 노래 중 하나야." 추억에 잠긴 내가 설명해주었다.

둘은 눈길을 주고받았다. 방금 들은 새로운 정보를 감안했을 때 이 노래를 계속 좋아할지 말지를 의논하고 있는 게 분명했다. 결국 둘은 굴복했다.

"셀프컨트롤에서 태어나고 자랐지!" 애들이 목청껏 노래를 불렀다.

"셀프컨트롤self-control이 아니고 사우스 디트로이트South Detroit 야." 내가 끼어들었다.

"뭐라고?" 이제 애들은 내가 노래를 자꾸 방해하는 게 짜증 나는 모양이었다.

"가사 말이야." 내가 설명했다. 속으로, **헐 맞아 나도 옛날엔**

그 부분이 셀프컨트롤인 줄 알았지!라고 생각하면서 말이다. "'셀프컨트롤에서 태어나고 자랐지'가 아니라 '사우스 디트로이트에서 태어나고 자랐지'라고. 디트로이트는 미시간주에 있는 도시 이름이야."

"그러거나 말거나." 애들이 말했다. "**셀프컨트롤에서 태어나고 자랐지! 소년은 야간열차를 타고 어디론가 가고 있다네!!!!!!!**"

맹세컨대 정말 있었던 일이다. 나의 음악이 바로 애들의 음악이었고, 그건 진짜 멋진 경험이었다. 여러분도 무엇을 하든 믿음을 버리지 마시길.*

---

* 저자가 아이들과 함께 부른 노래가 바로 밴드 저니Journey의 〈Don't Stop Believin'〉이다.—옮긴이

잠깐, 내가 여길 왜 또 왔지?

영화 〈사랑의 블랙홀Groundhog Day〉을 봤는가? 여러분이 내용을 까먹었을 수도 있으니(**여러분이 늙어서가 아니라,** 무선 인터넷이 존재하기도 전에 나온 영화를 누가 기억하겠는가?) 설명하자면, 영화배우 빌 머리가 병적으로 자기중심적인 기상학자 필 코너스 역을 연기한다. 주인공 필은 성촉절* 축제를 4년 연속 중계해야 하는 상황이 몹시 맘에 들지 않는다. 이처럼 모든 일에 툴툴대는 나쁜 성격 때문인지, 필은 **매일매일이 망할** 성촉절인 끔찍한 블랙홀에 갇히고 만다.

나는 필의 기분을 이해한다. 필처럼 '날씨를 예언하는 쥐새끼'의 말을 취재해야 하는 건 아니지만, 나 역시 지옥의 고리에

---

* 다람쥣과인 우드척을 보고 봄이 언제 올지를 점치는 날.—옮긴이

영원히 갇혀 있다. 다음 장면을 상상해보라. 나는 식료품 저장실에, 아니면 화장실이나 창고, 또는 애들 방이나 내 사무실에서 애처롭게 두리번거리며 내가 애초에 왜 이곳에 왔는지 떠올리려고 필사적으로 애쓰고 있다.

"엄마!" 그러면 우리 딸들이 큰소리로 외칠 것이다. 왜냐하면 애들은 내가 눈 닿는 곳에서 한 발짝만 벗어나도(화장실에 갈 때는 특히 더) 즉시 나를 애타게 찾기 때문이다.

그러면 내가 말한다. "쉿! 엄마 **생각 중**이잖아." 화장실 휴지를 찾고 있었던가? 아니면 전구? 커피 필터? 고양이 화장실 모래? 빨랫감을 가지러 왔었나? 아니면 빨래한 수건을 제자리에 넣어두러? 리모컨에 넣을 새 배터리를 가지러? 11년간 찍은 사진을 앨범에 정리해두려고? 개가 토한 걸 치우려고? **아니 어떻게 이걸 기억 못 할 수가 있지?** 참고로 말하자면 우리 집이 대궐처럼 으리으리한 것도 아니다. 어떻게 한 인간이 A 지점에서 B 지점까지의 짧은 거리를 씩씩하게 걸어와서(그 와중에 서두르느라 거실 테이블 모서리에 다리를 찧는다) 겨우 7초가 지났다고 그 **매우 중요한 목적**을 까먹을 수 있단 말인가?

최근에 《타임》 헤드라인에서 다음과 같은 멋진 소식을 보고 내가 얼마나 안심했는지 여러분은 모를 것이다. '경계 효과: 다른 방으로 들어가면 해야 할 일을 까먹을 수 있다.' 제목에 마음을 빼앗긴 나는 잔뜩 기대하며 기사를 읽기 시작했다. 다른 곳으로 이동하자마자 왜 이곳에 왔는지를 까먹는 보편적인 현상(이건 보편적인 현상이었다!)의 원인을 파악하기 위해 노트르

담의 연구원들이 나섰다는 내용이었다. 알고 보니 범인은 집 안 구조에 있는 것으로 드러났다. 연구원들은 방문을 넘어가는 단순한 행동이 머릿속에서 '사건의 경계' 역할을 한다는 이론을 제시했다. 뇌가 다음 방에서 일어날 흥미진진한 일(예를 들면 발톱을 깎거나 두루마리 휴지를 찾는 것)을 받아들일 공간을 마련하기 위해 전에 있었던 방에서 일어난 일을 차단하고 관련 정보를 깊숙이 숨겨버린다는 것이다. 과학자들은 이전 방에서 내린 결정을 떠올리기란 거의 불가능하다고 설명하는데, 그 정보가 이미 머릿속에서 깔끔히 지워졌기 때문이다. 즉 만약 내가 거대한 원룸에 산다면 이 글을 쓰고 있지도 않을 것이란 뜻이며, 내가 늙어서 깜박깜박하는 게 아니라* 그저 **머릿속을 정리하는 데 유난히 탁월하다는** 뜻이다.

어쨌든 기자는 기사의 말미에 이 낙담스러운 현상을 이겨내게끔 도와주는 몇 가지(사실 딱 두 개다) 조언을 소개했다.

방으로 들어갈 때 하려는 일을 반복해서 떠올린다/입으로 되뇐다.("나는 머스터드를 가지러 간다, 나는 머스터드를 가지러 간다, 제기랄 나한테 말 걸지 마 **머스터드를 가지러 간다** 너 지금 텔레비전 보면 안 돼 **머스터드 가지러** 내가 방 치우라고 했지 **지금 머스터드를 가지러 가는 길이다** 누가 여기에 개

---

* 그건 그렇고, 이 기사에서는 경계 효과를 결코 '보편적인 **중년의 현상**'이라고 칭하지 않았다. 하지만 애들이 이러는 걸 본 적 있는가? 나도 없다.

를 들여놨어 **머스터드 머스터드 머스터드……**")

원룸으로 이사한다.

내가 지어낸 얘기가 아니다. 하지만 식료품 저장실/사무실/창고에 서서 좌절하며 주변을 유심히 살피고 있을 때 **이게 다 망할 문간의 잘못**이라는 걸 떠올리면 기분이 훨씬 좋아진다.

하지만 걱정스러운 건 '내가 왜 여기 있지' 일화만이 아니다.(거의 매일 일어나는 일이라 단연코 제일 짜증나긴 하지만.) 최근 들어 사람들 생일이나 치과 예약, 전화 미팅처럼 내가 **안** 까먹기로 유명했던 일들을 늘 까먹는다는 사실을 깨달았기 때문이다. 심지어 얼마 전에는 잘못된 날짜에 산부인과에 갔는데, 내가 예약한 날은 일주일 뒤였다.(순 머저리가 되면 어떤 느낌일지 궁금한가? 그러면 앞에 있는 직원한테 이렇게 빌면 된다. "저기요, 그냥 잠깐만 빨리 봐주시면 안 될까요? 제가 샤워도 하고 제모도 하고 주차비까지 다 냈거든요.) 애들이 해놓은 숙제를 비행기에 놓고 내리기도 하고, 해변용 의자 두 개를 영영 잃어버리기도 했다.(나머지 물건을 전부 챙기고 수건을 탈탈 턴 다음 그냥 걸어 나온 걸까? 전혀 기억이 안 난다!) 만약 자동차 열쇠를 찾는 일이 한 권의 책이라면 내 책 제목은 **지금 당장 그 교활한 개자식 월리를 찾아라**가 될 것이다.

우아하게 나이들 줄 알았더니

처음 중년임을 실감한 순간은…
얼마 전 딸애한테 "얘, 이제 돋보기 없으면
안 보인다는 거 알잖니"라고 말했을 때.
더욱 최악인 건 그러고 나서 "돋보기 좀 찾아줄래?"라고 말했는데
돋보기가 내 머리 위에 있었다는 거다. 아이고. — 메리

여기 좋은 사례가 있다. 나는 우리 부부가 내가 아는 사람 중 가장 ~~쓸데없는 데 집착하는~~ 정리를 잘하는 사람이라고 생각한다. 지난주에 우리는 와인 산지로 여행을 갔다. 마지막 날 짐을 싸면서 늘 하듯이 모든 방을 번갈아가며 '휙' 둘러보았고, 언제나처럼 앞선 사람이 놓친 물건을 찾아냈다. 핸드폰 충전기가 여전히 침대 옆 탁자 뒤에 꽂혀 있었고, 침대 아래에 양말 한쪽이 굴러 들어가 있었다. 이걸 일곱 번에서 여덟 번 정도 하고 나서 우리는 가지고 온 물건을 전부 챙겼다고 확신하며 문을 잠그고 나왔다. 하지만 나중에야 알게 되었다. 세면대 옆에 묵묵히 서 있던 내 100달러짜리 필립스 음파 전동 칫솔과 빈 옷장 안에 걸려 있던 남편의 **옷 가방**(버튼다운 셔츠 네 벌과 값비싼 양복 재킷, 가장 좋은 구두가 들어 있었다)을 우리 둘 다 반복해서 놓쳤다는 것을. 우리가 여태 노후 준비를 못 한 것도 당연하다.

우리 부부보다 더 상태가 나쁜 엄마와 내 친구들은 늘 "깜박깜박"하고 "머리가 옛날 같지 않다"며 농담을 한다. 나도 슬슬 시작된 걸까? 궁금해진 나는 알츠하이머의 징후를 찾아보았고, 그러지 말걸 하고 즉시 후회했다.

징후 1. 기억력 저하. 최근 알게 된 정보를 까먹고, 중요한 날

짜나 사건을 기억하지 못하며, 같은 정보를 묻고 또 묻는다. 지난달 나는 막내에게 방과 후에 체스 수업이 있다고 당부하며 야단법석을 떨었다. 그날은 학교 끝나고 체스 수업을 들어야 하니까 평소와 다른 시간/장소로 태우러 가겠다고 세 번이나 말해두었다. 평소 학교가 파하는 시간에서 20분이 지났을 때 친구 해나에게서 전화가 왔다. "있잖아, 방금 사샤가 학교에서 헤매는 걸 봤어. 체스 교실을 찾고 있다고 하더라고……. 그런데 체스 수업은 내일이잖아."(올해의 **엄마상 트로피를 놓을 수 있도록 벽난로 위의 먼지를 턴다.**)

징후 2. 시간과 장소를 헷갈린다. **앞서 설명한 이야기 참조.**

징후 3. 공간 지각 능력에 문제가 생긴다. **변명하자면 나는 평생을 얼뜨기처럼 헤매며 살았다. 물론 알츠하이머를 갖고 태어난 건 아니다.**

징후 4. 물건을 잃어버린다. **이런 ×부럴.**

징후 5. 판단력의 저하 또는 부족. **잠옷을 입은 채로 애들을 학교에 내려주는 것도 여기에 포함될까? 취했거나 숙취에 시달리는 것도 아니고 차에서 나가지도 않는데?**

맹세하는데, 고통스럽고 비극적인 질병을 놀림거리로 삼으려는 건 아니다. 내가 예전만큼 명민하지 않다는 사실이 진심으로 걱정된다. 이전에 본 연구에서 몇몇 과학자들은 뇌의 능력을 향상시키는 훈련을 통해 뇌 위축을 예방할 수 있다고 주장했다. 우리 대부분이 반복되는 일상과 무의식적인 활동(이 닦기, 매일 같은 길로 출근하기, 똑같은 음식 만들기, 애들한테 소리 지르기, 정확히 똑같은 자세로 섹스하기 등)을 수행하며 매일매일을 보내고 있기 때문에 충분한 감각 자극에 노출되지 못하고, 그 결과 계속 새로운 뇌 세포를 만드는 데 실패한다는 것이다. 그러므로 평소와 다른 행동을 함으로써, 예를 들면 안 쓰는 손으로 밥을 먹고, 눈을 감은 채로 옷을 입고, 시계를 거꾸로 놓은 다음 망할 시간이 몇 시인지 확인하고, 안 다니던 길로 스타벅스에 가고, 젖꼭지 가리개와 미소만 걸친 채 해먹에 누워 온갖 자세로 섹스를 함으로써 우리의 뇌가 새 수상돌기와 신경 세포*를 만들도록 자극할 수 있고, 바라건대 치매를 예방하거나 최소한 늦출 수 있다. 이론상으로는 전부 좋은 얘기다. 하지만 내가 조만간 뇌 체육관의 단골손님이 될 것 같지는 않다. 거기에는 카페도 옷가게도 없을 텐데, 이 두 장소는 사람들이 체육관에 가는 가장 큰 이유 아닌가?

잠깐, 원래 무슨 얘기를 하고 있었더라?

맞다. 자꾸 깜박깜박하는 거.

"노화와 관련된 자연스러운 인지 기능의 저하" 외에 다른 문제도 있다. 여러분처럼 나도 늘 기억해야 하는 일들이 대략 4,593,291개쯤 있다. 그중 몇 가지만 예로 들자면 매번 바뀌는 애들의 과외 활동, 내 은행 계좌의 잔액, 주기적으로 방문하는 마트 다섯 곳 중 하나에서 사야 하지만 왜인지 목록을 따로

---

* 뇌에서 매우 중요한 부분인데, 나는 의사가 아니기 때문에 얘네가 정확히 뭘 하는지는 전혀 모른다. 궁금하면 인터넷을 찾아봐라.

만들 시간은 없는 식료품들, 냉동실에 있는 와플의 정확한 개수(와플이 다 떨어졌을 때 우리 집에 어떤 폭풍이 휘몰아쳤는지 여러분은 절대 믿지 못할 것이다), 마지막 생리일, 다음 유방검사일, 수표책을 둔 장소, 자주 방문하는 웹사이트의 비밀번호 수천만 개, 애들의 같은 반 친구들, **그리고** 걔네 부모들의 이름, 〈록밴드〉 게임에서 뽐낼 예정인 노래 〈록산Roxanne〉의 너무나도 시의적절한 가사 등이 있다. 이것들이 정신력을 어찌나 갉아먹는지, 내가 월화수목금토일을 얼추 정확하게 읊을 수 있는 게 신기할 지경이다. 그래서 언니한테 전화를 했는데 **언니가 일하는 중이고 자기 근무 스케줄이 바뀌어서 이제는 목요일 아침이 아니라 목요일 오후에 일한다는 사실을 내가 기억하지 못했다는 이유로** 나한테 화를 내면 나도 다소 방어적인 태도를 보이게 된다.

"나는 내가 요가 매트를 어디 뒀는지도 기억 못 해. 얼마 전에야 엄마한테 한 달 반이나 늦은 생일 선물을 보냈다고. 우리 집 고양이들은 3년이나 예방접종을 못 했어. 그러니까 맨날 바뀌는 언니 근무 스케줄은 당연히 기억 못 하지. 하지만 사랑해!"

("하지만 사랑해!"는 우리 가족이 조금이라도 공격 비슷한 걸 했을 때 늘 덧붙이는 말이다. 이메일에서 못된 말을 한 다음에 웃는 얼굴을 붙이는 것과 같다. "너 얼굴이 꼭 일주일은 못 잔 사람 같다. 하지만 사랑해! ☺" 이모티콘이 타격을 얼마나 줄여주는지 보라.)

진짜 있었던 일이다. 얼마 전 아침에 부엌에서 애들 점심 도시락을 싸며 느긋한 시간을 보내고 있는데 막내가 부엌으로 걸어 들어와 내게 말했다.

"엄마, 내 합창 연습 까먹었어?"

지난 8개월 동안 매주 이틀씩 나는 학교 합창단 연습에 참석할 수 있도록 막내를 한 시간 일찍 깨웠다. 그뿐만이 아니다. 아이가 연습을 시작하면 역시 애들을 합창 연습에 보낸 친구들과 함께 운동을 했다. 그렇게 모두가 터무니없이 이른 시간에 매번 똑같이 자리에서 일어나 집 밖으로 나왔기 때문에 나는 아이의 합창 연습을 절대 까먹을 리 없을 거라고 생각했다.

하지만 아니었다. 새까맣게 잊었다. 요일을 헷갈린 것도 아니었다. 오늘이 무슨 요일이고 무슨 일정이 있는지를 아예 생각조차 안 했기 때문이다.

"이를 어째, 나한테 무슨 문제 있나?" 아이가 연습의 반이라도 참여하고 나도 팔굽혀펴기를 몇 번이라도 할 수 있도록 다급히 움직이며 내가 말했다. 대답을 기대한 건 아니었다.

하지만 늘 다정한 막내가 내 허리를 껴안으며 말했다. "아무 문제 없어. 그냥 늙은 거야!"

옷장에 들어가듯 주기적으로 뇌에 들어가서 더 이상 필요 없는 것들을 내다버릴 수 없는 게 정말 유감이다. 손톱만큼도 쓸모가 없는 하찮은 정보들이 머릿속을 둥둥 떠다니는데 내 뇌는 그 정보가 구닥다리라는 걸 절대 받아들이지 않는다. 나는 유치원에서 대학 때까지 만난 모든 선생님의 이름을 줄줄 읊을 수 있다.(남편이 자기는 기껏해야 두 명이나 댈 수 있다고 말하기 전까지는 이게 특이한 것인 줄도 몰랐다.) 〈우주 가족 젯슨〉에

나온 강아지는? 아스트로. 드라마 〈브래디 번치The Brady Bunch〉에
나온 고양이는? 플러피.(혹시 궁금할까 봐 알려드리면 개 이름
은 타이거다.) 시트콤 〈로다Rhoda〉에서 매번 인터폰 목소리로만
등장한 남자는? 칼턴이다. 근의 공식, 피타고라스 정리, 영어의
모든 전치사를 알파벳순으로 나열한 목록(aboard, about, above,
across, after, against, along, amid, among……) 전부 내가 **구글
의 도움 없이** 술술 말할 수 있는 것들이다. 이것 말고도 초등학
교 1학년 때 제일 친했던 친구네 집 전화번호, 노래 〈루시는 예
인선이 있었네Miss Lucy Had a Tugboat〉*의 모든 가사, 1979년에 처음
으로 혼자서 비행기를 탔을 때 입은 옷도 여전히 기억한다.** 내
가 고등학교 1학년 때 암송한 〈맥베스〉의 독백 "지금 내 앞에 있
는 것이 단검인가" 전체나, 〈빌립보서〉 중 내가 초등학교 3학년
어버이날에 낭독한 부분을 듣고 싶은가? 바로 해드릴 테니 편히
자리를 잡으시라. 이런 쓰레기 정보들이 내 머릿속 캐비닛(물
론 한정된 공간밖에 없다)에 미어터지게 들어 있으니 바로 15초
전에 인사를 나눈 남자의 이름을 기억 못 하고 약국 주차장에서
자꾸 자동차 리모컨의 비상 경보 버튼을 누르는 것도 전혀 놀라
운 일이 아니다.

　가끔은 내가 갈수록 정신을 못 차리고 이마에 주름이 점점
느는 게 애들 때문이라고 (몰래) 생각하기도 한다. 하지만 최근

---

* 우리나라 노래 〈반달〉처럼 손뼉치기를 하며 부르는 노래.—옮긴이
** 여러분이 알고 싶어서 안달을 낼 테니 알려드리겠다. 모든 주머니와 발목
에 서로 다른 색 지퍼가 달린 하얀 낙하산 바지와 그에 어울리는 재킷이었다.

있었던 벌 연구가 인간에게도 적용될 경우 애들이 없었다면 나는 지금보다 더 멍청하고 초췌해 보일 거라는 무서운 결론에 도달한다. 과학자들은 엄마 벌이 벌집에 남아 아기들을 돌볼 때에는 지적 능력이 거의 비슷하게 유지되지만, 먹을 것을 구하기 위해 벌집을 떠나면 아우토반에서 벌거벗은 여자들이 탄 차를 쫓아가는 열일곱 살 남자애보다 더 빠르게 노화가 진행된다는 사실을 발견했다. 아기들을 집에 두고 온 벌들은 2주가 지나자 날개가 해지고 몸에 난 털이 다 빠졌으며, 새로운 것을 배우는 능력을 측정해본 결과 뇌의 기능 또한 크게 저하되었다.(남 얘기 같지 않은가?) 하지만 더 들어보시라. 채집을 끝내고 다시 아기들을 돌보러 벌집으로 돌아온 엄마 벌은 지적 능력이 다시 한번 급등했다. 그리고 공교롭게도, 벌집으로 돌아온 똑똑한 엄마 벌이 생산하는 단백질은 인간이 만들어내는 단백질과 똑같다.

내가 보기에 이 실험의 교훈은, 건망증을 아이들 탓으로 돌릴 수는 없지만* 그래도 아이들을 키우는 데에는 좋은 점이 많다는 것이다. 예를 들면 내일 소파에 누워 아이들을 껴안고 〈미국에서 가장 웃긴 홈 비디오〉를 보면서 뭔가 '생산적인' 일을 하고 있지 않다는 이유로 죄책감이 든다면, 지금 뇌를 위한 일을 하는 중이라고 생각할 수 있다.(하지만 남편에게는 절대 이렇게

---

* 애들이 태어나지 않았다면 애들 데리러 가는 걸 까먹을 일도 없었을 테지만. 그냥 그렇다는 거다.

말하지 말 것. 남편은 텔레비전을 보는 게 핵심이라고 주장할 것이고, 그러면 앞으로 다시는 남편한테 잔디를 깎게 시키지 못할 것이다.)

17

. . . .

내가 절대 바람피우지 않을
여러 이유들

나는 그 유명한 '중년의 위기'와 관련된 그 어떤 행동에도 나설 생각이 없지만, 그래도 개중 몇 가지는 어느 정도 이해가 간다. 앞에서도 말했듯이 돈 문제와 죽을 확률이 큰 방해 요인이 아니라면 나는 내일 오늘 오후에 당장 얼굴 주름 시술을 받고 섹시한 새 차를 뽑을 것이다. 그리고 '죽기 전에 하고 싶은 일' 목록을 만들어서 코팅까지 한 적은 없지만, 그런 야심찬 목록을 만드는 사람들의 열정과 노력은 매우 높이 산다. 하지만 내가 절대 이해하지 못하는 (그리고 앞으로도 영원히 이해하지 못할) 것이 하나 있으니, 바로 중년의 외도다.

오해는 마시라. **배우자 운이 나만큼 좋지 않아서 나만큼 더없는 행복을 누리지 못하는 사람들**이 무엇 때문에 외도를 꿈꾸며 즐거워하는지는 헤아릴 수 있다. 당연히 나도 손가락 아래로 기분 좋은 낯선 살결을 느끼고 내가 모르는 입술이 내 뒷목을 간질일 때 다시 달콤한 설렘을 경험하는 게 어떤 느낌일지 궁금했던 적이 있다.* 또한 격주로 단 30분만이라도 아름답고 재미있는 여신으로 추앙받을 수 있다면 모든 근심 걱정이 사르르 없어지리라는 생각이 얼마나 유혹적일지도 이해한다. 게다가 이런 상상을 자극 삼아 비키니 몸매를 가꾸는 게 뭐가 나쁜가? 하지만 한편으로 나는 진실과 정직, 약속을 중요하게 여기며, **죽음이 우리를 갈라놓을 때까지** 한 남자에게 충실하겠다고 약속했던 것도 또렷이 기억한다.(비록 지난 책에서 지적했듯 실제로 결혼 생활에 몸을 깊숙이 담그기 전에는 그게 얼마나 긴 기간인지 정확히 이해하기 어렵지만.) 그러므로 조와 나 사이에 아주 미약한 감정이라도 남아 있는 한, 그리고 조가 나를 때리거나 7500만 년 전에 우주선을 타고 지구로 내려온 은하계 연방의 외계인 독재자를 섬기는 종교에 10억 년 동안 충성하겠다고 서약하거나** 바람을 피우는 등의 용서할 수 없을 정도로 끔찍한 짓을 저지르지 않는 한, 나는 앞으로도 내 맹세를 지킬 생각이다. 그리고 까놓고 말하자면, 에로틱한 외도에 들일 시간이 도대체 어디에 있느냐 이 말이다.

솔직히 말하겠다. 나는 **한 남자**와 한 달에 섹스 몇 번 할 짬을 내는 것만으로도 이미 충분히 힘들다.(진짜다. 우리가 스팅

---

* 자기야, 딱 한 번이었어. 그것도 우리가 **대판** 싸웠을 때.
** 유감스럽지만 사이언톨로지는 절대로 용납할 수 없다.

우아하게 나이들 줄 알았더니

과 트루디는 아니잖나)* 게다가 지금 내 옆에 있는 남자는 내가 섹스 전에 다리털은 밀었는지, 이는 닦았는지도 전혀 신경 쓰지 않는다! 만약 내가 한눈을 팔면서 걸리지 않기를 바란다면 전처럼 아내로서의 의무를 다하면서 동시에 몸단장을 하고, 야한 메시지를 보내고, 섹시한 복근을 만들고, 어디서 만날지를 몰래 상의하고, 내 벌거벗은 몸의 모든 둘레에 집착하고, 산처럼 쌓인 증거를 감추고, 가짜 약속을 꾸며내고, 믿을 만한 알리바이를 만들기 위해 친구에게 뇌물을 주고, 걸릴까 봐 초조해하고, 마침내 실제로 애인과 섹스를 할 수 있도록 매주 스무 시간에서 서른 시간은 따로 빼놔야 할 것이다.

생각만으로도 벌써 진이 다 빠진다.

게다가 우리 부부는 둘 다 집에서 일을 하는데 어떻게 몰래 이 모든 걸 해낼 수 있단 말인가?

"자기야, 나 나간다!" 아마 나는 머릿속으로 모텔 6에 가장 빨리 도착할 방법을 궁리하며 아무 일 없다는 듯 발랄하게 인사하려고 노력할 것이다.

"어디 가?" 조가 반사적으로 해맑게 묻는다. 왜냐하면 우리는 누구 한 명이 외출할 때(자주 있는 일은 아니다) **늘 서로에게 이렇게 묻기 때문**이다.

그러면 나는 더듬거리며 이렇게 답한다. "아, 장 좀 보러." 속

---

* 가수 스팅과 그의 부인 트루디는 중년이 되어서도 격렬하고 자유분방한 섹스를 즐기는 것으로 유명하다.—옮긴이

으로 이런 빌어먹을 이제는 장까지 봐서 돌아와야 하잖아! 내가 도착하면 바로 돌입할 수 있도록 남친이 옷을 다 벗고 있으면 좋겠네라고 생각하면서.

"당신…… **눈화장** 했어?" 조가 이상하게 풍성한 내 속눈썹을 확인하려고 한 발짝 다가서며 묻는다.

"아, 응, 마스카라만 살짝 했어." 나는 코를 비비고(젠장, 이건 누가 거짓말하는지 아닌지 볼 때 가장 먼저 확인하는 행동이잖아! 조도 내가 읽은 《사이콜로지 투데이Psychology Today》를 읽었을까?) 앞머리를 눌러 눈을 가리며 웅얼댄다. "음, 그게, 공짜 샘플 받은 게 있어서, 그래서 한번 해본 거야."

오, 처음으로 거짓말을 할 때…….

"당신한테서 좋은 향기 나는데." 조가 내 목을 킁킁거리며 슬슬 의심하는 낌새를 보인다.

"새 데오도란트 냄새야." 나는 조의 **뺨**에 살짝 뽀뽀하고 얼른 옆을 지나친다.

우리는 어찌나 촘촘한 그물망을 짜는지…….

"언제 올 거야?" 조가 내 등에 대고 묻는다.

"몇 시간 걸려." 내가 애매하게 답한다. "은행에도 들러야 하고 신발 수선도 맡겨야 하고 탐폰도 좀 사야 하거든. 그리고 산부인과에 들러서 자궁 내막 조직 샘플도 주고 와야 해……."

(탐폰과 산부인과 부분은 첫 직장에서 나보다 나이가 많았던 한 지혜로운 동료가 알려준 노하우다. 이 영리한 친구는 내게 이렇게 조언해주었다. "개인적으로 볼일이 있거나 헬스장에 가

고 싶으면 여성 위생 관련 문제를 대충 둘러대면 돼. 그럼 아무도 더 캐묻지 않을 거야." 내가 생식기를 치료하느라 들인 시간을 봤을 때 아마 내 상사는 내게 헤르페스나 자궁경부 이형증, 아니면 최소한 양성 종양이라도 있는 줄 알았을 거다.)

내 말이 과장 같은가? 실제로 몇 주 전 남편은 사무실에서 샤워가운을 입고 젖은 머리에 수건을 두른 나를 보고 지나치게 수상쩍어하는 모습을 보였다.

"어디 나가?" 남편이 물었다.

"아니." 내가 타자를 치며 대답했다.

"그런데 샤워는 왜 했어?"

"나 가끔 샤워해." 내가 알려주었다.

"그건 알아, 근데 이렇게 한낮에?"

내가 말했다. "그래, 나 바람피운다 왜." 그리고 우리는 **샤워를 한 게** 의심의 발단이 됐다는 사실에 웃고 또 웃었다. 이 상황에서 내가 한 달에 두 번 이상 다리털을 밀면 어떻게 되겠는가.

이 가상의 외도 시나리오에서 나타난 것처럼 거짓말을 하고 약속을 어기고 바람피울 시간을 마련해야 한다는 사실 외에 나를 막아서는 것이 또 있다. 나는 13년 동안 가톨릭 학교를 다녔기 때문에 분명 죄책감에 시달리며 괴로워할 것이다. 내가 남겨놓은 음식을 조가 찾아내서 먹지 못하도록 안 보이게 꽁꽁 싸서 냉장고 뒤편에 넣어둘 때조차 나는 죄책감을 느낀다. 게다가 어디서 읽었는데, 바람을 피우면 십계명 중에 무려 **여섯 개나** 어기게 된다고 한다. 거룩한 안식일에 애인과 뒹굴거나 섹스 중에 자기도 모르게 "오 하나님"이라고 외친다면 그 개수는 더욱 늘어난다. 살라미를 몇 번 감추겠다고* 지옥에 떨어진 다른 영혼들과 함께 하데스의 불구덩이에서 영원히 고통받을 위험을 감수할 필요는 없는 것 같다. 살라미가 우리 집 냉장고 속 음식과는 달리 진짜 맛있고 이국적인 고기인 건 **사실**이지만.

여기서 끝이 아니다. 영화 〈위험한 정사Fatal Attraction〉를 보고 크나큰 충격을 받아 평생 헤어 나오지 못하는 사람이 나뿐만은 아닐 것이다. 이 영화는 내가 고등학교를 졸업한 1987년에 나왔는데, 내 생각에 20세기의 외도 발생 비율을 그래프로 볼 수 있다면 1987년에 그래프가 분명 급격히 하락했을 것이다. 멀쩡해 보이는 여자가 엘리베이터에서의 아찔한 섹스로 유부남을 유혹한 뒤 바로 미쳐 날뛰는 잔인한 사이코로 변하는 모습을 보는 것만큼 외도의 위험성을 똑똑히 인식할 수 있는 건 없다. 그 미친 여자는 무려 남자의 딸이 키우는 토끼를 **냄비에 끓인다!** 세상 모든 털 난 동물을 위해 말하자면 그건 정말…… **나쁜 짓**이다. 장하다, 할리우드. 장해.**

더 이상 데이트를 할 필요도 없고 다른 사람의 취미나 지루한 인생사에 푹 빠진 척할 필요도 없다는 것이 결혼의 장점 중 하나라는 사실도 잊지 말자. 이 두 가지를 시작한 지 거의 20년

---

* 살라미는 소시지의 일종으로, 남성 성기를 뜻하기도 한다. 살라미를 감춘다는 표현에는 섹스를 한다는 의미가 있다.―옮긴이
** 절대 토끼 고기 요리법을 언급한 것이 아님.(잘했다는 뜻의 well done에는 고기를 완전히 익힌다는 뜻이 있다.―옮긴이)

이 된 지금, 솔직히 말하면 이제는 가짜 열의를 50그램 정도나마 발휘할 수 있을지 잘 모르겠다.

"그래서 어린 시절은 어땠어요? 형제자매는 몇 명이나 있어요? 죽음 이후의 삶에 대해 어떻게 생각해요?"

또다시 이 개소리를 전부 기억해야 한다고? 그럼 그 정보는 다어디에 저장해두지? 물론 언젠가는 상대방도 나의 개인적인 이야기를 듣고 싶어 할 것이다. 솔직히, 내 마음속 응어리는 내가 시간당 150달러를 지불하는 사람이 아니면 아무도 들어선 안 될 것들이다. 그리고 여러분은 어떨지 모르겠지만 침대에 누워 있는 남자가 셀룰라이트투성이의 늘어진 내 엉덩이를 힐끗 보지 못하도록 부디 매혹적으로 보이길 바라며 침대에서 뒷걸음질 치는 짓을 두 번 다시 안 할 수 있다면 나는 등유에 절인 방울뱀이라도 먹을 것이다.

물론 경제적 타격 문제를 빼고 외도 반대를 논할 순 없다. 내가 지금 이 순간 바람을 피울지 말지 고민하고 있다고 해보자. 그리고 논의를 위해 내 금지된 사랑의 대상이 사우디아라비아의 왕자나 은퇴한 마취과 의사, 또는 워런 버핏이 아니라고 치자. 말인즉슨 내가 호텔방과 비행기 티켓, 섹시한 란제리, 개인 트레이닝, 로맨틱한 저녁식사, 콘돔, 곧 필요해질 휘핑크림 비용의 절반을 지불할 방법을 찾아야 한다는 뜻이다. 물론 돈은 전부 현금으로 내야 할 텐데, 그래야 아무것도 모르는 남편이 찾거나 추적할 행적이 남지 않기 때문이다. 밀회를 한 달에 딱 두 번만 가져도 1천 달러는 쉽게 넘을 것이며, 내가 들키지 않고 현금을 그만큼 모을 가능성은 첼시 핸들러*가 수녀가 될 확률만큼 낮다.

내 깜찍한 연하남이 말도 안 되는 부자라서 우리 만남의 비용을 전부 댄다고 해도 나는 분명히 새 란제리 몇 벌을 갖고 싶을 것이고 가끔씩 태닝 스프레이도 사고 싶을 것이다. 그리고 이 두 가지는 소파 쿠션 밑에 숨겨놓은 잔돈 몇 푼으로는 살 수 없는 것들이다. 늘 이래야 한다고 생각하니 무척이나 당혹스럽다. "음, 무함마드 알리—알제브라? 나한테 50달러만 빌려줄 수 있어? 고무줄이 탄탄한 팬티 좀 몇 장 사려고. 이 은혜는 무슨 일이 있어도 꼭 보답할게.(윙크 윙크)"

이번엔 무함마드와 내가 약간 허술해지면 어떤 일이 벌어질지 상상해보자. 내 SUV 뒷좌석에서 허겁지겁 일을 해치운 후에 무함마드가 터번을 놓고 가거나, 자쿠지에서 함께 목욕을 즐기고 있는데 그의 열한 명의 아내 중 한 명이 걸어 들어와 아이폰으로 사진을 찍은 다음 바로 지역 신문에 보내버린다면? 지조 있고 떳떳한 내 남편이 나를 쉽게 용서해줄 것 같은가?

그럴 리 없다. 조는 나를 절대 용서하지 않을 것이다.

조가 내 엉덩이를 걷어차면 나는 어디로 간단 말인가? 홀로 살게 될 후진 아파트의 첫 달 월세와 보증금은 또 어떻게 낸단 말인가?(우리의 자쿠지 사진이 '중년 아줌마와 서민 체험 하다

---

* Chelsea Handler. 미국의 배우이자 코미디언, 진행자로 최근 가슴해방운동을 벌이며 상반신 노출 사진을 여러 차례 공개했다.—옮긴이

들킨 사우디 왕자'라는 헤드라인과 함께 신문 1면에 실리는 순간 무함마드가 나를 뜨끈한 기저귀처럼 즉시 내다버리리라는 건 모두가 아는 사실이다.) 어찌저찌해서 내 슬프고 가련한 머리 위에 지붕 한 장 마련한다 해도, 침대와 샤워커튼, 백만 년은 된 녹슨 냉장고 안에 넣을 음식 같은 약간의 사치품은 무슨 돈으로 산단 말인가? 내가 이혼 수당을 받을 수 있을 것 같은가? 말이 되는 소리를 하시라. 나는 소파에 드러누워 사탕이나 까먹고 하루 종일 드라마나 보면서 내내 남편이 나를 부양하게 할 만큼 똑똑하지 못했기 때문에 남편은 이혼 후에 내게 돈을 줄 의무가 없다.

"무함마드, 이 빌어먹을 자식!" 나는 더러운 베갯잇에 얼굴을 묻고 훌쩍훌쩍 운다.(내 아파트에는 세탁기와 건조기가 없을 것이다. 최근 세탁방에 가본 적 있는가? **정말 끔찍하다.**) "날 사랑한다고 했잖아! 네 말을 믿었는데. 그리고 조! 다정하고 충실하고 믿음직스러운 우리 조. 내가 당신한테, 우리 가족한테, **우리**한테 도대체 왜 그랬을까? 맙소사, 나는 멍청이야. 땡전 한 푼 없는 ×나 바보 같은 순 멍청이!"

맞다, 우리 가족. 우리 애들한테 참으로 좋은 선례가 되겠다.

"하지만 엄마, 엄마는 **거짓말**을 했어." 나에게 실망한 애들은 혼란스러워하며 엉엉 울 것이다.

"맞아, 맞아, 엄마가 거짓말을 했어." 나는 사실을 말할 수밖에 없다.

"엄마가 거짓말은 세상에서 가장 나쁜 거라고 했잖아." 내가 짐을 싸는 걸 지켜보면서 애들이 꺽꺽 흐느낀다.

"맞아, 그랬지." 내가 바이타믹스 블렌더를 가방에 넣기 위해 신발을 몇 켤레 꺼내며 대답한다. 나는 그린 스무디 갈아 먹는 걸 좋아하는데, 내게는 바이타믹스 블렌더를 살 400달러가 절대 없을 것이기 때문이다.

"그럼 **엄마는** 왜 거짓말을 해도 되는 거야?" 애들이 묻는다.

"애들아, 이 세상에는 나는 되고 너네는 안 되는 일들이 엄청 많단다." 내가 애들의 괴로움과 나의 죄책감을 동시에 달래려 애쓰며 말한다. "예를 들면, 엄마는 마가리타도 마실 수 있고 차도 운전할 수 있고 아기도 낳을 수 있는데 너네는 안 되잖아, 맞지? 언젠간 너희도 이해하게 될 거야."

애들은 갑자기 들떠서 내게 물을 것이다. "그럼 우리도 어른이 되면 거짓말을 할 수 있어?"

그럼 나는 이렇게 말할 수밖에 없다. "당연하지! 발만 확실히 뺄 수 있으면, 그리고 걸렸을 때 혼자서 먹고살 수 있으면 말이야."

외도가 이처럼 크나큰 참사로 이어질 수 있는데도 기혼자들은 매일같이 바람을 피운다. 운이 나빠 본인을 유혹하는 직장 동료도 없고 코스트코에서 무좀약을 처방받으려고 기다리다가 강렬한 욕정을 느끼며 옆 사람에게서 눈을 떼지 못한 적도 없다면, 언제든 애슐리매디슨닷컴(슬로건: 인생은 짧다. 바람을 피워라)처럼 기혼자들이 다른 기혼자와 바람을 피울 수 있도록 도와주는 여러 웹사이트 중 한 곳을 방문하면 된다. 믿지 못하겠

우아하게 나이들 줄 알았더니

다는 듯 고개를 저으며 **아니에요, 사람들이 실제로 그런 사이트에 들어가진 않아요**라고 말하는 사람도 있을 수 있다. 그렇다면 매달 이 웹사이트를 찾는 180만 명에 달하는 방문자들은 배우 애슐리 올슨이 매디슨 거리를 거니는 이야기를 찾거나 자신이 쌍둥이 여자애를 임신했다는 사실을 알고 애들에게 지어줄 귀여운 이름을 검색하다가 우연히 그 사이트에 들어간 사람들인가 보다. 뭐라고? 아니, 그럴 수도 있지 않은가.

네일숍에서 아무 《피플》 매거진이나 집어 들고 읽어보라. 그러면 외도가 사람을 미치고 펄쩍 뛰게 만든다는 단순한 사실의 증거를 발견하게 될 것이다. 외도는 평판을 망가뜨리고 친구와 멀어지게 하며 삶을 파괴한다. 타이거 우즈는 포르노 스타 앞에서 바지 지퍼를 간수하지 못해 아름다운 슈퍼모델 아내를 잃었다.(그뿐 아니라 아내에게 7억 5천만 달러를 줘야 했고 스폰서 기업이었던 액센츄어, AT&T, 게토레이, GM, 태그호이어의 주주들에게 총 50억에서 120억 달러의 손해를 입혔다. 그렇다, 무려 10억 단위다.) 주드 로는 사랑스러운 시에나 밀러를 배신하고 무려 자기 아이들의 **보모**와 바람을 피웠다. 내 확신하는데 이건 모든 아내들의 최악의 악몽이며, 이 업보가 언젠가 거대한 부메랑으로 돌아와 주드 로의 엉덩이를 정말정말 아프게 후려치길 바란다. 빌 클린턴은 토실토실한 백악관 인턴에게 오럴섹스를 받다가 **미국 대통령** 자리를 잃을 뻔했다. 애초에 인간은 일부일처제에 적합하지 않다는 과학적 설명이 많은 것을 보면 확실히 가벼운 곁눈질을 자제하기란 무척 힘든 것 같다.

물론 바람둥이가 늘 유명한 남자인 것은 아니다. 보도에 따르면 리앤 라임스, 토리 스펠링, 하이디 클룸, 제니퍼 로페즈, 마돈나, 크리스틴 스튜어트, 우피 골드버그, 메그 라이언, 엘리자베스 테일러, 제시카 심슨, 앤 헤이시, 브리트니 스피어스, 케이트 허드슨, 그리고 다이애나 왕세자비(부디 그녀의 고귀한 영혼이 평안하기를) 모두 거짓말과 불륜, 가정파괴범 클럽의 정식 회원이다. 도대체 무엇을 위해? 양치를 할 때 전과 다른 손이 내 엉덩이를 움켜쥐거나, 다른 브랜드의 냄새나는 농구 양말이 빨래바구니 뚜껑 위에 던져져 있기를 바라나? 고맙지만 사양한다. 앞으로도 나는 지금 내 옆에 있는 사랑스럽고 미련한 덜렁이를 계속 데리고 살 것이다.

18

. . . .

하지만 전 지금 이 순간이 아니라
어제를 사는데요

마법과도 같은 이 중년기의 잘 알려지지 않은 또 다른 특징은 (물론 보톡스로 빵빵해진 이마와 바지 늘이개를 갖고 있고, 핀터레스트라는 가상의 게시판에 버킷리스트를 올려놓는 것도 특징이다) 바로 뉴에이지의 헛소리에 매료된다는 것이다.

모두가 태극권을 하고 풍수지리를 따진다. 적어도 내 친구들은 그렇다. 인정하긴 조금 창피하지만 바에서 춤을 추고 이런 저런 파티를 옮겨 다니며 싹튼 우리의 우정은 이제 명상과 자기 탐구에 더욱 열중해 있다. 우리는 함께 아유르베다에 관한 책을 읽고 각자의 아우라가 무슨 색깔일지 생각해보기도 하며(내 아우라는 초록색인 것 같은데 초록색 아우라는 힘 있고 체계적이고 지적인 사람이라는 뜻이므로 아우라라는 것이 실제로 존재하고 또 그 사람을 정확히 나타내주는 것이 분명하다) 새로 이사한 집에서 한 맺힌 영혼의 기운을 없애려고 세이지 줄기에 불을 붙여 들고 다 함께 집을 걸어다니기도 한다.(진짜로 이렇게 한다.) 스텝 에어로빅 수업을 핫요가 수업으로 바꿨고(38도의 실내에서 하는 요가로, '디톡스 작용과 운동 강도를 극대화'해주고 당연히 '뜨겁고 붐비는 공간에서 요가를 할 때 발생하는 냄새의 공격도 극대화'해준다) LA VIDA LOCA*라고 새긴 타투를 훨씬 얌전하고 우아한 '제3의 눈' 타투로 덮었다. 명상 앱을 아이팟에 다운받고 **실제로 명상을 한다.** 그리고 우리 중 몇 명은(맹세하는데 나는 아니다) 뉴에이지 스파에서 낯선 이가 망치로 등에 나무 막대기를 두들겨대고 똥구멍에 호스를 꽂는** 터무니없는 짓에 소중한 휴일과 돈을 쓴다. 맞다, 보수적인 블루칼라 부모님들이 경고하던 크리스탈에 환장한 히피가 바로 우리다.

물론 변화는 서서히 나타났다. 어느 날 캐리가 아무렇지 않게 홀리스틱 스파***에 갈 거라고 말했다. 어느 날은 팸이 내게 책『지금 이 순간을 살아라 *The Power of Now*』를 빌려줄 수 있냐고 물었다.("지금 셸리한테 있어. 다 읽고 달라고 해.") 원래는 평범했던 대화에 갑자기 이게 **나타났다느니** 저게 **분명해졌다느니** 신의 뜻을 **불러들인다느니** 하는 이야기가 끼어들었지만 별로 대수롭지 않게 여겼다. 어쨌거나 나는 남부 캘리포니아에 살고 있고,

* '광란의 삶'이라는 뜻.―옮긴이
** 물론 각각 마나카 태핑Manaka Tapping 요법과 관장을 말하는 거다.
*** 몸뿐만 아니라 마음의 힐링을 추구하는 전신 테라피.―옮긴이

마지막으로 확인해봤을 때만 해도 이곳은 그래놀라*가 가장 많이 모여드는 지역이었기 때문이다. 하지만 그 뒤로 뉴욕에 사는 친구(참고로 금융계에서 잘나가는 친구다)가 인도로 '영적 트레킹'을 떠났고 런던에 사는 친구가 마라톤을 그만두고 태극권을 시작했으며 사우스캐롤라이나에 사는 절친 중 한 명이 초월 명상Transcendental Meditation(신봉자들은 TM이라고 부른다)이 자기 삶을 바꿔놓았다며 열변을 토하기 시작했다. 한참 이야기를 듣고서야 나는 TM이 우편번호와 아무 관련이 없다는 사실을 깨달았다.

(부연: 나처럼 TM이 생소한 분들을 위해 설명한다. 위키피디아에 따르면** TM은 '자아 계발을 위한 만트라 명상'으로, 배우는 데 수천 달러가 들며 '미국의 일부 중고등학교와 대학, 기업, 교도소에서 실시되고 있다.' 여러분도 **알다시피** 재소자들에게 가르치고 유튜브로 쉽게 배울 수 없다는 사실은 곧 진짜 좋은 거라는 뜻이다.)

이 문제에 대해 생각해봤는데, 중년에 접어들어 영적 깨달음에 관심이 생기는 것을 등산에 빗댈 수 있을 것 같다. 산을 **오를 때** 우리는 오로지 꼭대기만 생각한다. 도착하면 얼마나 기분이 좋을지, 경치가 얼마나 아름다울지, 마침내 자리에 앉으면 얼마나 행복할지, 자리에 앉기 전에 잊지 않고 꺼내기만 한다면 바

---

* 자연 환경과 영적인 측면에 관심이 많고 진보적이며 그래놀라 같은 건강 식품을 챙겨 먹는 중산층.—옮긴이
** 물론 위키피디아는 거의 모든 사안에서 최고의 권위를 갖는다.

지 뒷주머니에 들어 있는 에너지바가 얼마나 맛있을지 같은 것들 말이다. 하지만 산을 내려오기 시작하면 우리의 관심은 더 이상 자신이 들인 노력이나 그 보상이 아닌 먼 미래를 향한다. 집에 도착하면 씻겨야 할 진드기투성이 강아지와 저녁 메뉴처럼, 주로 등산이 끝난 후 나를 기다리고 있는 온갖 귀찮은 일들을 떠올리는 것이다.

엊그제(처럼 느껴지는 먼 옛날)까지만 해도 우리는 남편감을 찾고 아기를 만들고 어쩌면 기업의 승진 사다리까지 힘겹게 오르느라 너무 바빠서 이 모든 행위의 목적과 의미에 아무런 관심을 기울이지 않았다. 하지만 어느 순간부터 우리는 영화 〈가라테 키드The Karate Kid〉에 나오는 가라테 고수 미야기처럼 손가락을 오므리고 만트라를 외우며 공원에서 한 발로 서서 '고요하게 내면에 침잠하려고'(이게 무슨 뜻인지 도통 모르겠지만 어쨌든) 최선을 다한다. 구루들은 이렇게 말한다. "중요한 건 몸과 마음의 연결입니다." 내가 보기엔 하나 마나 한 얘기 같은데, 둘이 연결이 안 되어 있다면 그건 이식되길 기다리는 장기 아니면 애호박이라는 뜻 아닌가?

겉으로는 나도 깨달음을 구하는 사람처럼 보일 것이다. 하지만 솔직히 말하자면 나는 어중간한 건성 구도자다. 나도 꿈 게시판이 하나 있긴 하지만 내용을 바꾸는 일은 거의 없다. 아직도 수영장이나 레인지로버가 안 생긴 걸 보면 내가 제대로 못 하고 있는 게 분명한데 그 이유가 뭔지, 또 제대로 하려면 어떻게 해야 하는지는 귀찮아서 여태껏 안 알아봤다. 내 아침 식사를 만들어내지 않을 때에는 자유롭게 돌아다니는 행복한 소와 닭에게서 나온 우유와 달걀만 구매하지만 쓰레기 같은 음식도 많이 먹는다.* 〈시크릿The Secret〉DVD가 나오자마자 하나 샀고, 언젠가는 반드시 볼 작정이다. 생각에 에너지가 있다고 믿지만 여전히 구린 생각을 많이 한다. 기억하실지 모르겠지만 차크라를 정화하려고 한 적도 있는데, 내 에너지의 중심을 환히 빛나게 하는 데 고작 5달러밖에 안 썼다. 그럼 말 다한 거 아닌가?

하지만 얼마 전 뭔가를 해야겠다는 생각이 들었다. 평범하고 나이가 지긋한 서양의학 의사를 만나고 온 후였다.

"자주 피곤하세요?" 하버드에서 공부한 의사 선생님이 정기 검진 후 내게 물었다.

"그럼요, 완전 탈진 상태예요. 매일매일요."

"쉽게 짜증을 내시나요?"

"음, 그렇다고 하는 사람도 있을 수 있겠네요……." 나는 선생님이 이제 공식적으로 완경기 진단을 내리겠구나 생각하며 대답했다.

"근육통과 관절 통증도 있으시고, 혈압도 기본적인 기능만 겨우 유지할 정도로 낮아요." 선생님이 말을 이었다.

---

* 실제 있었던 이야기. 딸아이의 열 번째 생일에 특별히 뭘 먹고 싶으냐고 물어봤더니 기대감에 부푼 딸애가 이렇게 말했다. "**제발** 쓰레기crap 맥앤치즈 먹으면 안 돼? 다른 애들은 맨날 먹는데 나는 한 번도 먹어본 적 없단 말이야!" 내가 물었다. "너 크래프트Kraft사에서 나온 맥앤치즈 말하는 거니?"(**혼란스러운 표정**)

"맞아요, 만신창이예요. 그럼 어떻게 해야 하죠? 수술을 받아야 하나요? 비타민을 먹을까요? 아니면 전신 정밀검사를 할까요?"

선생님이 아무렇지 않게 대답했다. "릴랙스하시면 돼요." **아, 그렇군요?**

"지난해에도 똑같은 말씀 하신 것 같은데요."

선생님이 맞받아쳤다. "그리고 그걸 안 지키신 것 같은데요. 균형이 무너져 있어요. 하루 종일 '가자!'라고만 외쳐서 부신이 너덜너덜한 상태예요. 활기를 되찾을 필요가 있어요. 요가나 명상 해본 적 있어요?" 이 얘기를 한 사람은 무슨 대체의학 전문가가 아니라 진짜 의료급여를 받는 내 주치의였다.

"명상은 잘 안 되고, 요가는 지루해요. 너무…… 고요해요." 내가 말했다.

"아니에요. 마음만 먹으면 할 수 있어요. 그리고 바로 그 고요함이 핵심이에요."

돈을 내고 병원에서 나와 집에 오는 길에 스타벅스에 들렀다. **사람들이 내 몸을 쿡쿡 찔러댄 후에 진 빠지는 요가 이야기까지 하려니 너무 피곤했기 때문이다.**

얼마간은 의사와 나눈 대화를 머릿속에서 완전히 지울 수 있었다. 하지만 얼마 전 평소보다도 더 피곤하고 짜증이 잘 나고 여기저기가 아프단 걸 느끼기 시작하면서 의사의 조언을 더 진지하게 생각해보게 되었다. 그동안 명상을 해보려고 정말 열심히 노력했지만 내 머릿속은 꼭 방방이를 타다 한껏 흥분한 유치

원생으로 가득 차 있는 것 같다. 이런 애들을 진정시켜야 한다고? 파이팅이다. 살면서 요가도 수없이 많이 해봤지만 요가 동작을 따라 하는 건 좋아도 난해한 헛소리는 도저히 참을 수가 없다.(**그게 핵심이에요.** 의사 선생님이 끼어든다. 선생님이 가진 제3의 눈을 머릿속으로 퍽 찌른다.)

한편 요가를 하는 마돈나는 쉰다섯 살이지만 신체 나이는 실제 나이의 절반 정도로 보인다. 내면의 평화와 고요함에 한 발짝 더 다가가면 나도 탄력 있는 팔뚝을 가질 수 있을지 모른다. 그래, 결정했다. 벤티 사이즈 라테 몇 잔보다 더 저렴한 돈으로* 귀여운 요가 바지와 푹신푹신한 매트, 동네 스튜디오에서 하는 한 달 무제한 요가 수강권을 구매하겠다. 내 삶이 어떻게 바뀔지 지켜볼 생각에 너무 신이 난다.

절제하고, 온 마음을 다해 정진하고, 완전히…… 요기로 변신할 거야. 나는 혼자서 다짐한다. 요기! 실제로 있는 단어다. 생각만으로도 우쭐해진다.

수업 첫날, 탄탄한 몸을 가진 요가 강사가 스튜디오로 성큼성큼 들어온다. "나마스테, 제 이름은 서머Summer입니다." 강사가 천천히 머리 숙여 인사하며 자신을 소개한다. **그러시겠지, 네가 여름이면 나는 가을이다.**(이게 뭐냐고? 원래 오래된 버릇은 고치기 힘들다.) "먼저 한쪽 발을 단단히 땅에 뿌리박고 서서 눈을 감은 다음 가슴을 활짝 여는 걸로 시작합니다."

---

* 아니, 그루폰 너무 최고 아닌가?

나는 눈알을 굴리지 않으려고 최선을 다한다. 비교적 가만히 서 있을 수 있고 눈을 감고도 넘어지지 않을 것 같지만 가슴을 활짝 연다는 부분이 조금 걱정된다. 그건 능력 있는 심장 전문의한테 맡기는 게 낫지 않나? **집중하자 제나야. 집중해. 빈정대는 건 전혀 요기답지 않아.**

우리는 서머의 지도에 따라 숨을 헐떡이며 몸을 데운 후 엎드린 개 자세로 넘어간다. 내가 좋아하는 자세인데, 우리 집 개가 늘 이 자세를 하기 때문이다. 개가 이 자세를 취할 때마다 나는 언젠가 시키면 하는 법을 배우지 않을까 기대하며 "엎드린 개 자세!"라고 외친다. 서머는 조금도 비꼬는 기색 없이 이렇게 말한다. "발꿈치를 땅에 꾹 누르면서 무릎 뒤쪽으로 숨을 들이마시세요."

무릎 뒤쪽으로 숨을 들이마시라고? 어떻게 그게 가능하지? 복사뼈가 정강이뼈에 붙어 있는 건 알지만 폐에서 내 다리 한가운데로 곧장 이어지는 숨구멍은 없는 게 확실한데. 그래도 나는 산소를 다리로 내려 보내려 최선을 다한다. 왜냐하면 나는 **요기**이고, 진심으로 서머처럼 탄탄한 몸을 갖고 싶기 때문이다.

서머는 발바닥 전체를 바닥에 붙인 채 말 그대로 몸을 반으로 접는다. 몸에 지방이 단 30그램도 없다. 어떻게 보면 피부 **위**에 근육과 힘줄을 걸친 것 같다. 벙벙한 내 셔츠 아래로 복부가 얼핏 보인다. 여태까지 소 자세를 하면서 한 번도 내 배를 본 적이 없었는데, 이제는 어떻게 보이는지 아주 잘 알겠다.

"허리 아래에서 골반을 밀어내면서 마음을 차분히 가라앉히

우아하게 나이들 줄 알았더니

세요." 서머가 불경을 외듯 읊조린다.

이봐요, 사계절 중 가장 핫한 언니. 제 눈에는 다 불가능해 보입니다만. 그 두 개를 동시에 하는 건 중급 요가 수업에서 시키기엔 약간 난이도가 높지 않나요?

나는 끝없이 솟아나는 냉소를 최선을 다해 억누르며 한 시간을 버텨내고, 사바아사나*를 하다 잠든다. 내 안에 요기의 잠재력이 있는 게 확실한데, 서머가 **진짜로** 모든 생각을 흘려보내고 깊은 고요함에 빠져들라고 했기 때문이다. 송장 자세를 할 때 내가 얼마나 고요한지 여러분은 상상도 못 할 것이다.

첫 수업을 받고 한 달이 지났고, 다음 달 수강권도 구매한다. 나는 이미 아마존 회원이고 무료배송을 하려면 10달러를 더 써야 하니까 요가 DVD도 몇 개 주문한다. 심지어 며칠 집을 떠날 때는 DVD를 챙겨가기도 한다. 왜냐하면(내가 이렇게 말했다고 아무한테도 얘기하지 말아달라. 우쭐한 표정의 내 주치의한테는 특히 더) 요가를 하면 기분이 좋아지기 때문이다. 더 강해지고 더 유연해지며, 통증은 줄고, 약간 **균형이 잡힌** 느낌마저 든다.

내가 생각 가라앉히는 법을 배웠나? 전혀 아니다. 이제 외모가 서머와 비슷해졌는가? 둘 다 팔다리와 코가 있다는 점에서는. 앞으로 그렇게 될 수 있을까? 그럴 가능성은 유튜버 제나 마블스**가 바티칸에 연사로 초대될 확률만큼 낮다. 하지만 요가

---

* 편히 누워서 이완하는 자세.—옮긴이

** Jenna Marbles. 유머러스한 영상과 자유분방한 욕설로 유명하다.—옮긴이

는 내가 선禪에 가장 가까워질 수 있는 방법이므로 앞으로도 계속할 생각이다. 게다가 관장보다는 백만 배 나으니까.

내 입에서 똥 냄새가 난다고
말하기 전의 애들이 더 좋았다

우선 내가 이 세상에 있는 모든 것 곱하기 무한대 더하기 11보다 더 애들을 사랑한다는 말부터 하고 싶다. 애들을 키우는 일은 내 인생에서 가장 큰 기쁨이자 가장 보람찬 도전이다. 애들을 위해서라면 두 번 고민 않고 비처럼 쏟아지는 총알을 막아설 수도 있고 차갑고 위험한 급류로 뛰어들 수도 있으며 배고픈 악어 떼와 맞붙을 수도 있다.* 하지만 솔직히 말하면 조와 가족을 꾸리기로 결정했을 때(참고로 내키는 대로 쉽게 내린 결정이 결

---

* 악어 무리를 지칭하는 단어는 congregation이다. 왜 동물마다 무리를 지칭하는 단어가 따로 있는 건지는 전혀 모르겠지만, 퀴즈쇼의 문제로 내기 딱 좋을 것 같다.(다음 빈칸을 채우시오. 원숭이 떼: a shrewdness/독수리 떼: a wake/치타 떼: a coalition/누 떼: an implausibility/벌새 떼: a charm/모기 떼: a scourge/호저 떼: a prickle)

코 아니었다) 나는 내가 뭘 하기로 한 건지 **눈곱만큼도 몰랐다**.

먼저, 뭘 해야 하고 뭘 하면 안 되는지에 대해 조와 나눴던 대화가 마치 어제 일처럼 전부 생생하게 기억나는데, 모든 질문의 목적어가 항상 아기였다고 100퍼센트 확신한다. 우리가 **아기**를 가질 준비가 된 걸까? **아기**를 기를 경제적 여유가 있을까? **아기** 이름은 뭐로 할까? 누가 **아기**의 주 양육자가 되어야 할까? **아기**에게 젖을 먹일 수 있을 만큼 내 가슴이 큰가? 조가 우리가 아는 사람 중 가장 섹시한 **아기** 아빠가 될 수 있을까? 도대체 어떻게 **아기**를 포대기로 감싸는 거야?

그렇기에 지금 나는 머리를 긁적이며 의아해하는 중이다. 엄청나게 크고 쉴 새 없이 재잘거리고 해달라는 게 이토록 많은 작은 인간 두 명을 도대체 내가 어떻게 키우고 있는 거지? 내 앞에서 꼬박꼬박 눈알을 굴리고 왜 엄마는 마사지와 페디큐어를 받는데 자기들은 안 되는지 알고 싶어 하는 이 애들을?("왜냐하면 나는 **돈**을 버니까! 알겠니?")

"저, 죄송하지만 저는 **아기**를 가지려고 했던 건데요?" 이렇게 소리 질러보지만 우리 집의 영원한 배경 음악인 시끄러운 테일러 스위프트 노래에 묻혀 아무도 내 목소리를 듣지 못한다.

우리 언니는 나보다 10년 일찍 결혼했다. 내가 첫째를 임신하고 있을 때 언니의 첫째는 막 아홉 살이 되었다.

"애가 집에서 살 날 중에 벌써 반이 지난 거야." 아이의 아홉 살 생일날 언니는 실제로 눈물을 흘리며 말했다.

"언니 지금 생리 전이야?" 당황한 내가 물었다.(언니가 술을

　　　　　　우아하게 나이들 줄 알았더니

한 모금도 안 마시는 사람이 아니었다면 나는 분명 언니가 취했다고 생각했을 것이다.)

"제나야, 넌 아직 몰라." 언니가 훌쩍거렸다. "지난 9년이 어떻게 지나갔는지도 모르겠어! 너무 짧은 시간이었어. 아직 애를 떠나보낼 준비가 안 됐단 말이야!"

그런데 사람들은 내가 언니보다 더 '감정적'이라고 생각한다고? 어이가 없네.

내가 맞받아쳤다. "애가 독립하려면 **최소 9년**은 더 있어야 한다고!" 그때는 시간을 쏜살같이 빨아들이는 부모 노릇이라는 소용돌이에 아직 들어서기 전이었다. 9년은 평생과도 같은, 거의 무한에 가까운 영겁의 시간이었다. 나는 생각했다. **9년 후면 나는 마흔네 살이네!** 하하하하! 내가 마흔네 살이 될 리 없지! 그날의 대화는 그저 쓸데없는 헛소리였고 언니는 제정신이 아니었다. 그뿐이었다.

처음 중년임을 실감한 순간은…
마침내 내가 가장 좋아하는 영화 〈인디아나 존스〉를
아들과 함께 볼 수 있을 때가 되면 영화가 나온 지 30년도
더 지났으리라는 사실을 아내가 일깨워 줬을 때. — JP

우리 애들이(그리고 지금 돌이켜보면 나 또한) 아기였을 때 낯선 사람들이 끊임없이 우리에게 다가오곤 했다. 그들의 유일한 목적은 (좋은 의도였겠지만) 내가 청하지도 않은, 동시에 나를 혼란스럽게 하는 조언을 건네는 것이었다.

"아, 지금이 좋을 때지요. 애들은 정말 금방 큰답니다…….
눈 깜박할 사이에 커버려요." 눈가가 촉촉해진 사람들은 하나같
이 이렇게 말했다.

나는 흘러나온 젖으로 축축해진 가슴팍과 어깨 위로 흘러내
리는 아이의 침을 바라보며 이렇게 생각했다. **이 머저리들. 지
금이 좋을 때라고? 제발 빨리 지나갔으면 좋겠구만. 그리고 20년
이 눈 깜박할 사이에 지나간다고? 나는 어제 하루가 12주처럼 길
게 느껴졌다! 시간이 말 그대로 가만히 서 있단 말이야!** 그때 나는
내가 낳은 이 자그마하고 오동통하고 털 하나 없고 팔다리를 마
구 파닥거리는 아기가 혼자 서서 돌아다니게 될 거라고는, 나보
고 "사악한 마녀보다 더 못됐다"라고 말하고 1,200달러짜리 드
럼 세트를 사달라고 애걸복걸할 거라고는 조금도 예상하지 못
했다. 그건 그냥 말이 안 되는 얘기였다.

그런데 그때 이후로 눈을 한 번 깜박이자 오늘이 되었다. 이
글을 쓰고 있는 지금 첫째 딸의 머리끝이 내 코에 닿는다. 나는
아직도 그 사실을 믿지 못해서 아이가 하이힐을 신거나 동생을
밟고 올라선 건 아닌지 확인하려고 계속 아래쪽을 쳐다본다.(아
이가 실제로 그런 적은 거의 없다.) 이제 첫째는 남자애들한테
푹 빠지기도 하고, 나보다 아이섀도를 더 잘 바르며,* 열여섯 번
째 생일이 토요일이라서 가장 기다려온 생일이 주중이었더라면

---

* 물론 나는 딸애가 아이섀도를 바른 채 외출하게 두지 않는다! 내가 어떤
엄마라고 생각하는 건가? 하지만 내가 외출할 때 딸애한테 아이섀도를 발라
달라고 하기는 한다. 그러지 말아야 할 이유가 없지 않나.

기다릴 필요가 없었을 고통스러운 이틀을 더 기다려야 첫 운전면허증을 받을 수 있다는 사실도 이미 알고 있다. **운전면허증**이라니! 이게 말이 되나? 아기들은 **차**를 운전하면 안 된다. 여전히 자기 아이가 어린 아기라고 생각하는 사람은 어느 날 나이가 두 자릿수가 된 아이가 다가와 다음과 같은 폭탄을 던질 때 완전히 허를 찔릴 수밖에 없다. "아빠한테 아기가 어떻게 생기는 거냐고 물어봤는데 그걸 얘기해주면 엄마가 아빠한테 엄청 화낼 거라고 했어."

흠, 그랬단 말이지. 이 친구 피하는 기술이 제법인데. 그런데 진심으로 나는 준비가 됐다. 사실 이 순간을 아주 오랫동안 기다려왔다.

"네가 알고 있는 건 뭔데?" 나는 우선 복구해야 할 피해가 어느 정도인지를 가늠해보려고 했다.

"**아무것도** 몰라." 딸아이가 대답했다.

"너 섹스가 뭔지 아니?" 내가 물었다.

딸이 슬픈 얼굴로 고개를 저었다.

"자." 나는 숨을 깊이 들이쉬었다.(여기서 내가 우리 엄마와는 한 번도 이런 대화를 나눈 적 없다는 사실을 짚고 넘어가는 게 좋겠다. 실제로 나는 엄마가 저녁 식사를 준비할 때 거실 소파에 앉아 주디 블룸*의 책을 읽고 있었던 날을 생생히 기억한다. "엄마, 자위가 무슨 뜻—" 내가 말을 끝내기도 전에 엄마는

---

* Judy Blume. 미국에서 가장 인기 있는 동화 작가 중 한 명.—옮긴이

내 손에서 책을 낚아챈 뒤 나를 방으로 들여보내 버렸다. 나는 이렇게 생각했다. **우와, 진짜 좋은 게 틀림없어.** 그날 이후 나는 쥐꼬리만 한 용돈을 모으기 시작했고 버스비와 새 책을 살 수 있는 돈이 모이자마자 급히 서점에 가서 똑같은 책을 또 한 권 샀다. 물론 **새로 산 책은 침대 매트리스 밑에 감춰두었다. 한 번 실수는 그냥 어리바리한 거지만 두 번 실수는 멍청한 것이기 때문이다.** 주디 블룸의 책을 읽을 때 기탄없이 섹스 이야기를 해줄 엄마는 내게 필요치 않았다. 그나저나 도대체 그 책은 **무슨 책**이었을까? 그냥 딸애한테 그 책을 한 권 사주고 알아서 배우라고 할까. 아니야. 우리는 우리 부모보다 더 나은 부모가 되어야 한다. 부모의 실수를 통해 배우고, 우리가 겪은 잘못을 바로잡아야 한다. 섹스에 대해 이야기할 수 있어야 한다.)

나는 설명을 시작했다. "엄마들은 전부 몸속에 씨앗을 품고 있단다. 아빠들도 자기 몸속에 씨앗을 품고 있어. 아기를 만들려면 두 씨앗이 다 필요해. 아기를 키우는 건 무척 힘들고 돈이 많이 드는 데다 아기를 낳을 땐 정말 이루 말할 수 없이 아프지만, 여자와 남자가 결혼을 하고 아기를 낳기로 결정하면 두 씨앗이 만나서 아기가 되는 거란다."

(스스로에게: 해냈어!)

"두 씨앗이 어떻게 만나는데?" 딸아이가 물었다.

"아, 그건…… 아빠가 자기 씨앗을 엄마 몸속에 심는 거야. 그러면 그 안에서 씨앗이 자라서 아기로 태어나는 거지." **질문의 답은 해주되 애들이 물어보지 않은 정보까지 주지는 말 것.** 이런,

우아하게 나이들 줄 알았더니

나 진짜 잘하잖아. 강연을 다녀도 되겠어! 부모들은 분명히 다른 사람한테 돈을 주고서라도 자기 대신 얘기 좀 해달라고 부탁할 거야. 물론 나는 안 그렇지만 말이지. 난 알아서 잘할 수 있어.

딸애는 고개를 끄덕이며 내 씨앗 이야기를 받아들였다. 어쩌면 음경과 질 이야기는 안 해도 될지 몰라!

"그런데 아빠가 가진 씨앗이 어떻게 엄마 **몸속으로** 들어가?" 딸애가 밀어붙였다.

이런, 애야. 법조계에서 일해볼 생각 없니?

그냥 단어일 뿐이야. 말할 수 있어.

"음경."

충격받은 얼굴.

"음경이 **뭐?**"

"아빠의 씨앗이 음경에서 나와."

"나와서 **어디로** 가는데?"

(스스로에게: 너도 이 이야기를 처음 들었던 때가 있었어. 그런데 죽지 않고 살아 있잖아. 우리 애도 감당할 수 있어. 그냥 내뱉고 끝내버려.)

"씨앗이 서로 만날 수 있도록 아빠가 자기 음경을 엄마의 질에 집어넣는 거야."

딸애는 '맙소사 나 진짜 토할 것 같아' 하는 표정과 배를 부여잡고 움츠린 자세를 하고 가만히 서 있었다.

"도대체…… **왜?**" 딸애가 물었다.

"세상이 원래 그런 거야." 내가 설명했다. **참고로, 자녀 양육**

서에 나오는 말은 아니다. "생각해보면 참 이상하다, 그치?"

딸애는 ADHD가 있는 머리 큰 인형처럼 고개를 주억거렸다.

"음경을 얼마나 오래 넣고 있어야 돼?" 딸애가 물었다.

"그렇게 오래는 아니야." 내가 말해주었다. 애가 점점 걱정하는 것 같았고, 또 그게 사실이기 때문이다.

그날 이후 나는 친구 코리에게 딸과 처음으로 섹스 얘기를 하는 게 얼마나 끔찍했는지 상세히 들려주었다.

코리가 말했다. "아, 나도 우리 딸하고 그런 여자 남자 얘기한 적 있어. 그런데 갑자기 애가 조용해지더니 이렇게 말하는 거야. '잠깐만, 로리 고모는 아기가 있잖아……. 결혼도 안 했는데.' 그래서 내가 그랬지. '맞아, 고모는 특별 허가를 받았거든. 엄청 복잡한 일이야.'"

"정말 그랬단 말이야?" 내가 웃느라 눈물까지 줄줄 흘리며 소리쳤다.

"진짜라니까." 코리가 말했다. "그 말이 내 입에서 나오는데 나도 **이게 말이야 방귀야?** 하는 생각이 들더라고. 심지어 퇴근한 남편한테도 애가 결혼 안 하고 애를 낳을 수 있는 특별 허가에 대해 물어보면 알아서 장단 맞추라고 말해야 했다니까."

물론 이 대화는 종말의 시작일 뿐이다. 순진무구하고 단순했던 아가 시절의 종말. **"시간은 우리를 더 용감하게 만들지, 아이들은 커가고 나도 늙어가네."**[*] 이런, 스티비 닉스, 당신 뭘 좀 아

---

[*] 스티비 닉스가 속해 있었던 밴드 플릿우드 맥Fleetwood Mac의 음악 〈산사

는 사람이야.*

실제로 우리 애들은 커가고 있다. 기쁘면서도 씁쓸하다. 물론 좋은 점도 많다. 이제 애들은 혼자서 샤워를 하고 이를 닦는다. **할렐루야, 정말 감사합니다.** 책과 벌레와 집단 괴롭힘과 남자애들과 전반적인 인생에 대해 애들과 깊고 유의미한 대화를 나눌 수 있다. 애들은 내게 노래 가사뿐만 아니라 헵타곤의 변의 개수(일곱 개)나 익룡이 사실은 공룡이 아니라는 사실(익룡은 날아다니는 파충류였다. 참나)처럼 새로운 정보를 가르쳐준다. 이제 애들은 여행을 갈 때 자기 가방을 직접 싸는데, 이건 정말 엄청난 전환점이다. 애들은 집안일을 도와주고 내 몸을 시원하게 주물러주며, 애들 입에서 나오는 말들은 매일매일 나를 배꼽 잡고 웃게 만든다. 하지만 그럼에도 나는 애들의 아가 시절이 그립다.

남편한테 정관 묶은 걸 풀어서 다시 임신시켜달라고 간청한다거나 하는 미친 짓은 안 할 테지만 왜 몇몇 여자들이 그 지경에 이르는지는 알 것 같다.(손주 보기엔 **한참** 멀었다. 그 입 다물지 않으면 가만두지 않으리.) 한창 젖을 먹이고 똥을 닦아주고

태Landslide〉의 가사다.—옮긴이

* 사실 이 노래에서 스티비 닉스가 뭘 얘기하려고 한 건지 전혀 모르겠다. 빙벽 등반? 자연재해? 누가 죽었나? 가슴 찢어지는 일이 있었나? 그래도 왜인지 모르게 저 가사만은 내 심금을 울린다. '듀스처럼 시동을 걸었네' 얘기는 꺼내지도 말자.(맨프레드 맨스 어스 밴드Manfred Mann's Earth Band의 음악 〈Blinded By The Light〉의 가사로, 많은 사람들이 자동차의 한 종류인 듀스douche를 비속어인 douche로 이해했다.—옮긴이)

한밤중에 잠에서 깨고 아보카도를 으깨 이유식을 만들 때는 전혀 이해하지 못했겠지만 아기 키우기는 비교적 **쉬운 편**이다. 아기는 부드럽고 품에 안을 수 있으며, 우리 앞에서 혀를 쏙 내밀 때는 얼마나 사랑스러운지 모른다. 배가 훤히 드러난 티셔츠와 주름 장식이 달린 팬티만 입혀서 식료품점이나 쇼핑몰에 가도 사람들에게 경멸당하거나 체포될까 봐 걱정하지 않아도 된다. '친구'라는 것이 내뱉을 수 있는 가장 잔인한 말로 가슴을 찢어놓아서 애들이 무너져 내리는 모습을 지켜보지 않아도 되고, 친구네 집에서 자는 날 겁먹거나 외로워하는 건 아닌지 걱정할 필요도 없다. 아기는 죽음이나 신, 비행기 추락 사고, 테러처럼 웬만하면 얘기하고 싶지 않은 주제에 대해서도 물어보지 않는다. 언니 말이 맞는다는 걸 깨닫고 잠들지 못해 뒤척일 일도 없다. 언니가 옳았다. **그리 멀지 않은 미래의 어느 날** 우리는 애들을 떠나보내야 한다.

지난주에 옆집 딸이 대학에 입학하느라 집을 떠났다.

"잘 지내는지 모르겠네." 하루는 조가 옆집을 가리키며 말했다.

"아마 만신창이가 됐을걸. 문 앞에 서 있는 걸 몇 번 봤는데 완전 넋이 나간 것 같더라고." 내가 말했다.

"난 그 집 **딸**을 말한 건데." 조가 말했다.

"베타? 에이, 걔는 잘 지내지! 대학에서 인생 최고의 시간을 보내고 있을 텐데. 우리가 걱정해야 할 사람은 가엾은 그 집 엄마야."

조는 미쳤냐는 얼굴로 나를 쳐다보았다. 쩝. 하지만 여러분,

우아하게 나이들 줄 알았더니

내가 문 앞에 멍하니 서서 이웃을 걱정시킬 날도 **그리 멀지 않았다.** 나는 내 둥지가 비는 게 싫다. 아주 조금도. 정말 의아하다. **어떻게 이걸 걱정하고 있는 거지?** 아기를 낳은 게 바로 엊그제 같은데.

물론 그건 사실이 아니다. 나는 10년 넘게 엄마로 살아왔고, 그 시간은 내 평생의 거의 4분의 1에 달한다. 우리 애들이 강하고 독립적이며 하루하루 지날수록 더욱더 그렇게 되고 있다는 사실은 무척 기쁘지만(이게 바로 이 미친 여정의 목적이니까), 길을 건널 때 내가 내민 손을 애들이 내치거나 손가락을 관자놀이 옆에 대고 빙빙 돌리며 우리 엄마 미쳤다는 몸짓을 하는 걸 볼 때 내 가슴이 조금도 찢어지지 않았다면 거짓말일 것이다. 내 아가들은 내게 결코 이렇게 굴지 않았다.

내 아가들은 화장실에서 발가벗고 어깨와 엉덩이를 흔들면서 내가 뭐 하냐고 물어보면 "아, 엄마 엉덩이처럼 덜렁거리게 해보는 거야"라고 대답하지 않을 것이다.(하지만 막 10대가 된 우리 애들은 아무 거리낌 없이 이런 짓을 한다.) 아이폰을 사달라고 매일 조르지도 않을 것이고(난 이렇게 말해준다. "엄마는 서른일곱 살에야 아이폰을 샀어.") 아침에 일어나 내 얼굴에 코를 비비다가 갑자기 나를 확 밀며 "우웩, 엄마 입에서 똥 냄새 나!"라고 소리 지르지 않을 것이다. 왜 이마에 줄무늬가 있냐거나("너네 때문이야. **너네 때문.**") 왜 내 가슴이 앞이 아닌 아래를 향하고 있냐고 묻지도 않을 것이다.('이마의 줄무늬' 얘기 참조.) 내가 가장 좋아하는 셔츠를 빌려도 되냐고 물어본 다음(아기가! 성인 여성의 셔츠를 입는다고! 상상이 되나?) 끝내주게 소화해서 내가 어쩔 수 없이 셔츠를 넘겨주게 만들지도 않을 것이다.(어차피 애가 입은 걸 보고 나면 다시는 그 옷을 입을 수 없다.) 우리 아가들은 365일 스물네 시간 내 곁에 있고 싶어 했다. 당시에는 숨이 막혔지만 지금은 그때를 남몰래 그리워하는 중이다.

최근에 나는 집에 있는 비디오를 전부 DVD로 변환하는, 결코 사소하지 않은 일에 착수하기로 결심했다. 여러분도 변환을 고려하고 있다면 생리 전처럼 호르몬이 불균형한 시기는 **피할** 것을 권한다. 기저귀를 찬 아가들이 젊은 시절의 내 무릎 위에 앉아 있는 모습을 보면 어깨를 들썩이며 꺽꺽 눈물을 흘리게 되기 때문이다.

화면 속에서 우리는 스프링클러 사이를 뛰어다니고 책을 읽고 컵케이크를 굽고 책을 한 권 더 읽는다. 크리스마스 선물을 열어보고 초를 불고 블록을 쌓자마자 다시 무너뜨리고 또 쌓는다. 영상을 연이어 보면서 생각한다. **이 애들한테 정말 많은 에너지를 쏟았구나. 애들이 우리를 전혀 필요로 하지 않도록 잘 키우는 게 그 목적이구나.**

나는 다른 사람들의 양육 방식을 비난하지 않으려고 노력한다. 사실 거짓말이다. 엄청 비난한다. 아니 솔직히, 당신들이 애한테 아이패드나 신상 전동 스쿠터를 사주고 애를 케이티 페리 공연에 데려가면 우리 애들이 나한테 그 얘기를 한단 말이다. 아무리 그게 은 접시가 아니라 아마존닷컴 박스에 담겨 있다 하

　　　　　　　　　우아하게 나이들 줄 알았더니

더라도* 애들이 갖고 싶다고 생각하자마자 10억분의 1초 만에 그걸 애들한테 전부 사주는 건 별로 바람직하지 않다고 생각한다. 나는 어떻게 하냐고? 나는 못된 엄마다. 우리 애들은 매일 집안일을 해야 하고(투덜투덜) 용돈도 없다.(징징) 가족 구성원이라면 마땅히 자기 책임을 다해야 한다는 걸 애들이 알았으면 하기 때문이다. 나는 내가 장을 보고, 옷을 개고, 요리를 하고, 매달 샤워 배수구에서 18킬로미터 길이의 머리카락을 끄집어내고, 여러 개의 세면대에서 딱딱하게 굳은 치약을 긁어내고, 개들이 유리문에 남긴 코 자국을 일주일에 열 번도 넘게 닦고, (대개는) 불평 하나 없이 매일 해내는 다른 수많은 집안일을 하는 대가로 돈을 받는 날이 와야 애들이 식기세척기에 있는 그릇을 꺼내거나 침대를 정리하거나 장난감을 치웠다는 이유로 용돈을 줄 것이다. 무슨 불만이 있다는 건 아니다.

"매디슨은 용돈 받는단 말이야!" 지독하게 가진 것 없는 우리 딸들이 입을 삐죽댄다.

"그 집 엄마는 나보다 착한가 보지." 내가 대꾸한다.

"**그건** 그래." 애들이 지들끼리 수군거린다.

"이거 참, 원래는 용돈 주려고 했는데." 내가 거짓말을 한다. "너네 그냥 매디슨네 엄마한테 가서 용돈 달라고 하는 게 낫겠다. 그 집 엄마는 엄청 **착하니까.**"

---

* 뭔가를 은 접시에 담아 준다는 표현에는 값진 것을 대가 없이 쉽게 건네준다는 뜻이 있다.—옮긴이

대학 다닐 때 마크 트웨인의 그 유명한 말을 처음 들었던 것이 기억난다. 트웨인은 이렇게 말했다. "내가 열네 살 때 우리 아버지는 너무 무식해서 나는 아버지 옆에 있는 것조차 견딜 수가 없었다. 하지만 스물한 살이 되자 아버지가 7년 만에 어떻게 그렇게 많은 것을 배울 수 있었는지 깜짝 놀라고 말았다." 이와 똑같은 깨달음의 순간이 나에게도 있었다. 하지만 그로부터 20여 년이 더 흘러 아이를 낳고 내가 부모 입장이 되어보니 똑같이 놀라운 또 다른 깨달음이 찾아왔다. 우리 부모님도 자기가 뭘 하는지 전혀 몰랐던 거였다! 우리 모두가 그저 그때그때 닥치는 대로 최선을 다하며 살아간다. 가끔은 멍청한 짓을 저지르고('결혼하지 않은 엄마들이 반드시 받아야 하는 특별 임신 허가' 부분을 볼 것. 코리야 미안) 아마 자기 부모와 달라지고 싶은 마음이 너무 간절해서 위험할 만큼 반대쪽 끝으로 내달릴 것이다. 우리 부모님은 뱃사람처럼 욕을 했고(지금 여러분이 깜짝 놀랐다는 거, 나도 안다) 규칙이나 경계랄 게 별로 없었다. 하지만 지금 우리 집은 '멍청이'가 금지어이며* 규칙을 어떻게 시행해야 할지에 대한 규칙이 있다.

내가 애들을 구제 불능으로 망치고 있는 걸까? 오직 시간만이 답해줄 것이다. 아직 내 명의 절반밖에 안 살아서 정말 다행이다. 우리 애들이 어떤 사람으로 자라날지 정말 보고 싶으니까.

---

* 그래 맞다. 나는 위선자다. 애들한테만 말하지만 말아달라.

우아하게 나이들 줄 알았더니

공사장 인부들이
언제 이렇게 고상해졌지?

건축업자의 딸인 나는 더럽고 상스러운 땀투성이 남자들에게 둘러싸여 자랐다. 망치를 휘두르지 않을 때에는 여성을 대상화하는 것이(그것도 시끄럽게, 엄청 자주) 그들의 일이었다. 내가 공사 현장에 있을 때는 보통 아빠(그들의 상사)와 함께 있었기 때문에 가장 천박한 사람조차 내 가슴이나 엉덩이를 들먹이거나 트럭으로 같이 뛰어 들어가 입에 담을 수 없는 짓을 하자고 제안하면 안 된다는 사실을 알았다. 하지만 가끔 해변에서 놀다가 자전거를 타고 집에 돌아가는 길에(그것도 비키니 차림으로. 상상이 되는가?) 아빠가 짓던 집 중 한 곳을 들르면 테스토스테론이 들끓는 이 웃통 벗은 남자들은 내 쪽으로 19금 성희롱 발언을 쏟아내다 아빠가 눈앞에 나타난 후에야 뇌에 **상사의 딸**이라는 단어를 입력하곤 했다. 아빠는 불같이 화를 냈고 나머지 사람들은 크게 당황했으며 결국 내게는 아빠 일터의 반경 10킬로미터 내에서 반쯤 벗은 몸을 과시하면 안 된다는 금지령이 떨어졌다.

이야기의 핵심을 이해하지 못한 분들을 위해 말씀드린다. 중요한 건 반쯤 벗은 **내** 몸이 젊고 건장한 남자들을 흥분시켰다는 것이다!

아, 그리운 옛날이여.

글로리아 스타이넘의 추종자 분들, 이런 얘기를 들으면 여러분의 겨드랑이털이 불끈 일어선다는 것은 알지만, 솔직히 요즘 나는 비싼 돈을 내고서라도 남자들의 휘파람 소리를 듣고 싶은 심정이다. 빨간불에 멈춰 섰는데 남자들이 고개를 돌려 내 쪽을 쳐다보면 정말 행복할 것이다. 망할, 이제는 슈퍼마켓의 귀여운 직원이 "오늘 하루 어떠세요, 부인?"이 아니라 "오늘 하루 어때요?"라고만 해도 차로 총총 걸어가는 내 발걸음이 마치 스프링을 단 것처럼 가벼워진다.

이성의 관심을 갈구하는 것이 여러 이유에서 매우 우스꽝스러운 행동이라는 것은 나도 안다. 우선, 우리 남편은 늘 나보고 섹시하다고 말해준다. 하지만 앞에서 언급했듯이 갈수록 무너져 내리는 내 엉덩이가 남편이 남은 평생 뒤에서 껴안을 수 있는 유일한 엉덩이라는 사실을 고려할 때 이런 식으로 나를 치켜 올리는 데에는 매우 중요한 두 가지 목적이 있다고 볼 수 있다. 하나는 당연히 섹스 전에 나를 달아오르게 하는 것이고, 다른 하나는 아마도 '계속 말하면 나도 믿게 될 거야!'라는 무의식의 발

우아하게 나이들 줄 알았더니

현이다. 남편의 말을 폄하하려는 것도 아니고, 남편이 내게 끌리지 **않는다**고 말하는 것도 아니다. 하지만 내 남편은 똑똑한 사람이라 매일 "헤이, 섹시"라고 말하는 게 아주 조금이나마 섹스의 가능성을 높여주는 것 같다면 아마 영원히 이 말을 반복할 것이다.

낯선 남자가 내 신체에 끌린다고 공표해주길 바라는 게 터무니없는 또 다른 이유는, 자, 그 말을 하는 사람이 누구인지를 보자. 이렇게 말하긴 죄송하지만, 지붕 위에서 "와우, 와우, 와우, 화끈한데, 나랑 좀 놀자"라고 외치는 작자들이 그리 안목 있는 사람들은 아니다.(그리고 솔직히 유명한 다이어트 콜라 광고*에 나오는 남자처럼 잘생긴 경우도 거의 없다.) 대부분은 우리 집 래브라도보다 등에 털이 더 많고 앞니도 몇 개 없다. 하지만 디저트를 아예 안 먹는 것보다 살짝 오래된 컵케이크라도 먹는 게 나은 때도 있는 법이다.

짝 있는 사람들이 무해한 플러팅을 정당화할 때 쓰는 말이 있다. "다이어트 중이라고 해서 메뉴도 보면 안 되는 건 아니다." 행복한 결혼 생활 중이며 내 삶에 충분히 만족하지만 타인의 관심에 아주 약간은 굶주린 중년의 나는 이렇게 말하겠다. "일자리를 원하지 않는다고 해서 제안을 계속 거절하는 즐거움

---

* 이 광고에서 사무실 여직원들은 정확히 11시 30분에 모여 공사장 인부가 셔츠를 벗고 다이어트 콜라를 마시며 쉬는 모습을 지켜본다. 내가 여러분을 위해 방금 검색해봤는데 구글에서도 이 광고를 볼 수 있다. 그런데 키보드에 흘린 침은 어떻게 닦으면 되나?

도 누리면 안 되는 건 아니다."

사람들은 이렇게 외친다. "하지만 캣콜링은 여성을 모욕하고 비하하는 무례한 행동이라고요!" 나도 전적으로 동의한다. 진심이다. 캣콜링을 완전히 없앨 수만 있다면 나 또한 당신과 함께 캠페인에 나서겠다. 하지만 캣콜링은 여전히 존재하며 앞으로도 쭉 존재할 것이다. 그리고 당신은 어떨지 모르겠지만 나는 낯선 사람이 술 취한 채 깜깜한 방에 함께 있을 때 아주 잠깐이라도 절대 같이 섹스하거나 벗은 모습조차 보고 싶어 하지 않는(대놓고 공표하는 건 아니더라도) 사람은 되고 싶지 않다.

(이와 관련된 슬픈 이야기: 얼마 전에 내 '생일 슈트'* 이야기를 하고 있었는데 알고 보니 여덟 살짜리 우리 막내가 이 단어를 한 번도 들어본 적 없었던 것으로 드러났다. 단어의 뜻을 설명해주자 막내는 이렇게 말했다. "아, 나는 엄마가 생일 **드레스** 얘기를 하는 줄 알았지." 내가 생일 파티 때 입었던, 막내가 나중에 크면 자기가 갖겠다고 이미 결정한 스팽글 드레스를 말한 것이었다. 같이 깔깔 웃고 난 후 막내가 다정하게 나를 끌어안으며 손을 말아 내 귀에 갖다 대고 소곤소곤 말했다. "기분 나쁘게 하려는 건 아닌데, 엄마 생일 드레스가 생일 슈트보다 훨씬 더 예뻐." 슬프지만 막내의 말이 사실이다.)

그리 오래전 같지 않은 싱글 시절, 술집을 돌아다니면 꽤나 많은 남자들이 내게 다가와 대시를 했다. 그때는 주름 하나 없

---

* birthday suit. 알몸이라는 뜻.—옮긴이

는 얼굴과 탱탱한 가슴이 있었고 옆에 낀 남자와 결혼반지는 없었으므로 남자들은 내게 술을 사고 찬사를 보내고 종종 구린 작업 멘트를 날렸다.(나의 최애: "당신에게 정말 잘 어울리는 청바지네요……. 하지만 우리 집 바닥에 벗어던졌을 때 더 예뻐 보일 것 같은데요?") 퇴짜를 놓으면 남자들은 옆 의자로 이동했고, 나는 멋진 남자에게 대시받길 기대하며 여자 친구들과 술을 마시는 몹시 중요한 업무를 방해받은 것이 짜증나서 한숨을 푹푹 쉬었다. 내가 마지막으로 바에서 남자에게 술을 얻어먹은 것은 여자 친구들과 함께 팜스프링스로 여행을 갔을 때였다. 그곳에서 친구들과 나는 매우 유쾌하고, 돈 많고, 늙었고, 게이인, 중년의 초파리*를 찾는 게 분명해 보이는 남자들과 어울렸다.**

내게는 얼마 전 싱글이 된 친구들이 많다. 이 친구들은 중년에 다시 데이트 풀에 뛰어들어야 하는 현실이 비참하다며 하소연을 늘어놓는다. 이 데이트 풀에서는 메건 폭스 같은 외모를 하고 조막만 한 비키니를 입은 어린 애들과 같이 헤엄쳐야 하는데, 애들도 우리와 마찬가지로 50살 먹은 안전요원의 눈길을 끌고 싶어 한다. 물론 내 매력적인 친구들은 갓 성인이 된 어린 애

---

* fruit fly. 게이 남성을 좋아하는 여성을 의미한다.—옮긴이

** 요즘 인터넷에서는 게이 남성을 좋아하는 여성을 지칭하는 **다른** 용어('잡동사니 보관용 가방rag bag"과 라임이 맞는 바로 그 용어)를 매우 모욕적이고 불쾌하게 여기는 것 같다. 더 이상 쓸 수 없다니 정말 안타깝다. 재미있는 말이었는데.('fag hag'를 말하는 것으로, 같은 뜻의 fruit fly보다 경멸의 의미가 더 크다.—옮긴이)

들보다 훨씬 더 똑똑하고, 비교 불가능할 정도로 이룬 게 더 많으며, 말도 안 되게 더 견문이 넓고, 경제적 능력도 월등히 뛰어나고, 무척이나 더 자신감 넘치고, 섹스도 의심할 여지 없이 더 잘하고,* 알몸으로 있을 때 어린 애들보다 천 배는 더 섹시하고 천배는 더 편안해한다. 하지만 안타깝게도 이 대회에는 장기자랑도 이브닝드레스 심사도 없고 무대 위에서의 질문 답변이나 개인 인터뷰 점수도 없다. 내내 수영복 심사만 할 뿐이다. 그렇다면 매번 이기는 건 누구일까? 아니, 진짜로 한번 맞혀보시라.

(남편에게 전화해서 맥주가 가득 든 상자와 평생의 오럴섹스를 걸고 무슨 일이 있어도 나를 떠나지 않겠다고 맹세해달라고 애원한다. 다행히 남편은 동의한다.)

어쩌면 상황은 내 생각만큼 나쁘지 않을 수도 있다. 진짜 웃긴 영화 〈디스 이즈 40This Is Forty〉에서 레슬리 만이 말했듯이, **나는 누구하고도 섹스할 마음이 없음**을 분명히 표현했지만 그래도 나와 기꺼이 섹스하려고 하는 그리 흉측하지 않은 남자가 적어도 몇 명은 있을 것이다. 아니, 어쩌면 그런 남자는 없을지 모른다. 그래서 가끔 내가 한밤중에 침대 위에서 내 미래의 삶에 픽션을 살짝 가미한 영화** 대본을 상상하며 시름에 잠기는 것이다. 이 대본에는 분명히 다음과 같은 장면이 들어 있을 것이다.

---

* 확신할 순 없지만 여태까지 살면서 몇 가지 기술은 터득했을 거라 생각해도 괜찮을 듯하다.
** 크리스틴 위그가 내 역할을 맡고 윌 아넷이 조를 연기하는 진짜 웃긴 영화다. 다들 이런 상상하지 않나?

우아하게 나이들 줄 알았더니

야외. 남부 캘리포니아의 아담한 교외
운치 있고 오래된 집들이 대부분이지만
막 공사를 시작한 부지가 하나 있다.

제나, 40대 중반의 그럭저럭 매력 있는 여자. 집에서 목줄을
맨 강아지를 데리고 나와 진입로를 지나 인도를 향해 걸어
간다.* 문득 걸음을 멈추고 어느 쪽으로 갈지 고민하는 것처
럼 주위를 둘러보다 공사 중인 집을 발견한다. 어깨를 펴고
배에 힘을 준 다음 블라우스 안으로 손을 집어넣어 두 가슴
을 한껏 모은다. 최대한 귀엽고 자연스럽게 보이려고 노력
하며 공사 중인 집 쪽으로 걸어가기 시작한다.

인부가 최소 열두 명은 있는데도 제나에게 신경을 쓰는 사
람은 한 명도 없다. 더 천천히 걸어보지만 여전히 그대로다.
제나가 헛기침을 한다. 한 남자가 고개를 들어 쳐다보고는
바로 다시 시선을 돌린다. 제나는 너무 천천히 걷고 있어서
움직이는 것 같지도 않다.

---

* 영화에서 우리 집 개는 작고 사랑스러운 보스턴테리어 수컷이며 믿을 수
없을 정도로 품행이 바르고 잔디 여기저기에 오줌을 싸대지도 않는다. 하지
만 현실에서 우리 집 개는 말을 더럽게 안 듣고 늘 흥분 상태인 검은색 래브
라도로 털이 어찌나 많이 빠지는지, 빠진 털로 3일에 한 번씩 강아지를 한 마
리 만들 수 있을 정도이며 가장 좋아하는 음식은 반짝거리는 내 슬리퍼다.

제나: 에-에-에-춰!

톱밥투성이인 남자 몇 명이 잠깐 제나를 쳐다보고 다시 자기 할 일로 돌아간다.

도로 끝까지 걸어간 제나는 뒤돌아서 다시 공사장 앞을 지나는 고통스럽고 느려터진 죽음의 행군을 시작한다. 이번에는 엉덩이를 더 흔들고 휘파람도 분다. 여전히 아무 일도 없다. 다시 집 앞으로 돌아온 제나는 블라우스 단추를 몇 개 푼다. 다시 한번 가슴을 한껏 모으고 핫팬츠를 몇 번 더 접어 올린다. 자동차의 사이드미러를 돌려 자기 모습이 어떤지 체크하고 재빨리 사이드미러를 원래 자리로 돌려놓는다. 제나는 다시 느릿느릿 공사 현장을 지나간다. 앞에서 더 미적거릴 수 있도록 사랑스러운 강아지가 똥을 싸주길 바라지만 이 쥐방울만 한 녀석은 끙아를 거부한다.

제나는 더 이상 뭘 어떻게 해야 할지 몰라 휘파람으로 AC/DC의 노래를 부르기 시작한다. 처음에는 작고 부드러웠던 소리가 갈수록 점점 커진다.(제나는 뉴욕에서 살았던 적이 있기 때문에 휘파람을 기가 막히게 잘 분다. 뉴욕의 러시아워에서 택시를 잡을 수 있는 유일한 방법이 바로 휘파람이기 때문이다.) 마침내 제나는 인부 한 명의 주의를 끄는 데 성공한다. 남자는 입을 딱 벌린 채 제나를 쳐다본다. **빙고!**

섹시한 인부 1: 저, 부인?

제나는 매혹적으로 머리칼을 넘겨보려 하지만 시계가 머리카락에 걸리고 만다. 잡아 빼려고 버둥거리는 모습이 마치 머리 위에 거미가 앉았거나 무슨 발작이라도 일으킨 것 같다.

섹시한 인부 2: (섹시한 인부 1에게 귓속말을 한다) 야, 너 지금 뭐하냐?

섹시한 인부 1: (섹시한 인부 2에게 귓속말을 한다) 저 사람 어디 다쳤나 봐. 아니면 어디가 아프거나.

섹시한 인부 2: 정신병원에서 막 탈출한 거 아냐?

섹시한 인부 1: (인부 2의 말을 무시하고 양손을 모아 입에 댄 후 제나에게 소리친다) 부인? 부인, 괜찮으세요? 길을 잃으셨어요? 좀 도와드려요? 아니면 다른 분을 불러드릴까요?

제나는 이 남자들이 누구한테 이야기하는 건지 보려고 뒤를 돌아본다. 길을 잃었거나 어디 다친 것처럼 보이는 할머니를 찾아 몇 번이나 제자리를 뱅뱅 돈다. 남자들은 점점 더 걱정하는 얼굴을 한다. 마침내 제나는 상황을 파악한다. 자신이 저 사람들이 말하는 '부인'이었다. 제나의 얼굴에 두려움이 번져 나가고, 제나는 개를 잡아끌며 마치 케냐의 달리기 선수처럼 순식간에 집으로 달려 들어가 등 뒤로 문을 쾅

닫는다.

섹시한 인부 2: 와. 심각한데. 저 사람 괜찮아야 할 텐데.
섹시한 인부 1: 우리 엄마도 나이 드니까 저러더라고. 정말 슬
  픈 일이야.

장면 전환:

제나가 침대에서 훌쩍훌쩍 울고 있다. 남편 조가 제나를 달
래보려 한다.

조: 자기야, 물론 자기는 지금도 섹시하지. 남자들이…… 진
  화한 거야. 그렇고말고. 이제 남자들은 길에서 모르는
  여자한테 휘파람 안 불어. 그게 요즘 추세야. 내가 봤
  어…… 뉴스에서.
제나: 오늘 세 시간 동안 창문 앞에 앉아서 봤어. 그 남자들
  이 여자 열세 명한테 휘파람 부는 거. **열세 명**이었다고!
  내가 다 세봤어.
조: 음, 그건…… 왜냐면…… 그 사람들은 당신이 다른 여자
  들하고 다르다는 걸 아는 거야. 자기를 존중하는 거지.
  바로 그거야! 자기를 너무 존중해서 그래. 다른 여자들
  한테는 절대 안 그러지만 말이야. 다른 젊고, 섹시한……
  헉. 젠장.

우아하게 나이들 줄 알았더니

제나가 몸을 돌려 베개에 얼굴을 파묻고 꺼이꺼이 운다. 조가 카메라를 쳐다보며 고개를 절레절레 흔든다. **이게 다 뭐야**라는 얼굴이다.

장면 전환:

조가 집 지붕에 걸쳐놓은 사다리 위에 앉아 있다. 공구 벨트를 차고 외장용 자재를 손보는 중이다. 웃통을 벗은 조의 몸이 쉰 살치고는 말도 안 되게 훌륭하다는 점을 언급할 필요가 있다. 제나가 핸드백을 메고 집에서 나와 진입로에 세워둔 차 쪽으로 걸어간다.

조: (시끄럽게 휘파람을 분다) 오우, 와우, 와우! 저 작고 탄탄한 엉덩이 좀 보게! 나도 하나 갖고 싶네. 아가씨, 그 셰이크*랑 감자튀김 좀 줘요!

제나: (슬픈 얼굴로 고개를 젓는다) 자기야, 고맙지만 내가 원하는 건 그런 게 아냐.

장면 전환:

---

* 밀크셰이크의 셰이크와 엉덩이가 흔들린다는 뜻의 셰이크가 동음이의어임을 이용한 말장난.─옮긴이

공사장. 조가 섹시한 인부 1·2와 대화를 나누고 있다.

섹시한 인부 1: 그러니까 정리하면, 그쪽 아내가 이 앞을 걸어
　가거나 차를 타고 지나갈 때 상스럽고 음란한 말을 해달
　라는 거예요?

조: 네, 부탁 좀 합시다!

섹시한 인부 2: 매번요?

조: 실례가 아니라면 그래주면 좋죠.

섹시한 인부 1: 이게 무슨 함정 같은 게 아니라고 맹세할 수 있
　어요?

조: 제 목숨을 걸고 맹세합니다.

섹시한 인부 2: 경찰에 신고하지도 않고 나중에 우리를 패지
　도 않는다 이거죠? 그러니까 제 말은 그럴 수 있다는 게
　아니고……. 어쨌든 안 그러겠다 이거잖아요?

조: **(한 손은 가슴에 대고 다른 한 손은 보이스카우트식으로**
　손가락을 접는다) 경찰관도 안 부르고 당신에게 손가락
　하나도 대지 않겠습니다. 믿어주세요.

섹시한 인부 1: 한 번 말할 때마다 50달러라고 했죠?

조: 네. 그런데 여러분은 좋은 사람 같으니 한 번당 75달러
　로 합시다.

섹시한 인부 1: 콜!

섹시한 인부 2: 거래 성사됐습니다.

　　　　　　　　　　　　　　우아하게 나이들 줄 알았더니

조가 지갑을 꺼내 현금을 나눠준다. 두 남자의 얼굴이 무척 신나 보인다.

장면 전환:

데자뷔처럼 첫 번째 장면과 똑같은 장면이 반복된다. 제나가 집에서 목줄을 맨 강아지를 데리고 나와 진입로를 지나 인도를 향해 걸어간다. 이번에는 하이힐을 신고 엄청 짧은 미니스커트와 표범 무늬 푸시업 브라, 몸에 딱 달라붙는 탱크톱을 입고 있다. 멈춰 서서 단호하게 공사 중인 집 쪽을 바라보는 모습이 무척 우스꽝스럽다. 어깨를 펴고 배에 힘을 준 다음 가슴을 매만진 제나는 어리고 헤프게 보이려고 애쓰면서 공사장 쪽으로 걸어가기 시작한다.

섹시한 인부 1: (섹시한 인부 2에게 귓속말을 한다) 야, 저기 온다!

섹시한 인부 2: (소리친다) 거기 예쁜 아가씨!

섹시한 인부 1: (섹시한 인부 2에게 귓속말을 한다) 예쁜 아가씨라니, 진심이냐? 야, 너 진짜 못한다. 저 여자 남편이 **상스럽게** 해달라고 했잖아!

섹시한 인부 2: (섹시한 인부 1에게 귓속말을 한다) 나도 알아. 그런데 저 여자 나이가 많잖아. 갑자기 심장마비라도 오면 어떡해. (다시 제나에게 소리친다) 아가씨, 다

리 예쁜데? 그 다리로 내 허리 좀 감아주겠어? 그럼 내가

　그 개를 확 쓰다듬어줄라니까!(도발적으로 윙크한다)

섹시한 인부 1: (다시 섹시한 인부 2에게 귓속말을 한다) 야,

　그건 아니지. 그만해. 지금 당장.

제나가 이들의 목소리를 듣고 주위를 둘러보며 이번에도 자

기한테 하는 말이 맞는지 확인한다. 본인한테 하는 말이 맞

다! 제나는 신난 마음을 감추고 역겨워하는 척하려고 노력

하지만 형편없이 실패한다. 남자들이 계속해서 캣콜링을 하

고, 제나가 공사장 앞을 아아주 천천히 지나가는 동안 내용

이 갈수록 더 음탕해진다.* 마침내 제나가 시야에서 거의 사

라진다.

섹시한 인부 2: (소리친다) 오메, 죽이는데! 뒤에서 봐도 기가

　막히네!

제나의 얼굴에 환한 웃음이 번진다. 오예, 나 아직 안 죽었어.

검은 화면으로 페이드아웃

어떤가, 슬프지 않은가?

---

* 이건 그냥 알아서 상상하시라. 우리 엄마가 읽을 수도 있으니까.

　　　　　　　　　　　　우아하게 나이들 줄 알았더니

내가 평생 산 시간의 절반 이상을 거슬러 올라가야 하는 오래전의 이야기라고는 절대 믿을 수 없지만, 내가 가장 좋아하는 대시 일화는 20대 때 일어났다. 친구들과 함께 (당연히) 술집에 있는데 한 남자가 나를 가만히 내버려두질 않는 것이었다. 남자는 같이 춤을 추자고 하고, 자기 옆에 앉으라고 하고, 제발 술을 한잔 살 수 있게 해달라며 열두 번도 넘게 간청을 했다. 나는 매번 퇴짜를 놓았는데, 1킬로미터는 돼 보이는 화장실 줄에서 양보라도 받았다간 이 남자가 따개비처럼 내 다리에 딱 붙어 떨어지지 않을 것 같았기 때문이다. 그날 저녁 바에서 (당연히) 술을 더 주문하고 있는데 누가 어깨를 두드려서 뒤돌아봤더니 그 남자였다. 이번에도 **정말로** 자기가 술을 못 사게 할 작정이냐는 것이었다.

"진짜 괜찮아요." 나는 이렇게 말하고 다시 고개를 돌려 주문을 계속했다.

툭, 툭, 툭.

"딱 한 번인데요? 대단한 일도 아니잖아요." 남자가 애원했다.

이미 이 질문에 열세 번은 대답한지라 나는 남자를 그냥 무시하기로 했다. 그런데 바텐더가 주문한 술을 내어주는 순간 손 하나가 내 등을 타고 내려가 엉덩이를 꽉 움켜쥐는 게 느껴졌다. 나는 생각할 겨를도 없이 바로 술이 가득 찬 잔을 양손에 쥐고 뒤돌아 두 잔 모두 남자의 얼굴에 대차게 부어버렸다.

남자의 머리카락과 속눈썹, 입술에서 술이 뚝뚝 떨어졌다. "음, 그쪽 친구가 그런 거예요." 남자가 한 손으로 자기 뒤를 가리키며 낑낑대는 목소리로 말했다.

정말로 친구 앨리슨이 남자 바로 뒤에 서 있었다. 앨리슨은 마치 사람들이 누구 잘못이냐고 물어본 것처럼 손을 치켜들었다. 놀라고 가책을 느끼면서도 동시에 빵 터지지 않으려고 최선을 다하고 있는 것 같았다. 나는 그 들러붙는 남자에게 빌고 또 빌었고 결국 술까지 사주었다. 두려워했던 대로 술에 쫄딱 젖은 그 개자식은 이 상황을 이용해 다친 청개구리처럼 밤새도록 내게 찰싹 달라붙었다. 이렇게 또 하나의 교훈을 얻었다.*

그로부터 10여 년 후, 술을 살 때 가끔 신분증 보여달라는 얘기를 들었던 30대 시절에 나는 이런 생각을 하곤 했다. '이제 다시는 신분증 검사할 일이 없을지도 몰라.' 그리고 정말로 그렇게 되었다. 요즘은 이런 생각을 한다. '이제 다시는 다른 사람 얼굴에 술 끼얹을 일이 없을지도 몰라.'

아직까지는 그렇다. 하지만 앞날은 알 수 없는 법이다.

---

* 내가 옳았다는 것, 그리고 (섹스할 마음이 전혀 없는) 남자에게는 조금도 잘해주면 안 된다는 것.

천생연분 만나기보다 어려운
중년의 친구 사귀기

욕을 즐기는 성격에도 불구하고(어쩌면 이 성격 덕분에?) 싱글 시절 나는 친구 사귀는 데 아무 문제가 없었다. 같이 요가 수업을 듣거나 영화관에 가거나 주말에 같이 여행을 가고 싶을 만큼 마음에 드는 사람을 찾는 건 그리 힘든 일이 아니었다. 재미있고, 빠릿빠릿하고, 똑똑하고, 너무 정치적이거나 종교적이지 않고, 같이 밥을 사 먹을 때 자기 밥값을 낼 수 있는 여자는 내 길고 긴 친구 목록에 어렵지 않게 이름을 올릴 수 있었다.

그러다 지금의 남편을 만났다. 물론 나는 내 친구를, 조는 자기 친구를 계속 만났고 우리의 친구 모임은 누구든 따뜻하게 맞아들이며 점점 몸집을 키워갔다. 그러던 중 조와 나는 약혼을 했고 함께 집을 사서 동거를 시작했다. 그리고 막 함께 살기 시작한 커플이 거쳐가는 얄미운 시기가 시작되었다. 우리는 아침 저녁 할 것 없이 둘이서만 있고 싶었고 외부의 간섭이나 다른 오락거리가 별로 필요치 않았다. 필요한 것은 이미 다 있었고, '새로운 친구들과 즐거운 시간 보내기'는 우리 할 일 목록의 맨 밑으로 밀려났다.

우리가 서로의 모공 하나하나를 남김없이 들여다보고 서로를 희번덕거리는 눈으로 바라보느라 정신없이 바쁘게 지내는 동안 우리의 친구들은 길바닥을 어슬렁거리며 인생의 짝을 찾았다. **원래 다들 그렇게 하는 법이니까.** 조와 나는 무척 들떴다. 솔직히 말해서 시간이 지나면 둘이서 하는 식사도 슬슬 지겨워지고, 두개골 안에 있는 모든 질문의 답을 알게 되면 둘만의 유희도 점점 매력을 잃기 때문이다. 우리는 신나고 흥미진진한 시간을 함께 보낼 쿨하고 마음 맞는 커플을 원했고, 우리의 많고 많은 친구 중 한 명이 유쾌한 애인을 데려와 모임에 신선한 활기를 불어넣어 주리라는 희망을 버리지 않았다. 디너파티와 포트럭 바비큐를 꿈꿨고, 영화 〈새로운 탄생〉*에서처럼 부엌에서 함께 춤을 추며 저녁을 준비하는 모습을 상상했다.(친구가 죽는 부분은 빼고.) 그런 건 성숙하고 세련된 사람들이 하는 행동이었는데, **우리가 바로 성숙하고 세련된 사람들**이었기 때문이다. 하지만 몇 주 지나지 않아 조와 나의 판타지는 손바구니에 실려 지옥으로 향하는 여정을 시작하고 말았다.**

---

* The Big Chill. 중년이 된 대학 동창들이 친구의 죽음을 계기로 함께 모여 동거를 시작하는 내용의 영화.―옮긴이
** 혹시 나처럼, 손으로 들고 다니는 작은 바구니가 왜 지옥행 운송 수

"밥 약혼한대." 어느 날 밤 조가 평상시와 똑같은 목소리로 말했다.

"셸비랑 하는 건 아니겠지." 내가 대답했다.

밥은 우리와 처음 만났을 때부터 셸비와 사귀고 있었는데 그 여자를 좋아하는 사람은 아무도 없었다. 밥의 부모님도, 형제자매도, 친구들도, 심지어 모든 사람을 사랑하는 우리 집 개 샘조차도 셸비를 싫어했다. 밥은 분별 있는 사람이므로 분명히 셸비를 뻥 차고 더 호감 가는 애인을 찾았을 것이었고, 나는 그 새로운 애인을 어서 빨리 만나고 싶었다.

"셸비랑 하는 거 맞아." 조가 말했다.

"아니 **도대체 왜?**" 이해할 수가 없었다. 셸비는 꽉 막혔고 늘 얼굴이 수척했으며 셸비와 함께 노는 건 비키니 왁싱을 받는 것만큼 피하고 싶은 일이었다. 셸비를 처음으로 우리 집에 초대한 날(참고로 우리 집은 30평 넓이의 아름다움 그 자체다) 셸비는 거들먹거리며 집을 둘러보더니 이렇게 말했다. "저도 이런 초소형 주택에서 **살고 싶어요.** 뭘 가지러 갈 때 오래 걸을 필요가 없으니 좋잖아요."

단으로 선택됐는지 궁금한 분들을 위해 알려드리자면('go to hell in the handbasket'이라는 표현에는 '빠른 속도로 파멸에 이르다'라는 뜻이 있다.—옮긴이), 단두대로 사형을 집행하던 시절에 사람들은 손바구니로 잘린 머리를 받았다. 그리고 목이 잘린 사람은 사형을 선고받을 만큼 심각한 범죄를 저질렀으므로 즉시 지옥으로 떨어졌을 것이다. 알고 나니 기분이 좀 좋아지지 않는가? 나는 그랬는데.

지어낸 얘기가 아니다. 정말로 저렇게 말했다. 내 면전에 대고. **우리 집에서.** 밥과 셸비는 우리 집에서 열리는 게임의 밤이나 슈퍼볼 파티에 절대로 초대받지 못할 것이었다. 정말 안타까웠다. 왜냐하면 밥은 재밌고 똑똑한 사람이었고, **거기에다** 보트도 한 대 있었기 때문이다.

나는 곧 깨닫게 되었다. 커플이 함께 어울려 시간을 보낼 다른 커플을 찾는 것은 연인을 찾는 것보다 약 470억 배는 더 어렵다는 사실을. 파트너도 나도 똑같이 어울려 놀고 싶어 하는(아니면 적어도 그래볼 생각이라도 있는) 기존 커플 두 쌍을 찾으려면 지구에 사는 온 인구를 샅샅이 뒤져야 한다. 그게 얼마만큼의 확률인지는 잘 모르겠지만 비교를 해보자면 주사위 네 개를 던져서 네 개가 다 똑같은 숫자가 나올 확률은 1,296분의 6, 즉 0.005퍼센트다. 즉 이 게임에 자기 집을 거는 사람은 바보라는 뜻이다.

이런 희박한 확률에도 불구하고, 신혼 때 조와 나는 결국 둘 다 같이 어울리고 싶어 하는 커플을 몇 쌍 찾아내는 데 성공했다. 꿈꿔왔던 것처럼 마음 맞는 친구들과 디너파티를 열었고 함께 호수로 스키장으로 여행을 갔으며 휴일에 같이 식사를 했다. 부엌을 치우고 있는데 〈Ain't Too Proud to Beg〉가 흘러나와 모두가 정신줄을 놓고 춤을 춘 적도 있다. 모든 게 만사형통이었다. 피가 섞인 친척은 먼 곳에 살았지만 조와 나는 온전히 우리가 선택한 혼종 가족을 만들어낸 것이었다. 손목을 그어서 나온 피를 한데 섞는 데까지는 가지 않았지만(초등학교 다닐 때 가장

우아하게 나이들 줄 알았더니

친한 친구와 '피로 맺어진 자매'가 되려고 이렇게 해본 적, 다들 있는 거 아니었나?) 우리들은 서로에게 온 마음을 다 내주었다.

그러다 한두 커플씩 아기를 갖기 시작했고, 마치 누군가가 손바구니 뒤에 터보엔진을 달아서 우리의 우정을 바닥이 보이지 않는 지옥의 가장 밑바닥으로 곧장 날려 보낸 것 같았다.

과장일지도 모르겠지만, 갑자기 육아라는 깊은 골짜기의 반대쪽에 위치하게 되는 것만큼 광란의 파티를 순식간에 끝낼 수 있는 건 없다. 골짜기 한쪽에 있는 커플은 아기라는 새로운 세상에 너무 푹 빠진 나머지 1년 전이라면 자기들도 **점액 마개**나 **태반** 같은 단어가 포함된 대화를 역겨워했으리라는 사실을 전혀 깨닫지 못한다. 시끄럽거나 붐비는 곳은 안 가려고 하고, 미니밴에서는 상한 우유 냄새가 나며, 아기의 소중한 수면 스케줄을 지키기 위해서 저녁 7시까지는 집에 돌아가야 한다. 한편 골짜기 반대쪽에는 자유분방하고, 매인 곳이 없고, 여전히 즉흥적인 커플이 있다. 이들은 친구들 앞에서는 귀엽게 차려입힌 아기를 예뻐하려고 최선을 다하지만 마음속으로는 아기를 어서 제 부모에게 돌려주고 술집으로 달려가고 싶어 안달복달한다.

하지만 결국엔 이들도 아이를 낳기로 결심한다. 그리고 아기가 태어나면 모든 것을 이해하게 된다. 자기보다 앞서 양육의 길을 걸은 커플과 함께 껄껄 웃으며 자신이 아는 게 없어서 새해 전야 파티 때 베이비시터 찾을 시간을 충분히 주지 못했다며 사과를 한다. 물론 선구자들은 이들을 용서하고, 사용감이 적은 바운서와 아기 모니터, 이동용 아기 바구니를 초보 부모에게 아낌없이 주며 사면을 공표한다. 연대의 호르몬은 넘쳐나고 수면은 부족한 네 어른은 함께 아이들 사진을 수천수만 장 찍으며 공상에 빠진다. 이 새로운 세대의 (세상에서 가장 행복하고 완벽한) 우정이 평생 가리라는, 그리고 결혼으로 이어지리라는.

"우린 사돈이 될 거야!" 이들은 사진을 또 한 장 찍으려고 어린 파이퍼를 프레스턴 옆에 떠받치며 소리친다. "꺄아악." 사진 찍는 사람이 비명을 지르며 사람들에게 방금 찍은 엄청난 사진을 보여준다. 프레스턴이 파이퍼의 자그마한 손을 잡고 다정하게 파이퍼의 눈을 바라보고 있다. "나중에 결혼식장에 걸어놓으면 딱 좋겠어!"

행복한 두 가족의 기쁨이 비눗방울이 되어 보글보글 퍼져 나간다. 프레스턴이 걷고 말하는 시기가 올 때까지는 말이다. 모두 안전 고글과 비옷을 착용했기를. 이때가 되면 모두를 기만하던 기쁨의 비눗방울이 다 터져버리기 때문이다. 알고 보니 비눗방울 속에는 씁쓸한 질투와 분노가 가득했다.

"프레스턴은 **짐승** 같은 놈이야." 파이퍼의 아빠가 얼굴에 가짜 미소를 띄우고 창가에서 프레스턴 가족에게 손을 흔들며 웅얼거린다. "녀석이 그 더러운 신발을 신고 새로 산 가죽 의자에서 뛰는 거 봤어?"

"봤지." 파이퍼의 엄마가 대답한다. "걔가 공룡 인형으로 우리 파이퍼 머리 때리는 거 못 봤지? 애한테 뇌진탕이라도 왔으면 어쩔 뻔했어! 더 심한 게 뭔지 알아? 그 애 부모가 막지도 않더라고! 그 집에는 원칙이라는 게 없어. 어떻게 그럴 수가 있어?

우아하게 나이들 줄 알았더니

잘 들어. 프레스턴은 점점 구제불능이 될 거야. 끔찍한 구제불능. 우리 집에 더 이상 저 집 사람들 초대 안 하는 게 좋겠어."

한편 프레스턴네 차에서는 조수석에 앉은 엄마가 고개를 절레절레 흔들며 쯧쯧거리는 중이다.

"그 집 엄마 파이퍼한테 분유를 타 먹이더라고. 당신 이게 **믿겨져?**" 프레스턴의 엄마가 한숨을 쉰다. "당신도 알다시피, 나는 **28주** 동안 프레스턴한테 젖 먹였잖아. 결코 쉬운 일은 아니었지만, 그래도 애들한텐 모유가 훨씬 더 나아. 그 집은 시도조차 하질 않으니, 애가 참 딱해."

"우리가 가져간 열대우림 ASMR 시디 받고 고맙다고는 했어?" 프레스턴 아빠가 묻는다. "무려 내가 직접 만든 거라고."

"그런 말 못 들었는데." 프레스턴 엄마가 대답한다. "그리고 이런 말 하긴 좀 그렇지만, 파이퍼한테도 문제가 있는 것 같아. 아무것도 안 하고 그냥 덩어리처럼 가만히 앉아만 있잖아. 4개월인데! 그때 프레스턴은 뒤집기도 하고 **손뼉도** 쳤던 거 기억나? 부모가 스물네 시간 텔레비전을 안 꺼서 그래. 당신 눈치 챘어? 방마다 텔레비전이 있는데 전부 쾅쾅 틀어놨더라고. 지나친 자극은 애한테 안 좋아. 계속 그 집 사람들이랑 어울려도 될지 잘 모르겠어."

프레스턴의 아빠는 생각한다. **그 개자식은 방마다 텔레비전이 있다고? 운도 좋네.** 하지만 이 생각을 입 밖으로 꺼내진 않는다. 아마 더 적당한 때를 기다렸다가 얘기를 꺼낼 것이다.

사랑이 넘치던 모임은 이때부터 미끄러운 내리막길로 접어

든다. 그리고 엉덩이를 때리느냐 마느냐, 백신을 맞히느냐 마느냐, 유기농만 먹이느냐 아니냐, 수면 교육법은 퍼버Ferber를 따르느냐 시어스Sears를 따르느냐, 면 기저귀냐 일회용 기저귀냐, 공교육이냐 사교육이냐, 손소독제를 쓰느냐 아니면 세균이 면역력을 높이게 놔두느냐, 배부르면 밥을 남기게 하느냐 매번 접시를 비우게 하느냐, 언제가 핸드폰을 사주기에 적절한 나이냐 같은 것들에서 생각이 극명하게 갈린다. 이 세상에 똑같은 아이는 없고 하나의 완벽한 자녀 양육법도 존재하지 않지만* 부모들 간에 의견 차이가 나타날 때마다 긴장이 맴돌고 분노가 치밀어 오른다. 네 어른은 한때 비슷한 점이 너무나도 많다고 생각했던 이 사람들이 이토록 중요한 부분에서 이렇게 덜떨어진 머저리처럼 굴 수 있다는 사실에 깜짝 놀라 혀를 내두른다.

애들이 말을 하고 자기 의견과 친구가 생기고 우리보다 훨씬 **빽빽**한 일정을 소화하기 시작하면 친구 찾기는 더 어려워진다. 나와 파트너가 그 커플을 똑같이 좋아하는지, 우리가 그들의 자녀 양육법을 받아들일 수 있는지만 체크해서는 안 된다. 이제는 여기에 **더해** 우리 집 자식(들)과 얼추 비슷한 또래에 성별도 같은 딱 맞는 자식(들)까지 있어야 한다. 물론 그냥 무시하고 우리집의 네 살, 여섯 살 여자애들한테 그 집의 아홉 살, 열한 살, 열일곱 살 남자애들하고 재밌게 놀라고 할 수도 있다. 다만 "할 게

---

* 하지만 내 양육 방침은 완벽한 자녀 양육법에 상당히 가깝다. 책을 한 권 써야 하나?

우아하게 나이들 줄 알았더니

없단 말이야아아아"와 "집에 언제 가냐고오오오" 같은 우는 소리를 30초에 한 번씩 들을 마음의 준비를 하는 게 좋다.

그러다 보면 결국에는 아이 친구의 부모와 친구가 되는 게 가장 쉽다는 사실을 받아들이게 된다. 그게 기본 설정이요, 가장 쉬운 방법이다. 이러한 우정은 보통 2,394번의 음악 발표회와 소풍, 학기 초 바비큐 행사, 축구 경기, 댄스 발표회, 학부모 모임에서 똑같은 사람 옆에 앉으면서 서서히 발전한다. "이런, 카메라를 안 가져왔네." 겉보기에 멀쩡한 것 같은 여자에게 이렇게 거짓말을 해볼 수도 있다. 그 사람 이름을 맨날 까먹고, 애가 누구인지 잘 모를지라도 말이다.(치명적인 견과류 알레르기가 있는 쌍둥이만은 아니길 바랄 뿐이다.) "제가 이메일 주소 알려드릴 테니 나중에 사진 몇 장만 보내주시면 안 될까요?"

여자가 실제로 사진을 보내주고, 재치 있는 이메일을 몇 번 주고받는다. 여자가 한 이메일에서 욕을 슬쩍 발설하고 그다음 이메일에서 숙취에 시달리는 분위기를 넌지시 풍기자, 더욱 적극적으로 친구 되기에 나서야겠다는 결심이 선다. 이제 정식으로 여자와 친해지기로 마음먹었으므로 남편에게 여자와 그 남편을 저녁 식사에 초대하면 어떻겠느냐고 제안한다.

"하지만 어떤 사람인지도 잘 모르잖아!" 당황한 남편이 소리친다.

"나도 알아. 그래서 한번 초대해보자는 거야." 내가 차분하게 대답한다.

"이상한 사람들이면?" 남편이 묻는다. 남편은 괴상한 모임으로 고통받은 적이 너무 많기에 똑같은 상황이 벌어질까 봐 극도로 두려워하는 것 같다.

내가 남편에게 말해준다. "딱 두 시간이야. 같이 오토바이 타고 유럽을 횡단하는 게 아니라고. 좋은 사람들일 수도 있어. 좋은 사람들**처럼 보여.**"

"저번에 앤더슨 부부 초대했을 때도 그렇게 말했잖아. **그때** 결국 어떻게 됐는지 생각해보라고." 남편은 내 말을 비웃는다.

"그 사람들이 파트너 바꿔서 섹스하자고 할 줄 내가 어떻게 알았겠어? 옷에 써 붙이고 다니는 것도 아닌데."

"처음 만난 날 그 남자가 자기를 이상하게 쳐다본다고 내가 그랬잖아." 남편이 말한다.

"당신은 만나는 사람마다 그렇게 말하잖아!" 내가 받아친다.

"그리고 내 말이 맞았잖아!" 남편이 의기양양하게 말한다.

"그럼 맥노멀 부부 초대해 말아?" 내가 한숨을 쉬며 말한다.

"다른 데서 만나자. 이상한 사람들일 수도 있는데 우리 집에 초대하긴 싫어." 남편이 말한다.

"쉽고 유쾌하게 만들어줘서 정말 고맙네." 내가 말한다.

맥노멀 부부가 파트너를 바꿔서 섹스하자고 하거나 그 집 남편이 "전에 있었던 그 어떤 마케팅 방법과도 다른 이 놀랍고도 새로운 피라미드 마케팅"에 사인하라고 하지만 않는다면 이제 이따금씩 그 부부와 어울리게 된다. 아이들 방학 일정도 똑같고, 어쩌면 그 집에서 우리 애들을 대신 봐주거나 하교를 맡아줄 수도 있기 때문이다. 그 부부를 엄청 좋아하지는 않을 수도

우아하게 나이들 줄 알았더니

있지만, 그냥저냥 괜찮은 정도이기만 하면 주기적으로 만나는 사이가 될 확률이 높다. 이런 간편하고 편리한 관계는 저항하기 쉽지 않으니까.

하지만 그것도 음식 문제가 없을 때의 얘기다.

나는 음식 문제가 거짓말, 절도, 중상모략, 가장 아끼는 스웨터 빌려 가서 망가뜨리기, 뒷담화를 다 합친 것보다 더 쉽게 우정을 망가뜨린다고 확신한다. 얼마 전 내 친구 폴라는 그래놀라 바 몇 개 때문에 30년 우정에 종지부를 찍었다. 거짓말이 아니다. 폴라는 합동 생일파티를 열기 위해 두 아이를 데리고 대학 친구네 집을 방문했다. 사생활 보호를 위해 앞으로 그 친구를 거들먹거리는 나쁜 년이라고 부르겠다. 그 거들먹거리는 나쁜 년에게는 아이가 둘 있는데, 그 애들은 태어나서 가공식품을 한 입도 먹어본 적이 없다고 한다. 한번 생각해보라. 이 10대 아이들은 오레오 쿠키 부스러기도, 슬러시 한 모금도, 심지어 레토르트 스파게티 한 숟가락도 입에 넣어본 적이 없는 것이다. 얘네들은 배가 고프면 기쁜 마음으로 밀싹 주스를 마시고 뒷마당에서 뜯어 온 케일과 아몬드를 불평 하나 없이 우물우물 씹어 먹으며, 드라이브 스루 매장에서 얼굴을 알 수 없는 목소리가 "다음 창문 앞에 차를 세우세요"라고 말하는 게 어떤 뜻인지 전혀 모른다.

"내가 가방에서 그래놀라 바를 꺼내서 애들한테 줬을 때 그 거들먹거리는 나쁜 년 표정이 어땠는지 너도 봤어야 해." 폴라가 말했다.(물론 와인을 마시면서.) "애들이 배고파서 죽을 것 같다고 했단 말이야. 뭐라도 줘야 할 거 아니야? 그 거들먹거리는 나쁜 년은 내가 애들한테 코카인이라도 준 것처럼 굴더라니까. 내 어이가 없어서. 게다가 그 그래놀라 바는 **유기농**이었다고."

수십 년을 함께했고 종교와 정치적 신념, 종이 vs 플라스틱 문제에 이르기까지 대부분의 주제에 견해가 비슷했는데도, 폴라가 그 거들먹거리는 나쁜 년과 더 이상 피상적인 우정조차 유지할 수 없을 만큼 공통점이 없다는 사실을 깨닫는 데에는 겨우 이틀이 걸렸다.

"그래 맞아, 나는 애들한테 맥앤치즈 먹여." 폴라가 씩씩거리며 말했다. "뒷마당에서 키운 밀을 맷돌로 갈아서 구운 크래커 아니어도 그냥 먹여. 그 거들먹거리는 년은 일도 안 해! 걔는 현실을 **전혀** 몰라. 이제 걔 말은 신경 안 써. 그 집 애들은 리마콩 **안 좋아해**. 리마콩을 누가 좋아해. 걔 말은 순 거짓말이야."

내가 폴라에게 말해주었다. "나는 저번에 주차장에서 나오면서 주차비 내고 있는데 뒤에 앉아 있던 첫째가 창문에 대고 이렇게 외치더라고. '저는 감자튀김하고 초콜릿 셰이크요.' 거기가 인앤아웃 버거 드라이브 스루 매장인 줄 알았던 거야."

"이래서 우리가 평생 친구일 수밖에 없는 거야." 폴라가 말했다.

나는 폴라가 들고 있던 와인 잔을 가득 채우고 폴라를 꼭 안아주었다. 원래 친구란 이런 것이니까.

우아하게 나이들 줄 알았더니

지금 우리는 행복한가?

내게 아무짝에도 쓸모없는 정보를 기억하는 기이한 능력이 있다고 했던 것을 기억하는가? 이 능력 때문에 존경받는 심리학자 에이브러햄 매슬로의 알록달록한 욕구 5단계 피라미드는 영원히 내 뇌에 각인되어 있다. 잘 모르는 분(아니면 과거에는 알았으나 머릿속에서 몰아내는 데 성공한 분)을 위해 설명하자면, 욕구 5단계 피라미드는 특정 욕구가 충족되어야만 물질적·정신적·영적인 다음 단계로 넘어갈 수 있다는 전제하에 인간의 동기 요인을 시각적으로 표현한 것이다.

피라미드의 가장 아래에는 호흡, 음식, 물, 섹스, 수면, 배설처럼 기본적인 생리 욕구가 있다. 확실히 똥이 목까지 가득 차 있거나 사하라 사막을 반쯤 횡단했는데 물통에 물이 새기 시작하거나 질식해서 죽기 일보 직전이라면, 상사에게 연봉 인상을 요구하거나 본인의 자서전을 쓸 수 없을 것이다. 이 욕구가 다 충족되어야만 온갖 좋은 것들이 있는 피라미드의 정상까지 겨우겨우 올라갈 수 있다.

죽느냐 사느냐의 문제가 해결되면 주거지, 질서, 고용, 돈 같은 안정 관련 문제가 등장한다. 숨도 확실히 잘 쉬고 있고 비를 피할 지붕도 마련했다면 이제는 사람들과 어울리고 연애를 할 수 있다. 맥박도 잘 뛰고 집과 직업, 파트너도 생겼다면 그다음은 자신감과 성취감, 인정 같은 자기 존중 문제에 집중할 차례다. 그리고 마침내 피라미드의 꼭대기에 오르면(아래에 있는 모든 욕구를 다 충족했다는 뜻이다) 자아실현의 세계에 들어선다. 욕구 5단계의 이 꼭대기 칸에는 내적 성장과 영적 깨달음, 지식의 추구, 창의적 활동의 향유 등이 있다. 매슬로에 따르면 치즈버거와 도어록, 종종 만나고 싶은 사람과의 괜찮은 인간관계, 자기혐오의 완전한 종식 같은 긴급한 욕구가 충족되고 나면 좀처럼 손에 잡히지 않는 개자식, 즉 행복을 마음껏 추구할 수 있다.

이 욕구 5단계 이론은 최근 있었던 갤럽 조사에서 특정 연령(반백 살)이 지난 34만 명의 사람들이 그냥 더 행복해진 게 아니라 **갈수록 더** 행복해지고 있다고 답한 이유를 설명해준다. 머리카락이 빠지고 젖가슴이 늘어져 허리께에 위치하고 오늘이 무슨 요일인지 기억나지 않을지언정, 아무도 모르는 사이에 우리는 점점 더 늙고 행복한 광인이 되고 있으며 앞으로도 점점 더 행복해질 일만 남았다. 아마 그건 이 나이쯤 되면 일상의 따분한 의무를 거의 다 완수하고 귀찮은 피라미드의 꼭대기에 다다라 있기 때문일 것이다. 웬만한 문제는 해결할 수 있게 된 중년의 사람들은 행복이라는 사치를(최소한 우리에게 보장된 행복 추구의 권리를) 누릴 수 있게 된다.

중년에 이르기 전까지(우리가 피라미드 아래에서 허우적대고 있을 때)의 행복도 중간값을 그래프로 나타내면 아마 **역** 피라미드 모양이 될 것이다. 전 세계적으로 사람들은 자신이 세상에 태어나 걸어다닌다는 사실을 기뻐하며 성인기에 접어드는 것으로 보인다. 하지만 곧 난장판이 벌어진다. 삶이 (최소한 전보다는) 어렵고 복잡해진다. 삶의 만족도가 곤두박질친다. 일자리를 구해야 하고 월세를 내거나 융자를 갚아야 하고 뚫어뻥이나 치아 교정기, 자동차 보험 같은 짜증나는 것들에 힘들게 번 돈을 써야 하고 나와 잘 맞는 파트너를 찾아야 한다. 우리 모두가 알고 있듯 결코 쉽지 않은 일이다. 그러다 배에서 아기가 몇 명 튀어나오고(아프고 비싸다!) 원래도 싫어했던 회사에서 잘리거나 이혼을 하거나 몸에 혹이 생기거나 부모님이 돌아가시기도 한다. 전에는 한 번도 신경 써본 적 없던 신체 부위가 아프기 시작하면 사람들은 이렇게 중얼거린다. **진짜 힘드네.** 그리고 여태까지 겨우겨우 모은 16달러로 어떻게 살아갈 수 있을지를 걱정한다. 가끔은 소리 내어 말하기도 한다. "이게 다 무슨 **의미**야?" 이때쯤 되면 (다른 종류의) 항우울제를 복용하거나 술을 (더 많이) 마시기 시작하거나 대마를 (더 많이) 하거나 진통제, 온라인 게임, 리얼리티 쇼 〈뉴저지의 진짜 주부들Real Housewives of New Jersey〉처럼 자신을 무감각하고 산만하게 만들어주는 대상에 중독됐을지도 모른다.

　수십 년간 이 힘든 세상에서 구르고 나면(솔직히 이때는 사느라 너무 바빠서 내가 얼마나 행복한지 생각해볼 겨를도 없다) 슬슬 상황이 바뀌기 시작한다. 더 이상 라면과 맥주만 먹으며 연명하지도 않고, 레스토랑에서 빈 그릇을 치우던 사람도 최소 서빙하는 웨이터로 승진을 한다. 아기를 키우는 사람은 그 끔찍한 '기저귀와 질식 위험의 시기'에서 벗어나고, 이제 사람들은 (바라건대) 자기 부모와 함께 살지도 않고 부모가 주는 돈으로 살지도 않는다. 스스로가 어떤 사람이고 무엇을 좋아하며 무엇을 중요시하는지 잘 안다. 삶이라는 부서지기 쉬운 선물에 감사할 줄 알게 되고 과거의 실수를 잊고 넘기는 법도 배운다. 부모를 잃었을 수도 있고 부모를 돌보고 있을 수도 있지만 어쨌거나 이 경험을 통해 삶이 유한하다는 사실을 받아들인다.(물론 그 사실이 썩 마음에 들진 않기 때문에 최대한 생각하지 않으려 한다. 하지만 삶에 끝이 있다는 사실은 변하지 않으므로 어느 정도 체념하고 받아들이게 된다.) 앞에서 말한 설문조사를 보면 우리 생일 케이크에 50개의 초가 꽂혀 있을 때쯤에는 삶이 우리에게 아무리 뜨끈하고 고약하고 구리구리한 원숭이 똥을 던지더라도 대부분이 이렇게 받아칠 수 있다. "그래? 하지만 더 나쁜 일이 일어났을 수도 있는데 뭐.(껄껄.)" 독보적인 작가 애너 퀸들런이 말했듯 삶을 하나의 직업으로 본다면 많은 사람이 50년 후에는 마침내 그 일에 꽤나 능숙해졌다고 느낄 것이다. 우리는, (감히 이렇게 말해도 될까?) 행복하다.

　　　　　　　우아하게 나이들 줄 알았더니

행복은 더 이상 모호한 목표가 아니다. 행복은 과학이다. 그렇기에 행복을 위한 지침도 끊임없이 발전하고 있다. 예를 들어 과거에 과학자들은 우리 모두가 행복도의 '고정점'을 가지고 태어나며 그 고정점은 웬만해서 바뀌지 않는다고 주장한 반면, 최근 연구는 우리가 괴팍함-쾌활함 척도에서 한쪽 끝에 더 가깝게 타고나긴 하지만 행복도의 40퍼센트는 통제가 가능하다고 말한다.

수많은 책과 블로그, 강연, 강사가 각종 연구 결과를 보여주며 우리를 만족의 길로 안내한다. 그 내용을 마음대로 살펴본 끝에 실천해볼 만한 지침을 몇 개 골라보았다. 연구에 따르면 실제로 지금 당장(만약 꽉 막힌 도로 위에서나 치과에서 신경치료를 받으며 이 책을 읽고 있다면 가까운 미래에) 우리를 더 행복하게 해줄 방법으로는 다음과 같은 것들이 있다.

괴로운 일을 웃어 넘겨라. 사람들은 왜 우르르 웃긴 영화를 보러 가고 돈을 내고 제리 사인펠드의 코미디 공연을 보고 (바라건대) 내 책을 살까? 웃으면 기분이 좋아지기 때문이다. 웃으면 스트레스가 줄어들고 체내 산소량이 늘어나고 신진대사도 활발해진다. 그리고 생각해보면 인생은 원래 웃긴 것이다. 상황이 끔찍하고 비참할 때조차도 말이다. 사실 인생은 상황이 끔찍하고 비참하게 흘러가기 **때문에** 웃길 때도 있다. 하지만 이런 삶의 재미를 즐기려면 끔찍한 상황 앞에서 너털웃음을 터뜨릴 수 있어야 한다.

좋은 예가 하나 있다. 최근 우리 가족은 플로리다키스 제도로 여행을 갔다. 집에서 꽤 먼 데다 가기도 쉽지 않은 곳이다. 비행기 값을 몇 푼 아끼려고 우리는 로스앤젤레스 국제공항을 이용하기로 했다. 집에서 세 시간 떨어진 로스앤젤레스 국제공항은 가장 행복한 순간을 망치는 비참한 대참사다. 이곳에 가기는 내 기쁨 척도에서 세금 신고하기와 날카로운 쇠막대기로 눈알을 퍽퍽 찌르기보다도 더 밑에 있다. 비행기에서 내린 후에도 차를 타고 한참을 이동해야 했기 때문에 집에서 출발해서 목적지에 도착하기까지 총 스무 시간이 걸렸다. 뒤에 애들을 태우고 있지 않을 때에도 충분히 끔찍한 일이었는데, 당연히 우리 뒤에는 애들이 있었다. 출발하기 전날 밤 짐을 싸면서 나는 이 모든 것을 걱정하고 있었다.

"자, 이번엔 그게 뭐가 될 것 같아?" 내가 남편에게 물었다.

"그게 뭔데?" 조가 '당신 이상하게 구는 거 정말 싫어 내가 스트레스 받을 때에는 특히 더'라는 뜻으로 특유의 한쪽 눈썹 올리기를 시전하며 물었다.

내가 당연하다는 듯 대답했다. "왜 있잖아, 상황이 끔찍하게 꼬이는데 나중에는 그 여행 얘기가 나올 때마다 떠올리면서 신나게 웃게 되는 그런 거 말이야." 우리 여행에는 늘 이런 게 있었다. 비행기를 놓치고 짐을 잃어버리고 숙소가 인터넷에서 본 것보다 살짝 별로인 그런 일들을 말하는 게 아니다.(물론 이 모든 걸 경험해보지 않은 건 아니지만.) 당시에는 정말 너무 끔찍하고 도저히 해결할 수 없을 것 같고 이런 일이 내게 일어났다는 사실을 믿을 수 없지만 결국 어떻게든 살아남아 남은 평생 그

무시무시했던 때를 다시 떠올리며 즐거워할 수 있는, 그런 일을 말하는 것이다.

예를 들면 말도 못 하게 더러운 아일랜드의 한 도시에서 쓰러졌다가 깨어난 적이 있는데, 그때 나는 내가 뇌종양에 걸린 줄 알았다.(알고 보니 엉덩이에 주사 한 대 맞고 이틀 푹 자면 해결되는 어지럼증이었다.) 잉글랜드에서는 하이킹을 하다가 조와 떨어져서 몇 시간 동안이나 길을 잃고 숲속을 헤맸다. 바하마에서는 바닷물이의 공격을 받아 온몸에 지독하게 간지러운 두드러기가 난 채로 집에 돌아왔다.* 삼촌의 보트를 타고 떠난 플로리다 낚시 여행에서는 보트에 탄 모든 사람이 차례로 극심한 멀미에 시달렸다. 하와이에서는 조와 크게 싸운 뒤에 당장 차에서 내려달라고 했는데, 조가 **정말로** 붐비는 도로가에 차를 세우고 나를 내보낸 뒤 먼지를 뿜으며 사라졌다. 당시에는 모두 명백하게 끔찍한 사건이었지만 이제는 문제의 여행 얘기가 나올 때마다 여지없이 등장해 큰 즐거움을 준다.

"이번엔 그런 일 없을 거야." 약간의 짜증과, 내가 보기에는 너무 순진한 낙관주의를 드러내며 조가 말했다.

물론 그런 일은 일어났다. 사실 한두 개가 아니었지만 그중에서도 이미 이번 여행의 설화가 되어 앞으로 절대 까먹을 리 없어진 사건이 둘 있었다. 하나는 렌터카의 열쇠를 잃어버리고(친구 차를 타고 숙소에서 멀리 떨어진 리조트에 놀러갔다가 우리

---

* 그렇다. 실제로 바다 이라는 게 있다. 이름만큼이나 역겨운 놈들이다.

숙소 수영장보다 훨씬 좋은 수영장이 있어서 그 리조트에 묵는 척하면서 살얼음 낀 칵테일을 마시며 놀았는데, 거기서 모르는 사이에 열쇠를 떨어뜨린 후 다시 친구 차를 타고 우리 리조트로 돌아온 것 같다) 그 열쇠를 찾느라 하루(그리고 택시비 100달러)를 날린 것이었다. 또 하나는 웬만해선 바보짓을 안 하는 남편이 밤 12시에 **앞에서 말한 그 망할 자동차 열쇠**를 차 안에 두고 문을 잠가버린 것이었는데, 우리는 다음 날 새벽 다섯 시에 집으로 가는 비행기를 타야 했다.(미국자동차서비스협회가 있어서 정말 다행이라는 말밖엔 할 말이 없다.) 두 사건 모두 당시에는 **전혀** 즐겁지 않았지만 이제는 '플로리다키스에서의 자동차 키' 얘기가 나올 때마다 깔깔깔 웃을 수 있다. 시야를 조금만 넓혀서 인생의 작은 비극을 다음번 책이나 블로그 포스트의 소재로 쓸 수 있다면 오히려 불행을 찾아다니게 될지 모른다!

감사하는 마음을 갖자. 행복 연구자들은 자신이 갖지 못한 것을 한탄하는 사람이 아니라 자신이 가진 것에 집중하고 감사하는 사람이 그 누구보다 명랑하다는 사실을 끊임없이 지적한다.*
물론 쉬운 일은 아니지만 이것이 행복으로 가는 가장 **빠른** 방법 중 하나라고 하니 더 노력해보는 것이 좋겠다. 자, 한번 해보자. 직업이 영 마음에 안 드는가? **적어도 할 일이 있지 않나.** 뭐라고? 직업도 없다고? **적어도 건강하지 않나.** 몸이 성한 데가 없다고?

---

* 다들 나를 따라 해보시길. "예이! 나에게는 셀룰라이트와 엄청난 빚이 있다!"

우아하게 나이들 줄 알았더니

적어도 살아는 있잖나. 이런 식으로 정말 깊이 파고 들어가야 겨우 감사할 일을 하나 찾을지도 모르지만 어쨌거나 감사할 일은 늘 존재한다. 그건 당신이 죽었다 해도 마찬가지다.(적어도 이제는 형편없는 일을 하거나 기분 더러워할 필요가 없다!) 아무리 찾아봐도 감사할 일이 없다면 언제나 다음과 같은 사실에 기댈 수 있다. **적어도 당신은 찰리 쉰과 결혼하지 않았다.***

주위를 행복한 사람들로 둘러싸라. 개자식들의 연락처를 삭제하라는 의미만은 아니다.(물론 이것도 괜찮은 첫걸음이긴 하다.) 함께 있으면 기분이 좋아지는 사랑하는 사람들과 **뜻깊은 시간을 보내야 한다.(달력에 "걸스나잇—유후!"를 적어 넣는다. 즉시 기분이 좋아진다.)**

당장 페이스북과 멀어져라. 농담이 아니다. 아니, 반대로 벌을 받고 싶다면 잠시 책을 내려놓고 친구들의 타임라인을 정독하며 그들이 얼마나 날씬하고 얼마나 건강해 보이는 피부색을 가졌는지, 얼마나 출세했고 얼마나 행복한지, 자녀들은 얼마나 잘 웃고 얌전하게 구는지, 남편은 얼마나 다정한지, 멀리 떨어진 이국적인 장소로 얼마나 자주 여행을 떠나는지 확인해보라. **씨부럴, 저 사람들 지금 멕시코 휴양지에 있네. 인스타그램에 해 질**

---

* 만약 당신이 찰리 쉰의 부인이었던 브룩 뮬러, 데니즈 리처즈, 도나 필이라면 정말 죄송하다. 찰리 쉰을 제시 제임스로 바꿔달라.(찰리 쉰은 바람을 피우고 마약을 하는 등 사생활이 지저분한 것으로 유명했던 미국의 배우이며, 제시 제임스는 미국 서부 개척시대를 살았던 잔인하고 악랄한 무법자다.—옮긴이)

녁 산책과 해변에서 받는 마사지, 랍스터가 차려진 식사, 발톱을 완벽하게 칠한 발가락 뒤로 끝없이 펼쳐진 투명한 바닷물 사진을 올렸군. 상태 업데이트마다 "정말 황홀한 곳이야"라고 쓰여 있다. 하이고 고맙네, 방금 올린 사진 284장만 봐서는 거기가 얼마나 황홀한 곳인지 미처 몰랐거든! 심지어 강아지마저 귀엽고 깨끗하다. 바로 지금 우리 집의 더러운 개가 하고 있는 것처럼 부엌 바닥에 침을 줄줄 흘리고 다니지도 않는다.

아아, 페이스북과 현실 사이의 관계는 잘 꾸며진 모델하우스와 실제 집과의 관계와 같다. 사람들이 실제로 부엌에서 요리를 하고 침대에서 잠을 자고 화장실에 똥을 싸는(그리고 가끔은 침대에도 똥을 싸는) 실제 집 말이다. 번쩍번쩍 광이 나고 전부 디지털화된 모델하우스는 말 그대로도 또 비유적으로도 **아무도 살지 않는 곳**이다. 우리의 '친구들'은 10대 자녀가 기물파손죄로 잡힌 날 밤이나 하수관이 터져서 앞마당 전체가 침수된 날의 사진은 절대 올리지 않는다. 휴가지에서 찍은 사진 역시 공항 검사대에서 기다리는 세 시간 동안 애들이 싸우고 징징대는 모습은 보여주지 않지만 우리는 그런 상황이 벌어진다는 걸 안다. 게다가 우리가 본 것처럼 빛나는 태양 아래 모두가 행복해하는 가족사진을 건질 때까지 찍었다가 지운 278장의 사진은 절대로 볼 수가 없다.

하지만 몇몇 사람들은(예를 들면 나) 페이스북을 삶에서 가장 구질구질한 순간을 전시하기 딱 좋은 곳으로 여기므로 우리 모두 그들의 타임라인을 보며 신나게 웃어젖힐 수 있다. 그러니

페이스북을 양껏 하고 싶다면 나같이 시니컬한 사람과 친구가 되기를 권한다. 사진을 올리기 전에 포토샵으로 온몸의 주름을 하나하나 지우며 늘 행복한 척하는 가짜 인생들은 당신에게 아무런 도움도 안 된다.

(참고로 페이스북을 하면 괴로워진다는 것이 나만의 생각인 줄 알았는데 이 꼭지를 쓰고 나서 몇 주 뒤 '페이스북이 웰빙을 저해한다'라는 BBC 뉴스의 헤드라인을 보았다. 연구자들이 지목한 원인이 뭐냐고? 바로 '나만 뒤처질 것 같은 두려움'이다. 헬로키티 잠옷을 입고 컴퓨터 앞에 앉아 친구들이 이국적인 해변에서 즐겁게 뛰노는 모습을 지켜볼 때 나타나는 부작용이라고 할 수 있다. 자, 알겠나? **진짜 있는 현상**이다. 어서 페이스북에서 로그아웃하자.)

행복 연구를 읽어보라. 예를 들면 나는 다음과 같은 행복 연구를 읽자마자 금세 기분이 좋아졌다. 미시간 대학교의 연구자들은 실험 참가자들의 코에 뜨거운 공기를 불어넣을 때보다 차가운 공기를 불어넣을 때 참가자들의 기분이 더 좋아진다는 사실을 발견했다.(지금 여러분도 상상하고 있는가?) 요점은 기분이 꿀꿀할 때 드라이아이스를 앞에 놓고 킁킁거려야 한다든가 냉동실 문을 열고 숨을 깊이 들이마셔야 한다는 게 아니다. 내가 보기에 진짜 교훈은 현재나 가까운 미래에 **이런 종류의 공기 들이마시기 실험에 참가하지 않아도 된다는 사실**에 우리 모두 감사해야 한다는 것이다.

선행을 베풀어라. 영화 〈아름다운 세상을 위하여Pay It Forward〉

를 기억하는가? 물론 기억할 것이다. 〈사랑의 블랙홀〉만큼 오래된 영화는 아니니까. 이 영화는 이유 없이 베푸는 친절이 세상을 어떻게 바꿀 수 있는지를 보여준다. 그럴 리 없을 것 같다면 본인이 주차장에서 깜박이까지 켜고 참을성 있게 자리가 나기를 기다리고 있는데 어떤 쥐새끼 같은 놈이 끼어들어서 먼저 차를 댔을 때 기분이 어떨지 상상해보라. 그리고 집에 도착한 후 가슴속의 그 맹렬한 분노를 가장 가까이 있는 사랑하는 사람들에게 쏟아낼 가능성이 얼마나 높을지도 생각해보라.(매우 높을 것이다.) 확실히 우리의 행동은 주변 사람에게 강력한 영향을 미치며, 그건 한 번도 만난 적 없는 낯선 사람에게도 마찬가지다. 사람들은 핀터레스트에서 '제가 그쪽 밥값 계산했습니다'라고 쓰인 메모를 보면 좋아하며 자기 보드에 스크랩한다. 조건 없는 관대함과 이타심은 보는 것만으로도 기분이 좋아지기 때문이다. 그리고 직접 실천할 때는 더더욱 기분이 좋아진다.

이런 일이 실제로 나에게도 일어났다. 첫째가 태어난 지 얼마 안 되었을 때 아이와 함께 동네 슈퍼마켓에 갔던 날이다. 계산대 앞에 줄을 서 있는데 앞에 있는 여자가 어린아이 셋과 실랑이를 벌이며 카트에 담은 물건을 계산대에 올려놓고 있었다. 그때 나는 통제하기 힘든 인간 한 명을 내가 그럭저럭 돌보고 있다는 것만으로도 뿌듯했기에 경외심을 느끼며 그 모습을 지켜보았다. 직원이 물건을 봉투에 다 담고 금액을 말하자 여자는 지갑을 찾아 가방을 뒤적이기 시작했다.

그리고 계속해서 뒤적이고 또 뒤적였다.

아이들은 점점 안절부절못했고 여자도 난처해하기 시작했다. 영원과도 같은 시간이 흘렀고, 결국 여자는 지갑이 없으니 다음에 다시 오겠다고 말해야 했다.

"하지만…… 하지만…… **저것들은** 다 어쩌고요!" 내가 여자에게 말했다.

여자가 절망에 빠진 얼굴로 어깨를 한 번 으쓱했다.

내가 울부짖었다. "옷도 다 갈아입고 집에서 나와서 애 셋을 카시트에 앉혔다가 끄집어낸 다음 필요한 걸 전부 담아왔는데 그걸 전부 다시 해야 한다고요!" 누가 봐도 이 모든 상황에 여자보다 내가 더 속상해하는 것 같았다.(산후 호르몬 탓이다.)

여자가 애들을 데리고 출구 쪽으로 걸어가기 시작했다.

"제가 대신 낼 테니 나중에 갚으시면 어때요?" 내가 여자의 등 뒤에 대고 말했다.

뒤돌아본 여자의 얼굴에 놀람과 기대감, 창피함이 동시에 떠올랐다.

"그럴 순 없어요." 여자가 살짝 주저하며 말했다.

"당연히 그래도 되죠! 꼭 그러셔야 해요." 내가 주장했다.

"제가 돈을 갚을 거라는 걸 어떻게 알고요?" 여자가 계산대 쪽으로 한 발짝 다가오며 말했다.

"전 모르죠. 하지만 그래봤자 60달러잖아요. 그쪽이 돈 안 갚아도 안 죽어요. 어쨌거나 제가 보기에는 돈을 갚으실 분 같고요." 내가 말했다.

고마워하며 환하게 웃는 여자의 미소만으로도 몇백 달러의 가치가 있었다.

"꼭 갚을게요. 약속해요." 여자가 말했다.

그렇게 나는 대신 계산을 하고 여자에게 집 주소를 건넸다. 남편에게 이런 일이 있었다고 말할 생각은 없었는데, 나보고 순 머저리라고 하거나 말은 안 해도 속으로는 그렇게 생각할 게 뻔했기 때문이다.

이틀 후 여자에게서 수표가 왔다. 동네에 있는 스무디 가게의 쿠폰도 함께 왔는데, 그 여자가 운영하는 가게 같았다. 붙어 있던 포스트잇에 '그때 제가 얼마나 감사했는지 모르실 거예요'라고 쓰여 있었고, 나는 즉시 거들먹거리면서 남편에게 보여주었다. 남편은 나보고 머저리라고 하지는 않았지만 아마 머릿속으로는 그렇게 생각했을 것이다. 내가 잘난 척한다고 생각하지 않았으면 좋겠다. 이 얘기를 하는 건 이 경험이 서로에게 윈윈이었던 건 물론이고 나에게 무척 큰 기쁨을 주었기 때문이다. 이런 경험을 할 수 있었던 것에 감사할 따름이다.

초콜릿을 먹어라. 항산화 물질과 세로토닌이 어쩌고저쩌고, 그 밖의 생리 작용이 어쩌고저쩌고. 노관심이다. 그저 초콜릿은 삶의 가장 큰 기쁨 중 하나다.* 질 좋은 것을 고르기만 한다면 초콜릿은 감각을 만족시켜주고 황홀감과 크나큰 만족감을 준다. 무언가 짭짤한 것을 곁들이면 더더욱 좋다. 고디바 초콜릿

---

* 초콜릿을 다른 것의 비유로 이해해도 된다. 그다지 유해하지 않은 것을 가끔씩은 왕창 즐기자는 얘기다.

우아하게 나이들 줄 알았더니

을 와구와구 먹어치우면 곧장 행복해질 수 있다는 뜻이 아니다. 오히려 가장 가까운 교회로 달려가서 회개하고 싶어질 수도 있고, 그렇지 않더라도 죄책감과 자기혐오에 휩싸일 수 있다. 하지만 행복과 박탈감을 동시에 느낄 수 없다는 점에는 모두가 동의하리라 믿는다. 제발 좀. 그놈의 초콜릿 좀 먹자고요.

우리의 회복탄력성을 찬양하자. 사람들 입에 자주 오르내리는 절절한 명언처럼, 개 같은 일은 일어나기 마련이다. 하지만 굉장한 뉴스가 있다. 인간에게는 형편없이 후진 일이 일어났을 때에도 놀라운 속도로 회복하는 대단한 능력이 있다. 팔이 부러지거나 승진에서 누락되거나 하는 비교적 사소한 불행을 말하는 게 아니다. 회복탄력성 연구에 따르면, 산불로 '대피 휴가'를 떠난 사이 집이 잿더미가 되더라도 몇 주만 지나면 나는 그 사실을 받아들이고 다시 아무렇지 않게 삶을 살아갈 수 있다. 말도 안 되는 소리 아닌가? 그렇다면 끔찍한 사고로 하반신이 마비되어 평생 휠체어를 타게 된 사람도 1년이 지나면 사고가 일어나기 전의 행복 수준을 회복한다는 연구 결과는 어떤가.

잠시 생각해보자. **더 이상 걸을 수 없게 된 사람들도 결국은 극복해낸다.** 당신은 어떤지 모르겠지만 나는 걱정을 하느라 시간을 엄청나게 낭비한다. 무엇보다 이건 말도 안 되게 비생산적인 행동인데, 나는 대개 내가 통제할 수 없는 것들을 걱정하며 조바심치기 때문이다. 어쨌거나 내 최악의 시나리오가 정말 현실이 된다 해도 평생 되돌릴 수 없는 우울에 빠지지는 않을 거라는 사실이 마음에 든다.

집에 흑인 천사를 들여라. 최근에 여성 잡지에 실릴 '더 행복해져라'류의 글을 쓰기 위해 유명한 '행복 전문가'를 인터뷰했다. 중년에는 흔히들 매슬로 피라미드의 마지막 단계를 추구한다는 이야기를 나누고 있는데, 전문가가 무지 당혹스러운 말을 던졌다.

"사람들은 보통 행복이 자기 바깥에 있다고 생각합니다." 아이미 박사가 말했다. "'이런저런 물건이나 경험을 통해 행복을 얻어야 한다'고들 하지만* 사실 그건 굉장히 건강하지 못한 생각이에요. 퇴근하고 집에 가면 행복해질 거라고 생각했는데 집에 와보니 남편 기분이 영 안 좋고 애들이 소리를 질러대고 화장실 변기가 넘쳐흐르고 있으면 어떡하나요? 그날 하루는 완전히 종치는 거죠.** 하지만 사실 행복은 선택이에요. 자신이 처한 상황과 관계없이 원할 때마다 누구나 내릴 수 있는 선택이요."

"아, 그런가요?" 내가 원래 그러려고 했던 것보다 살짝 더 비꼬는 투로 말했다.(사실 나는 우리 애들에게 늘 행복은 선택이라고 말한다. 하지만 내가 실제로 그 개소리를 믿어서인지, 아니면 징징대는 애들을 혼란스럽게 해서 입을 막을 수 있는 편리한 방법이라 그냥 그렇다고 하는 건지는 잘 모르겠다.) 그리고 덧붙였다. "저는 오늘 아침 상해서 덩어리가 된 우유를 커피에 따랐어요. 커피를 전부 버려야 했죠. 진짜 불행했다고요."

---

* 여기서 이런저런 물건은 분명 **신발**을 의미할 것이다.
** 맞다. 진짜로 아이미 박사가 **완전히 종친다**라고 말했다. 나는 이때부터 즉시 박사를 좋아하게 되었다.

　　　　　　　　　　　　　　우아하게 나이들 줄 알았더니

"행복하지 않기로 **선택**했으니까요." 아이미 박사가 주장했다. "그 커피를 마실 수 있었다 해도 어차피 10분 후엔 컵이 비었을 거고 행복도 같이 사라졌겠죠. 그러면 다시 **다음번** 커피를 생각하게 되고요. 그걸 바로 쾌락의 쳇바퀴라고 해요. 나를 다시 행복하게 해줄 것들을 끊임없이 찾는 거예요."

"누가 제 머리에 총을 겨누고 있으면요?" 내가 물었다. 행복은 마음먹기 마련이라는 이 빌어먹을 이야기가 나 같은 냉소주의자에게는 너무 바비 맥퍼린*처럼 들렸기 때문이다.

아이미 박사가 말했다. "누가 머리에 총을 겨누고 있다는 사실 자체를 행복해할 필요는 없어요. 하지만 총을 들고 있는 사람에게 연민을 느끼는 건 **가능하죠**. 총이 사라졌을 때 얼마나 행복할지 생각해볼 수도 있고요. 우리에게는 늘 다른 선택지가 있어요."

나의 현재 상황을 생각해보았다. 내게는 다정한 남편과 건강한 아이들, 아름다운 집, 맘에 쏙 드는 일, 가끔 여행을 떠날 수 있을 만큼의 돈이 있었다. 나는 더럽게 행복했다. 그래서 내가 마지막으로 슬픔이나 절망을 느꼈던 때, 아니면 울었던 때가 언제인지 떠올려보려 했다.

아, 맞다.

"9년 전에 아빠가 돌아가셨는데 지금도 매일 아빠가 그리워

---

* Bobby McFerrin. 유명한 노래 〈걱정 말아요, 행복해져요Don't Worry, Be Happy〉를 부른 가수.―옮긴이

요. 좋은 아빠를 뒀다는 사실에 집중하기로 **선택**할 수 있겠죠. 하지만 여전히 아빠 생각을 할 때마다 속상하고 슬퍼요. 이럴 땐 어떻게 해야 하나요?"

그리고 나는 실제로 울기 시작했다. 인터뷰 도중에. 스스로가 얼마나 프로페셔널하게 느껴졌을지 상상이 가시나.

"글쎄요." 아이미 박사가 약간 주저하며 말했다. **역시!** 나는 생각했다. **내 말에 당황했군. 이걸 어떻게 할 수 있겠어.** 박사가 말을 이었다. "보통 이런 제안은 잘 안 하는데요, 혹시 아버님과 이야기를 나눠보시겠어요? 제가 그렇게 해드릴 수 있어요."

"좀 닥쳐요." 이제 나는 훌쩍거리는 게 아니라 흐느껴 울고 있었다.

(그래 맞다, 인터뷰 도중에 엉엉 울면서 박사학위를 딴 사람에게 **좀 닥치라고** 했다. 집에서 혼자 일하는 프리랜서라 이달의 직원상 후보에 오를 수 없다는 사실이 정말 안타깝다.)

"회복하려면 그렇게 하는 게 좋겠어요." 아이미 박사가 조심스럽게 말했다.

그래서 나는 박사가 시키는 대로 촛불을 켜고 물을 한 잔 떠왔다. 박사는 우리 아빠에게 전화를 걸었다. 끝없는 기다림이 이어졌다.

마침내 박사가 말했다. "아버님께서 자기한테 말을 더 많이 걸어줬으면 좋겠다고 하시네요." 이 말에 나는 완전히 넋이 나가버렸다. 왜냐하면 아빠가 돌아가신 직후에 꿨던 생생한 꿈에서 아빠가 내게 이렇게 말했기 때문이다. "네가 내 얘기를 하는 건 알아. 하지만 나는 네가 **나한테** 얘기를 해줬으면 좋겠어." 그 래서 그때부터 차를 끌고 아무도 나를 보거나 내 말을 들을 수 없는 곳, 사람들이 내 말을 듣는다 해도 내가 초소형 무선 이어폰을 끼고 있는 것이지 **동네를 정처 없이 돌아다니며 죽은 아빠에게 말을 거는 광인**은 아닐 거라 생각할 만한 곳으로 가서 아빠에게 말을 하기 시작했다.

"책상 위에 천사상을 두고 천사상을 통해서 자기한테 이야기를 해달라고 하시네요. 남자 천사로요." 아이미 박사가 덧붙였다.

이제 나는 엉엉 울면서 처음 만난 박사 겸 영매를 통해 돌아가신 아빠와 이야기를 나누는 동시에 구글에 천사상을 검색하고 있었다. 참고로 우리 아빠는 내가 아는 사람 중 종교와 가장 거리가 먼 사람이었기 때문에 나는 아빠가 그런 부탁을 했다는 데 상당히 회의적이었지만 누구나 죽고 나면 약간은 더 경건해질 수도 있다고 생각하며 계속 스크롤을 내렸다.

"괜찮은 게 있나요?" 중간중간 코를 훌쩍일 뿐 긴 침묵이 이어지자 아이미 박사가 물었다.

찾아보니 인터넷에는 남자 천사상이 무지막지하게 많았다. 다만 다…… 좀 이상했다. 대개가 너무 소녀스럽거나 정원 장식품 같거나 홀딱 벗었거나 성스러워 보였다.(우리 아빠는 씨×이라는 단어를 나보다도 더 즐겨 썼다.) 그러다 상의를 탈의하고 새틴으로 만든 것 같은 새하얀 요정 바지와 금색 벨트를 걸친 흑인 천사상을 발견했다. 몸은 말랐지만 탄탄했고 몸 크기의 두 배는 되는 커다란 날개가 달려 있었으며 아역 배우였던 게리 콜먼과 똑같이 생긴 자그마한 흑인 아기가 발밑에 웅크리고 있었다. 나는 이 천사상을 보자마자 어쩔 도리 없이 웃음을 터뜨리고 말았다.

아이미 박사는 내가 뭘 보고 있는지 몰랐고(젠장, 어쩌면 봤을지도 몰라!) 우리 아빠가 얼마나 재미있는 사람이었는지도 몰랐을 테지만(어쩌면 알았을지도 몰라!) 키득거리는 내 웃음소리만으로도 충분했다. 박사가 말했다. "아버님께서 방금 딱 맞는 천사상을 찾은 것 같다고 하시네요."

우리 아빠하고만 통화할 수 있는 날개 달린 직통 전화가 고작 14.99달러(더하기 배송비와 수수료)라고? **물론** 당장 주문했다.

지금 흑인 천사(우리 애들은 천사상을 이렇게 부른다)는 당당히 내 책상 한편에 자리 잡고 있다.* 그리고 이런 말을 해도 될지 모르겠지만, 나는 매일 천사상에게 말을 건다. 가끔 우리 딸들은 흑인 천사를 자기 침대 옆에서 '재우겠다'며 서로 티격태격한다. 애들은 왜 천사상이 여기 있냐고 물어본 적도 없고 책상 위에 흑인 부자의 조각상을 두는 게 이상하다고 말한 적도 없는데, 그 사실을 떠올릴 때마다 기운이 난다. 진짜로, 이제 나는 슬퍼하지 않고 아빠와 이야기를 나눌 수 있다. 그래서 아이미 박사의 말이 옳다고 믿게 되었다. 우리 모두 더 행복해지기

---

* 이 천사상을 흑인 천사가 아니라 **아프리카계 미국인** 천사라고 불러야 한다는 걸 방금 깨달았지만 천사들은 인종이나 출신 국가를 따지지 않을 거라 믿고 싶다.

를 선택할 수 있다. 로또에 당첨되거나 연봉이 오르거나 대학 때 입었던 청바지가 다시 들어가는 일이 없더라도 말이다. 더 행복해지지 않기로 결심한다 해도, 통계자료에 따르면 어쨌거나 우리는 더 행복해진다.

그 자료에 전적으로 동의하며, 건배.*

---

* 물론 다음 주말 술 마시는 날에 건배하겠다는 얘기다.

우아하게 나이들 줄 알았더니

초판 1쇄 발행 2020년 6월 10일

지은이 ㅣ 제나 매카시
옮긴이 ㅣ 김하현
펴낸이 ㅣ 조미현

책임편집 ㅣ 김호주
디자인 ㅣ 정은영

펴낸곳 ㅣ (주)현암사
등록 ㅣ 1951년 12월 24일 · 제10-126호
주소 ㅣ 04029 서울시 마포구 동교로12안길 35
전화 ㅣ 02-365-5051
팩스 ㅣ 02-313-2729
전자우편 ㅣ editor@hyeonamsa.com
홈페이지 ㅣ www.hyeonamsa.com
ISBN 978-89-323-2063-2 (03840)

이 도서의 국립중앙도서관 출판예정도서목록(CIP)은
서지정보유통지원시스템 홈페이지(http://seoji.nl.go.kr)와
국가자료공동목록시스템(http:// www.nl.go.kr/kolisnet)에서
이용하실 수 있습니다.(CIP제어번호 CIP2020020783)
책값은 뒤표지에 있습니다. 잘못된 책은 바꾸어 드립니다.

우아하게 나이들 줄 알았더니